MARIA NOURIA

DAS ERBE DES TOTEN-WÄSCHERS

Roman

Impressum:

Bibliografische Information der Deutschen Nationalbibliothek:
Die Deutsche Nationalbibliothek verzeichnet diese Publikation in
der Deutschen Nationalbibliografie; detaillierte bibliografische Daten
sind im Internet über http://dnb.dnb.de abrufbar.

Die automatisierte Analyse des Werkes, um daraus Informationen
insbesondere über Muster, Trends und Korrelationen gemäß §44b
UrhG (»Text und Data Mining«) zu gewinnen, ist untersagt.

Die Handlung und alle handelnden Personen sind frei erfunden.
Jegliche Ähnlichkeit mit lebenden oder realen Personen ist rein zufällig.

Cover & Umschlag: Phantasmal Image
Lektorat: Anna Dörscheln
Korrektorat: Sybille Weingrill
Buchsatz: Phantasmal Image
Druck: Libri Plureos GmbH, Friedensallee 273, 22763 Hamburg
Verlag: BoD · Books on Demand GmbH,
Überseering 33, 22297 Hamburg, bod@bod.de

ISBN: 978-3-7693-1466-3

DAS ERBE DES TOTEN-WÄSCHERS

MARIA NOURIA

Roman

Für alle, die wissen,
dass der Tod nicht das Ende ist.

»Jede Seele wird den Tod kosten …«
(Sure Al Ankabut, 29/57)

»Dem Toten folgen drei Dinge zum Grab:
seine Familie, sein Vermögen und seine Taten.
Zwei kehren zurück,
seine Taten gehen mit ihm ins Jenseits.«
(Bukhari)

PROLOG

Ein Monat.

Das waren dreißig Tage, siebenhundertzwanzig Stu den, dreiundvierzigtausendzweihundert Minuten und ein Monat. Sein Blick richtete sich auf die leise im W wehenden Blätter. Der Herbst war dieses Jahr über Na gekommen. Gestern waren es noch dreißig Grad gewes die ihm den Schweiß auf die Stirn getrieben hatten, heute zog er fröstelnd die Jacke enger.

Ein Monat.

In einem Monat hatte er das Reiten gelernt, sein Schwin abzeichen erhalten und einmal war er einen Monat herumgereist. Er lächelte versonnen und konnte bei das Brummen des Motorrads und den Fahrtwind in sei Gesicht spüren. Unwillkürlich schloss er die Augen und seinen Kopf in den Nacken, um die spärlichen Sonnenstra einzufangen, die sich tapfer durch die Wolkendecke kämp

Ein Monat war eine lange Zeit.

Er erinnerte sich daran, wie er als Achtzehnjährige Sommer im stickigen Laden des alten Antons ausgeh hatte, während alle seine Freunde weggefahren waren Tage schienen wie der Alte nur schleppend vorüberzug

Ein Monat war viel zu kurz.

Als er mit seiner Frau und seinem Sohn Jahre durch die Welt reiste, flogen die Tage so unbeschwer bei wie die Vögel am Himmel, die ihn vermutlich einmal bemerkten.

Ein Monat war alles, was ihm jetzt noch blieb, un wieder in Ordnung zu bringen.

NACHRICHT
Elias

Unauffällig bedeckte er sein Handy mit seiner Hand, wobei er seinen Blick nicht von seinem Gegenüber nahm. Seit einer Stunde saß er mit dem schwierigsten und gleichzeitig zahlungskräftigsten Kunden in dem größten Meetingraum, den sie hatten. Als Unternehmensberater war das sein tägliches Brot. Was auch immer Harun, seinen Geschäftspartner und besten Freund, veranlasste, ihm so viele Nachrichten zu schicken, dass sein Display im Sekundentakt aufleuchtete, musste warten.

»Wieso steigen die Verkaufszahlen immer noch nicht?«, ereiferte sich da der Kunde mit rotem Gesicht und donnerte seine Faust auf den Tisch. Seine Halsader trat bedenklich hervor.

Elias atmete tief durch. Wenn er nicht aufpasste, eskalierte dieses Gespräch, noch ehe sein Kaffee kalt wurde. »Die Kampagne läuft seit«, er drehte sein Handgelenk und schaute auf seine Uhr, »vierzehn Stunden und die ersten Berichte stehen heute Abend zur Verfügung. Sie erfahren das Ergebnis, sobald wir es vorliegen haben.« Und bevor sein Kunde Luft holen konnte, um die Zahlen früher

einzufordern, öffnete er eine Grafik auf dem riesigen Bildschirm. »Was wir bisher schon feststellen konnten, ist, dass die Mitarbeiter mit dem neuen Kassensystem wesentlich besser zurechtkommen und der Personaltausch zu einem deutlich harmonischeren Zusammenspiel geführt hat.«

Der Kunde brummte verächtlich. »Ach, die sollen sich nicht so anstellen«, wetterte er, aber die Ader an seinem Hals war deutlich weniger sichtbar als noch vor einer Minute.

Während Elias an einer diplomatischen Antwort feilte, um Herrn Wamu weiter zu besänftigen, nahm er aus dem Augenwinkel eine Bewegung wahr. Im nächsten Moment steckte Harun seinen Kopf in den Raum.

»Wer möchte einen Kaffee oder Tee und dazu vielleicht einen noch warmen Heidelbeermuffin?«, erkundigte dieser sich bei dem Kunden und dessen Assistenten mit einem gewinnenden Lächeln. Herr Wamu brummte unwirsch, erhob sich dann jedoch und stampfte mit seinem Assistenten Harun hinterher, der ein riesiges Tablett auf dem Sideboard absetzte. »Genießen Sie diese Köstlichkeiten in Ruhe – wir sind gleich wieder bei Ihnen.«

Mit einer energischen Kopfbewegung forderte sein Partner ihn auf, ihm zu folgen, und hastete vor die Tür.

»Was war das –«, setzte Elias an, doch Harun ließ ihn nicht zu Wort kommen.

»Wie weit bist du mit dem Gespräch?« Sein Freund wirkte ungewohnt ernst.

»Wir waren bei der ersten Auswertung, aber –«.

»Ich übernehme ab hier.«

Elias runzelte die Stirn und atmete tief durch. »Was. Ist. Los?« Normalerweise fiel Harun ihm nicht ins Wort und dass er es gleich zweimal hintereinander tat, zeigte nur, wie ernst das war, was sein Freund ihm nicht geradeheraus mitteilte.

Harun umfasste seinen Ellbogen und schob ihn zum Ausgang. »Lies deine Nachrichten auf dem Heimweg. Sam fährt dich«, sagte er drängend.

»Herr Zitouni?«, rief der Kunde polternd aus dem Konferenzraum und unterbrach die beiden. Harun wandte sich in dessen Richtung, aber bevor er die Klinke drückte, drehte er sich um und sah Elias mitfühlend an. »Es tut mir leid, Elias. Inna lillahi wa inna ilahi radjiun – von Allah kommen wir und zu Ihm kehren wir zurück. Ich rufe dich nachher an.« Damit verschwand er im Meetingraum.

Elias' Puls raste und er riss panisch das Handy aus seiner Hosentasche, um herauszufinden, wer gestorben war.

Sam, sein Fahrer, der sich um alle seine Reisen kümmerte, wartete an der Straße und hielt ihm die Autotür auf, als er keine zwei Minuten später durch das Foyer stürzte. Nicht, dass die Eile irgendeinen Nutzen hätte, aber der Schock über die Nachricht saß tief und er benötigte ein Ventil, das Adrenalin wieder loszuwerden.

»Herr Tazi hat mich in Kenntnis gesetzt. Mein herzliches Beileid. Ich fahre Sie direkt nach Hause. Ihr Flug ist in neunzig Minuten und ich habe mir die Freiheit herausgenommen, Sie einzuchecken.«

»Vielen Dank, Sam«, presste Elias hervor und drückte kurz dessen Oberarm. Auf der Rückbank las er sich Haruns Nachrichten, die er nur überflogen hatte, erneut durch.

09:13: Ich habe einen Anruf von einem Notar namens Aziz erhalten. Er hat mir nicht gesagt, worum es geht – nur, dass du ihn so schnell wie möglich kontaktieren sollst.

09:15: Der Notar hat wieder angerufen. Kannst du kurz rauskommen?

09:18: Elias?

09:20: Es ist wirklich wichtig!

09:21: Kommst du bitte kurz vor die Tür?

09:23: Ich hole dich jetzt aus dem Meeting, weil ich dir einen Flug nach Frankfurt gebucht habe und du diesen unbedingt erreichen musst. Es tut mir sehr leid, aber Moaz ist gestorben und du sollst ihn waschen – heute noch. Die Beerdigung ist nach dem Asr-Gebet.

Elias fuhr sich durch den Bart, während er langsam das Handy sinken ließ und dabei nicht einmal bemerkte, wie seine Hand zitterte. Moaz, der für ihn mehr Vater gewesen war, als es sein ihm unbekannter leiblicher Vater je sein würde. Er hatte gedacht, er hätte mehr Zeit, doch nichts war trügerischer, als zu denken, für alles später Zeit zu haben. Und er sollte ihn waschen – ausgerechnet er. Wieso er? Er hatte ihn lange nicht gesehen. Nicht, seit er vor zwölf Jahren seine Koffer gepackt hatte und überstürzt abgereist war. Nein, das stimmte nicht. Moaz hatte ihn besucht. In Spanien. Aber das war fünf Jahre her. Elias schluckte und sah blicklos weiter aus dem Fenster. Bilder fluteten sein Gehirn wie eine auf zweifache Geschwindigkeit eingestellte Sprachnachricht.

Er erinnerte sich an den Tag, an dem er zu einem von Moaz' Schützlingen wurde. Damals, in seiner wilden Phase, die seine Mutter regelmäßig in eine unangenehme Lage gebracht hatte. So auch an dem schicksalhaften Dienstag. Was immer Max zu ihm gesagt hatte, war längst verblasst. Nur, dass sie sich spinnefeind gewesen waren und dies mit Fäusten zum Ausdruck gebracht hatten, das hatte er nicht vergessen. Moaz hatte ihn am Arm festgehalten, Max nach Hause geschickt und ihm dann ein Taschentuch hingehalten, damit er sich das Blut von der Nase wischen konnte.

»Ich hätte gedacht, dass du schneller wärst«, stellte Moaz fest *und es klang eher wie:* dass du schlauer wärst.

»Wenn Sie sich nicht eingemischt hätten, würde ich nicht bluten!«, blaffte Elias patzig. *Er ärgerte sich, dass er sich durch so etwas Banales wie den leisen Ruf seines Namens hatte ablenken lassen.*

»Manchmal muss man vor sich selbst gerettet werden«, erwiderte Moaz ruhig, *drehte sich um und überquerte den Schulhof in Richtung des Schulgebäudes.*

»Kann ich jetzt gehen, oder was?«, rief Elias ihm hinterher *und bewegte sich zum Ausgang.*

»Nein. Warte hier.«

Moaz lief seelenruhig weiter und öffnete die Tür des Schulgebäudes. Unschlüssig blieb Elias stehen. Der Hausmeister hatte ihm gar nichts zu sagen. Er zuckte mit den Achseln und schlenderte zum Bus.

»Du folgst Anweisungen nicht so gerne, oder?«, stellte Moaz fünf Minuten später nüchtern fest und setzte sich zu ihm auf die Bank an der Haltestelle. »Die Direktorin war ein wenig … ungehalten, weil der Vater von Max sich bei ihr über das blaue Auge seines Sohnes beschwert hat.«

Natürlich hatte er das. Schließlich war er im Elternbeirat und außerdem mit der Direktorin befreundet.

Moaz betrachtete Elias von der Seite. »Aber es gibt auch eine positive Nachricht.« Elias schwante nichts Gutes bei dieser Ankündigung.

»Lassen Sie mich raten: Sie haben sich für mich eingesetzt und ich komme mit einer Ermahnung davon.«

»Viel besser«, sagte Moaz erfreut und erhob sich. »Wir sehen uns morgen früh um sieben Uhr in meinem Büro.« Ohne auf seine Antwort zu warten, verschwand er um die Ecke.

Der Chauffeur bog in die Einfahrt zu seinem Haus in Reading ein und riss Elias aus seinen Gedanken. »Soll ich Ihnen zur Hand gehen?«, erkundigte sich Sam höflich und stellte den Motor aus.

»Es wäre prima, wenn Sie nach Trish sehen würden«, antwortete Elias und stieg aus. Das würde dem eigenwilligen Wellensittich zwar nicht gefallen, aber er hatte gerade wirklich keine Zeit, sich um sie zu kümmern. Trish war ihm am Tag seines Einzugs zugeflogen und hatte beschlossen, bei ihm zu bleiben. Sie hatte jedes Mal genau gewusst, wann er sie fangen und abgeben wollte. Nach drei Tagen hatte er es schließlich aufgegeben und ihr eine Voliere im Garten gebaut, deren Tür meistens offen stand und nur abends geschlossen wurde, um Katzen und andere Vogeljäger draußen zu halten. Trish forderte morgens ihr Futter ein und flog tagsüber fort, nur um pünktlich, wenn er nach Hause kam, auf ihn zu warten.

Fremden gegenüber war sie besonders skeptisch. Sie ließ sich entweder nicht blicken oder sie stürzte sich im Sturzflug auf denjenigen, nur um kurz vor einem Zusammenstoß abzudrehen. Dass sie dabei ein kleines Geschenk in Form eines schwarz-weißen Häufchens auf deren Schulter hinterließ, fanden die meisten erst später heraus. Sam kümmerte sich jedes Mal notgedrungen um Trish, wenn Elias auf Reisen war. Die beiden verband eine Hass-Liebe und der Vogel dankte es ihm, indem er jedes Mal gleich zwei Hinterlassenschaften zurückließ.

Der Chauffeur zog sich Handschuhe über und stiefelte durch das Gartentörchen. Es dauerte nicht lange, bis Elias Trish kreischen und Sam unterdrückt fluchen hörte.

Er überlegte, ob er eingreifen sollte, entschied sich jedoch dagegen. Stattdessen eilte er zwei Stufen auf einmal nehmend die Treppe hinauf in sein Schlafzimmer. Eilig packte er einen Handgepäckkoffer und war fünf Minuten später fertig. Ein Blick in den Garten bestätigte ihm, dass Sam noch mit Trish beschäftigt war, weswegen er in sein Arbeitszimmer lief und ein Album aus einer der hinteren Regalreihen hervorkramte. Die Ecken waren abgenutzt und der Schriftzug an der einen oder anderen Stelle so unleserlich, dass man nur erraten konnte, dass da »Für meinen besten Freund« stand.

Mit tief gefurchter Stirn ließ Elias sich in seinen Schreibtischstuhl sinken und blätterte langsam durch die Seiten. Die Bilder zeigten ihn und Mona, die Enkeltochter von Moaz und die einzige andere Verbündete, die er damals gehabt hatte.

Wehmütig strich er über ihr Foto. Ob sie immer noch in diesem verschlafenen Dorf wohnte? Auf den ersten Aufnahmen hatte er einen recht verkniffenen Zug um den Mund: egal, ob beim Klettern, Kampfsport oder Tierefüttern. Beim letzten Bild lachte er auf. Kein Wunder, dass Trish zu ihm gefunden hatte. Moaz hatte so etwas wie ein Waisenhaus für gestrandete Vierbeiner betrieben und all die Störenfriede und Unruhestifter waren früher oder später genau dort gelandet. Dreibeinige Katzen, einäugige Schildkröten und orientierungslose Ziegen zu betreuen war ziemlich trickreich und hatte auch die schlimmsten Rebellen wieder geradegerückt.

Die letzten Fotos zeigten ihn mit verschiedenen Pokalen und einem breiten Grinsen im Gesicht. Er war schon immer ehrgeizig gewesen und das Messen mit anderen lag ihm im Blut. Umso erstaunlicher war es, ihn als Zweitplatzierten fast noch weiter lächeln zu sehen. Nur eine Person hatte das je vermocht – Mona.

Von der Terrasse ertönte ein fürchterliches Poltern, begleitet von lautem Gekreische und einem Klopfen an seinem Fenster.

»Du kannst es nicht lassen, oder?«, begrüßte er Trish und ließ sie schmunzelnd rein.

Der türkisfarbene Wellensittich flatterte direkt auf seinen Schreibtisch und stieß eine Tirade an Pfeiftönen aus, die die schmale Brust bedenklich schnell pumpen ließ.

»Ich bin heute Abend inschallah wieder zurück«, versuchte er die Wogen zu glätten. Doch Trish schien erst so richtig in Fahrt zu kommen. »Mir wäre es auch lieber, ich müsste nicht weg«, sagte er leise. *Und dass Moaz noch leben würde*, fügte er in Gedanken hinzu und spürte einen Kloß im Hals. Wenn er ihn nur häufiger besucht hätte, wie er es versprochen hatte, dann … Ein Kitzeln an seiner Wange unterbrach seine Selbstvorwürfe. Er drehte seinen Kopf und sah Trish an, die sich unbemerkt auf seine Schulter gesetzt hatte. Wie gerne er Moaz noch einmal sehen würde. Ihn in den Arm nehmen, mit ihm reden. Seine Brust wurde eng und es fühlte sich an, als würde jemand eine einhundert Kilo schwere Gewichtsstange auf ihm ablegen, doch da hackte ihm der Wellis so stark in die Nase, dass ihm Tränen kamen.

»Trish«, stöhnte er schmerzerfüllt und griff sich an die pochende Stelle.

Der Wellensittich gab glucksende Laute von sich und bewegte seinen Kopf auf und ab. Dabei trat er von einem Fuß auf den anderen.

»O Mann, Trish«, brachte er lachend hervor, »du siehst aus wie ein tanzendes Huhn.« Vorsichtshalber schob er seinen Kopf so weit weg, wie es seine Halsmuskeln zuließen, und hob die Augenbrauen. Er wusste nie, was seine temperamentvolle Vogeldame als Nächstes aussheckte.

»Kann ich Ihnen noch beim Packen helfen?«, unterbrach Sam ihr Blickduell und Trish nutzte den Moment, um sich blitzschnell umzudrehen und Elias ihre Schwanzfeder dabei in die Nase zu stecken, bevor sie auf die Fensterbank flog.

»Nein, vielen Dank, Sam. Wir können fahren«, sagte er und kräuselte nur unmerklich die Nase, um sich Trish nicht geschlagen zu geben. Ruckartig stand er auf und fegte dabei das Album vom Tisch.

Sam bückte sich, legte es wortlos auf die Tischplatte und verließ mit einem letzten tadelnden Blick auf Trish das Büro. Er hatte es zufällig in der Mitte aufgeschlagen und Elias erbleichte. Moaz lächelte ihm von einem Foto entgegen, wobei er einen Arm um ihn und den anderen Arm um Mona gelegt hatte. Es war offensichtlich, wie stolz er auf die beiden gewesen war. Weil er damals noch nicht wusste, dass Elias drei Tage später aus ihrem Leben verschwinden würde.

ANKUNFT
Elias

Er konnte sich an den Flug kaum erinnern. In einem Moment hatte er sich von Sam verabschiedet und im nächsten war er in ein Taxi gestiegen und hatte sich entschieden, die letzten Meter zu Fuß zu gehen. Zu viel ging ihm im Kopf herum und er brauchte frische Luft.

Die Rollen seines Koffers hallten laut durch die menschenleere Straße des kleinen Dorfes am Rande von nirgendwo, in dem die Zeit stehen geblieben zu sein schien. Er hatte nie verstanden, wieso Moaz hierhergezogen war und nicht wieder weggewollt hatte. Was fand er nur an diesem Ort? Schaudernd lief er mit weit ausholenden Schritten an den alten, teils windschiefen Häusern im Dorfkern vorbei.

Doch heute hatte er keinen Blick übrig für die liebevoll gepflegten Fachwerkhäuser und die blank polierten Kopfsteine. Es war das letzte Haus auf der rechten Seite mit seinem französischen Balkon und dem dichten Efeubewuchs, das ihn magisch anzog. Hunderte Male war er diese Strecke gelaufen, hatte jeden Baum und jeden Bewohner gekannt. Er zögerte nur ganz kurz, bevor er die Türklinke des Bestattungsinstituts niederdrückte, und einem beiläufigen Beobachter wären die verkrampften Schultern und der angespannte Kiefer vermutlich nicht einmal aufgefallen.

Der Weihrauchgeruch traf ihn unvorbereitet und versetzte ihn sofort wieder zwanzig Jahre zurück, zu dem Tag, an dem er Moaz als Zehnjähriger zum ersten Mal hierher begleitet hatte. Er hatte fasziniert dem Rauch zugesehen, der sich in die Höhe gedreht hatte, und sich gewundert, wie so etwas Flüchtiges wie diese weiße Duftschwade ihm ein Gefühl von Geborgenheit geben konnte. Damals wie heute schlug sein Herz langsamer und er nahm einen tiefen Atemzug.

Fast erwartete er Moaz mit seinem kahlen Schädel, dem rundlichen Gesicht und dem immer freundlichen Lächeln, das einen sofort für ihn einnahm, zu sehen. Doch natürlich war Moaz nicht da und er schloss für einen Moment die Augen, die sich mit Tränen gefüllt hatten, und kehrte in die Vergangenheit zurück.

Er hatte am nächsten Morgen pünktlich um sieben Uhr an den Türrahmen zu Moaz' Kammer geklopft. Zwar stand Büro des Hausmeisters *an der Tür, aber der fensterlose Raum, der zugestellt war mit Kisten, Eimern und mindestens drei Werkzeugkisten, glich mehr einer Besenkammer als einem Büro. Deshalb setzte sich Moaz vermutlich auf seinen Klappstuhl immer in den Flur neben die Tür. Aber vielleicht auch, damit er so den Pausenraum und Schulhof besser im Blick hatte. Es wurden sich die unmöglichsten Geschichten darüber erzählt, wie Moaz nicht nur wusste, was in nicht einsehbaren Ecken passierte, sondern auch, wie er aus dem Nichts auftauchen konnte. Elias war erst zehn Jahre alt, aber er hatte ein gutes*

Gespür dafür, wie man durch Fragen und genaues Zuhören so ziemlich alles herausfand.

»As salamu alaikum – der Friede sei auf euch«, begrüßte Moaz ihn munter und drückte ihm einen Eimer in die Hand.

Elias schaute ihn nur gelangweilt an und blieb stumm.

»Abu Dharr sagte über das Überbringen von Grüßen: ›Ein Geschenk, das wenig wiegt.‹ Kennst du dich mit Ahadith aus?«, fragte Moaz, hielt ihm einen Besen hin und steckte die Kehrichtschaufel in den Eimer. Ohne ein weiteres Wort drehte er sich um und lief auf den Schulhof.

Elias hätte dem alten Mann gar nicht zugetraut, sich derart behände zu bewegen. Mit zusammengepressten Lippen versuchte er, mit ihm Schritt zu halten, wobei er mit dem Besen in der einen Hand und dem wild hin und her schwankenden Eimer in der anderen Hand aussehen musste wie eine Ente auf Rollschuhen. Außerdem beschäftigten ihn die Worte von Moaz. Natürlich wusste er, was ein Hadith war. Schließlich war eines seiner Lieblingsbücher eine Liste von vierzig dieser Überlieferungen darüber, was der Prophet Muhammad gesagt, getan oder stillschweigend geduldet hatte.

Als hätte Moaz seine Gedanken gehört, fuhr er fort und erinnerte ihn daran, wie viel Belohnung man allein nur für die vollständige Begrüßung erhielt: »Ein Mann ging am Propheten, Allahs Frieden und Segen seien auf ihm, vorüber, als dieser eine Sitzung hielt, und begrüßte ihn mit: ›As salamu alaikum‹. Der Prophet sagte: ›Zehn‹. Ein anderer Mann begrüßte ihn mit ›As salamu alaikum wa rahmatuh Allah‹, was der Prophet, Allahs Frieden und Segen seien auf ihm, mit ›Zwanzig‹ kommentierte. Dann lief ein dritter Mann vorüber, der ihn mit ›As salamu alaikum wa rahmatuh Allahi wa barakatuhu‹ grüßte und der Prophet, Allahs Frieden und Segen seien auf ihm, sagte: ›Dreißig.‹«

Elias' Mund wurde trocken. Er kannte den Friedensgruß, seit er klein war, und wusste, wie viele gute Taten einem für die vollständige Begrüßung gutgeschrieben wurden. Dafür hatte seine Mutter gesorgt und sie würde sich für ihn schämen, weil er den Gruß nicht erwidert hatte. Trotzig reckte er das Kinn nach oben. So leicht würde er sich nicht ködern lassen.

»Am Sportplatz ist der Mülleimer aus seiner Verankerung gerutscht. Kehr den Müll bitte auf«, bat Moaz ihn freundlich und bückte sich, um Unkraut zu rupfen.

Elias sah von dem vor ihm knienden Hausmeister zu dem Müllhaufen und wieder zurück. Sollte das ein Scherz sein? Der Mülleimer war nicht aus seiner Verankerung gerutscht, sondern herausgetreten worden. Und wenn er sich nicht täuschte, gehörte Max zu den drei Gestalten, die sich mehr schlecht als recht ein paar Meter weiter hinter einem Baum versteckten. Ihr hämisches Gelächter war nicht zu überhören.

»Je eher du damit anfängst, desto höher ist die Wahrscheinlichkeit, pünktlich in den Unterricht zu kommen«, fügte Moaz gelassen hinzu.

»Aber das war ich nicht!«, beschwerte sich Elias und der Zorn brannte heiß in ihm.

»Setz dich!«, forderte Moaz ihn auf und deutete mit dem Kopf neben sich auf den Boden.

Das war zu viel für Elias und er spürte, wie ein Schrei unaufhaltsam wie eine Lawine seine Kehle empor rauschte und dabei an Fahrt aufnahm. Doch bevor er sich Luft machen konnte, ging ein Ruck durch seinen Körper und ehe er sichs versah, saß er auf seinem Hinterteil. Scheppernd knallte die Kehrichtschaufel auf den Boden neben den Besenstiel. »Pffft«, entwich ihm der zusammengeschreckte, jämmerliche Rest seines Schreis und mit aufgerissenen Augen starrte er Moaz an. Wie hatte dieser ihn mit nur einem Handgriff zu Boden bringen können?

»Mir ist da gerade etwas in die Fuge gerollt«, sagte der unbekümmert, als wäre nichts gewesen, und zeigte mit dem Zeigefinger auf eine Stelle am Boden. »Am besten, du legst dich auf den Bauch, dann siehst du es besser.« Aufmunternd nickte er Elias zu und rutschte zur Seite.

Wenn Moaz glaubte, dass er sich hier auf den kalten Boden legen würde, dann war er schief gewickelt. Elias verschränkte die Arme vor der Brust. Er hatte längst durchschaut, dass der ältere Mann nur dem Rat des Propheten folgte, bei Wut die Position zu verändern.

»Das mit dem Zorn ist so eine Sache, besonders, wenn wir uns ungerecht behandelt fühlen«, sagte Moaz bedächtig. »Er vernebelt jeden klaren Gedanken und lässt uns Dinge tun, die wir nicht immer zurücknehmen können.« Er riss ein weißes Blatt Papier von einem Notizblock ab, den er aus seiner Jackentasche geholt hatte, und hielt es ihm hin. »Falte es«, verlangte er von Elias.

Murrend tat Elias wie geheißen.

»Jetzt glätte es so, dass es aussieht wie neu.«

Elias legte das Blatt auf den Boden und fuhr ein paarmal darüber. Es dauerte einen Moment, aber dann war er zufrieden mit dem Ergebnis.

Moaz hielt den Zettel nach oben. »Was siehst du?«

Elias schwieg.

»An manchen Stellen ist es dir gelungen, die Falten auszubügeln, aber an anderen«, er zeigte auf eine kleine Furche, »sind sie noch da, wenn auch nur hauchdünn. Doch das Blatt Papier hat sich für immer verändert.«

Die Schulglocke ertönte und Elias schaute hektisch zum Schulgebäude. Wenn er zu spät kam, würde er erneut einen Eintrag bekommen.

»Wir sehen uns morgen früh um sieben Uhr«, sagte Moaz da zu ihm und erhob sich.

Elias sprintete in die Schule und holte seinen Rucksack. Auf dem Weg in sein Klassenzimmer sah er aus dem Fenster, wie Moaz mit geübten Bewegungen den Müll zusammenkehrte und in den Eimer schmiss. Es nagte an ihm, dass der alte Mann den Dreck kehrte, der nur dort gelegen hatte, weil Max ihm eins auswischen wollte. Langsam schaute er auf das Blatt Papier, das er immer noch in der Hand hielt, und zurück in den Schulhof. In dem Moment hob Moaz den Kopf und sah ihm direkt in die Augen. Sie nickten sich zu und Elias stob davon in sein Klassenzimmer. Seitdem hatte er seinen Zorn wesentlich besser unter Kontrolle.

Ein Geräusch holte ihn zurück in das Bestattungsinstitut und er erwachte aus seiner Starre. Er wollte auf den Tresen mit der Rezeptionsglocke zulaufen, als er aus dem Augenwinkel eine andere Person wahrnahm. Eine zierliche Frau in einer dunkelgrünen, fast schwarzen Abaya stand mit dem Rücken zu ihm und war in einen Ordner vertieft. Überrascht musterte er sie von der Seite. Ihre Brauen waren zusammengezogen und sie war, ähnlich wie er gerade auch noch, in Gedanken versunken, sodass sie nichts um sich herum bemerkte.

Als hätte sie seinen Blick gespürt, drehte sie sich um und er blickte in vertraut warme hellbraune Augen. Die Erkenntnis, wer vor ihm stand, ließ seinen Atem stocken. Zwölf Jahre war es her und auch wenn sie nicht mehr das schlaksige Mädchen war, das er zurückgelassen hatte – er würde sie überall wiedererkennen.

FUND
Mona

Irgendetwas stimmte nicht. Es war zwar erst halb sieben, aber nicht zum ersten Mal hatte sie so etwas wie eine Vorahnung. Sie hatte wie immer Brot, Brötchen und Kuchen gebacken, Kaffee gekocht und einer Reisegruppe, die außergewöhnlich früh abreisen musste, ihr Frühstück serviert. Die Gäste waren vor zehn Minuten pünktlich in ihren Reisebus gestiegen, ohne dass jemand etwas vergessen hatte. Sie hatte extra die Zimmer gleich geprüft, aber nicht einmal eine Zahnbürste war vergessen worden. Doch der Druck in ihrer Brust drohte ihr die Luft abzuschnüren. Deshalb beschloss sie, kurz bei ihrem Großvater, der am anderen Ende der Straße wohnte, vorbeizuschauen. Vielleicht legte sich dann auch ihre Beklemmung.

Sie klingelte mehrmals, aber ihr Opa öffnete nicht. Vielleicht war er noch in der Moschee. Das war nicht ungewöhnlich. Deshalb hatte sie einen Schlüssel und lief ins Wohnzimmer, um dort auf ihn zu warten.

Später fragte sie sich immer wieder, wie sie ihn hatte übersehen können. Aber sie war auf den kleinen Hocker zugelaufen, auf dem normalerweise der Gebetsteppich lag, und erst als sie seinen Teppich nirgends fand, drehte sie sich suchend um. Er war im Sudjud, in der Niederwerfung, und vor Überraschung keuchte sie auf. Innerlich schalt sie sich, dass sie so schreckhaft war, und drehte sich zurück zum Hocker. Mitten in der Bewegung hielt sie jedoch inne. Es war die Stille, die nicht stimmte. Ein Lebewesen gab immer Impulse von sich. Aber hier in diesem Zimmer war niemand außer ihr.

Ihre Sicht verschwamm und der Druck in ihrer Brust wich einer bleiernen Schwere. Wie ihr Opa war auch sie Totenwäscherin. Sie kannte die Zeichen und hatte schon unzählige Male Angehörige getröstet. Ihre Lippe zitterte und sie schluckte hektisch. *Wir sind mit dem zufrieden, was Allah für uns geplant hat,* hörte sie die Stimme ihres Opas so deutlich in ihrem Kopf, dass sich nun doch eine Träne löste und ihre Wange herunterlief.

Es kostete sie all ihren Willen, sich umzudrehen und zu ihm zu gehen. Vorsichtig, und immer noch hoffend, dass er nur in sein Gebet vertieft war, näherte sie sich ihm. Sie kniete sich neben seinen Kopf, der mit der Stirn auf dem Teppich lag. Abwartend beobachtete sie seinen gebeugten Oberkörper, ob er atmete, bis sie zwei Finger an seine Halsschlagader legte und die Gewissheit sie ganz ruhig werden ließ. »Inna lillahi wa inna ilahi radjiun, von Allah kommen wir und zu Ihm kehren wir zurück«, flüsterte sie leise und erhob sich.

Zwei Stunden später verabschiedete sie den Arzt, der den Totenschein ausgestellt hatte. Normalerweise wurde dann ihr Opa gerufen, um den Toten abzuholen. Nur war er nicht mehr da. Kälte breitete sich in ihr aus und drohte, nichts als Leere zurückzulassen. Das Telefon klingelte und riss sie aus ihrer Lethargie. Blinzelnd schaute sie sich um und erst nach einem Moment erinnerte sie sich wieder, wo sie war. Das Telefon hatte aufgehört zu klingeln. *Checkliste*, sagte sie sich wie ein Mantra und stieg die Treppe hinab in das Zimmer, in dem die Toten gewaschen wurden. Das hatte sie in den Workshops zur Totenwaschung, die sie mindestens einmal im Monat anbot, so oft erwähnt. Der Tod löste eine Lawine an Aufgaben aus, deswegen war es wichtig, vorbereitet zu sein. Freudlos lachte sie auf. Es war immer einfacher, wenn es einen selbst nicht betraf. Doch gerade fühlte sie sich einfach nur hilflos und hätte sich am liebsten weinend in eine Ecke verkrochen. Sie schluckte mehrmals und reckte das Kinn. Dafür war jetzt keine Zeit.

Der Geruch nach Zeder und Kampfer empfing sie. Langsam ließ sie den Blick über den Tisch gleiten, der in der Mitte des Zimmers stand. Weiter über den Duschschlauch an der Wand mit den darunter stehenden Behältern bis zu dem Tisch in der Ecke. Sie musste ihren Vater dringend informieren. Und die Moschee. Faris, der schon seit Jahren mit ihrem Opa zusammenarbeitete, würde Babu nachher heruntertragen.

Der Arzt, ein langjähriger Freund ihres Opas, schien nicht überrascht gewesen zu sein. Hatte sie etwas übersehen? War er krank gewesen und hatte es ihr verschwiegen? Wieso sollte er das tun? Aber Babu war achtzig Jahre alt geworden, auch wenn man ihm sein Alter nicht angesehen hatte. Sie zwickte sich in den Nasenrücken und straffte die Schultern. Es war wie an ihrem ersten Schultag. Der Schulranzen war zu groß und obwohl nur ein Mäppchen im Inneren hin und her gerollt war, hatte er sich zu schwer angefühlt. Wie sollte sie nur all das meistern ohne ihren Babu, der die einzige Konstante in ihrem Leben war?

Langsam stieg sie die Treppen hinauf und blieb wie angewurzelt stehen. Eine Erinnerung drängte sich ihr auf und sie rannte zurück in das Zimmer, wo sie ein wenig atemlos vor dem Tisch anhielt. In der linken Ecke stand ein roter Ordner, den sie dort noch nie gesehen hatte. Wie von selbst streckte sie den Arm aus und zog ihn zu sich. Während alle anderen Aktenordner fein säuberlich etikettiert waren, fehlten bei diesem hier jegliche Hinweise. Sie öffnete den Deckel und atmete geräuschvoll die Luft, die sie unbewusst angehalten hatte, wieder aus. »Letzter Wille – Moaz Hilal« prangte dort in fetten Buchstaben und sie ließ sich erschüttert auf den Schreibtischstuhl sinken.

Ein schnelles Durchblättern bestätigte, dass er an alles gedacht hatte: Testament, Bankunterlagen, Urkunden, Telefonnummern, Verträge, sogar eine Liste seiner Onlinekonten war unter »Digitales« aufgeführt. Sie las, aber ihr Gehirn verarbeitete die Informationen nicht. Nur ein Gedanke beherrschte sie. Selbst seinen Tod hatte er für sie leichter machen wollen.

※

Faris und ein anderer Mann hatten ihren Opa auf den Waschtisch gelegt. »Wird Hicham ihn waschen?«, erkundigte er sich und legte Moaz' Arme sanft an die Seite. Faris war ein Bär von einem Mann, obwohl er auch schon über sechzig und Frührentner war. Er und ihr Großvater hatten die letzten zehn Jahre zusammen-gearbeitet und standen sich sehr nah. Nur weil sie ihn gut kannte, hörte sie die Trauer aus seinen Worten.

»Ich habe ihm eine Nachricht hinterlassen, aber bisher hat er sich nicht gemeldet«, antwortete sie ihm.

Faris nickte. Sie beide wussten, dass ihr Vater es wohl auch diesmal wieder nicht schaffen würde, rechtzeitig hier zu sein. So war es schon immer gewesen. Ihr Vater reiste in der ganzen Welt umher, und sie hatte längst aufgehört, sich zu merken, wo er gerade weilte. Er hatte Schulauf-führungen verpasst, Elternabende, Wettkämpfe – sogar ihre Eheschließung hätte er versäumt, wenn Babu ihm nicht ins Gewissen geredet hätte. Das war das einzige Mal, dass ihr Großvater laut geworden war. Sie hatte zwar damals nicht verstanden, was er ihrem Vater am Telefon gesagt hatte, aber sie hatte ihn durch die geschlossene Tür gehört.

»Du weißt, wo du mich findest, Mona«, brummte Faris und wischte sich unauffällig über die Augen. Er wartete, bis sie nickte, drehte sich um und ließ sie allein.

Langsam wählte sie die Telefonnummer des Notars, die fein säuberlich unter »Testament« aufgeführt war. Moaz hatte jeden Schritt einzeln vermerkt – auch, dass der Notar als Erstes angerufen werden sollte.

»Aziz«, meldete sich eine sonore Stimme.

»As salamu alaikum, mein Name ist Mona Hilal und ich melde mich bei Ihnen, weil mein Großvater Moaz Hilal heute Morgen verstorben ist«, stellte sie sich vor.

»Wa alaikum assalam wa rahmatuh Allahi wa baraka-tuhu, Frau Hilal«, antwortete er. »Wahrlich, zu Allah gehört, was Er nimmt, und zu Ihm gehört, was Er gibt.

Alles hat bei Ihm eine festgesetzte Zeit – mein herzliches Beileid. Ich kannte Ihren Großvater gut und bin mit seinem Testament entsprechend vertraut. Da Sie mich anrufen, gehe ich davon aus, dass Sie seinen Nachlassordner gefunden haben?«

»Ja, er liegt vor mir«, bestätigte Mona und schaute auf die aufgeschlagene Seite.

»Ihr Großvater hat genau festgelegt, wer ihn waschen soll, und ich werde die entsprechenden Schritte sofort in die Wege leiten. Haben Sie einen Beerdigungstermin?«

»Nein, ich ... ich dachte, mein Vater soll ihn waschen.« Sie hörte selbst, wie dünn ihre Stimme klang, und hielt sich eine Hand vor den Mund, um nicht laut zu schluchzen.

»Wären Sie so nett und mailen mir den Totenschein?«, fragte er behutsam und wich ihrer indirekten Frage geschickt aus.

»Ja, natürlich. Schicke ich Ihnen sofort«, krächzte sie und schämte sich, dass sie sich nicht besser im Griff hatte, aber der Notar beendete wenig später das Gespräch. Froh, etwas zu tun, das sie von ihren trüben Gedanken ablenkte, schickte sie ihm den Totenschein und vereinbarte einen Termin beim Standesamt, um die Sterbeurkunde zu beantragen. Sie stand auf, um den Personalausweis ihres Großvaters zu suchen. Sicherlich trug er diesen im Portemonnaie bei sich. Doch in seiner Wohnung fand sie ihn nicht. Zwar lag der Geldbeutel wie immer in der Schublade im Flur und den Reisepass hatte sie in seinem Lesezimmer gefunden, aber der Ausweis war verschwunden.

Sie stieg die Treppen erneut herunter und hoffte, den Ausweis in seinen Sachen zu finden. Faris hatte die

Taschen von Moaz' Kleidung geleert und deren Inhalt auf den Schreibtisch gelegt. Vielleicht hatte sie ihn nur übersehen. Ein kleiner Schlüssel, ein Taschentuch und ein paar Münzen waren alles, was dort lag. Merkwürdig. Babu war sehr ordentlich und es sah ihm gar nicht ähnlich, den Ausweis verlegt zu haben. Stirnrunzelnd öffnete sie den roten Ordner und suchte zuerst nach der Geburtsurkunde, die sie ebenfalls benötigte, bevor sie sich wieder dem verschwundenen Personalausweis widmete. Sie blätterte ein paar Seiten und vergaß für einen Moment zu atmen. Stattdessen starrte sie auf eine Folie, auf der ein Post-it mit dem Vermerk »Sterbeurkunde« prangte. Darin hatte ihr Opa seinen Personalausweis und die Urkunde fein säuberlich einsortiert sowie seine Heiratsurkunde und die Sterbeurkunde ihrer Oma. Jetzt gab es keinen Zweifel mehr daran, dass Babu gewusst hatte, dass er sterben würde.

KENNENLERNEN
Mona

Den roten Ordner unter ihren Arm geklemmt, saß Mona im Wartezimmer des Standesamtes und hielt einen Streifen Papier mit der Nummer dreiundzwanzig in der Hand. Irgendwo knallte eine Tür, jemand lachte und das Gemurmel von Stimmen vermischte sich zu einer alltäglichen Kakofonie. Sie presste die Lippen zu einem blutleeren Strich zusammen und hätte sich am liebsten die Ohren zugehalten. Stattdessen schloss sie die Augen und dachte an … nichts. Hätte sie jemand gefragt, was sie gestern Abend gemacht hatte, wäre ihr nichts eingefallen. Seit sie Babu gefunden hatte, war sie in einer Blase gefangen, die alles in Zeitlupe versetzte. Sie funktionierte, führte Gespräche, setzte einen Fuß vor den anderen, aber sie erinnerte sich nicht daran. Nur Dhikr, Lobpreisungen Allahs, beruhigte ihr Herz.

Ein Piepston ertönte und auf dem Display über dem Zimmer erschien »Nummer 23«. Hastig erhob Mona sich und öffnete die Tür. Die Standesbeamtin war eine ältere Dame, die sie aus unzähligen Besuchen, die sie für das Bestattungsinstitut unternommen hatte, kannte.

Betroffen sprach sie Mona ihr Beileid aus und erstellte zügig die Sterbeurkunde, um sie nicht unnötig lange aufzuhalten.

Sie beschloss, nicht in die Frühstückspension zu gehen, sondern direkt ins Bestattungsinstitut. Auf dem Weg grübelte sie darüber nach, wer Babu waschen würde. Wieso nur hatte sie den Notar nicht danach gefragt? Sie wollte denjenigen auf keinen Fall verpassen. Hastig zog sie ihren Mantel aus und hängte ihn im Büro auf. Es war niemand hier und sie schaute auf ihrem Handy, ob sich ihr Vater gemeldet hatte. Doch wie erwartet, hatte er nichts von sich hören lassen. Vielleicht stand es ja in seinem Ordner. Sie zündete den Weihrauch an und stellte sich an den Tresen, damit sie mitbekommen würde, wenn jemand eintrat.

Erneut wunderte sie sich, wann Babu den Ordner erstellt hatte. Die Einträge waren aktuell und er hatte systematisch alles aufgelistet.

Ob ihr Vater mittlerweile ihre Nachricht abgehört hatte? Sie war sich nicht sicher, ob sie froh darüber war, ihn nicht persönlich erreicht zu haben. Seit sie mit achtzehn Jahren ausgezogen war, hatten sie nur noch sporadisch miteinander telefoniert und sich mehr und mehr entfremdet. Früher hatte sie sich die Schuld dafür gegeben und es tat furchtbar weh. Heute war es ihr nicht mehr wichtig. Er hatte eine Entscheidung getroffen, die sie zwar nicht guthieß, aber akzeptierte. Sie würde nie so handeln wie er. Doch sie hatte auch Moaz gehabt, der sie bedingungslos geliebt hatte – bis jetzt.

Sie spürte ein Kribbeln an ihrem Nacken und drehte sich um. Offenbar war sie so tief in Gedanken versunken gewesen, dass sie die Türglocke überhört hatte.

Fast hätte sie ihn nicht wiedererkannt mit seinen breiten Schultern, dem markanten Kinn, dem leicht zynischen Zug um die Mundwinkel und der gerunzelten Stirn. Elias. Er war deutlich größer als in ihrer Erinnerung. Sofort erinnerte sie sich daran, wie er vor zwanzig Jahren zum ersten Mal hier ins Bestattungsinstitut gekommen war. Sie standen an fast den gleichen Stellen. Elias hatte damals ungemein wild ausgesehen und sie mit einem schiefen Grinsen von oben bis unten gemustert. Aber sie hatte gleich gemerkt, dass seine ziemlich gut zur Schau getragene harte Außenseite eben nichts anderes als genau das war – Schau. Danach waren sie die besten Freunde geworden.

Es hatte einen Jungen in ihrer Klasse gegeben, Max, der die anderen um sich geschart hatte. Er wurde zum Klassensprecher gewählt und hatte auch sonst den Ton angegeben, wenn es darum ging, welchen Film sie am Tag vor den Ferien schauten oder was sie am Wandertag machten. War er zu spät gekommen, hatte eine lahme Ausrede gereicht, um keinen Eintrag zu erhalten. In Anwesenheit der Lehrer hatte sich Max immer mustergültig benommen, doch in den Pausen gingen seine Witze auf Kosten eines anderen. Er hatte rigoros seine Interessen umgesetzt und jeden benutzt, solange es ihm weiterhalf. Schleichend hatte sich die Stimmung in der Klasse geändert. Niemand hatte sich ihm entgegengestellt.

Doch dann war ein Schüler mitten im Schuljahr zu ihnen gestoßen. Von Anfang an hatte sich der Klassensprecher in seiner Stellung bedroht gefühlt. Denn wo er versuchte, lässig zu sein, war es der Neue einfach. Deshalb hatte er in jeder Stunde gegen den Neuen gestichelt und

Mitschüler und Lehrer gegen ihn aufgehetzt. Bis er sich an einem Tag in der Kunststunde über Lisas Bild lustig gemacht hatte und diese anfing zu weinen. Mona erinnerte sich, wie Max höhnisch gelacht hatte und wie Elias aufgestanden war, um ans Waschbecken zu laufen, und ins Strauchen geraten war. Er hatte sich an einem Tisch festgehalten und dabei war ein Farbtöpfchen umgefallen, welches sich in Zeitlupe über das Bild von Max ergossen hatte. Für einen Moment schien die Zeit stillzustehen. Max' Mund hatte offen gestanden, die Augen weit aufgerissen. Er hatte wie eingefroren gewirkt, bis Elias »Upsi« gesagt und Max sich wütend auf ihn geworfen hatte. Da war ihr klar geworden, dass Elias früher oder später im Bestattungsinstitut auftauchen würde. Denn Recht haben und Recht bekommen waren zwei verschiedene Dinge, wie sie dadurch leider schon in der Schule lernte.

Sie passten die ganze Schulzeit gegenseitig aufeinander auf. Aber das war an dem Tag vorbei gewesen, an dem er verkündet hatte, dass er ein Stipendium bekommen hatte, und verschwunden war. Auf einen Schlag hatte sie ihren besten Freund verloren. Dass er sie nicht ins Vertrauen gezogen hatte, was er vorhatte, war dabei schon fast nebensächlich.

Ihr schwante, warum er nach so langer Zeit hier auftauchte. Wieso nur hatte Babu ausgerechnet ihn als seinen Totenwäscher gerufen?

BEERDIGUNG
Elias

Er sah den Moment, in dem sie ihn erkannte. Sie presste ihre Lippen fest zusammen und ein scharfer Zug bildete sich um ihren Mund.

»Elias.« Es war eine Feststellung, keine Begrüßung.

»Mona«, antwortete er im gleichen Tonfall. Sie hatte es schon immer verstanden, ihn herauszufordern. Für einen Moment starrten sie sich an wie Duellanten und die Luft wurde schwer von all den Wörtern, die sie nicht laut aussprachen. »Wahrlich, zu Allah gehört, was Er nimmt, und zu Ihm gehört, was Er gibt. Alles hat bei Ihm eine festgesetzte Zeit. So sei geduldig und hoffe auf Belohnung«, fügte er leise das Dua, Bittgebet, für Verstorbene hinzu.

Sie blinzelte und drehte ihm abrupt den Rücken zu. Wie früher. Da wollte sie auch nie, dass man sah, wenn sie traurig war. »Hast du keine anderen Sachen dabei? Wir wollen doch nicht, dass du deine elegante Kleidung ruinierst.« Ihr Ton triefte vor Sarkasmus und dennoch hatte er das leichte Wackeln gehört.

Tatsächlich hatte er vergessen, sich umzuziehen, und stand noch im Anzug vor ihr. Auch die Sachen, die er eingepackt hatte, waren eher unpraktisch, doch das würde er auf gar keinen Fall zugeben. »Wird schon gehen«, behauptete er daher und ließ sie nicht aus den Augen.

Sie zuckte mit den Achseln und presste einen roten Ordner an ihre Brust. »Du kannst deinen Koffer ins Büro stellen. Babu liegt unten.«

Er folgte ihr ins Hinterzimmer, stellte sein Gepäck in eine Ecke und eilte hinter ihr die Treppen hinunter.

»Weißt du überhaupt noch, wie man eine Totenwaschung durchführt?«, fragte sie ihn und hob eine Augenbraue.

Auch wenn ihr Tonfall provozierend war, gaben ihre Augen alles preis. Der Schmerz darin war nicht zu übersehen. Ihr Gesicht war bleich, die Schultern hochgezogen und vermutlich fiel ihr nicht mal auf, dass ihre Lippen zitterten. Sie wirkte so verloren, wie er sich fühlte. Doch es gab niemanden, der zäher war als Mona. Ihm war klar, dass sie vor ihm keine Schwäche zeigen wollte. Also spielte er mit. »Das ist wie Fahrradfahren – kannst du es einmal …«

»… vergisst du es dein Leben nicht«, beendete sie den Satz, den Moaz derart häufig geäußert hatte, dass sie ihn beide im Schlaf aufsagen konnten. Ein kaum wahrnehmbares Zucken an ihrem Mundwinkel deutete ein wehmütiges Lächeln an.

»Hier sind Schuhe«, sagte sie mit belegter Stimme und zeigte auf ein Paar Gummistiefel an der Wand. »Und hier drüben habe ich einen Kittel, eine Schürze und Handschuhe hingelegt.«

Natürlich hatte sie an alles gedacht – auch an die Möglichkeit, dass er nicht die richtige Kleidung für eine Waschung tragen würde. Er nickte.

»Ich bin oben, wenn du etwas brauchst«, sagte sie und wartete seine Antwort nicht ab, sondern schlich lautlos in den Flur.

Er schaute ihr einen langen Moment nach, bevor er sich umdrehte und sich innerlich sammelte, um zu Moaz zu treten. Bisher hatte er vermieden, auf den Mann zu schauen, der in der Mitte des Raumes aufgebahrt war.

Da lag er – sein Mentor und Freund, der so viel mehr gewesen war. Er sah aus, als würde er schlafen und jeden Moment die Augen öffnen. Sein rundes Gesicht, das selbst jetzt noch strahlte, mit dem mittlerweile komplett weißen Bart, der sein Kinn bedeckte. Elias hauchte ihm einen Kuss auf die Stirn. Moaz war einen halben Kopf kleiner als er. Sein Körper war drahtig, doch das Alter hatte ihn schmächtiger werden lassen.

Sanft strich Elias über dessen Wange und prägte sich jede Falte ein. Dabei murmelte er unablässig Duas, in denen er Allah bat, Moaz die Befragung im Grab zu erleichtern, ihm seine Sünden zu vergeben und sein Grab zu einem Garten des Paradieses zu machen. Er atmete tief durch, zog erst den Kittel an und anschließend darüber die wasserdichte Schürze. Unwillkürlich verfiel er in die Routine des Waschens und blendete aus, wen er wusch.

Ein undurchsichtiges Tuch, die Sutra, bedeckte die Aura, den Bereich zwischen Bauchnabel und Knie, und er fing an, die Kleidung aufzuschneiden.

»*Wir fangen immer rechts an*«, hörte er Moaz in seinem Kopf sagen. »*Richte den Oberkörper auf und drücke sanft auf seinen Bauch. Hast du den Schlauch unter das Tuch gesteckt?*«

Elias schmunzelte. Moaz hatte ihm immer wieder erklärt, wie wichtig es war, die Aura zu achten. Mit geübten

Griffen wickelte er einen Lappen um seine linke Hand und reinigte dreimal die Aura unter dem Tuch mit einem Schwamm.

»Reinige ihn so, wie du es bei dir tun würdest, und sei dabei besonders gründlich«, ermahnte ihn Moaz.

Elias nickte unwillkürlich.

»Jetzt führe einmal Wudu, die Gebetswaschung, durch und danach dreimal Ghusl, die Ganzkörperwaschung. Die erste mit Wasser, dann mit Sidr und schließlich mit Kafur«, erklärte Moaz.

In den einen Behälter streute Elias Sidr ein, das wie Seife wirkte, und in den anderen zerbröselte er Kafur, Kampfer, und wusch mit dem Schaum die Haare und den Bart. Er drehte ihn nach rechts und links, um gewissenhaft dessen Rücken zu waschen. Vom Tisch holte er ein kleines Parfümfläschchen und verteilte den Duft auf Stirn und Nasenrücken, Handflächen, Knien und Fußspitzen. Die Stellen, die im Sudjud, in der Niederwerfung beim Gebet, den Boden berührten.

Elias streckte sich und streifte die Handschuhe ab. Er würde Hilfe brauchen, Moaz auf die Trage zu legen und in den Nachbarraum zu fahren, um ihn in die Leichentücher zu wickeln.

»Ich habe die Tücher vorbereitet«, ertönte eine männliche Stimme hinter ihm und Elias zuckte unmerklich zusammen, weil er den Mann nicht hatte kommen hören. »Ich bin Faris, ich habe die letzten zehn Jahre mit Moaz zusammengearbeitet.«

Elias schüttelte dessen ausgestreckte Hand und stellte sich dann an das Kopfende von Moaz, damit er mit Faris Moaz anhob. Schweigend schoben sie ihn in das nächste

Zimmer und wickelten ihn in drei Tücher ein, die sie an den Enden fest eindrehten. Die Sutra, das Tuch, das während der Waschung die Aura bedeckt hatte, nahm Elias heraus, als das erste Leichentuch den Körper von Moaz verhüllte. Zum Schluss banden sie die Enden mit Schnüren zusammen, damit die Tücher nicht aufgingen.

»Ich fahre den Leichenwagen vor«, sagte Faris und verschwand. Er würde Moaz in die Moschee für das Totengebet fahren und danach auf den Friedhof, um ihn zu beerdigen.

Elias knetete seine Hände und atmete tief durch. Unwillkürlich war er wieder der Zehnjährige, der mit weit aufgerissenen Augen seinen ersten Verstorbenen aus nächster Nähe betrachtete. Es war ein kleiner Körper gewesen, nicht viel größer als sein eigener.

»Wir alle werden sterben. Die Frage ist nur, wie wir vor unseren Schöpfer treten«, hatte Moaz gesagt. »Viele verlieren das aus den Augen und kämpfen um Besitz, Reichtum oder Anerkennung. Doch wir kommen mit Nichts und gehen mit Nichts. Bis auf eines.« Moaz schwieg und schien tief in Gedanken versunken zu sein.

»Was nehmen wir mit?«, fragte Elias piepsig und schluckte schwer.

»Nur die guten Taten, mein Sohn – nur die guten Taten«, erwiderte Moaz bedächtig und strich ihm sanft über den Kopf.

»Bist du so weit?«, riss Faris ihn aus seiner Erinnerung.

Elias nickte und eilte an die Trage, um Moaz ins Auto zu bringen. Dabei hallten dessen Worte »nur die guten Taten« unaufhörlich in seinem Kopf nach.

Die Moschee war so voll, wie es nur an Eid, den Festtagen, vorkam. Elias war nicht überrascht, derart viele Menschen zu sehen. Vermutlich hatte Moaz jedem Einzelnen im Raum auf direkte oder indirekte Weise geholfen. Er quetschte sich in die erste Reihe, weil Faris ihn mit sich zog. Einige Gesichter kannte er von früher, viele waren ihm unbekannt. Der Imam war der gleiche wie damals und einer von Moaz' besten Freunden. Sie beteten zuerst das Asr-Gebet, das Nachmittagsgebet, und anschließend das Totengebet. Nur die Männer würden ihn zum Friedhof begleiten. Es gab schon fast ein Gerangel beim Heraustragen seines Sargs, weil jeder sich bemühte, ihn ein Stück zu tragen. Unwillkürlich hörte er Moaz' Stimme in seinem Kopf, wie er ihm den Hadith erzählte, welche Belohnung es dafür gab, an Begräbnissen teilzunehmen:

»Wer immer mit einem Beerdigungszug eines Muslims zieht – nur weil er gläubig ist und mit dem Lohn Allahs rechnet – und sich dort so lange aufhält, bis das Totengebet verrichtet und die Beerdigung vollzogen worden ist, der kehrt zurück mit einem zweiteiligen Lohn, wobei jeder Teil davon so viel wie der Berg von Uhud ausmacht. Wer jedoch das Totengebet verrichtet und vor der Beerdigung umkehrt, kehrt nur mit einem Teil davon zurück.«

Auf dem Friedhof wiederholte sich das Gleiche, aber der Sarg wurde zügig zum Grab getragen. Elias hatte Moaz auf seine rechte Seite gebettet, damit er mit dem Gesicht in Richtung Qibla, der Gebetsrichtung nach Mekka, lag. Er wartete, bis das Grab mit Erde zugeschüttet wurde und sich nach und nach alle verabschiedeten, bis er allein zurückblieb. Dabei bat er Allah inbrünstig um Verzeihung für Moaz, weil er wusste, dass sein Dua Moaz bei der Befragung durch die beiden Engel unterstützen würde. Wenigstens das war er ihm schuldig.

Ein Lufthauch wehte ihm die Haare ins Gesicht und die Bäume ächzten leise. Seine Aufgabe hier war erfüllt, obwohl ihn irgendetwas zurückhielt. Aber Elias war sich sicher, dass Herr Wamu nicht begeistert über seine überhastete Abreise gewesen war und er deshalb so schnell wie möglich wieder zurück ins Büro musste. Er atmete tief durch und wollte sich gerade umdrehen, als ihm jemand eine Hand auf die Schulter legte.

»As salamu alaikum wa rahmatuh Allahi wa barakatuhu, gehe ich recht in der Annahme, dass Sie Herr Zitouni sind?«, begrüßte ihn eine unbekannte Stimme. »Ich bin Abderrahman Aziz und wurde von Moaz, meinem alten Freund, mit seinem Testament betraut.«

»Wa alaikum assalam wa rahmatuh Allahi wa barakatuhu, ja, der bin ich«, erwiderte Elias den Gruß und schüttelte dem Mann die Hand. Unauffällig musterte er den Fremden, den er noch nie vorher gesehen hatte. Dieser trug einen dunklen Anzug und war etwas kleiner als er selbst. Er schätzte ihn auf Mitte fünfzig. Seine schwarzen Haare, die nicht ein weißes Haar zeigten, lagen perfekt frisiert, genauso wie sein Bart. Alles an ihm wirkte gepflegt und akkurat.

»Frau Hilal wartet bereits auf uns«, fuhr der Notar fort und schaute ihn erwartungsvoll an.

»Worauf?«, fragte Elias verwundert und runzelte die Stirn.

»Auf die Testamentsverlesung«, sagte Herr Aziz unbekümmert und setzte sich in Bewegung. »Ich hatte ihr gesagt, dass ich Sie mitnehme, da wir den gleichen Weg haben.«

Ein wenig überrumpelt lief Elias neben ihm her. »Auch auf die Gefahr hin, schwer von Begriff zu sein – wieso soll ich Sie zur Testamentseröffnung begleiten?«

»Genau das werden Sie in«, Herr Aziz schaute auf seine schlichte, aber elegante Armbanduhr, »etwa einer halben Stunde erfahren.« Er lächelte Elias an und berührte ihn ganz leicht am Ellbogen, um ihn nach rechts zu leiten.

»Sie haben Ihr Büro in Reading, in der Nähe von London?«, lenkte er Elias ganz geschickt davon ab, weitere Fragen zu stellen.

»Ja, seit knapp sechs Monaten sind wir dort«, antwortete Elias bedächtig, während sein Gehirn auf Hochtouren lief, um zu verstehen, was er mit Moaz' Testament zu tun hatte.

»Wir?«

»Mein Partner, Harun Tazi, und ich. Wir leiten das Büro zusammen.«

»Und was haben Sie davor gemacht?«, erkundigte sich Herr Aziz interessiert.

»Davor haben wir in Malaysia eine Niederlassung eröffnet«, sagte Elias, wurde aber das Gefühl nicht los, dass der Notar das alles längst wusste.

»Meine Frau hat schon seit Jahren vor, dort Urlaub zu machen. Inschallah, so Allah will, klappt es eines Tages.« Den Rest des Weges erzählte Herr Aziz von seiner letzten Reise, doch Elias hörte ihm nur mit einem Ohr zu. Hatte Moaz ihn womöglich in seinem Testament erwähnt? Sicherlich gab es einen Teil, den er Nicht-Verwandten vermachen durfte, doch dafür hatte er Moaz viel zu selten besucht, als dass dies ein ausreichender Grund wäre. Unabhängig davon war eines klar: Mona würde nicht erfreut sein, ihn dort zu sehen.

TESTAMENT

Elias

Zum zweiten Mal an diesem Tag betrat er das Büro des Bestattungsinstituts. Und erneut sah er einen Moment zur Tür und wartete darauf, dass Moaz ihn mit einer Tasse Tee begrüßte. Mit schwerem Herzen setzte er sich auf den Stuhl neben Mona, den diese zurückgezogen hatte. Sie selbst saß aufrecht und nicht eine Regung war in ihrem Gesicht zu erkennen. Wenn er noch eine Bestätigung benötigt hatte, wie tief Moaz' Tod sie getroffen hatte, dann war es das. Hastig wandte er sich ab. Sie konnte es nicht leiden, wenn man sie für schwach hielt – und das war sie beileibe nicht.

»Außer Ihnen beiden erwarte ich niemanden mehr, sodass wir direkt beginnen können«, sagte Herr Aziz und öffnete die vor ihm liegende Aktenmappe. »Moaz hatte keine Schulden, die beglichen werden müssten, daher kommen wir zum eigentlichen Testament.« Er sah erst Mona, dann Elias an, um sicher zu sein, dass sie ihm zuhörten. »Ihr Vater ist Alleinerbe. Es gibt keine Eltern, Großeltern, Geschwister, Tanten, Onkeln oder sonstige Verwandte, die noch leben.«

Mona nickte und schien nicht überrascht zu sein. Er selbst wusste nur, dass Moaz' Ehefrau früh verstorben war.

»Kommen wir zu dem Teil, den Moaz separat verteilen möchte.« Herr Aziz sah sie über seine Lesebrille hin ernst an. »Hier sollte ich vielleicht ein wenig ausholen, damit der Hintergrund klarer wird«, fuhr der Notar fort und räusperte sich. »Moaz ist früher ein erfolgreicher Geschäftsmann gewesen, bevor er sich zurückgezogen und sein Vermögen gewinnbringend investiert hat.«

Elias kniff die Augen zusammen. Das hörte er zum ersten Mal. Ein Seitenblick auf Monas in Falten gelegte Stirn bestätigte, dass sie auch nichts davon gewusst hatte.

»Frau Hilal, Ihnen vermacht er das Bestattungsinstitut mit seinem Anwesen. Außerdem erhält Ruqaya einen Fonds in Höhe von einhunderttausend Euro, der ihr an ihrem einundzwanzigsten Geburtstag ausgezahlt wird.«

Mona schnappte nach Luft und wurde bleich. Elias runzelte die Stirn. Wer war Ruqaya?

»Jedem von Ihnen vermacht er eine Million Euro.«

Bitte, was? Elias blinzelte und versuchte zu verstehen, was der Notar gesagt hatte, doch der fuhr unbeeindruckt fort.

»Die Auszahlung ist jedoch an eine Bedingung geknüpft: Sie müssen für sechs Wochen in die Rolle des jeweils anderen schlüpfen.«

Bitte, was?, dachte Elias erneut und lachte ungläubig auf.

»Auf keinen Fall!«, lehnte er ab, während Mona gleichzeitig fragte: »Hat er gesagt, wieso und was das konkret beinhaltet?«

Das war doch wohl nicht ihr Ernst. Zog sie wirklich in Betracht, seinen Platz einzunehmen? Wie stellte sie sich das vor? Herr Wamu würde sie zum Frühstück verspeisen. Ungläubig schüttelte er den Kopf.

»Sie übernehmen die jeweiligen Aufgaben des anderen, soweit das möglich ist. Moaz war bewusst, dass das eventuell zu ein paar … Herausforderungen an der ein oder anderen Stelle führen kann. Aber Sie sind jung und clever. Außerdem wären Sie auch nicht auf sich allein gestellt. Bei Ihnen«, der Notar drehte sich zu Elias, »gibt es immer noch Ihren Partner, der für diese Zeit sicherlich einen Teil Ihrer Aufgaben übernehmen und Frau Hilal in den Rest hinreichend einweisen kann. Und bei Frau Hilal übernimmt das ihre Vorgesetzte.« Herr Aziz lehnte sich zufrieden in seinem Stuhl zurück und betrachtete die beiden. »Sie wohnen in der Wohnung des jeweils anderen und es ist Ihnen nicht erlaubt, sich in der Zeit gegenseitig zu helfen.«

»Das ist doch …«, stammelte Elias und suchte nach den richtigen Worten dafür, was er von dieser Schnapsidee hielt.

»… völlig unmöglich«, beendete Mona seinen Satz und verschränkte die Arme vor der Brust.

Zumindest waren sie sich darin einig.

»Moaz hatte eine derartige Reaktion Ihrerseits vorausgesagt«, sagte Herr Aziz und griff erneut in seine Mappe. »Sie können selbstverständlich ablehnen. Dann wird das Vermögen an eine Stiftung, die sich um Waisenkinder kümmert, ausbezahlt.« Er zog zwei Briefumschläge heraus, die er ihnen hinhielt. »Sie haben bis morgen Mittag Zeit, sich zu entscheiden.«

PENSION
Elias

Elias blieb sitzen und wendete den Brief hin und her, während Mona den Notar zur Tür begleitete. Er ließ das Gespräch in aller Ruhe noch mal Revue passieren. Eine Million Euro. Moaz war ein reicher Mann gewesen, aber so hatte er nicht gelebt. Natürlich käme Elias ein solcher Betrag gelegen. Harun und er hatten das Büro in England gerade erst eröffnet und mit dem Geld wären sie weniger abhängig von einem kapriziösen Kunden wie Herrn Wamu. Nicht, dass er direkt darauf angewiesen war. Er hatte in den letzten zehn Jahren sehr gut verdient und, ähnlich wie Moaz, nicht verschwenderisch gelebt. Wie kam Moaz nur auf die Idee, dass sie ihre Leben tauschen würden?

»Musst du nicht zum Flughafen?« Mona stand im Türrahmen und knetete ihre Hände.

»Heute nicht mehr«, hörte er sich sagen und stöhnte innerlich. Er hatte eigentlich vorgehabt, einen der Nachtflüge zu nehmen.

»Tja, dann …«, erwiderte sie und zeigte mit der Hand zur Tür. Ganz offensichtlich hatte sie keine Lust, sich mit ihm zu unterhalten.

»Warst du diejenige, die Moaz gefunden hat?«

Langsam ließ sie die Hand sinken, drehte sich um und marschierte zur Ladentür. Er hatte vergessen, dass sie genauso aufbrausend sein konnte wie er. Nur zeigte sie es anders. Seufzend stand er auf und folgte ihr. Bevor er auf die Straße trat, wandte er sich noch mal an sie: »Wenn du etwas brauchst … ich bin immer noch dein Freund. Du bist nicht allein.«

Sie starrte weiterhin auf ihre Fußspitzen und rührte sich nicht. Behutsam schloss er die Tür und war sich nicht sicher, ob er sich ihre Antwort »Nein, ich bin nicht allein« nur eingebildet hatte.

Die Dämmerung brach bereits an und es war einer dieser nasskalten Abende, die nicht eisig genug für Schnee, aber ungemütlich genug waren, um sich zu erkälten. In jeder Großstadt wäre er einfach in ein Café gegangen und hätte in Ruhe nach einem Hotel gegoogelt. Aber hier, im letzten Winkel von nirgendwo, gab es kein Café. Dunkel erinnerte er sich an eine Pension am Ende der Straße. Vielleicht gab es die ja immer noch. Für eine Nacht würde er es wohl in einem muffigen Zimmer aushalten.

Überrascht schaute er sich am Eingang um. Ein Schild mit der schnörkeligen Inschrift »Am See« begrüßte ihn und es gab sogar eine Rezeption. Die nicht besetzt war, aber das hatte er erwartet. Schließlich war es eine Pension und kein Hotel. Der Raum war hell und modern eingerichtet und an der linken Seite knisterte ein Feuer in einem halbrunden Kamin, der eine wohlige Wärme ausstrahlte. Sofort fühlte er sich merkwürdig heimelig. Mit zwei Schritten war er am Tresen und hielt nach einer Messingglocke Ausschau.

»Willkommen in der Pension ›Am See‹. Wie kann ich Ihnen helfen?«, sprach ihn eine helle Stimme an.

Für einen Moment stockte er und sah sich um. Hatte er sich die Stimme nur eingebildet?

»Wir haben ein freies Doppelzimmer – mit Seeblick. Das ist mein Lieblingszimmer. Wie lange möchten Sie bleiben?«, fuhr die Stimme hinter dem Tresen fort.

»Ähm«, brachte er hervor. »Eine Nacht«, sagte er und räusperte sich.

»Dann bräuchte ich einmal Ihren Namen bitte.«

»Elias Zitouni«, antwortete er und begann aus reiner Gewohnheit, seinen Namen zu buchstabieren, weil das »ou« nicht erkennbar war. »Z – I – T –«

»O-U-N-I«, beendete die Stimme geübt seinen Namen und er war beeindruckt. »Frühstück gibt es zwischen sieben und zehn Uhr. Ihr Zimmer ist im ersten Stock am Ende des Gangs. Links neben dem Tresen geht es die Treppe hinauf.«

Elias wartete auf seinen Schlüssel, dabei achtete er darauf, sein Gesicht völlig emotionslos aussehen zu lassen. Er hatte immer noch niemanden entdeckt, weswegen dies der skurrilste Check-in war, den er je erlebt hatte. Und das wollte etwas heißen.

»Hier ist Ihr Schlüssel. Kann ich sonst noch etwas für Sie tun?« Eine kleine Hand schob den Schlüssel über den Tresen.

»Nein, vielen Dank.« Er steckte den Schlüssel ein, nahm seinen Koffer und machte sich auf den Weg in sein

Zimmer. Von der Treppe aus erhaschte er einen kurzen Blick auf einen dunkelbraunen Lockenkopf, der von dem Monitor komplett verdeckt wurde. Er grinste schief. So etwas hätte er früher auch gemacht.

Das Zimmer war entgegen seiner Erwartung weder muffig noch klein, sondern sehr geräumig und neben einem Schreibtisch gab es sogar eine gemütliche Sitzecke. Ob er tatsächlich einen Blick auf den See hatte, würde er morgen früh feststellen. Müde stellte er seinen Koffer ab, zog seine Schuhe aus und ließ sich in den Sessel fallen. Sein Handy zeigte ihm zig Nachrichten und drei verpasste Anrufe von Harun an. Er wählte seine Nummer und lehnte den Kopf ans Polster.

»As salamu alaikum wa rahmatuh Allahi wa barakatuhu«, begrüßte ihn sein Partner nach nur einem Klingeln. »Geht es dir gut? Ich meine, den Umständen entsprechend …?«

So war Harun. Er fragte nicht, wo Elias war und wieso er sich nicht gemeldet hatte, sondern ob es ihm gut ging. Obwohl es offensichtlich eine dringliche geschäftliche Angelegenheit gab, sonst hätte er nicht versucht, ihn derart oft anzurufen. »Alhamdulillah«, antwortete Elias und fuhr sich über die Augen.

»Habt ihr Moaz beerdigt?«, erkundigte sich Harun behutsam.

»Ja, nach dem Asr-Gebet.«

»Waren wenigstens ein paar Brüder und Schwestern beim Totengebet?«

»Ich schätze, es waren so um die zweihundert«, erwiderte Elias und öffnete den oberen Knopf seines Hemdes. Auf dem Tisch standen verschiedene Sorten Wasser und er angelte nach einer Flasche mit Sprudel.

»Maschallah.« Harun schwieg für einen Moment. »Hast du Mona gesehen?«

»Yep, habe ich. Und bevor du weiterfragst, sie will nicht mit mir reden.«

»Was nicht verwunderlich ist«, merkte sein Freund an, scharfsinnig wie immer.

»Nein, vermutlich nicht«, gab er zu. »Ich übernachte hier und werde inschallah erst morgen früh zurück nach Reading kommen.« Und dann erzählte er Harun alles über die Testamentseröffnung.

»Was wirst du jetzt machen?«

»Natürlich ablehnen!«

»Versteh mich nicht falsch: Ich fände es auch besser, wenn du nicht sechs Wochen lang ausfallen würdest. Aber es muss doch einen Grund geben, wieso Moaz das überhaupt vorgeschlagen hat«, ließ sein Freund nicht locker und betrachtete wie immer das Große und Ganze. Harun war der General Counsel in ihrem Unternehmen und damit eine ideale Ergänzung zu seiner eher kreativen Beraternatur.

»Tja, selbst wenn, bleibt es ein irrwitziger Vorschlag«, beharrte Elias und trank einen Schluck Wasser.

»Hat der Notar gar nichts zu Moaz' Beweggründen gesagt?«

»Nein, er hat uns bis morgen Mittag Zeit gegeben, aber die brauche ich nicht. Lass uns übers Geschäft reden«, lenkte er ab und besprach die nächste Stunde das weitere Vorgehen mit Herrn Wamu.

Erst nachdem er das Abend- und Nachtgebet gebetet hatte, fiel ihm der Brief von Moaz wieder ein, den Herr Aziz ihm gegeben hatte. Er erhob sich, fischte ihn aus seinem Jackett und machte es sich auf dem Bett bequem. Er las den Text dreimal, fuhr sich mehrmals durch seine Haare, sodass diese zu allen Seiten abstanden, und setzte sich auf.

Es sah wohl so aus, dass er doch länger hierbleiben würde als geplant.

MONDMILCH
𝔐ona

Was hatte Babu sich nur dabei gedacht? Bei ihrer Vergangenheit war Mona klar, weswegen er verschwiegen hatte, dass er derart viel Geld besaß. Aber sie von Ruqaya zu trennen? Außerdem war gerade viel los in der Pension und sie konnte Fatima nicht einfach so damit allein lassen. Sie tigerte rastlos im Büro des Bestattungsinstituts hin und her und knetete dabei ihre Hände, bis diese ganz rot waren.

Ihr Handy summte und riss sie aus ihren düsteren Gedanken.

Ruqaya
Wann kommst du?

Mona
As salamu alaikum wa rahmatuh
Allahi wa barakatuhu, habibti

Ruqaya
Wa alaikum assalam wa rahmatuh Allahi
wa barakatuhu, Mama. Wann kommst du?

Mona schmunzelte. Sie hatte ihre Tochter mehrmals darauf hingewiesen, dass man sich auch bei Nachrichten höflich benahm. Aber manchmal vergaß Ruqaya es und sie hatte sich angewöhnt, ihr dann einfach zu zeigen, wie es richtig ging.

Mona
Inschallah bin ich gleich da

Immer noch aufgewühlt starrte sie auf ihr Display und atmete tief durch. Sie benötigte zwei weitere Anläufe, bis sie den Rücken durchdrückte und das Kinn hob. Wie sollte sie ihrer Tochter beibringen, dass Babu zu Allah zurückgekehrt war? Ruqaya war heute nach der Schule zu ihrer Freundin Merve gegangen und von dort direkt in die Theaterprobe. Mona hatte es für sinnvoller gehalten, später in Ruhe mit ihr zu sprechen, und war mit Fatima allein zum Totengebet gegangen. Der Tod war nichts Unbekanntes für ihre elf-jährige Tochter und sie hatten sich oft darüber unterhalten. Als Enkelin eines Totenwäschers war das nicht verwunder-lich. Doch Ruqaya liebte ihren Ur-Großvater über alles und sein Verlust würde sie hart treffen. Für einen Moment verschwamm das Zimmer um sie herum. Zittrig wischte sie die Tränen fort und öffnete die Tür. Es half nichts, das Unvermeidliche weiter unnötig aufzuschieben. Mit weit ausholenden Schritten eilte sie die Straße hinunter.

Ruqaya saß an der Rezeption. Seit sie sechs Jahre alt war, half sie Mona in der Pension. Es hatte damit angefangen, dass sie den Frühstücksraum gedeckt hatte und niemand es geschafft hatte, sie davon abzubringen. Auch Moaz nicht. Sie hatte ihn und Mona empört angesehen und die kleinen Hände in die Seite gestemmt. »Habe ich etwas verschüttet?«, hatte sie gefragt.

»Nein, habbu, mein Schatz, aber –«.

»Stand ich im Weg?«, war sie unbeirrt fortgefahren.

»Natürlich nicht, aber –«.

»Warst du schneller fertig?«

»Ja, aber –«.

»Hast du nicht erst gestern mit Babu darüber gesprochen, dass du Hilfe in der Pension brauchst?«

»Hör mal, Schatz«, hatte Mona ihre Taktik geändert. »Ich habe dich sehr, sehr lieb und freue mich, dass du mir helfen willst, aber … was würden die Erwachsenen machen, wenn die Kinder die ganze Arbeit übernehmen?«

Ruqaya hatte den Kopf schief gelegt und überlegt. »Meinst du damit, dass ich zu klein bin?«

»Nein, auf keinen Fall!«, hatte Mona geantwortet und gespürt, wie sie rot wurde.

»Dann hole ich jetzt den Salzstreuer.«

Ab da half sie jeden Morgen, bevor Moaz sie in die Schule brachte. Als sie lesen und schreiben konnte, bestand sie darauf, die Kärtchen für die Auswahl auf dem Buffet anzufertigen. Ein Jahr später kannte sie sich mit dem Programm zum Check-in aus und machte sich einen Spaß daraus, sich so hinter den Tresen zu setzen, dass die Gäste sie nicht sofort entdeckten. Was Ruqaya nicht wusste, war, dass Fatima sie nie aus den Augen ließ und sich immer in der Nähe aufhielt. Mona bewunderte regelmäßig, wie erwachsen ihre Tochter schon war, aber ganz unbeaufsichtigt wollte sie Ruqaya dann doch nicht lassen.

»Wir haben einen neuen Gast«, begrüßte Ruqaya ihre Mutter.

»Das ist prima«, antwortete Mona halbherzig und holte tief Luft.

»Ich mag ihn«, sagte ihre Tochter und grinste verschmitzt.

»Wen?«, fragte Mona verwirrt.

»Na, den neuen Gast«, wiederholte Ruqaya. »Er hat sich die allergrößte Mühe gegeben, so zu tun, als wäre es völlig normal, mit einem Geist zu reden.« Sie kicherte. »Er ist im Seeblickzimmer und hat nicht mal gefragt, wie viel eine Übernachtung kostet.«

»Schön.« Mona wischte sich ihre schweißnassen Hände an den Seiten ab. »Schatz, ich muss mit dir über etwas sprechen«, fing sie an und winkte Ruqaya hinter dem Tresen hervor. »Aber vorher brauche ich eine richtige Umarmung.«

Ruqaya hüpfte von dem Stuhl und stürmte in Monas weit geöffnete Arme.

»Wo ist Babu? Ich habe ihn angerufen, aber er geht nicht an sein Handy«, nuschelte Ruqaya an Monas Hals.

Mona küsste Ruqaya auf die Wange, nahm sie an der Hand und führte sie ins Büro. Dort setzte sie sich neben ihre Tochter auf das Sofa. »Wir haben uns doch schon ein paarmal darüber unterhalten, dass mit unserer Geburt feststeht, wann wir sterben werden – nur, dass das außer Allah niemand weiß«, sagte sie und legte einen Arm um Ruqaya. Sie war sich nicht sicher, wer wessen Halt dringender benötigte.

Ruqaya drehte langsam ihren Kopf, sodass sie Mona in die Augen schauen konnte, und nickte.

»Und dass die, die zurückbleiben, einfach noch ein bisschen länger verweilen und hoffen, ihre Liebsten im Paradies wiederzusehen«, fuhr sie fort und legte Ruqayas Kopf auf ihre Schulter.

Ruqaya ließ sich mit ihrer Antwort Zeit. »Babu hat meinen Anruf nicht mehr bekommen, oder?«, fragte sie mit erstickter Stimme und drückte sich fest an Monas Brust.

Mona schluckte mehrmals. »Nein, das hat er nicht.«

Es war fast Mitternacht, doch Mona konnte nicht schlafen. Sie lief unruhig in der Küche umher, öffnete fahrig den Kühlschrank, räumte die Geschirrspülmaschine aus, deckte die Tische im Frühstücksraum und fing an zu backen. Das Kneten des Teiges und ihr gemurmeltes Dhikr beruhigten sie. Erschöpft sank sie auf einen Stuhl und starrte auf die abgedeckten Schüsseln. Der Teig würde noch ein paar Stunden ziehen müssen.

Eine Million Euro. Damit könnte sie die Schulden bezahlen, die ihr Ex-Mann auf sie abgewälzt hatte, und die Pension kaufen. Dann wäre sie unabhängig. Oder sie zogen von hier weg. Sie schüttelte den Kopf. Nein, Ruqaya brauchte Stabilität. Es war schon schwer genug, dass sie durch die Scheidung ohne ihren Vater und ohne Geschwister aufwuchs. Und jetzt ohne Babu. Ihr Magen verkrampfte sich. Keine Seele bekommt mehr auferlegt, als sie tragen kann, hörte sie Babu in ihrem Kopf eine Aya, einen Teil aus dem Quran, sagen. Sie seufzte. Wie oft hatte er ihr mit der passenden Aya oder einem Hadith, eine Überlieferung darüber, was der Prophet Muhammad gesagt, getan oder stillschweigend geduldet hatte, einen Rat gegeben. Wenn sie nur mit ihm reden könnte. Das vermisste sie jetzt schon am meisten. Bei dem Gedanken fiel ihr der Brief ein, den sie vom Notar erhalten hatte, und sie huschte in ihr Zimmer.

Zurück in der Küche riss sie ungeduldig den Umschlag auf. Sie las den Text immer und immer wieder, als ob er sich davon änderte, bevor sie schließlich resigniert ihre Hände in den Schoß sinken ließ.

»Da wird er sich aber morgen freuen«, nuschelte Ruqaya verschlafen und rieb sich die Augen. Sie tapste barfuß in ihrem Schlafanzug in die Küche.

»Wer?«, erkundigte sich Mona verwirrt, weil sie ihrer Tochter gar nicht richtig zugehört hatte, und holte eine Decke aus dem Regal in einer Ecke. Sie brauchte ihre Tochter nicht zu fragen, wieso sie nicht schlafen konnte.

»Der neue Gast, Mama – weißt du noch?«

»Mhm, ja«, antwortete sie abwesend und wickelte Ruqaya so ein, dass nur ihre Stupsnase herausschaute.

»Ich vermute, dass ihm deine Zimtschnecken am besten schmecken werden«, überlegte Ruqaya laut.

»Inschallah«, murmelte Mona. Sie hatte längst einen kleinen Topf auf den Herd gestellt und rührte die Mondmilch um, die Ruqaya hoffentlich beim Schlafen helfen würde. Mit schnellen Handgriffen gab sie Zimt, Muskat und Vanille hinzu. Weil Ruqayas Lieblingsfarbe rosa war, fügte sie etwas Kirschsaft hinzu und einen Teelöffel Honig. Mit einem routinierten Griff nahm sie eine grüne Tasse aus dem Regal neben dem Herd und goss die Milch ein. Mit Kokosraspeln und ein paar Blüten verzierte sie das Ganze und schob die Tasse zu Ruqaya.

Ruqaya hatte sie nicht aus den Augen gelassen und seufzte glücklich, nachdem sie den ersten Schluck genommen hatte.

Mona betrachtete ihre Tochter, wie sie mit geschlossenen Augen den Duft der Milch einsog. »Opa hat mich um etwas gebeten«, sagte sie zögerlich und tastete nach dem Brief, den sie in ihre Kleidtasche gesteckt hatte. »Er … möchte, dass ich jemandem helfe«, sagte sie und schluckte. »Dazu muss ich aber verreisen.« Sie brach ab. Es laut auszusprechen, zeigte ihr, dass sie ihre Tochter nicht sechs Wochen lang allein lassen würde.

»Hatte ich richtig gehört«, erklang eine raue Stimme und Monas Herzschlag schoss ruckartig in die Höhe. Dass sie dabei gequiekt hatte, versuchte sie zu überspielen, doch natürlich würde Fatima sie nicht damit durchkommen lassen. »In deinem Alter gibt man nicht solche Laute von sich«, stellte die fünfundsiebzigjährige Besitzerin der Pension da auch schon fest und hob tadelnd ihre Augenbrauen. Da sie dabei aber breit grinste, verpuffte der Spott. »Was habe ich verpasst?«

»Nichts«, antwortete Mona hastig, doch gleichzeitig sagte ihre verräterische Tochter: »Mama will mir erzählen, warum sie verreisen muss.«

»Dann bin ich ja genau zur rechten Zeit gekommen. Das interessiert mich auch.« Mit einem Ächzen ließ sie sich neben Ruqaya auf die Bank plumpsen. Sie kuschelte sich unter die Decke, die die Kleine bereitwillig geöffnet hatte, um Chaltu darunter zu lassen.

Fatima hatte die Pension vor über dreißig Jahren mit ihrem Mann eröffnet. Und als Mona mit der einjährigen

Ruqaya auf der Suche nach einem Job zu ihnen gekommen war, hatten die beiden nicht lange gezögert und sie bei sich aufgenommen. Monas Tochter war hier aufgewachsen und kannte jede Ecke und jedes Versteck. Nach dem Tod ihres Mannes vor fünf Jahren hatte sich Fatima zurückgezogen und Mona die Leitung überlassen.

»Babu hat mir einen Brief geschrieben«, fügte sich Mona ihrem Schicksal, denn Fatima würde so schnell nirgends hingehen. Außerdem hätte sie es ihr sowieso am nächsten Morgen erzählt.

Die ältere Frau warf ihr einen wehmütigen Blick zu. Sie hatte Moaz sehr geschätzt und es war für Chaltu bestimmt nicht leicht, dass mittlerweile kaum noch jemand von ihren Freunden lebte. Mit einem Ruck drehte Mona sich zum Herd und bereitete eine weitere Mondmilch zu. So konnte niemand sehen, wie sehr sie sich zusammenreißen musste. »Babu hat mich darum gebeten, jemandem zu helfen«, sagte sie gepresst und stockte.

»Wem?«, fragte Fatima und legte ihren Arm um Ruqaya.

»Elias.«

»Ah.«

»Wer ist Elias?«, mischte sich Ruqaya ein.

»Ein ehemaliger Mitschüler.«

»Ah«, kommentierte Fatima erneut und an ihrem Tonfall erkannte Mona, dass sie längst wusste, von wem sie sprach.

»Auf jeden Fall«, fuhr Mona fort, bevor noch mehr Zwischenrufe erfolgen konnten, »müsste ich deswegen für sechs Wochen verreisen.«

»Wo gehst du hin?«, hakte ihre Tochter nach.

»Das … weiß ich gar nicht«, gab Mona zu und reichte Fatima die Milch.

»Wann geht es los?« Fatima sah sie neugierig über den Rand ihres Bechers an.

»Das … weiß ich auch noch nicht.« Sie hob abwehrend die Hände. »Aber ich vermute in den nächsten Tagen.« Wenn Elias überhaupt mitmachte. Er war schon immer eher ein Einzelkämpfer gewesen, der gerne alles allein regelte, und hatte den Tausch vorhin kategorisch ausgeschlossen. Was sie ihm nicht verübelte. Soweit sie mitbekommen hatte, war er erfolgreich und würde garantiert nicht sechs Wochen lang hier eine Pension führen oder gar den Babysitter für Ruqaya spielen wollen.

»Fassen wir zusammen: Du sollst einem Mann helfen, den du vor Jahren das letzte Mal gesehen hast, und du weißt nicht, wo und wann«, zählte Fatima nüchtern auf und stellte ihre Tasse ein wenig zu energisch ab, sodass etwas Milch überschwappte.

»Für sechs Wochen«, ergänzte Ruqaya, die wie immer viel zu genau zugehört hatte.

»Richtig – haben wir etwas vergessen?«, erkundigte sich Fatima lauernd.

»Mhm … na ja«, druckste Mona herum, »also … vermutlich –«.

»Jetzt spuck es schon aus, Kind«, unterbrach Fatima sie und rollte mit den Augen. »Ich bin fünfundsiebzig Jahre alt und kann jederzeit tot umfallen.«

Für einen Moment herrschte entsetzte Stille.

»Ah – das war jetzt kein so guter Vergleich«, gab Chaltu zerknirscht zu und fuhr fort: »Auch wenn es – «.

»Fatima!«, brachte Mona sie mit aufgerissenen Augen zum Schweigen und deutete unmerklich mit dem Kopf in Ruqayas Richtung.

Fatima knurrte etwas Unverständliches und wischte die verschüttete Milch mit einem Tuch, das Mona ihr hinhielt, weg. Ruqaya schaute erstaunlich abgeklärt zwischen ihr und Chaltu hin und her.

»Mama?«, fragte sie abwartend und lehnte sich ein Stück nach vorn.

»Er wird im Gegenzug die sechs Wochen hier verbringen.«

BESPRECHUNG
Elias

Er hatte wie so oft bis weit nach Mitternacht gearbeitet, war aber um fünf Uhr wieder aufgestanden, um Tahajjud, ein freiwilliges Gebet im letzten Drittel der Nacht, zu verrichten. Wenig Schlaf machte ihm nichts aus und er hatte sich angewöhnt, in den friedlichen Morgenstunden zu joggen. Als er nach seinem Lauf leise die Treppe hinunter trabte, hüllte ihn der Duft von frisch Gebackenem ein und er freute sich darauf, herauszufinden, was es Leckeres gab.

Im Frühstücksraum war in einer Ecke das Buffet in L-Form aufgebaut. Dort waren Brot, Brötchen, Joghurt, Müsli, Obst, Aufstriche, Marmelade und Eier in bunt bemalten Schüsseln angerichtet. Er schnappte sich einen Teller, schnitt sich eine dicke Scheibe von dem selbst gebackenen Brot ab, legte etwas Käse, Paprika und Tomaten dazu und füllte Obst und Joghurt in eine Schüssel. Mit geübtem Blick erkannte er einen Tisch, der nur für eine Person gedeckt war, und stellte beides ab. Eine moderne Kaffeemaschine suchte er allerdings vergeblich. Daher begnügte er sich mit einem Orangensaft, den er sich aus einer Karaffe einschenkte.

»Guten Morgen«, begrüßte ihn die Stimme vom Check-in. »Haben Sie gut geschlafen? Kann ich Ihnen einen Kaffee bringen?«

»Das habe ich und sehr gerne«, antwortete er mit einem strahlenden Lächeln und betrachtete das Mädchen vor sich. Er kannte sich mit Kindern nicht aus, aber er schätzte sie auf acht oder neun.

»Trinken Sie Ihren Kaffee mit Milch?«, erkundigte sie sich und musterte ihn mit ihren riesigen hellbraunen Augen, die ihm merkwürdig vertraut vorkamen.

»Ohne Milch, bitte«, sagte er.

»Kommt sofort.«

»Musst du nicht zur Schule?«, fragte er und schloss für einen Moment die Augen. Das ging ihn gar nichts an und normalerweise hielt er sich auch zurück.

»Die fängt erst um acht Uhr an«, erwiderte die Kleine unbekümmert. »Aber ich war neugierig, was Sie zum Frühstück essen.«

»Okay«, antwortete er gedehnt und ohne sein Zutun zog sich seine Augenbraue in die Höhe. »Und – habe ich das Richtige gewählt?«

»Mhm«, war alles, was das Mädchen dazu sagte. Und bevor er nachhaken konnte, huschte sie in die Küche.

Kopfschüttelnd setzte er sich an seinen Tisch und sah aus der riesigen Fensterfront in den gepflegten Garten. Wer auch immer die Pension leitete, hatte ein Auge für Details. Er war früher nie hier gewesen, erinnerte sich aber dunkel daran, dass sie damals von einem älteren Ehepaar geführt worden war. Während er sich sein Brot schmierte, las er seine E-Mails.

»Ihr Kaffee«, verkündete die Kleine und stellte die randvolle Tasse geschickt vor ihm ab. »Es gibt außerdem

Zitronenkuchen und Zimtschnecken.« Erwartungsvoll sah sie ihn an.

Etwas an ihrem Tonfall ließ ihn aufhorchen. »Vielen Dank«, sagte er, um Zeit zu schinden und herauszufinden, worauf sie hinauswollte. Doch sie schaute ihn nur unschuldig an. »Eine Zimtschnecke wäre toll«, entschied er und erinnerte sich an das erste Mal, als ihm Mona eine solche mitgebracht hatte.

»Kommt sofort«, antwortete das Mädchen und lief beschwingt in die Küche. Ihr unterdrückter Jubelschrei »Habe ich es doch gewusst!« war nicht zu überhören. Er mochte die Kleine, auch wenn er vermutete, dass sie es faustdick hinter den Ohren hatte.

»Hier ist die Zimtschnecke – frisch aus dem Ofen«, sagte sie kurz darauf und platzierte den Teller geschickt auf dem Tisch.

»Sieht sehr lecker aus.« Früher hatte er Zimtschnecken regelmäßig verschlungen, bis er festgestellt hatte, dass ihm bei Weitem nicht alle Zimtschnecken schmeckten, aber das würde er ihr natürlich nicht sagen.

»Wollen Sie nicht probieren?«, erkundigte sie sich erwartungsvoll.

»Doch, auf jeden Fall, wenn sie etwas abgekühlt ist.« Er schob den Teller ein wenig nach rechts.

Sie rührte sich nicht von der Stelle.

»Du wirst nicht weggehen, bevor ich sie probiert habe, oder?«, vermutete er und unterdrückte ein Schmunzeln.

»Nein«, bestätigte sie und trat von einem Bein auf das andere.

Er schulte seine Gesichtszüge, um auf jeden Fall begeistert auszusehen. Egal, wie trocken der Teig war. Ein kleines Stück würde er runterbekommen. Mit einem breiten Grinsen nahm er die Zimtschnecke und biss hinein, den Daumen schon einmal nach oben gestreckt. Doch dann explodierten die Aromen förmlich in seinem Mund und er schloss genüsslich die Augen. »Lecker«, brachte er zwischen zwei Bissen hervor.

»Hier«, sagte sie und hielt ihm eine Brottüte hin. »Ich habe noch eine eingepackt. Für später.« Hastig legte sie die Tüte auf den Tisch. »Hat mich sehr gefreut, dich kennenzulernen.«

Und bevor er antworten konnte, rannte sie aus dem Zimmer und winkte ihm vom Flur aus zu. »Mich auch«, murmelte er überrumpelt und ließ seine Hand fallen, die sich verselbstständigt hatte, um zurückzuwinken.

»Damit hast du bei ihr einen Stein im Brett«, ertönte eine raue Stimme. »Bist du verheiratet?«

Langsam drehte er sich wieder um. Diese Pension war eindeutig ein eigentümlicher Ort. Vor ihm saß eine ältere Frau, die einen Kaffeebecher in der Hand hielt und es geschafft hatte, sich unbemerkt an seinen Tisch zu setzen. »Guten Morgen«, begrüßte er sie betont höflich und ignorierte charmant ihre doch sehr persönliche Frage.

»Du musst sie schwer beeindruckt haben, dass sie dich duzt«, fuhr die Frau fort und wischte seine Begrüßung mit einer Hand weg. »Das hat sie noch nie gemacht.«

Im Gegensatz zu ihr, die ihn duzte, als würden sie sich schon ewig kennen. »Und Sie sind?«, erkundigte er sich und nahm einen weiteren Bissen von der Zimtschnecke.

»Fatima El Mokhtar.«

»Freut mich, Sie kennenzulernen«, erwiderte er, konnte aber den Namen nicht zuordnen. »Elias Zitouni.«

»Und? Hast du?«, bohrte Fatima nach.

»Habe ich was?«

»Kinder, Frau, Familie?«

»Nein, nein und nein«, sagte er und hoffte wider besseres Wissen, dass sie sich mit seiner ehrlichen Antwort zufriedengeben würde. Er trank einen Schluck Kaffee und zählte innerlich bis zehn.

»Hast du irgendein Leiden oder ein geheimes Laster?«

Prompt verschluckte er sich und hustete.

»Dachte ich mir«, sagte Fatima unbeeindruckt und schürzte die Lippen. »Moaz hat so große Stücke auf dich gehalten«, änderte sie abrupt das Thema.

Er musterte sie aufmerksam und versuchte, die Verbindung zu Moaz herzustellen, doch es gelang ihm beim besten Willen nicht.

»War nett, mit dir zu plaudern.« Sie erhob sich und stützte sich auf ihren Gehstock, den sie schwungvoll auf die Fliesen donnerte.

Kopfschüttelnd beendete Elias sein Frühstück und eilte in sein Zimmer, um seinen Koffer zu holen. Am Empfang kam ihm eine Gruppe laut schwatzender Männer entgegen, die mit Ferngläsern und Tablets ausgerüstet waren. Er schien nicht der Einzige zu sein, der früh aufstand. Sam hatte ihm am Mittag einen Flug reserviert, sodass er nicht mehr viel Zeit hatte, mit Mona zu reden. Herr Aziz würde bestimmt wissen, wo er sie finden konnte. Während er auf den Rufton wartete, betätigte er die kleine Messingglocke, um auszuchecken.

»Aziz«, meldete sich der Notar nach dem zweiten Klingeln.

»As salamu alaikum wa rahmatuh Allahi wa barakatuhu, Herr Aziz. Hier spricht Elias Zitouni«, sagte Elias.

»Ich würde gern mit Frau Hilal sprechen. Könnten Sie mir ihre Adresse geben?«

Eine Frau kam rückwärts aus der Küche und trocknete sich die Hände ab.

»Aber natürlich – haben Sie etwas zu schreiben?«

Elias bückte sich und fischte einen Notizblock aus seiner Laptoptasche. Nach einem Stift suchend richtete er sich auf und sah direkt in Monas Augen, die ihm mit unbewegtem Gesicht einen Kugelschreiber über den Tresen schob.

»Hat sich erledigt. Ich melde mich nachher bei Ihnen.« Elias legte auf, steckte sein Handy weg und begrüßte Mona. »Arbeitest du hier?«, fragte er überrumpelt.

»Wo denkst du hin? Ich bin nur zufällig hier vorbeigekommen und dachte, ich schaue mal, wo ich mich nützlich machen kann. Und du?«, erwiderte sie mit hochgezogener Augenbraue.

Die Antwort hatte er wohl verdient. »Ich habe dich gesucht«, überging er ihre Spitze und lächelte sie an.

»Und gefunden«, stellte sie trocken fest.

»Ich würde mich gern kurz mit dir unterhalten. Geht das?«

Aus dem Frühstückszimmer war lautes Geschepper zu hören und gleichzeitig ertönte der Backofentimer. »Nach dem Frühstück«, sagte Mona gehetzt und eilte in die Küche.

Kurz entschlossen folgte er ihr, worauf sie abrupt stehen blieb und er beinahe mit ihr zusammenstieß. »Elias«, schnaufte sie. »Ich bin hier ganz allein und habe jetzt keine Zeit für dich.«

»Mein Flieger geht um zwei und wir müssen uns vorher unterhalten.«

»Dann mach dich nützlich und hilf mir«, sagte sie lapidar, drückte ihm Schaufel und Besen in die Hand und scheuchte ihn in Richtung Frühstückszimmer.

»Redest du dann mit mir?«, vergewisserte er sich.

»Jaha«, erwiderte sie ungeduldig und holte ein Blech Zimtschnecken aus dem Backofen.

Er hätte wissen müssen, dass *sie* die Zimtschnecken gebacken hatte.

»Elias?«, riss ihn Mona aus seinen Gedanken, die Hände mit den Handschuhen in die Seite gestemmt.

»Ich gehe ja schon«, brummte er und marschierte ins Frühstückszimmer. Dort war eine hitzige Debatte entbrannt, in welchem Ausmaß eine geplante Windkraftanlage die hiesige Vogelwelt bedrohte. Schnell erkannte er, dass zwar zwei Schalen umgeschmissen worden waren, aber zumindest nichts zu Bruch gegangen war. Kurzerhand stellte er die beiden Schälchen auf ein Tablett und brachte sie in die Küche.

»Keine Porzellanschäden«, meldete er und suchte einen Platz für die Schüsseln, um seine Hände frei zu bekommen.

»Hier.« Mona war mit zwei Schritten zu ihm geeilt. »Die Eier sind bestimmt schon leer«, sagte sie und platzierte eine Schüssel gekochter Eier mit Schwung auf seinem Tablett, sodass er für einen Moment schwankte. »Fehlt sonst noch etwas?«

Er versuchte, sich zu erinnern, aber er hatte nicht darauf geachtet. »Ich denke nicht?«

»Sind nur die Ornithologen da?«, fragte sie weiter und stellte die Schüsseln zur Seite.

»Mhm, ja?«

Sie hielt einen Moment inne und betrachtete ihn nachdenklich. »Ich gebe dir Kuchen, Joghurt und Milch mit.«

Er nickte und merkte selbst, dass er gerade keine große Hilfe war. Zurück im Frühstückszimmer achtete er diesmal auf alle Details und räumte zwei Tische ab. Von da an arbeitete er mit Mona Hand in Hand und um halb elf war nicht nur der Frühstücksraum aufgeräumt, sondern auch die Küche. Fatima war irgendwann aufgetaucht und hatte sich seelenruhig in die Ecke gesetzt und ihm Anweisungen zugerufen, die sie mit ihrem Stock untermauerte. Er reimte sich zusammen, dass sie dann wohl Monas Chefin und damit die Inhaberin der Pension war.

»Was wolltest du mit mir besprechen?«, kam Mona direkt auf den Punkt, als auch der letzte Krümel beseitigt war, und setzte sich zu ihm an den Küchentisch.

Kurz huschte sein Blick zu Fatima.

»Ich habe keine Geheimnisse vor ihr und würde ihr sowieso später alles erzählen«, sagte Mona und wartete.

»Wegen des Tauschs«, fing er an und hoffte, dass er Mona immer noch so gut kannte wie früher, »sollten wir vielleicht unsere persönlichen Empfindlichkeiten zurückstellen. Moaz zuliebe.«

Mona nickte. »Das heißt konkret?«

»Wir rufen Herrn Aziz an und stimmen den Bedingungen zu.«

»Okay«, antwortete sie.

»Okay?«, fragte er überrascht. Er hatte sich auf Gegenwehr eingestellt und eine Liste mit Argumenten erstellt. Nicht ein Szenario enthielt die Möglichkeit, dass sie sofort zustimmen würde.

»Ja – wie du gesagt hast. Moaz zuliebe. Sind wir dann hier fertig?«, fragte sie knapp und schob den Stuhl quietschend über die Fliesen, ohne seine Antwort abzuwarten. »Ich ziehe mich nur kurz um.«

Er sah ihr hinterher, streckte seine Beine aus und zog sein Handy aus der Hosentasche. Mona hatte viel zu schnell zugestimmt und sein Bauchgefühl sagte ihm, dass er früher oder später herausfinden würde, was sie ihm verschwieg. Ihre angespannten Schultern waren ihm keineswegs entgangen. Fatima sah ihn an und zwinkerte ihm zu. Während der ganzen Zeit hatte sie nicht einmal aufgehört, Dhikr zu machen. Ihr rechter Daumen huschte rhythmisch an den Fingergelenken entlang und sie schien nicht nur von dem Tausch zu wissen, sondern war auch nicht überrascht darüber, dass Mona sich auf den Tausch einließ. Was auch immer die beiden Frauen vor ihm verbargen, er hatte kein gutes Gefühl dabei. Worauf hatte er sich da nur eingelassen?

WAHRHEIT
Mona

E rst nachdem sie die Tür zu ihrer Wohnung hinter sich geschlossen hatte, atmete sie aus und lehnte sich mit dem Rücken an die Wand. Langsam rutschte sie auf den Boden und legte die zittrigen Hände auf die Knie. Wieso hatte Elias seine Meinung geändert? War sie bereit, Ruqaya für sechs Wochen in seiner Obhut zu lassen? Was hatte Babu mit seiner Forderung bezweckt?

Stöhnend ließ sie den Kopf herunterhängen und versuchte, nicht in Tränen auszubrechen. Am liebsten würde sie absagen. Sie wollte nicht von hier weg. Hier, wo sie sich auskannte. Das Geld brauchte sie nicht – na ja, eigentlich schon, wenn sie ehrlich war, aber es war bisher ohne gegangen und das würde es auch weiterhin. Doch dann fiel ihr der Brief wieder ein und sie knurrte. So gern sie ihn auch verbrennen wollte, der Inhalt würde sich dadurch nicht ändern.

Sie hielt es am Boden nicht mehr aus und sprang auf. Fahrig löste sie ihr Kopftuch und zog ihre Arbeitskleidung aus. Früher hätte sie keinen zweiten Gedanken daran verschwendet, sich der Situation gestellt und wäre grinsend losgezogen. Aber das war lange her. Sorgfältig faltete sie ihre Kleidung und räumte sie akkurat in den Schrank. Die gewohnte Tätigkeit beruhigte sie, und so stand sie zwei Minuten später im Bad vor dem Spiegel, um ihr Kopftuch anzuziehen. Entschlossen starrte sie in ihr blasses Gesicht. Sechs Wochen. Für Moaz.

Elias hatte es sich in Fatimas Schaukelstuhl vor dem Kamin im Eingang bequem gemacht. Es schien ihn nicht zu stören, dass die Ornithologen aufgeregt hin und her eilten und sich dabei laut unterhielten. Einer stieß sogar so heftig an seinen Stuhl, dass Elias' Laptop hochhüpfte. Doch er hielt das Gerät souverän mit einer Hand fest, signalisierte mit der anderen Hand dem Rempler, dass alles in Ordnung sei, und wirkte dabei tiefenentspannt. Als er sie auf der Treppe stehen sah, erhob er sich und kam auf sie zu.

»Herr Aziz ist in fünfzehn Minuten hier. Ich hoffe, das ist in Ordnung?«

»Ja, sicher. Ich koche uns Kaffee.«

»Das brauchst du nicht«, sagte er. »Es steht alles schon auf dem Tisch.« Er machte eine Handbewegung zum Frühstücksraum.

Sie schlängelte sich durch die immer noch diskutierenden Ornithologen und warf einen Blick in das Zimmer. Ein Tisch am Fenster war für drei Personen gedeckt. Auf einem Teller lag ein halbes Brötchen mit Frischkäse und Lachs sowie einer Zimtschnecke. Fragend schaute sie zu Elias.

»Du hast doch bestimmt noch nichts gegessen und früher mochtest du das am liebsten«, sagte er und zuckte mit den Schultern. »Geh schon vor, ich hole meine Tasche.«

Sie öffnete den Mund, um zu protestieren, aber ihr Bauch fing an zu brummeln und so war Leugnen zwecklos. Das letzte Mal hatte sie vor vierundzwanzig Stunden gegessen, bevor sie Moaz gefunden hatte. Moaz. Sämtliche Farbe verließ ihr Gesicht und eine Hand stützte sie am Ellbogen.

»Ich bin heute Morgen am See entlang gejoggt. Ich wusste gar nicht, dass er so groß ist«, plauderte Elias mit ihr, als wäre nichts gewesen, und führte sie an den Tisch.

»Er ist einen Kilometer lang und fünfhundert Meter breit«, antwortete sie automatisch. Sie wusste nicht mehr, wie oft sich Gäste schon danach erkundigt hatten.

»Beeindruckend«, erwiderte er und zog den Stuhl hervor.

»Läufst du immer so frühmorgens?«, fragte sie und war ihm dankbar für die Ablenkung.

»Wenn ich kann, jogge ich jeden Tag nach Fajr«, bestätigte Elias und setzte sich neben sie. Er schenkte ihnen Kaffee ein und lehnte sich entspannt zurück. »Wie ist es bei dir? Trainierst du noch?«

»Ich laufe nicht mehr«, erwiderte sie abweisend und biss in das Brötchen.

Er runzelte die Stirn, hakte jedoch nicht nach. »Es roch heute Morgen schon nach Brot«, sagte er. »Warst du das?«

»Ja, die Gäste lieben es, mit dem Duft nach frischen Brötchen und Kuchen aufzuwachen.« Es war ihre Idee gewesen, Selbstgebackenes anzubieten, und so verband sie ihre Liebe zum Backen mit dem Nutzen für die

Pension. Eine klassische Win-win-Situation und Fatima hatte sofort zugestimmt, als sie es vor fünf Jahren vorgeschlagen hatte.

»In den frühen Morgenstunden liegt Barakah«, sagten sie gleichzeitig und grinsten sich an. Das war einer von Moaz' Lieblingssätzen gewesen und für einen Moment hingen sie ihren Erinnerungen nach.

»As salamu alaikum wa rahmatuh Allahi wa barakatuhu«, erklang die Stimme von Herrn Aziz hinter ihnen und sie begrüßten den Notar.

»Es freut mich, dass Sie es sich anders überlegt haben«, kam er gleich zur Sache und setzte sich. »Der Tausch findet sofort statt«, fuhr er fort. »Ich verstehe, dass dies unerwartet kommt, aber dieser Punkt ist nicht verhandelbar.« Er schaute zwischen ihnen hin und her. »Tritt jemand zurück?«

Mit verkniffenem Mund schüttelte Mona den Kopf und auch Elias verneinte zögerlich.

»Für sechs Wochen übernehmen Sie die Aufgaben des jeweils anderen. Sie«, dabei sah er Mona an, »übernehmen die Leitung eines Beraterbüros und Sie«, wandte er sich an Elias, »leiten diese Pension. Dabei dürfen Sie sich nicht gegenseitig helfen. Keine Besuche, Anrufe oder Nachrichten. Sollte es etwas Wichtiges geben, schreiben Sie es jetzt auf.« Er teilte zwei Blätter aus und nahm sich eine Zimtschnecke.

»Ich muss mit meinem Partner telefonieren«, sagte Elias und zog sein Handy heraus.

Herr Aziz nickte. »Selbstverständlich.«

Mona schaute Elias aufgewühlt nach und starrte auf das weiße Blatt Papier, völlig überrumpelt von den sich überschlagenden Ereignissen. Sie sollte ein Beratungsbüro leiten? Das Ganze war so surreal, dass sie keine Worte fand.

»Habe ich da vorhin eine Gruppe Ornithologen gesehen?«, erkundigte sich der Notar und tupfte sich mit der Serviette den Mund. »In meiner Freizeit widme ich mich auch gelegentlich der Beobachtung der Vogelwelt und kam nicht umhin, das eine oder andere Detail von der Gruppe aufzuschnappen.«

»Mhm«, brummte Mona und verstand den Hinweis. Sie schrieb Informationen zu Gästen, Abläufen und Einkaufslisten auf, bevor sie den Stift zur Seite legte.

Elias kam mit weit ausholenden Schritten zu ihnen und setzte sich schwungvoll. Die Laptoptasche hatte er sich dabei unter den Arm geklemmt. »Harun hat per Eilantrag deine Einreisegenehmigung online beantragt und den Flug auf dich umgebucht. Meine Sachen schickt er inschallah mit einem Gepäckversand.«

»Flieger? Wohin?«, fragte Mona und ihre Brust wurde eng. Sie hatte gar nicht nachgefragt, wo Elias wohnte.

»Nach London. Unser Büro ist in Reading, das ist etwa eine halbe Stunde von London entfernt. Sam wartet am Flughafen und fährt dich hin.«

»Sam?«

»Unser Fahrer. Am besten packst du deine Sachen und auf dem Weg zum Flughafen erkläre ich dir das Wichtigste. Harun kümmert sich um den Rest.«

»Harun?« Langsam kam sie sich vor wie ein Papagei, der nur einzelne Wörter nachahmte. Aber in ihrem Kopf drehte sich alles wie in einem Karussell, das sich immer höher in den Himmel schraubte. Sie schaute auf ihre

Liste und kniff die Augen zu. Es ging ihr alles zu schnell. Sie dachte, sie hätte ein paar Tage Zeit, um sich an den Gedanken zu gewöhnen. Wem machte sie etwas vor? So leid es ihr tat, aber sie konnte Moaz' letzten Wunsch nicht erfüllen. Sie war nur eine alleinerziehende Mutter, die eine Frühstückspension führte, keine Geschäftsfrau.

»Entschuldige, das klingt komplizierter, als es ist«, beruhigte Elias sie, der immer noch genau wusste, was in ihrem Kopf vorging. »Erinnerst du dich daran, wie wir beide früher einen Nachhilfeservice mit einem völlig neuen Konzept aufgezogen haben?« Er wartete, bis sie stumm nickte. »Nichts anderes ist es, was Harun und ich aufgebaut haben – zumindest im Kern. Harun ist mein Partner und wir haben vor Kurzem ein kleines Consultingbüro in Reading aufgemacht. Nur fünf Personen. Vertrau mir – du schaffst das schon.« Er zwinkerte ihr aufmunternd zu und überflog ihre Hinweise. »Wie ich sehe, werden wir beide viel Neues lernen. Es sind ja nur sechs Wochen. Die Zeit wird so schnell vorbeigehen, dass du gar nicht darüber nachdenken wirst.«

Mona war sich da nicht so sicher, aber der Druck in ihrer Brust hatte merklich nachgelassen. Unsicher stand sie auf. »Wann geht der Flieger?«

»In zwei Stunden. Du checkst unterwegs online ein, aber du hast maximal fünfzehn Minuten zum Packen.«

Mona schaute auf ihre Armbanduhr und atmete erleichtert auf. Ruqaya würde jeden Moment von der Schule kommen, sodass sie sich noch von ihr verabschieden konnte. Sie flitzte in ihr Zimmer, in dem Fatima bereits ihren Koffer herausgelegt hatte und nun im Sessel neben dem Fenster auf sie wartete. Es wunderte sie nicht, dass Fatima ihre Reisepläne kannte. Dankbar umarmte sie die alte Frau. Auf dem Bett lag eine karge Auswahl an zwei Kleidern, zwei Röcken, zwei Hosen und drei Oberteilen in den Farben Beige, Grau und Schwarz.

»Wann hast du dir denn das letzte Mal etwas gekauft?«, fragte Fatima und runzelte die Stirn.

»Ach, erst vor Kurzem«, erwiderte Mona leichthin und winkte ab. Schnell rollte sie die Kleidungsstücke zusammen und packte sie in den Koffer. Tatsächlich wusste sie selbst nicht mehr, wann sie sich das letzte Mal etwas Neues geleistet hatte. Aber da sie im normalen Alltag lediglich zwischen der Pension und dem Bestattungsinstitut hin und her pendelte, reichten ihr die schlichten Stücke, die sie unterschiedlich kombinierte.

Es klopfte an der Tür und auf ihr »Herein« steckte Elias seinen Kopf ins Zimmer. Das bewahrte sie davor, weitere Fragen von Fatima beantworten zu müssen, und hastig schloss sie den Koffer. Elias hob ihn vom Bett, als würde er nichts wiegen, und ging voraus, bevor sie protestieren konnte.

»Hast du ein Auto?«, fragte er beiläufig.

»Ja, klar.«

»Ich fahre, dann kannst du einchecken«, entschied er und wich geistesgegenwärtig der Eingangstür aus, die in dem Moment stürmisch geöffnet wurde.

»As salamu alaikum, Mama. Fährst du jetzt schon weg?«, rief Ruqaya außer Atem und schmiss ihren Schulranzen hinter den Tresen.

Mona kniete sich vor Ruqaya und nahm sie in den Arm. »Ja, Babu hat ein paar Spielregeln festgelegt«, erklärte sie und strich eine widerspenstige Locke aus

Ruqayas Gesicht. »Weißt du noch, wie ihr zwei dieses abgewandelte Geocaching gespielt habt?«

Ruqaya lachte begeistert auf. »Dafür habe ich in der Schule eine Eins bekommen«, erinnerte sie sich und strahlte. »Hat Babu sich so was Ähnliches wieder ausgedacht?«

»Ja, ich denke, das hat er«, sagte Mona bedächtig. »Begleitest du mich zum Flughafen?«

»Auf jeden Fall!«, bejahte Ruqaya mit Nachdruck und quetschte sich an Elias vorbei.

Der stand wie eingefroren an der Tür und sah Mona mit offenem Mund an. »Du hast eine Tochter?«, fragte er fassungslos.

UNGEWISSHEIT
Woche 1

Mona

Sie ließ Elias am Eingang stehen und hastete hinter Ruqaya her. Einzelne Sonnenstrahlen kämpften gegen diesen tristen Herbsttag an, doch es wurde jeden Tag kälter. Ihre Tochter wartete vor der Tür auf sie und schob ihre warme Hand in Monas.

»Weißt du jetzt, wo Elias wohnt?«, fragte Ruqaya mit ernstem Gesicht.

»Zumindest weiß ich, wo sein Büro ist, und zwar in Reading, das ist in der Nähe von London.«

»Darf ich dich dort besuchen?«, wollte Ruqaya wissen.

»Ich bin mir nicht sicher«, sagte sie langsam, weil sie nicht wusste, ob sie sich die Flüge leisten konnte. Auch wenn sie eventuell in sechs Wochen viel Geld bekommen würde. In ihrer jetzigen Lage war es unmöglich. Außerdem wurde ihr mulmig bei dem Gedanken, Ruqaya allein fliegen zu lassen. Weder sie noch Ruqaya waren jemals in ihrem Leben geflogen. »Wir werden sehen.«

»Du wirst meine Aufführung verpassen«, presste Ruqaya hervor und blickte auf den Boden.

Und schon lag ihr Herz in Scherben. Ruqaya spielte in einem Theaterstück die Hauptrolle und seit Wochen probten sie dafür. »Das werde ich nicht«, sagte sie bestimmt und kniete sich vor ihre Tochter. »Fatima lässt mich per Videoanruf alles sehen. Das ist zwar nicht das Gleiche, aber ich bin live dabei. Was denkst du?« Sie rang sich ein Lächeln ab und ignorierte den Druck hinter ihren Augen.

»Ich vermisse dich jetzt schon«, flüsterte Ruqaya und ihre Lippe fing an zu zittern.

Mona nahm Ruqaya fest in den Arm. »Wie wäre es, wenn du mir jeden Tag eine Textnachricht schickst? Darüber, was du erlebt hast. Das kann ein Satz oder ein Erlebnis sein. Irgendetwas, das den Tag am besten beschreibt und was du nur mit mir teilst.« Ruqaya wurde für einen Moment ganz still.

»Das mache ich«, schniefte sie in Monas Haar. »Aber nur, wenn du es auch machst. Dann weiß ich, dass du mich nicht vergisst.«

Mona presste fest die Lippen zusammen, damit kein Laut verriet, wie aufgewühlt sie war. Stattdessen stand sie auf, hakte sich bei ihrer Tochter unter und drehte sich im Kreis, bis diese kreischte. Langsam blieb sie stehen und hielt ihr den kleinen Finger hin. »Inschallah«, sagte sie und verhakte ihren Finger mit dem von Ruqaya.

»Was. Ist. Das?«, erscholl Elias' entsetzte Stimme.

Sie hatte ihn nicht kommen gehört. »Vier Reifen, Karosserie – ich würde sagen, das ist mein Auto.«

Er lachte gequält auf. »Das ist ein Rosthaufen, zusammengehalten von Altersstarrsinn«, stellte er fest und stampfte einmal um ihren Wagen herum. »Ist der überhaupt noch zugelassen?«

»Yep«, sagte sie und ihre Augen wurden gefährlich eng. Am liebsten wäre sie allein gefahren, aber sie hatte Ruqaya versprochen, sie mit zum Flughafen zu nehmen, und sechs Wochen am Flughafen zu parken, war bestimmt nicht gerade billig. Innerlich kochend, öffnete sie den Kofferraum. Moaz hatte ihr den Wagen damals geschenkt und weil sie sich keinen anderen leisten konnte, hatte sie gelernt, ihn selbst zu reparieren. Den letzten TÜV hatte sie ohne irgendwelche Beanstandungen bestanden. Gut, der Lack hatte schon bessere Zeiten gesehen, aber der Motor, die Bremsen, Reifen, also alles, worauf es ankam, waren top gepflegt. »Du kannst hierbleiben«, entschied sie. Sie würde Ruqaya ein Taxi rufen und schaute sich nach Fatima um, damit diese ihre Tochter begleitete. Zu schade, dass Fatima schon seit Jahren kein Auto mehr fuhr.

»Pah, und euch alleine mit diesem … Ding da lassen? Auf keinen Fall!«, ereiferte Elias sich und wuchtete den Koffer in den Kofferraum. »Ich fahre.« Auffordernd hielt er die Hand auf.

»Nein.«

Demonstrativ hob er das Handgelenk und tippte auf seine Apple Watch. »Dafür haben wir keine Zeit. Ich fahre, dann kannst du dich hinten mit … deiner Tochter unterhalten«, sagte er und Mona war sein Zögern bei »deiner Tochter« nicht entgangen.

Aufgebracht stemmte sie die Hände in die Hüften, doch eine kleine Hand griff nach ihren Fingern.

»Kommst du, Mami?«, fragte Ruqaya leise, die immer noch neben ihr stand.

Ihren Blick wütend auf ihn gerichtet, holte sie ihren Schlüssel aus der Jackentasche und warf ihn kraftvoll zu

Elias. Dass sie dabei auf seinen Kopf gezielt hatte, schrieb sie ihrer Tollpatschigkeit zu.

Doch natürlich fischte Elias den Schlüssel lässig aus der Luft und schloss wortlos auf. Allerdings nicht ohne den Puschelanhänger an ihrem Schlüsselbund mit hochgezogener Augenbraue zu betrachten.

Spielverderber. Sie äffte ihn nach und schlenderte dann zum Auto. Ruqaya hatte die Hand vor den Mund gepresst, um ein Giggeln zu unterdrücken, und sah sie mit riesigen Augen an. Sie stiegen ein und schnallten sich an. Elias warf den beiden über den Rückspiegel einen Blick zu, der so viel sagte wie »Wie erwachsen« und den Mona geflissentlich übersah.

Er drehte den Zündschlüssel um und stockte. Sie grinste ihn selbstgefällig an. Ihr Auto schnurrte wie eine Katze und sie kamen ohne Zwischenfälle am Flughafen an. Auch wenn sie es nicht gerne zugab, aber sie war froh, dass Elias mitgekommen war, denn das Aufgeben ihres Koffers hätte sie so schnell nicht allein geschafft. Er drängte sie zur Sicherheitskontrolle, weil sie spät dran waren, und rannte mit ihnen dorthin. Völlig außer Atem verabschiedete sie sich von Ruqaya, die sie wie eine Ertrinkende umarmte. Sie nickte Elias kurz zu und erst nach der Passkontrolle fiel ihr auf, dass weder sie noch Ruqaya geweint hatten.

Der Flug dauerte eineinhalb Stunden und sie war vermutlich die Einzige an Bord, die der Flugbegleiterin aufmerksam lauschte. Ihre Hände verkrampften sich beim

Start und ihr wurde leicht mulmig beim Abheben, aber dann klebte ihr Gesicht fast an dem kleinen Fenster, um ja nichts zu verpassen. Sie fotografierte die Wolkendecke, die sich wie ein Wattebausch um das Flugzeug legte und von der Sonne angestrahlt wurde. Das würde auf jeden Fall ihr erstes Foto für Ruqaya geben.

Nachdem das Flugzeug gelandet war, folgte sie ein wenig aufgeregt den Passagieren vor ihr, die sie zielsicher zur Gepäckausgabe brachten. Ihr Koffer war einer der ersten auf dem Band und schwer bepackt lief sie zum Ausgang. Ob dieser Sam sie abholte? Wie sollte er sie denn überhaupt erkennen? Was, wenn er nicht kam? Sie hatte vergessen, Elias nach seiner Adresse zu fragen, und Panik rauschte wie ein heißer Strahl durch ihren Körper.

Unbewusst war sie stehen geblieben und wurde unsanft von hinten angerempelt. Sie blickte auf und sah an der Seite der Ankunftshalle Männer und Frauen stehen, die Tablets hochhielten. Richtig, Sam wartete bestimmt in der Reihe auf sie. Sie lief zweimal auf und ab und las jedes Display, doch ihr Name stand auf keinem. Hinter den Wartenden entdeckte sie ein Café und beschloss, dort auf den Fahrer zu warten. Mit einer großen Tasse heißer Deluxe-Schokolade schlängelte sie sich durch die Tische bis zu einer Sitzecke in der hinteren Ecke. Ein deckenhohes Regal enthielt einige Bücher und beruhigte sie. Zwar war sie im Moment zu abgelenkt, um zu lesen, aber sie hätte nicht damit gerechnet, dass sie ein so einladendes Café an einem Flughafen finden würde.

Elias durfte sie nicht fragen und da sie weder von diesem Sam noch von Harun eine Telefonnummer hatte, rief sie den einzigen Menschen an, der ihr hoffentlich weiterhelfen konnte.

»Aziz«, ertönte die Stimme des Notars.

»As salamu alaikum, Herr Aziz, hier spricht Mona«, begrüßte sie ihn. »Ich bin in London am Flughafen, aber der Fahrer ist nicht gekommen. Könnten Sie mir bitte die Adresse von Elias schicken? Also beide? Die vom Büro und von seinem Apartment?«

»Verstehe«, sagte Herr Aziz und für einen Moment wurde es still am anderen Ende der Leitung. »Ich habe sie Ihnen per E-Mail geschickt. Soll ich Ihnen ein Taxi rufen?«

»Ich komme zurecht, vielen Dank«, sagte sie mit fester Stimme und verabschiedete sich.

»Entschuldigen Sie, sind Sie Frau Hilal?« Ein etwa sechzigjähriger Mann mit einem beeindruckenden schlohweißen Schnauzer stand neben ihr und sah sie aus gutmütigen blau-grauen Augen an. Er trug eine schwarze Chauffeursmütze.

»Ja, die bin ich«, sagte sie. »Und Sie müssen Sam sein.«

»Es freut mich, Sie kennenzulernen«, erwiderte dieser. »Ich habe Herrn Zitounis Koffer aufgegeben und mich deswegen sehr zu meinem Bedauern verspätet.«

Mona winkte ab. »Alles gut – ich habe dafür eine extrem leckere heiße Schokolade trinken können.« Sie trank den Rest und stellte die leere Tasse in ein Rückgaberegal.

Sam wartete geduldig und nahm ihr den Koffer ab. »Möchten Sie in die Wohnung oder ins Büro?«

»Wohin fahren Sie Elias normalerweise?«

»Ins Büro«, antwortete Sam, ohne zu zögern.

»Dann bringen Sie mich bitte dorthin.« Sie selbst würde immer erst nach Hause zu Ruqaya und Fatima fahren, aber für die nächsten sechs Wochen schien die Arbeit an erster Stelle zu stehen. Dabei hatte Elias früher häufig davon gesprochen, nicht so werden zu wollen wie ihr Vater. Aber vermutlich hatte sich sein Leben auch anders entwickelt, als er gedacht hatte – genau wie ihres.

Sam verstaute den Koffer und fädelte sich in den Nachmittagsverkehr ein.

»Waren Sie schon mal in London?«, erkundigte er sich und sah sie über den Rückspiegel an.

»Nein, noch nie.«

»Geben Sie mir Bescheid, wenn Sie eine Stadtbesichtigung wünschen. Ich bin nebenbei privater Guide und führe Sie gern ein wenig herum.«

»Geht das denn neben dem Chauffieren?«

»Ich bin schon pensioniert, aber Herr Zitouni hat mir einmal sehr geholfen, daher bin ich seitdem sein persönlicher Fahrer. Und da Sie Herrn Zitounis Platz einnehmen, haben auch Sie ein Anrecht darauf«, sagte er und grinste spitzbübisch.

Sie mochte ihn sofort und ein Teil ihrer Anspannung fiel von ihr ab. Die Fahrt dauerte vierzig Minuten und endete in einem Gewerbegebiet, das direkt an der Themse lag. Sam hielt vor einem modernen Glasgebäude, an dessen Rückseite ein Park angrenzte. Ein vielbenutzter Parkplatz für E-Bikes, ein Café sowie eine Bushaltestelle waren fußläufig erreichbar. Mona liebte ihre Pension im Grünen und die Abgeschiedenheit, aber wenn sie woanders arbeiten müsste, stünde dieses Fleckchen Erde hier auf ihrer Liste ganz oben.

»Im Sommer ist der Kanuverein sehr aktiv«, erklärte Sam, der ihrem Blick gefolgt war. »Kajaks, Drachenboote oder Stehpaddeln stehen hoch im Kurs.«

Mona lachte. Nichts davon hatte sie je ausprobiert.

»Man glaubt es kaum, aber es gibt hier mehr als vierzig verschiedene Vogelarten in dem dreißig Hektar großen Park, der sich entlang des Themse-Ufers erstreckt«, sagte Sam ganz im Guide-Modus.

Mona dachte sofort an ihre Ornithologengruppe und schmunzelte.

»Und natürlich gibt es Libellen und Erdkröten. Der eine oder andere hat auch von Ringelnattern oder Ottern berichtet«, fuhr Sam fort.

»Ich sehe schon, dass Sie gerne Reiseführer sind«, sagte sie und war ihm dankbar, dass er sie so herzlich aufnahm.

»Herr Tazi erwartet uns in zehn Minuten«, erinnerte Sam sie daran, dass sie nicht zum Spaß hier waren, und lief neben ihr zum Eingang des Firmengebäudes. Die Rezeption war mit Grünpflanzen umgeben und eine Frau mittleren Alters mit einer perfekt sitzenden Hochsteckfrisur lächelte ihnen entgegen.

»Herzlich willkommen, Frau Hilal. Hier ist Ihre Zugangskarte für den vierten Stock«, sagte sie geschäftig und schob die unscheinbare Karte über den Tresen. »Die Aufzüge sind da vorne links. Die Rezeption ist vierundzwanzig Stunden besetzt und nach acht Uhr abends kommen Sie mit Ihrer Karte selbstständig ins Gebäude.«

Mona bedankte sich und folgte Sam in den Fahrstuhl. Ihr Englisch war definitiv eingerostet und sie rieb sich verstohlen die schweißnassen Hände an der Seite ab. Vielleicht war es aber auch nur ihrer Nervosität geschuldet, denn Sam schien sie einwandfrei zu verstehen. Wie dieser Harun wohl war?

Die Aufzugtüren öffneten sich und sie blinzelte. Hatte Elias nicht gesagt, es wäre ein kleines Büro mit fünf Personen? Sam winkte sie heraus und sie betrat ein Loftbüro für mindestens fünfzig Leute. Staunend betrachtete sie die Arbeitsplätze, die sich mit Ruhezonen und Meetingflächen abwechselten. Grünpflanzen zierten die Regalbretter und harmonierten mit dem grau melierten Teppichfußboden und den hellgrauen Wänden. Mona kam sich wie in einem großen Wohnzimmer vor und nicht wie in einem Büro.

»Gefällt es Ihnen?«

Ruckartig drehte sie sich um und stand einem Mann gegenüber, dem sie gerade mal bis zur Brust reichte. »Elias erwähnte fünf Personen …«, sagte sie überwältigt.

Der Mann lachte leise. »Sein engster Stab besteht aus fünf Personen, das ist richtig. Und mit diesem werden Sie es auch hauptsächlich zu tun haben.« Er machte eine einladende Handbewegung und bedeutete ihr, ihm zu folgen. »Besprechen wir doch alles Weitere in meinem Büro bei einer Tasse Tee.«

Sam nickte ihr aufmunternd zu und verabschiedete sich von ihr. Sie eilte dem Mann hinterher, der bereits am anderen Ende des Büros angekommen war.

»Ich bin Mona«, sagte sie und setzte sich ihm gegenüber.

»Harun Tazi«, antwortete er förmlich und schenkte marokkanischen Tee in zwei Gläser ein. »Elias hat mir erzählt, dass Sie eine Pension leiten?«, fuhr er in fließendem Deutsch fort. Auf ihren fragenden Blick erklärte er: »Ich bin in Deutschland aufgewachsen und habe internationales Recht in England studiert. Meine Mutter ist Britin.«

Beeindruckt nickte sie und beantwortete etwas verspätet seine Frage: »Ja, das stimmt.« Sie nippte an dem Glas und schaute sich um. Das Büro bot einen weitläufigen Blick über den Park und war funktional mit Haruns Schreibtisch, ein paar Regalfächern, einer kleinen Sitzecke sowie einem abschließbaren Schrank ausgestattet. Der Raum enthielt nichts Persönliches. Nur ein Gebetsteppich, der in einem der Regale lag, gehörte vermutlich ihm.

»Kennen Sie sich mit Geschäftsabläufen, Gesprächsführung oder Projektmanagement aus?«, erkundigte er sich und nahm einen Schluck seines Tees.

Mona kam sich vor wie bei einem Bewerbungsgespräch und schluckte hektisch. »Ich … ähm«, sie räusperte sich und straffte die Schultern. »Die Grundlagen des Prozess- und Projektmanagements sind mir vertraut und durch die Leitung der Pension habe ich auch Erfahrung mit den unterschiedlichsten Gesprächsdynamiken«, erklärte sie in einem zweiten Anlauf.

Er musterte sie für einen Moment. »Waren Sie schon mal in London?«, wechselte er das Thema.

»Nein, noch nie.« Sie wusste nicht, ob es an seiner Statur lag oder an seiner zurückhaltenden Art, aber sie war ihm gegenüber ungewohnt gehemmt.

Er nickte und tippte auf sein iPad. Kurz darauf streckte eine Frau ihren Kopf ins Zimmer. Sie trug Jeans, ein Hoodiekleid, das ihr bis zu den Knien reichte, und ein passendes Kopftuch dazu.

»Hey, Boss«, nuschelte sie und schob die Hände in die Taschen.

»Das ist Omayma, unser Mädchen für alles«, stellte Harun sie vor. »Sie wird sich um Sie kümmern und Ihnen alles erklären.«

»Komm, ich zeig dir dein Büro«, sagte Omayma fröhlich und winkte ihr, ihr zu folgen.

Zögernd erhob Mona sich, verabschiedete sich von Harun und folgte Omayma in den Flur. Diese hakte sich bei ihr ein, als wären sie alte Freunde.

»Ich habe dein Laptop bereits vorbereitet. Wir müssen nur ein paar Einstellungen durchgehen und das war es auch schon. Schön, dich hier zu haben«, plapperte die junge Frau drauflos und glich das doch eher nüchterne Gespräch mit Harun wieder aus.

Sie zog Mona schräg gegenüber in ein Zimmer, das ähnlich wie Haruns Büro geschnitten war, nur, dass hier zahlreiche Bücher, Zeitungen und Zeitschriften auf dem Boden, dem Sofa und vor dem Regal gestapelt waren, eine Puttingmatte am Rand lag und der Tisch mit Papieren und Softbällen übersät war.

»Wessen Büro ist das?«, fragte Mona und schaute sich entsetzt in dem Chaos um.

»Das von Elias«, erklärte Omayma und grinste schief.

Mona schnaubte. »Ist er immer … so?«

»Wenn du mit ›so‹ unaufgeräumt meinst, dann ja. Die Putzfrau hat längst aufgegeben, hier Ordnung reinzubringen. Schieb zur Seite, was dich stört«, riet sie ihr. Sie zeigte auf ein Laptop auf dem Schreibtisch und ging mit Mona in der nächsten halben Stunde die verschiedenen Einstellungen durch. Danach stürzte sie geschäftig in den Flur. »Falls du was brauchst, schick mir ne Message«, rief sie und weg war sie.

Mona sah ihr einen Moment hinterher, ließ den Kopf kreisen und knackte mit den Fingerknöcheln. Dann würde sie mal aufräumen.

RUQAYA
Elias

Mona hatte eine Tochter! Und er keine Ahnung von Kindern. Die Kleine winkte Mona hinterher, obwohl sie schon gar nicht mehr zu sehen war. »Wie sieht es aus – bereit, zurückzufahren?«

Sie zuckte mit den Schultern und lief dann schweigend neben ihm her.

»In welche Klasse gehst du?«, brach er die Stille und schaute sie von der Seite an.

»Siebte.«

»Siebte?«, wiederholte er und runzelte die Stirn. »Wie alt bist du?«

»Fast zwölf«, sagte sie und schaute ihn finster an. »Wieso?«

Da hatte er wohl einen wunden Punkt getroffen. »Mein Lieblingsfach war Latein. Was magst du am liebsten?«, versuchte er das Thema zu wechseln.

Sie schnaubte und rannte die Stufen hinunter. Erst am Auto holte er sie wieder ein.

»Willst du vorne sitzen?«

»Nein.«

Er atmete tief durch, stieg ein und stellte sich mental auf Ruqaya ein – so wie er es bei seinen Kunden auch immer tat. »Deine Mama meldet sich bestimmt heute Abend bei dir.«

Ruqaya starrte aus dem Fenster.

»Es sind nur sechs Wochen. Stell es dir wie ein Ferienlager vor. Die Zeit verfliegt und du freust dich umso mehr, deine Mama wiederzusehen.« Er beobachtete sie im Rückspiegel, aber sie war völlig regungslos und da er mit keiner Antwort mehr rechnete, widmete er sich dem Verkehr vor ihm.

»Wir waren noch nie getrennt«, sagte Ruqaya leise, und nur weil er so angestrengt gelauscht hatte, hatte er sie überhaupt gehört.

»Gab es in der Grundschule keine Abschlussfahrt?«, fragte er verblüfft. Er erinnerte sich noch genau an seine eigenen Schulfahrten.

»Doch, aber Mama ist im Elternbeirat und ist als Begleitperson mitgefahren.«

Natürlich war Mona im Elternbeirat. Wieso wunderte ihn das nicht? »Und in der Sechsten? Gibt es da nicht auch eine Fahrt?«

»Da hatte ich die Masern.«

Oh. »Also noch nie?«

»Noch nie.«

Er fuhr rechts ran, stoppte den Motor und stieg aus. Ruqaya sah ihn aus großen Augen an, als er die Tür öffnete und sich vor ihr hinkniete. Am liebsten hätte er sie in den Arm genommen, aber das würde sie bestimmt nicht wollen. Stattdessen sagte er: »Ich weiß nicht, wie es dir geht, aber wie wäre es, wenn wir uns diese leckere

Zimtschnecke vorne teilen?« Er hielt die Butterbrottüte hoch, die sie ihm heute Morgen gegeben hatte.

»Aber nicht krümeln«, sagte Ruqaya und schnallte sich ab. »Mama erlaubt es nicht, im Auto zu essen.«

»Dann bleibt es unser kleines Geheimnis«, erwiderte er verschwörerisch und legte sich einen Finger auf die Lippen.

Sie nahm ihm die Tüte ab und machte es sich auf dem Beifahrersitz bequem. »Darf ich Mama überhaupt anrufen?« Sie hatte die Zimtschnecke akkurat in der Mitte geteilt und ihm seine Hälfte in ein Taschentuch eingewickelt.

»Wir dürfen uns nur nicht gegenseitig helfen«, erklärte er zwischen zwei Bissen und ertappte sich dabei, wie er penibel darauf achtete, nicht zu krümeln. »Aber mit dir darf sie natürlich telefonieren.«

Ruqaya blinzelte und dann strahlte sie ihn an, dass ihm ganz warm in der Brust wurde. »Hier«, sagte sie und hielt ihm auch ihre Hälfte hin.

»Oh, nein«, lehnte er ab. »Die hast du dir verdient.«

Fatima wartete in der geöffneten Eingangstür auf sie, tief über ihren Stock gebeugt. Ruqaya hüpfte aus dem Auto und schmiss sich an die alte Frau. Hatte diese eben noch alt und gebrechlich gewirkt, änderte sich das in dem Moment, in dem sie Ruqaya fest an sich drückte und ihr etwas ins Ohr flüsterte. Die beiden kicherten wie kleine Mädchen und schlurften Arm in Arm zurück in die Pension.

Elias schaute ihnen hinterher und schmunzelte. Er war froh, dass Ruqaya Fatima hatte, die die Rolle ihrer Groß-mutter einzunehmen schien. Da Mona ihre Mutter nicht kannte und ihr Vater vermutlich an ihrem Leben immer noch keinen Anteil hatte, verstand er, wieso die Pension mit Fatima ein Anker für Mona war.

Er nutzte den Moment und rief Harun an, der den Anruf sofort entgegennahm. »Planänderung«, überfiel er seinen Freund ohne Begrüßung. »Schick Mona mit Omayma nach London, lass sie shoppen gehen oder was immer sie will.«

»Aber –«.

»Du bekommst es auch ohne sie hin!«

»Aber –«.

»Sie hat eine Pause verdient«, unterbrach er Harun erneut und fuhr sich durch die Haare. »Wie es aussieht, hatte diese Frau nie Urlaub und von der Welt noch nichts gesehen. Du schaffst unsere Projekte auch allein. Wir haben schon ganz andere Situationen gemeistert. Und ich will, dass Mona die sechs Wochen in vollen Zügen genießt.«

Sein Partner schwieg.

»Harun? Bist du noch da?«

»Lässt du mich jetzt ausreden?«, erkundigte sich Harun.

»Ja, klar – entschuldige.« Elias lief vor der Pension auf und ab.

»Ich denke nicht, dass ihr das gefallen würde. Sie soll deine Aufgaben übernehmen – so hat es Moaz festgelegt, oder nicht? Was, wenn der Notar hier auftaucht, um zu prüfen, dass die Bedingungen eingehalten werden? Willst du das aufs Spiel setzen?«

Wie immer hatte sein rationaler Freund recht. »Halte sie hin, schick sie mit Sam nach London. Dir fällt schon was ein. Danach ist immer noch genug Zeit, sie einzubinden«, sagte er und kniff die Lippen zusammen. Das Zugeständnis fiel ihm nicht leicht. Aber falls der Notar die Einhaltung der Regeln überprüfte und Mona deshalb ihren Anteil nicht erhielt, würde er sich das nie verzeihen.

»Wamu hat sich für Donnerstag angekündigt«, wechselte Harun das Thema. »Er ist nicht zufrieden und verlangt eine neue Strategie.«

»Bei welchem Wert sind wir?« Das Ergebnis der letzten Kundenzufriedenheitsbefragung hatte mit 2,4 von 5 deutlich die prekäre Lage widergespiegelt.

»2,5.«

Elias kratzte sich am Kinn. »Das ist in der Tat schlechter als gehofft. Habt ihr es euch genauer angesehen?«

»Das werden wir bis Donnerstag«, versicherte Harun.

»Aber?«, hakte Elias nach.

»Wir haben keinen Plan B«, gab sein Partner unumwunden zu. »Und mir fällt nichts ein.«

»Ich kümmere mich darum«, sagte Elias und fing Fatimas Blick auf.

»Das verstößt gegen die Regeln«, erinnerte Harun ihn und seufzte tief. »Einen schlechteren Zeitpunkt für diesen Wechsel hättest du dir nicht aussuchen können.«

Fatima legte den Kopf schief. Wenn er jetzt nicht kommen würde, war er in Schwierigkeiten. »Ich muss Schluss machen«, sagte er gehetzt. »Du schaffst das schon, inschallah.« Er beendete das Gespräch und eilte in die Pension.

»Wir erwarten eine Wandergruppe und sie haben Monas Begrüßungstrunk bestellt sowie einen Korb frischer Backwaren«, teilte Fatima ihm mit und lief schwerfällig vor ihm an die Rezeption.

»Wer nimmt normalerweise die Gäste in Empfang?«

»Mona.«

Okay. »Sind die Zimmer vorbereitet?«

»Ja.«

»Ich nehme an, Mona hat die Bestellung heute Morgen nicht gebacken?«

»Sie hat den schwierigen Teil erledigt, falls du das meinst«, erwiderte Fatima und zuckte mit den Achseln.

Nicht hilfreich und wenn ihn nicht alles täuschte, bereitete es der alten Dame eine diebische Freude, ihn schwitzen zu sehen. »Hat Mona ein Rezeptbuch oder eine Anleitung?«

»Alles in ihrem Kopf.«

An den er sich nicht wenden durfte. »Kannst du mir … ein wenig unter die Arme greifen?«

»Sicher. Du solltest allerdings wissen, dass Mona mich das letzte Mal der Küche verwiesen hat. Mir ist bis heute schleierhaft, warum. Es waren nur ein paar zerbrochene Eier …«

»Ich glaube, Chaltu, das lag daran, dass du die Schalen im ganzen Teig verteilt hast«, erklang Ruqayas Stimme, die sich unbemerkt zu ihnen gesellt hatte.

Elias kniff die Augen zusammen und atmete tief durch. »Ruqaya, du hast nicht zufälligerweise schon mal mit deiner Mutter gebacken?«

»Doch, klar«, antwortete die Kleine. »Und ich bin richtig gut«, fügte sie selbstbewusst hinzu.

»Das glaube ich dir sofort«, sagte Elias und lachte. »Hilfst du mir?«

»Logisch.« Ruqaya streckte ihre Hand nach oben und Elias klatschte sie ab. »Aber erst musst du mich zur Probe fahren.«

»Wohin?«, fragte Elias verwirrt.

»Ruqaya spielt in einem Theaterstück mit – große Sache«, erklärte Fatima. »Dreimal die Woche proben sie. Hat Mona dir das nicht gesagt?«

Er erinnerte sich flüchtig, etwas über Theater gelesen zu haben, aber es waren einfach zu viele Informationen gewesen. »Wo ist die Probe? Wie lange brauchen wir dorthin? Und wann genau kommt die Wandergruppe?«, ging er in den Krisenmodus über und versuchte, sich einen Überblick zu verschaffen.

»Im Nachbarort, zehn Minuten und die Gruppe checkt in fünfundvierzig Minuten ein«, sagte Ruqaya.

»Hast du alles, was du brauchst?«, erkundigte er sich und spürte, wie sich sein Puls wieder beruhigte.

Ruqaya nickte und lief zur Tür.

»Gibt es sonst noch etwas, das ich wissen sollte?« Er schaute Fatima mit hochgezogenen Augenbrauen an. Er würde Ruqaya auf der Fahrt ausquetschen, wie ein Check-in ablief, denn von Fatima erwartete er nicht allzu viel Unterstützung.

Als hätte sie seine Gedanken gelesen, lächelte sie ihn an und tätschelte seine Wange. »Das sollte für heute genügen.«

Wie konnte eine kleine alte Dame nur so durchtrieben sein? Mit einem Schaudern wandte er sich ab und eilte zum Auto.

CHECK-IN
Elias

ie Wandergruppe bestand aus fünf Frauen zwischen fünfzig und achtzig, die lärmend die Pension einnahmen. Sie fielen sich in die Arme, riefen sich Begrüßungen zu und blockierten den Eingang.

Nach fünf Minuten griff Elias ein. »Meine Damen«, tönte er im tiefsten Bariton.

Fünf Paar Augen fixierten ihn irritiert und die damit einhergehende Stille war überlaut.

»Wer sind Sie?«, forderte eine rüstige Grauhaarige. »Und was haben Sie mit Mona gemacht?«

»Gudrun!«, tadelte eine schlanke, blonde Frau, die alle um einen halben Kopf überragte. Sie warf ihm einen entschuldigenden Blick zu.

»Wenn Mona hier nicht mehr arbeitet, reisen wir sofort wieder ab!«, polterte die Grauhaarige empört und ihre Wangen färbten sich rot.

»Jetzt lass ihn doch erst einmal zu Wort kommen«, beschwichtigte eine dritte Frau, die ihre Mütze abzog und ihre kurzen schwarzen Haare schüttelte.

»Ich kann Sie beruhigen, Mona arbeitet weiterhin hier. Zu Weiterbildungszwecken ist sie für ein paar Wochen verreist«, erklärte er an die Grauhaarige gewandt.

»Weiterbildung – pah! Dass ich nicht lache! Sie haben ihr bestimmt ihren Posten abspenstig gemacht!«

Mit Worten würde er hier nicht weiterkommen. »Mögen Sie Monas Gebäck?«

»Ist das eine Fangfrage?«, entgegnete die Grauhaarige mit gerunzelter Stirn. »Jeder liebt Monas Gebäck!«, setzte sie hinzu und rollte mit den Augen.

»Meinen Sie, sie hätte mir das Rezept dagelassen, wenn ich sie aus ihrer Position gedrängt hätte?« Elias schob den Teller mit den Keksen, der auf dem Tresen stand, zu ihnen.

Die Frauen musterten ihn misstrauisch.

»Da wir das ja nun geklärt haben, wäre ich Ihnen dankbar, wenn Sie sich ein wenig beeilen würden, junger Mann. In Ihrem Alter mag man alle Zeit der Welt haben, doch wir können jederzeit den Löffel abgeben«, sagte eine kleine Frau mit einem Gehstock.

»Edith!«, rief die blonde Frau schockiert aus und lächelte ihm erneut entschuldigend zu.

Elias unterdrückte ein Schmunzeln, tippte einen Namen nach dem anderen ein und händigte die Schlüssel aus.

»Ich hoffe, Sie haben mir nicht das Zimmer neben Hildegard gegeben!«, echauffierte sich die Grauhaarige und deutete auf die fünfte Frau – eine mittelgroße, etwa siebzigjährige Dame, die die ganze Zeit freundlich lächelte. »Sie schnarcht wie ein Berglöwe!«

Elias' Mundwinkel zuckten.

»Finden Sie das etwa komisch?«, blaffte die Grauhaarige ihn da auch schon an.

»Frau Kramers Zimmer liegt am Ende des Flurs und ist damit außerhalb Ihrer Reichweite«, antwortete er glatt, froh darüber, sich beim Check-in die Namen gemerkt zu haben, und ignorierte ihre Frage. »Frühstück gibt es zwischen –«.

Weiter kam er nicht, denn die Damen zerrten mit lautem Getöse ihre Rollkoffer hinter sich her und waren längst wieder in ihre Gespräche vertieft. Er atmete tief aus und spickte auf den Zettel, den Ruqaya ihm im Auto geschrieben hatte. Darauf hatte sie fein säuberlich jeden Schritt nummeriert und in Stichpunkten erwähnt, was er im Programm einzugeben hatte. Vermutlich hatte Mona auch irgendwo in ihren Notizen einen Hinweis hinterlassen, aber so hatte er nicht lange suchen müssen. Zufrieden sperrte er den Bildschirm.

»Feuerprobe bestanden?«, erkundigte sich Fatima, die sich hinter ihm auf den Rezeptionsstuhl gesetzt hatte.

Wie war sie da hingekommen, ohne dass er sie gehört oder gesehen hatte? »Sag du es mir«, erwiderte er ruhig und ließ sich seine Irritation nicht anmerken. Denn er hatte es allein Ruqaya zu verdanken, dass alles glatt gelaufen war.

»Nach einem Tag erinnern sich Familie, Freunde und Verwandte an dich und doch zählen nur deine guten Taten«, sinnierte sie über den Tod, als hätten sie sich die ganze Zeit darüber unterhalten, und nagelte ihn mit ihrem Blick fest, statt ihm zu antworten. »Nach einem Monat erinnern sie sich nur noch selten, das Leben geht weiter«, fuhr sie fort und strich ihren Rock glatt. »Nach einem Jahr erinnern sich nur die, die dir am nächsten standen.« Sie erhob sich und stützte sich auf ihren Gehstock. »Nach fünf Jahren ist es wie mit vergilbten Fotos. Deine Spuren hat der Sand längst verweht.«

Elias schluckte.

»Und du liegst in deinem Grab … allein.« Ihr Gehstock krachte auf die Fliesen.

Er stand stocksteif und sah ihr hinterher, wie sie um die Ecke verschwand. Erst der Alarm seines Handys riss ihn aus seiner Starre. Ruqayas Probe war gleich vorbei und er hatte ihr versprochen, sie pünktlich abzuholen.

Seit fünf Minuten tuckerte ein grüner Traktor mit 20 km/h vor ihm her und ein Überholen war wegen des steten Gegenverkehrs unmöglich. Elias trommelte mit den Fingern auf das Lenkrad und stöhnte. In drei Minuten war die Probe zu Ende. Er sprach ein Dua, dass er rechtzeitig ankäme, und der Traktor bog an der nächsten Kreuzung ab. Vor der Schule stand eine Gruppe Erwachsener und er gesellte sich dazu.

»Hallo, ich bin Elias Zitouni und hole Ruqaya ab«, stellte er sich vor. Wenn die Dorfbewohner noch genauso neugierig wie zu seiner Zeit waren, war es besser, die Initiative zu ergreifen.

Ein zurückhaltendes Gemurmel ertönte. »Sind Sie ihr Onkel?«, erkundigte sich eine Frau. »Ich habe Sie hier noch nie gesehen.«

»Nein, ich bin nicht Ruqayas Onkel«, erwiderte er und lächelte. Er schaute auf seine Armbanduhr und konzentrierte sich auf die Tür.

»Wer sind Sie dann?«, ließ die Frau nicht locker.

»Ein alter Bekannter von Frau Hilal. Ich helfe für ein paar Wochen aus«, sagte er und hoffte, dass sie damit zufrieden war. Er verstand, dass sie sich um Ruqaya sorgte, aber deswegen war er trotzdem nicht bereit, Privates mit ihr zu teilen.

Doch die Frau schien das anders zu sehen. »Wo ist Mona?«

»Verreist. Entschuldigen Sie, ich habe etwas im Auto vergessen.« Er schlenderte zu Monas Wagen, öffnete die Tür und zückte sein Handy. Erst die Wandergruppe, dann die Elterngruppe. Sein Bedarf an neugierigen Fragen war gedeckt. Zum Glück stürmten die Kinder in dem Moment aus der Tür. Er stellte sich vor das Auto und winkte Ruqaya zu.

»Wie war die Probe?«, begrüßte er sie und nahm ihr die Tasche ab.

»Wieso stehst du nicht bei den Eltern?«, fragte sie zurück.

Sie sahen sich an und es war klar, dass keiner die Frage des anderen beantworten wollte. Er würde sie nicht bedrängen, sondern warten, bis sie es von sich aus erzählte. Daher zuckte er mit den Schultern und öffnete ihr die Beifahrertür.

»Entschuldigen Sie?«, ertönte hinter ihm eine Stimme.

»Ja?«

»Ich bin Frau Stauch, Ruqayas Lehrerin«, stellte sich eine etwa fünfundvierzigjährige resolute Frau in ausgebeulten Jeanshosen und einem dünnen Sweatshirt vor.

»Freut mich, Sie kennenzulernen. Mein Name ist Elias Zitouni und ich vertrete Mona für ein paar Wochen, weil sie nach dem Tod ihres Großvaters dringende

Angelegenheiten zu klären hat. Sie hatte keine Zeit, Sie zu informieren, aber Frau El Mokhtar kann es bestätigen«, erwiderte er und setzte sein charmantestes Lächeln auf.

»Oh, das tut mir leid.« Ihr Blick huschte zu Ruqaya. »Mein herzliches Beileid. Hat mich gefreut, Sie kennenzulernen. Und wir sehen uns übermorgen«, wandte sie sich an Ruqaya und hastete zurück ins Warme.

Wortlos stiegen Elias und Ruqaya ein und er drehte den Zündschlüssel. Er fuhr langsam los, bremste scharf, als eines der Autos rückwärts aus der Parklücke ausscherte und seelenruhig den Parkplatz verließ. Elias atmete tief durch, umfasste das Lenkrad, bis seine Fingerknöchel weiß hervortraten, und startete den Motor ein zweites Mal. Seine Lippen hatte er zusammengepresst, damit nicht ein Laut seinen Mund verließ. Er hatte das Landleben definitiv nicht vermisst.

Ruqaya hielt den Blick stur geradeaus gerichtet.

»Die Wandergruppe hat eingecheckt«, versuchte er die Stille zu überbrücken.

»Alhamdulillah.«

»Dank deines Spickzettels hat alles hervorragend funktioniert. Djazaki Allahu chairan«, sagte er und bog rechts ab.

»Wa iak«, murmelte sie.

Schweigen legte sich über sie wie ein dicker Mantel. Er betrachtete sie von der Seite und fluchte dann doch unterdrückt. Eine Katze war über die Straße gelaufen und erneut musste er eine Vollbremsung hinlegen, die den Motor ersterben ließ.

Ruqaya gab keinen Mucks von sich, eine Hand über den Mund geschlagen. Nur das Beben ihrer schmalen Schultern verriet sie.

»Lachst du etwa?«, fragte er und musterte sie etwas verkniffen.

»Mama sagt immer, dass man den Fahrer nicht ablenken soll, weil er auf die Straße schauen muss«, antwortete sie glatt und lenkte geschickt von sich ab.

»Da hat sie recht«, gab er zu und fuhr kopfschüttelnd weiter. »Wer hätte gedacht, dass das Fahren hier im Dorf so gefährlich ist.«

»Ist es bei dir nicht so?«

»Doch, ich denke schon. Aber ich fahre selten selbst.« Erst jetzt wurde ihm bewusst, wie sehr es ihn entspannte, zu seinen Terminen chauffiert zu werden.

»Und wie kommst du dann ins Büro – oder arbeitest du von zu Hause aus?«

»Wir haben einen Fahrer, der uns zu wichtigen Meetings fährt und mich auch zur Arbeit.«

»Das will ich nicht«, sagte Ruqaya mit Nachdruck.

»Was? Einen Fahrer?«

»Wenn ich einen Führerschein habe, dann gehe ich einkaufen und bringe Chaltu zur Krankengymnastik«, erklärte sie bestimmt.

»Das ist lieb von dir«, sagte er und schmunzelte. Sie hatte nicht erwähnt, dass sie den Führerschein für sich benötigte, sondern um Mona zu unterstützen. Etwas zupfte an seinen Gedanken. »Moment – wann muss Chaltu zur Krankengymnastik?«

»Montags und mittwochs.«

»Welcher Tag ist heute?«

»Dienstag.«

Er atmete erleichtert auf. »Ich brauche einen Plan mit allen Terminen. Von dir, Chaltu und der Pension«, sagte er und warf ihr einen Blick von der Seite zu. »Könntest du mir dabei helfen?«

»Klar«, stimmte sie zu und zuckte mit den Achseln. »Das ist leicht. Wir nehmen einfach Mamas Plan. Und du hast das Bestattungsinstitut vergessen.«

»Das Bestattungsinstitut?«, wiederholte er ein wenig dümmlich und biss sich auf die Lippen.

»Mama ist Totenwäscherin und jetzt wo Babu …« Ruqaya schaute aus dem Fenster, aber er hatte die wackelige Unterlippe trotzdem gesehen.

»Gibt es jemanden, der sich um das Bestattungsinstitut kümmert, wenn deine Mama in der Pension ist?«

»Babu«, hauchte sie und nun bebten ihre Schultern.

Elias fuhr rechts ran, schnallte sich ab und strich Ruqaya ungelenk über den Rücken. »Wenn jemand stirbt«, sagte er mit belegter Stimme und räusperte sich, »hören seine guten Taten auf – außer in drei Fällen: Sadaqa Dscharija, Wissen, aus dem Nutzen gezogen wird, und rechtschaffene Nachkommen, die für ihn bitten.«

Ruqaya wurde ganz still und schniefte. »Ich bin seine Urenkelin und damit ein Nachkomme, oder nicht?«

»Ja, das bist du.«

Sie wischte sich mit dem Ärmel die Tränen weg. »Ich … ich bete für ihn, dass er jetzt keine Schmerzen mehr hat«, sagte sie leise. »Ist das richtig?«

»Das ist sehr lieb von dir«, antwortete er. »Du kannst für ihn bitten, dass ihm alle seine Sünden vergeben werden und ihr euch im Paradies wiederseht.«

Ruqaya nickte und drehte sich zu ihm. »Was ist eine Sadaqa Dscharija?«

»Etwas, wofür du auch nach deinem Tod noch Belohnung erhältst. Zum Beispiel ein Quranexemplar, das du verschenkst, oder eine Moschee, die du gebaut, beziehungsweise Teile daran, die du gespendet hast. Früher haben die Gefährten des Propheten Gärten vermacht, deren Ertrag an die Armen verteilt wurde.«

»Das heißt, wenn ich einen Olivenbaum pflanze und die Oliven spende, zählt das darunter?«

»Ja, genau.« Er betrachtete sie nachdenklich von der Seite, wie sie auf ihrer Lippe herumbiss. »Darf ich dich etwas fragen?«

Sie sah ihn aus großen Augen an.

»Du hast vorhin gesagt, dass du für Babu betest, dass er keine Schmerzen mehr hat … war er krank?«

Ruqaya senkte den Kopf und starrte auf ihre verkrampften Hände in ihrem Schoß. Sie antwortete nicht sofort. »Kann man so eine Sadaqa Dscharija auch für jemanden geben, also in dessen Name?«, fragte sie stattdessen und schaute nicht auf.

»Ja, das ist möglich.«

Ruqaya nickte und schwieg.

Elias ließ den Motor an, das Auto ruckte nach vorn und blieb stehen. Genervt schlug er auf das Lenkrad des eigenwilligen Autos, als er ein merkwürdiges Geräusch vernahm.

Ruqaya hielt sich zwar die Hand vor den Mund, aber ihr Kichern perlte an den Seiten heraus.

Er richtete sich zu seiner ganzen Größe auf und schaute sie streng an. Vermutlich wäre es beeindruckender gewesen, wenn seine Mundwinkel nicht dabei gezuckt hätten. »Das bleibt unter uns, verstanden?«

Sie grinste ihn breit an. »Mama ist das noch nie passiert.«

»Das glaube ich dir gern. Mona war früher schon immer in allem eine der Besten.«

»Wirklich?«

»Hat sie dir das nicht erzählt? Wir waren sogar zusammen im Sportverein. Moderner Fünfkampf.«

»Fünfkampf? Mama?«, fragte Ruqaya und zog die Augenbrauen hoch. »Was macht man da?«

»Reiten, Fechten, Schwimmen, Laufen und Schießen«, zählte Elias auf und erinnerte sich an die vielen Trainingsstunden.

»Und das hat Mama alles gemacht?«

»Sie war die geborene Gewinnerin«, sagte er und war für einen Moment wieder fünfzehn. Er räusperte sich. »Aber am liebsten waren ihr die Quranstunden. Gehst du in die Moschee?«

»Ja, jedes Wochenende.«

Elias fügte es zu seinem mentalen Terminplan hinzu. »Was ist mit Sport?«

»Ich spiele Basketball«, sagte sie und verschränkte die Arme vor der Brust.

Er nickte mit unbewegtem Gesicht.

»Ich bin nicht zu klein dafür«, verteidigte sie sich.

»Die Technik ist der Schlüssel«, stimmte er zu.

»Genau! Das sagt Babu auch«, rief sie aus und erstarrte. Sie schaute wieder aus dem Fenster. »Ich habe gesehen, wie er manchmal heimlich Medikamente genommen hat. Aber er war wie immer«, gestand sie so leise, dass er sie kaum verstand. »Deshalb habe ich Mama nichts gesagt.«

Elias parkte das Auto vor der Pension.

»Ist Babu … gestorben, weil ich es Mama nicht gesagt habe?«, wollte sie wissen und presste die Lippen zusammen.

»Kennst du die Geschichte von dem Mann und dem Todesengel?«, stellte er eine Gegenfrage und richtete seine ganze Aufmerksamkeit auf sie.

Sie schüttelte stumm den Kopf.

»Eines Tages saßen Suleiman und ein Mann zusammen in Suleimans Palast, als sich der Todesengel in Gestalt eines Menschen dazusetzte und den Mann anstarrte. Dabei sagte er kein Wort und verschwand nach einer Weile wieder. Der Mann wandte sich an Suleiman und fragte, wer dieser andere Mann gewesen sei. Daraufhin erklärte Suleiman, dass dies der Todesengel war. Der Mann wurde leichenblass und war der festen Überzeugung, dass der Todesengel es auf ihn abgesehen hatte, und bat Suleiman, ihn nach Indien zu bringen.« Elias machte eine Pause. »Da befahl Suleiman dem Wind, den Mann nach Indien zu tragen. Einen Moment später erschien der Todesengel erneut bei Suleiman und Suleiman fragte den Engel, weswegen er den Mann so angestarrt hatte. Der Engel erwiderte, er habe sich nur gewundert, was der Mann, dessen Seele er in Indien zu sich nehmen sollte, in Suleimans Palast gemacht hatte.«

Eine Träne lief an Ruqayas Wange herab. »Das heißt, Babu wäre auch gestorben, wenn ich es Mama erzählt hätte?«

»Ja«, bestätigte er sanft.

Ruqaya knetete ihre Finger.

»Wenn wir geboren werden, steht unser Todestag schon fest«, sagte er und musste die Worte genauso dringend hören wie Ruqaya. »Niemand von uns weiß, ob er den nächsten Morgen erlebt. Deshalb bemühen wir uns, nicht mit leeren Händen vor Allah zu stehen. Auch wenn dieses Leben uns ablenkt. Der Tod erinnert uns daran, wie schnell es geht und was wirklich wichtig ist.« Wann hatte *er* das letzte Mal etwas für das Jenseits getan? Sein Blick war starr geradeaus gerichtet. Eine weitere von Moaz' Lektionen. Etwas kitzelte ihn am Kinn und er blinzelte. Er hatte die Träne nicht bemerkt und unauffällig wischte er sie weg. Wenn Ruqaya sie gesehen hatte, ließ sie es sich nicht anmerken. Sie hatte ihren Kopf wieder zum Fenster gedreht.

»Babu hat sich immer um alle gekümmert.«

»Ja, das hat er.«

»Dann werde ich mich jetzt um ihn kümmern«, sagte Ruqaya, öffnete die Tür und marschierte entschlossen zum Eingang. Dabei hatte sie das Kinn gereckt und schaute kein einziges Mal zurück.

Sie erinnerte ihn so sehr an Mona, dass er sich wunderte, wie er die Ähnlichkeit zwischen den beiden nicht gleich von Anfang an bemerkt hatte.

EINGEWÖHNUNG
Mona

Nach zwei Stunden drückte sie den schmerzenden Rücken durch und sah sich zufrieden um. Ohne die vielen verstreuten Bücher war das Büro wirklich gemütlich. Langsam umrundete sie den Schreibtisch und ließ sich in den für sie viel zu großen Ledersessel gleiten.

»Wow«, riss Omayma sie aus ihren Überlegungen. »Das ist ja ein richtig schickes Büro, wenn es aufgeräumt ist«, stellte sie fest und drehte sich einmal um ihre eigene Achse.

»Es ist bald Maghreb und ich habe noch nicht Asr gebetet – hast du einen Tipp, welche Moschee ich am einfachsten erreiche?«, fragte Mona und erhob sich.

»Deshalb bin ich hier. Wir haben einen Gebetsraum im Büro, aber die Moschee ist nur zehn Minuten zu Fuß entfernt. Lust auf einen Spaziergang?« Omayma lächelte ihr zu und steckte die Hände in den Hoodie.

Mona zog ihren Mantel an, nahm ihre Zugangskarte und folgte Omayma. Es gab einen Raum für Männer und einen für Frauen. In beiden stand ein kleines Regal mit Mushafs, dem Buch, in dem Allahs Worte, der Quran, festgehalten waren, und anderen islamischen Büchern auf Arabisch und Englisch. An den Wänden reihten sich marokkanische Leder-Poufs aneinander, auf denen flauschige Decken lagen.

»Die Gebetsräume werden häufig genutzt«, bestätigte Omayma Monas Eindruck. »Nur am Freitag versuchen wir geschlossen zum Djumua-Gebet in die Moschee zu gehen.«

Mona schaute auf die Uhr. »Ich bete Asr lieber hier und dann laufen wir in Ruhe zur Moschee. Ist das für dich in Ordnung?«

»Aber ja. Mein Büro ist ein Stück weiter vorn. Einfach den Gang entlang – du kannst es gar nicht verfehlen.« Die junge Frau ließ sie allein.

Mona zog Mantel und Schuhe aus und stellte sich auf den weichen Teppich. Nur gedämpft gelangten Gesprächsfetzen, vereinzeltes Lachen und das Klingeln von Telefonen zu ihr und vermischten sich zu einem steten Hintergrundrauschen. Sie genoss das Gebet und blieb ein wenig länger im Sudjud, in der Niederwerfung, und sprach Bittgebete für Moaz. Innerhalb von zwei Tagen hatte sie ihren Großvater beerdigt, war zum ersten Mal geflogen und nun auf sich allein gestellt in einem fremden Land. Babu hatte sie mehr als einmal gedrängt, etwas Neues auszuprobieren. Aber sie hatte ihn damit vertröstet, dass sie es später tun würde. Wie es aussah, hatte Babu beschlossen, nicht länger zu warten. Und wenn sie ehrlich war, hätte sie den Mut vermutlich nie aufgebracht. Er fehlte ihr so sehr.

Eine halbe Stunde später schlenderte Omayma mit ihr durch die Straßen, die um diese Uhrzeit von Pendlern bevölkert waren. Erleichtert betrat sie die Moschee, froh, dem ungewohnten Gewimmel entkommen zu sein. Der Gebetsruf schallte durch den Flur und sie beeilten sich, in den Gebetsraum zu gelangen. Etwa zwanzig Frauen hatten sich in drei Reihen aufgestellt und sie schafften es gerade noch rechtzeitig, bevor der Imam mit dem Gebet begann.

Nach dem Gebet starrte Omayma auf ihr Handy und legte die Stirn in Falten. »Ich muss leider weg – hier ist Sams Telefonnummer. Wir sehen uns morgen inschallah.« Gehetzt rannte sie aus dem Gebetsraum.

Mona war ganz froh, »nach Hause« zu gehen, denn ihr fielen immer wieder die Augen zu. In aller Ruhe sprach sie ihr Dhikr zu Ende, betete zwei Rakat und meldete sich dann bei Sam – der, wie sich herausstellte, bereits vor der Tür wartete.

»Omayma hat mir Bescheid gegeben, wo Sie sind«, erklärte er freundlich und hielt ihr die Tür auf. »Möchten Sie etwas essen gehen, bevor ich Sie nach Hause fahre?«

Mona hatte außer dem Snack im Flugzeug nichts gegessen, aber bei dem Gedanken daran, allein in einem Restaurant zu sitzen, schnürte sich ihr Magen zu. »Ich ziehe es vor, selbst zu kochen. Gibt es hier einen Supermarkt?«

»Sogar mehrere«, antwortete er und schmunzelte. »Ich fahre Sie zu Sainsbury's. Der ist in der Nähe und hat das größte Sortiment. Wie war Ihr erster Tag?«

»Anders als erwartet«, sagte sie nachdenklich und knetete ihre Hände.

»Ihre Tochter freut sich bestimmt, mit Ihnen zu reden.« Er bog auf den Parkplatz von Sainsbury's.

»Ich … darf nicht –«, stotterte sie und brach ab. Verstohlen wischte sie sich über die Augen und sah bedrückt aus dem Fenster in die Nacht.

»Wieso nicht?«, fragte Sam irritiert.

»Eine der Bedingungen«, hauchte sie kaum hörbar und schämte sich deswegen.

»Verstehe ich nicht. Herr Tazi hat mir erklärt, dass Sie und Elias sich nicht bei Ihren Aufgaben helfen dürfen. Aber das schließt doch Ihre Tochter nicht mit ein.«

Mona stockte. Das stimmte. Babu hätte so etwas nie gewollt und deshalb hatte es sich auch von Anfang an falsch angefühlt. Hektisch fischte sie ihr Handy aus der Tasche und tippte in dem Chat mit Ruqaya auf Videoanruf.

»As salamu alaikum wa rahmatuh Allahi wa barakatuhu, Mami«, begrüßte Ruqaya sie.

»Wa alaikum assalam wa rahmatuh Allahi wa barakatuhu, habibti«, antwortete Mona. »Wie geht es dir? Warst du bei der Probe?«

»Ja, Elias hat mich gefahren.« Ruqaya schaute sich um und flüsterte: »Er hat beim Fahren ein böses Wort benutzt und«, sie kicherte, »er hat drei Mal dein Auto abgewürgt.«

»Ist das Mona?«, ertönte Elias' Stimme im Hintergrund. »Hattest du mir nicht versprochen, nicht zu petzen?«

Ruqaya flitzte in ein anderes Zimmer, wobei ihre Locken wild um ihren Kopf tanzten.

»Wo seid ihr?«, fragte Mona und grinste breit. Elias würde schon noch dahinterkommen, dass Elfjährige nicht die besten Geheimnisbewahrer waren.

»In der Küche. Die Wandergruppe wartet auf deine Kekse.«

Mona biss sich auf die Zunge, um nicht ihre Hilfe anzubieten. Ruqaya backte mit ihr, seit sie laufen konnte, und so manche Torte gelang ihrer Tochter besser als ihr selbst. »Ich habe vollstes Vertrauen in dich, mein Schatz«, sagte sie daher nur. »Wie lief die Probe?«

Ein Schatten huschte über Ruqayas Gesicht, war aber so schnell wieder verschwunden, dass sie es nur sah, weil ihre Tochter direkt in die Kamera schaute. »Alles supi, Mami. Viktoria hat Merve geschubst, Len hat seinen Text vergessen und Frau Stauch hat die Nerven verloren.« Sie klang ein wenig zu locker.

Mona seufzte innerlich. Viktoria war das größte Mädchen in der Klasse und nutzte das zu ihrem Vorteil aus, indem sie Schwächere schikanierte. Ruqaya war zwar selbst nicht klein, aber sie hatte einen ausgeprägten Gerechtigkeitssinn, wodurch sie regelmäßig mit dieser Mitschülerin aneinandergeriet.

»Wie war dein Tag?«, lenkte Ruqaya geschickt von sich ab. Ganz offensichtlich wollte sie nicht über Viktoria reden.

»Alhamdulillah.« Sie merkte selbst, dass sie es etwas zu schnell und zu laut gesagt hatte, und räusperte sich. »Ich habe ein paar Fotos im Flugzeug gemacht und schicke sie dir inschallah gleich. Das Büro von Elias liegt direkt an der Themse in einem grünen Park und ich bin jetzt auf dem Weg zu seinem Zuhause.«

Elias rief etwas im Hintergrund. »Mama, ich muss zurück in die Küche, sonst lässt er die Kekse anbrennen«, raunte Ruqaya, machte aber keine Anstalten, aufzulegen. »Weißt du, was eine Sadaqa Dscharija ist?«

»Eine Spende, die dir nach deinem Tod gute Taten einbringt«, erwiderte Mona und wartete geduldig darauf, dass ihre Tochter erklärte, warum sie das wissen wollte.

»Das hat Elias auch gesagt.«

»Okay.« Sie ignorierte den kleinen Stich, dass ihre Tochter sie nicht zuerst gefragt hatte.

»Frau Stauch hat Elias nach der Probe angesprochen. Ich glaube, sie wollte nur sichergehen, dass er kein Fremder ist, der mich entführt.«

Mona wurde ein wenig blass um die Nase und überlegte, ob eine E-Mail an ihre Lehrerin, die die Lage erklärte, als Hilfe für Elias galt. Doch Ruqaya kam ihr zuvor.

»Aber Elias hat es geregelt.«

»Okay.« Fiel ihr kein anderes Wort mehr ein und warum nur war sie so schnell eifersüchtig? »Willst du mich noch mal anrufen, bevor du schlafen gehst?« Ihre Kehle wurde eng. Sie war es einfach nicht gewohnt, von ihrer Tochter getrennt zu sein.

»Liest du mir dann etwas vor?«

»Inschallah«, versprach Mona und verabschiedete sich schweren Herzens.

Sie hatte gar nicht mitbekommen, dass Sam das Auto längst vor einem Haus abgestellt hatte.

»Elias hat eine Vogelvoliere im Garten und einen etwas … eigenwilligen Wellensittich, der abends sein Futter erwartet. Ich komme kurz mit und zeige Ihnen, wo alles steht. Wichtig ist eigentlich nur, nachts die Tür zu schließen«, sagte Sam und stieg aus.

Mona betrachtete das kleine Häuschen in Klinkerbauweise vor sich, das ideal für ein bis zwei Personen war. Sie folgte Sam, der bereits die Haustür geöffnet und ihren Koffer in den Flur gestellt hatte.

»Hier geht es in den Garten«, wies er den Weg durch ein kleines Gartentörchen, das spärlich beleuchtet war.

Fröstelnd zog sie ihren Mantel enger. Schon von Weitem hörte sie eine laute Vogelstimme schimpfen und dann ging plötzlich alles ganz schnell. Aus dem Augenwinkel sah sie, wie etwas auf Sam herabstürzte, und sie reagierte instinktiv. Wie beim Rugby tackelte sie den Fahrer, indem sie ihn mit ihrer Schulter zu Boden stieß. Sie selbst stellte sich breitbeinig neben ihn, die Hände in Kampfposition vor die Brust gehoben, bereit, Sam erneut zu verteidigen.

Sam stöhnte und richtete sich auf. »Trish – Mona, Mona – Trish«, sagte er atemlos und es klang verdächtig nach dem Versuch, ein Lachen zu unterdrücken. Er angelte nach seiner Chauffeursmütze, die im Gras lag, und erhob sich. »Das … kam unerwartet.« Amüsiert betrachtete er Mona von der Seite.

»Dieser Kamikazevogel ist eine ›Sie‹?«, fragte sie ungläubig. »Macht sie das jedes Mal?« Mit aufgerissenen Augen versuchte sie den Wellis auszumachen, doch im Dunkeln sah sie nicht viel. Einzig ein gackerndes Geräusch, das klang, als würde der Vogel sie verhöhnen, zeugte davon, dass der Wellensittich noch irgendwo lauerte.

»Ah … nein«, versicherte Sam wenig überzeugend, »ich denke, sie wollte sich nur aufplustern.«

Mona war seine Pause nicht entgangen und schnaubte. Babu hatte auch immer irgendwelche Streuner aufgegabelt. Das schien Elias von ihm übernommen zu haben. Ein angriffslustiger Vogel war allerdings neu.

»Lassen Sie sich nicht von ihr einschüchtern. Sie spürt, wenn man Angst hat«, sagte Sam im Plauderton und drückte auf einen Lichtschalter in der Voliere.

Ein türkiser Wellensittich klammerte sich an die Käfigtür und legte den Kopf schief. Mona atmete tief ein, um ihr immer noch schnell klopfendes Herz zu beruhigen, und folgte Sam in die Voliere. Er füllte eine kleine Schale mit frischem Wasser, hängte eine Kolbenhirse an einen Ast, der als Stange diente, und schnitt einen Apfel in Streifen.

Trish ließ Sam dabei die ganze Zeit nicht aus den Augen. Mona näherte sich dem Wellis mit ausgestrecktem Zeigefinger. »Ich bin Mona, eine Bekannte von Elias«, sprach sie mit dem Vogel und aus irgendeinem Grund war es ihr wichtig, dass der Wellis sie als Freund betrachtete. Deshalb konnte es nicht schaden, zu erwähnen, dass sie Elias kannte. »Die nächsten sechs Wochen müssen wir zwei miteinander auskommen inschallah. Du hättest Babu gefallen.« Unerwartet rollte eine Welle der Traurigkeit über sie hinweg und raubte ihr den Atem. Blinzelnd blieb sie stehen und hörte nur noch das Blut in ihren Ohren rauschen.

Erst als Trish leise schwatzend auf ihren Finger hüpfte und den Arm entlang tapste, kam sie wieder zu sich. Der Wellis hatte ihre Schulter erreicht und legte sein Köpfchen an ihre Wange. Dabei gab er kaum wahrnehmbare gurrende Laute von sich, die Mona seltsam beruhigten.

»Wie ich sehe, verstehen Sie sich gut mit ihr«, stellte Sam fest und räumte das Futter zurück.

Mona lächelte kurz in seine Richtung. Sie hob vorsichtig den Finger und streichelte sanft Trishs Bauch. »Danke«, flüsterte sie und setzte Trish auf einen der Äste. Es tat gut, nicht allein zu sein.

KLÄRUNG
Mona

Der Wecker klingelte um fünf Uhr, aber Mona war seit einer Stunde wach und stand in der Küche. Sie hatte sich vor Jahren angewöhnt, Tahajjud zu beten. Aus Gewohnheit backte sie Brot und einen Kuchen, den sie mit ins Büro nehmen würde. Sie schob das Blech in den Backofen, legte die Handschuhe auf die weiß-marmorierte Arbeitsplatte und setzte sich auf einen der blauen Hocker der Wocheninsel. Sam hatte ihr gestern Abend verraten, dass Elias das Haus möbliert mietete. Hier in Reading war es wohl wesentlich günstiger als in London und außerdem viel näher am Büro, sodass er sich stundenlanges Pendeln ersparte. Es gab nur zwei Schlafzimmer und sie hatte sich das ausgesucht, das hoffentlich als Gästezimmer diente. Zumindest waren die Schränke leer und es hatte unbewohnt gewirkt. Im Gegensatz zu seinem Zimmer, in dem diverse Kleidungsstücke auf dem Bett, über dem Stuhl und auf der Kommode achtlos liegen gelassen wurden. Sie hatte die Tür schnell wieder geschlossen.

Später hatte sie mit Ruqaya telefoniert und ihr wie versprochen eine Geschichte vorgelesen. Gekocht hatte sie nichts mehr, sondern sich lediglich einen Salat zubereitet. Im Kühlschrank hatte sie nur eine Flasche Milch, eine Tupperbox mit Käse und drei Eier gefunden. Sam hatte so etwas angedeutet und deshalb hatte sie zusammen mit dem Chauffeur bei Salisbury's eine Grundausstattung eingekauft. Elias schien der typische Single zu sein, der viel auf Reisen war, während sie die letzte Nacht zum ersten Mal in ihrem Leben allein verbracht hatte. Noch eine Premiere, auf die sie allerdings gerne verzichtet hätte.

Das Brot benötigte weitere dreißig Minuten und so spazierte sie ins Wohnzimmer und setzte sich auf ihren Gebetsteppich, den sie vor dem Kamin ausgerollt hatte. Sie öffnete die Quran-App auf ihrem Handy und fing an, im Quran zu lesen. Unbewusst hatte sie die Sure Yusuf ausgewählt. Babus Lieblingssure. Wie oft hatte er morgens mit ihr zusammen Quran gelesen und ihr die Bedeutung der Suren erklärt.

Die Schrift verschwamm und mit ihrem Ärmel wischte sie sich über ihr tränennasses Gesicht. *Die Augen vergießen Tränen und das Herz trauert, aber wir sagen nichts außer dem, was unserem Herrn gefällt*, hörte sie ihren Großvater in ihrem Kopf den Satz vom Propheten Muhammad wiederholen, den dieser sprach, als sein Sohn Ibrahim gestorben war. »In der Tat, o Babu, wir sind traurig über deinen Weggang von uns«, flüsterte sie den zweiten Teil der Aussage des Propheten, Friede und Segen seien auf ihm.

Nach dem Fajr-Gebet zog Mona sich ihren Mantel über und huschte in den Garten. Von Trish war nichts zu hören. Leise öffnete sie die Käfigtür und quetschte sich durch einen schmalen Spalt. Flügelschlagen ertönte und Trish landete auf ihrem Kopf.

»Guten Morgen«, begrüßte sie den Wellis und schielte nach oben. Sie hob ihren Zeigefinger, um den Vogel auf ihre Schulter zu setzen. »Ich bevorzuge es, dich anzuschauen, wenn wir uns unterhalten.« Sie hoffte, Trish würde von allein auf ihren Finger klettern. Doch die eigenwillige Vogeldame hatte etwas anderes im Sinn. Sie spürte ein Tapsen und Ziehen und ein kleines weiß-grau gestreiftes Köpfchen schob sich vor ihr linkes Auge. Erschrocken taumelte Mona zurück und erhielt eine Augennuss.

»Uh«, stöhnte sie auf, »du bist etwas zu nah.« Sie drehte den Kopf zur Seite und Trish setzte sich auf ihre Schulter, wo sie anfing, sich zu putzen. »Das ist wesentlich besser.« Mona lachte unterdrückt. »Weißt du, dass ich eine Tochter habe?«

Trish hielt mitten in der Bewegung inne, eine Feder im Schnabel.

»Sie heißt Ruqaya und ist elf Jahre alt. Sie würde jetzt sofort einwerfen, dass sie fast zwölf ist.« Mona schmunzelte und hatte das Bild ihrer Tochter vor Augen, wie sie sie vorwurfsvoll ansah.

Trish zwitscherte.

»Ich stimme dir zu«, ging Mona darauf ein. »Mit zwölf ist man fast ein Teenager.«

Der Wellis ließ die Feder los, plusterte sich auf und krähte vor sich hin. Dabei wippte er mit dem Kopf auf und ab.

»Weißt du was? Wir rufen sie an, dann kannst du ihr das alles selbst sagen.« Mona hielt das Handy so, dass sie mit Trish im Bild war, und wartete darauf, dass ihre Tochter abnahm.

Trish hatte den Kopf vorgestreckt und stierte auf das Display.

»As salamu –«, begann Ruqaya und verstummte. »Mama?«, hauchte sie. »Weißt du, dass da ein Wellensittich auf deiner Schulter sitzt?«

Trish zwitscherte munter drauflos. »Das ist Trish, mein Schatz, und sie freut sich, dich kennenzulernen.«

»Hey, Trish«, sagte Ruqaya und kniff die Augen ein wenig zusammen.

Mona kannte diesen Ausdruck nur zu gut. Ihre Tochter heckte etwas aus.

»Kannst du auf einem Bein stehen, Trish?«, fragte diese da auch schon lauernd und wartete auf eine Reaktion.

Trish starrte zurück und bewegte sich nicht.

Mona stupste den Wellis mit der Wange zärtlich an. »Ich würde mich auch nicht zum Hampelmann degradieren lassen.«

Wie auf Kommando drehte sich der Vogel um und streckte seine Schwanzfeder in Richtung der Kamera.

»Okay, okay«, lenkte Ruqaya ein. »Man wird doch wohl noch fragen dürfen.« Ruqaya blies die Backen theatralisch auf.

Mona grinste. »Was sagst du, Trish? Willst du ihr zeigen, wie schön du tanzen kannst?«

Trish ließ einen ganzen Schwall Töne erklingen und wechselte von einem Bein auf das andere. Am Ende knabberte sie an Monas Kopftuchspange und flog davon.

»Sie ist lustig«, stellte Ruqaya fest und biss in ein Stück Brot.

»Das ist sie auf jeden Fall. Hast du gut geschlafen?«

»Alhamdulillah«, antwortete ihre Tochter und schaute über das Display zu etwas, das Mona nicht sehen konnte. »Elias hat ein Blech Brötchen zu lange gebacken – Anfängerfehler«, sagte Ruqaya gönnerhaft. »Er sucht verzweifelt dein Rezeptbuch.«

»Aber –«, begann Mona und stoppte rechtzeitig.

»Ich weiß, Mama. Es liegt unter der Schüssel, die auf einem Brettchen liegt, das er zum Teigkneten benutzt hat.« Ruqaya trank einen Schluck Tee und sah auf die Uhr. »Meinst du, ich soll ihm verraten, dass du Brötchen eingefroren hast?«

»Das überlasse ich ganz dir. Musst du nicht in die Schule?«

»Schaffe ich locker«, winkte Ruqaya ab und verschwand aus der Kamera.

»Und – wie kommst du klar?«, ertönte auf einmal Fatimas Stimme.

»Alhamdulillah«, sagte Mona unverfänglich.

»Was für einen Kuchen nimmst du mit?« Fatima schaute mit gehobener Augenbraue von oben in die Kamera.

»Wie kommst du darauf, dass ich gebacken habe?«

»Machst du immer, wenn du aufgeregt bist. Also – hast du?«

»Ja«, gab Mona kleinlaut zu und streckte den Finger nach Trish aus.

»Was ist deine Aufgabe heute?«

»Ich … weiß es nicht.«

»Lass dich nicht verunsichern und denke daran: ›*Aber vielleicht ist euch etwas zuwider, während es gut für euch ist, und vielleicht ist euch etwas lieb, während es schlecht für euch ist. Allah weiß, ihr aber wisst nicht*«, zitierte Fatima eine Aya, eine Stelle, aus der Sure Al Baqarah und verschwand aus Monas Sichtfeld.

»Mami, ich muss jetzt los! Hab dich lieb«, meldete sich Ruqaya wieder und winkte in die Kamera.

Mona verabschiedete sich. Fatimas Worte hallten die ganze Zeit nach, während sie den Käfig fegte.

KATASTROPHEN
Elias

Ein lautes Klopfen, gefolgt von einem Klatschen und einer Hand auf seiner Schulter weckten Elias, der sich nur kurz an den Küchentisch gesetzt und die Augen geschlossen hatte. Ruqayas Lockenkopf erschien in seinem Gesichtsfeld.

»Ich lauf dann mal los«, verkündete sie gut gelaunt. »Mein Bus kommt in zehn Minuten.«

»Was? Wie?«, stammelte Elias und richtete sich ruckartig auf. Er hatte gestern Abend bis weit nach Mitternacht in der Küche gestanden und versucht, aus Monas Rezepten schlau zu werden. Entgegen Fatimas Aussage gab es doch ein Büchlein, in das Mona fein säuberlich ihre Rezeptideen eintrug. Wer hätte gedacht, dass ein Hefeteig so schwierig war.

»Ich bin mir nicht sicher, ob ich die Fragen richtig verstanden habe.« Ruqaya musterte ihn mit hochgezogenen Augenbrauen. »Aber ich muss zur Schule und ach ja, die Wandergruppe ist schon wach und wartet auf ihr Frühstück. Ich habe ihnen gesagt, dass du kommst.« Sie lief zur Tür und hatte ihren Rucksack bereits aufgesetzt. Über ihre Schulter rief sie ihm zu: »Fajr ist übrigens gleich vorbei – falls du es nicht gebetet hast.«

Er rannte in sein Zimmer und versuchte, nicht in Panik zu verfallen. In den letzten zwölf Jahren hatte er nicht ein einziges Mal verschlafen und kaum war er zwei Tage hier, passierte so etwas.

Mit feuchten Haaren stand er zwanzig Minuten später in der Küche, wo ihn Fatima von der Bank aus betrachtete. Sie nippte an ihrem Kaffee und hatte einen Teller mit einem belegten Brötchen vor sich stehen.

»Du bist spät dran.« Sie blätterte seelenruhig in der Zeitung, die vor ihr ausgebreitet lag.

Elias schluckte eine Antwort herunter und versuchte, sich zu erinnern, was Mona alles für das Frühstück anbot. Das würde er nicht mehr schaffen. Er straffte die Schultern und fasste einen Entschluss. Mit weit ausholenden Schritten marschierte er ins Frühstückszimmer.

Lautes Stimmengewirr begrüßte ihn und er stellte fest, dass nicht nur die Wandergruppe, sondern auch die Ornithologen an ihren Tischen saßen. War ja klar, dass sie ausgerechnet heute alle zur gleichen Zeit frühstückten. Für einen Moment schloss er die Augen, um sich zu sammeln.

»Da sind Sie ja endlich!«, rief die Grauhaarige aus, die ihn als Erste entdeckt hatte. »Wurde aber auch Zeit! Mona hat uns nie warten lassen!«

Ob die Frau jemals ohne Ausrufungszeichen sprach?

»Guten Morgen zusammen«, begrüßte er mit fester Stimme alle Gäste. »Heute wird es kein Frühstücksbuffet geben.«

Aufgeregtes Gemurmel ertönte und er hob beschwichtigend eine Hand.

»Ich werde Sie dafür mit einer vegetarischen Variante des englischen Frühstücks verwöhnen«, verkündete er und sofort hatte er wieder die Aufmerksamkeit aller.

»Ich esse keine Würstchen!«, erklärte die Grauhaarige und verschränkte die Arme vor der Brust.

»Gudrun, das hat er doch eben gesagt«, sagte die große Blonde und warf ihm einen entschuldigenden Blick zu.

»Für mich keinen Orangensaft. Da bekomm ich Sodbrennen von«, bemerkte die rüstige Wortführerin der Wanderinnen.

»Sonst noch irgendwelche Unverträglichkeiten?«, erkundigte er sich und warf den Ornithologen einen Blick zu, die verschüchtert die Damen von der Wandergruppe musterten.

Ein älterer Herr mit einer Brille, die ihm immer wieder die Nase herunterrutsche, hob langsam den Arm. »Ja, bitte?«, ermunterte Elias ihn, zu sprechen.

»Also ... ich ... äh, hätte nichts gegen ein paar Würstchen einzuwenden«, sagte er bedächtig und schob sich nervös die Brille zurück, die bis auf seine Nasenspitze gerutscht war.

Zustimmendes Gemurmel erfolgte und die anderen Ornithologen räusperten sich.

»Ich sehe mal, was sich machen lässt«, sagte Elias und ließ seinen Blick über alle einzeln gleiten. Ruqaya schien Kaffee und Tee gekocht zu haben. »Geben Sie mir ein paar Minuten, dann bin ich mit dem ersten Gang zurück.« Er eilte in die Küche, holte Haferflocken, Milch, Äpfel und Bananen heraus und fing an, Porridge zuzubereiten. Er richtete den fertigen Haferbrei in bunt bemalten Schüsseln an und stellte sie mit dem geschnittenen Obst, den Nüssen, Rosinen, Zimt, Ahornsirup und Honig auf ein Tablett.

Schwungvoll betrat er den Frühstücksraum und verteilte die Portionen. Auf jedem Tisch platzierte er eine Auswahl der Toppings, damit die Gäste selbst entscheiden konnten, wie sie den ersten Gang gestalteten.

Zurück in der Küche hetzte er zum Kühlschrank und holte Tomaten, Pilze und Kartoffeln heraus. Während er die Tomaten und Pilze in der Pfanne briet, rieb er die Kartoffeln, mischte ein paar Zwiebeln unter und legte sie zum Gemüse. Mona hatte keine Würstchen, aber er fand weiße Bohnen und erwärmte sie in einer Tomatensoße. Da er nicht einschätzen konnte, wer was essen würde, entschied er sich dafür, die Auswahl auf den Tisch zu verlegen.

Erwartungsvolle Gesichter schauten ihm entgegen. Überrascht stellte er fest, dass die leeren Schälchen fein säuberlich auf den Buffettisch gestellt worden waren. Nachdem jeder einen Teller vor sich stehen hatte und die ersten anfingen, sich Essen darauf zu tun, fragte er, wer Eier dazu haben wollte.

»Das lässt unseren Cholesterinspiegel in die Höhe schießen«, kommentierte Edith trocken, bestellte aber ein Spiegelei.

Voll beladen kehrte Elias in die Küche zurück, erhitzte erneut eine Pfanne und brachte die fertigen Eier anschließend in den Frühstücksraum. Fatima hatte die ganze Zeit über nicht einmal aufgesehen, sondern ihre Zeitung gelesen und gefrühstückt.

»In einer halben Stunde habe ich Krankengymnastik«, teilte sie ihm mit und stand auf. »Ich warte am Eingang auf dich.«

Fassungslos sah er ihr hinterher. Das dreckige Geschirr stapelte sich im Waschbecken und auf dem Tresen, weil die Geschirrspülmaschine erst ausgeräumt werden musste. Und gegessen hatte er selbst auch noch nichts. Er wischte sich den Schweiß von der Stirn und räumte entschlossen das saubere Geschirr in die Schränke und das dreckige in die Maschine. Stimmen ertönten und er seufzte erleichtert. Ein Blick in den Flur bestätigte, dass die beiden Gruppen mit dem Essen fertig waren. Die Männer grinsten ihn breit an und hoben die Daumen. Die Blonde errötete, die Grauhaarige brummelte und die Anführerin hätte ihm beinahe ihren Stock auf den Fuß gestoßen. Das war wohl ihre Art, ihm mitzuteilen, dass es ihnen geschmeckt hatte. Er räumte das letzte Geschirr weg und stand pünktlich dreißig Minuten später im Foyer. Doch von Fatima war nichts zu sehen. Elias reckte den Hals und schaute in jede Ecke, aber sie tauchte nicht auf.

Der ältere Herr mit der rutschenden Brille kam zu ihm. »Das Frühstück ... ähm ... war wirklich hervorragend«, brachte er hervor und schubste seine Brille gleich zweimal zurück.

»Vielen Dank«, erwiderte Elias. »Das freut mich zu hören.« Er lächelte den Ornithologen an, der seine Brille abgesetzt hatte und noch etwas auf dem Herzen zu haben schien.

»Also ... ähm ... ich soll Ihnen sagen, dass Frau El Mokhtar ... äh, ja.« Umständlich setzte er sich die Brille wieder auf und blinzelte, wie Trish das manchmal tat.

»Was ist mit Frau El Mokhtar?«, hakte Elias freundlich nach und schaute erneut den Flur entlang. »Ich suche sie nämlich auch.«

»Äh, ja, genau.« Der ältere Herr schnaufte erleichtert.

Elias zog die Augenbrauen hoch und zählte innerlich bis zehn. Normalerweise war er die Ruhe selbst, aber der

Morgen war eine Aneinanderreihung von Patzern, die an ihm nagten. »Ähm«, verfiel er in das Sprachmuster des älteren Herren und zwickte sich genervt in den Nasenrücken. »Soll ich ihr etwas von Ihnen ausrichten?«

»Nein, äh … sie wartet draußen«, rückte der Ornithologe endlich heraus und beugte sich zu Elias. »Und sie scheint sehr ungeduldig zu sein«, fügte er vertraulich hinzu.

Elias schnappte sich den Autoschlüssel und hastete zur Tür. »Vielen Dank«, rief er dem Gast zu und stürzte hinaus. Dick in einen Schal eingewickelt, stand Fatima am Auto und wippte mit dem rechten Fuß. Nicht nur, dass sie ihn heute Morgen komplett hatte auflaufen lassen, es schien ihr regelrecht zu gefallen, ihn scheitern zu sehen. Er presste den Kiefer derart aufeinander, dass es schmerzte. Wortlos stapfte er um das Auto herum und stieg ein. Ächzend ließ sie sich neben ihn plumpsen und schloss die Tür. Schweigend starrten sie aus dem Fenster.

»Ich kann die Physiotherapeutin noch nicht sehen«, merkte Fatima an.

Elias presste die Lippen zusammen und streckte abwartend die Beine aus. Er würde ihre Spielchen nicht mehr mitmachen. Weitere Minuten vergingen, in denen sie stumm nebeneinandersaßen.

»Sie hat ihre Praxis in der Schustergasse«, knickte Fatima schließlich ein und schnaufte.

Er tippte auf sein Handy, suchte nach der Adresse und ließ den Motor an. Pünktlich um elf Uhr bog er auf dem Parkplatz ein.

Fatima stieg aus, drehte sich zu ihm, öffnete den Mund und entschied sich um. Es sah aus wie bei einem Fisch, der nach Luft schnappte. Wenn dies ein Western-Film wäre, stünden sie sich gegenüber, die Hände über dem Pistolenholster schwebend. Darauf wartend, wer zuerst zuckte.

»Ich bin um Viertel vor fertig«, presste sie hervor. Ihre Lippen hatten sich dabei nicht bewegt. Mit erhobenem Kopf drehte sie sich um und stakste zur Tür.

Mit quietschenden Reifen kam er vor der Pension zum Stehen. Der Wind fuhr in einen zusammengekehrten Blätterhaufen und verteilte die Blätter wie Schneeflocken auf dem Gehweg. Erleichtert, dem unangenehmen Wetter zu entkommen, drückte er die Tür hinter sich zu, nur um festzustellen, dass kein Feuer im Kamin knisterte. Er vermutete, dass Mona dafür ebenso zuständig war wie für das Sauberhalten des Weges.

Er brauchte diesen Plan, von dem Ruqaya ihm gestern erzählt hatte. Suchend sah er sich in der Küche um und wurde am Kühlschrank fündig. Da hing nicht nur ein Plan, sondern drei. Einer für Ruqaya, einer für die Pension und einer für Fatima. Fand nur er es auffällig, dass es keinen für Mona gab?

Ruqaya hatte bis ein Uhr Schule und um vier Uhr Basketball. Der Eintrag »Mittagessen« sprang ihm ins Auge und er stöhnte. Wie es aussah, gab es zumindest keine weiteren Termine auf Ruqayas Liste. Dafür sah der Pensionsplan für Freitag ein ganzes Potpourri an Gebäck vor: Pfannkuchen, Muffins, Kaiserschmarrn. Schlief Mona eigentlich auch irgendwann? Er fand schließlich den Eintrag für den Kamin und das Kehren der Wege. Ein Blick auf die Uhr zeigte, dass er beides schaffen würde, bevor Fatima mit ihrer Krankengymnastik fertig war. Er wollte sich gerade umdrehen, als ihn eine Spalte stutzen ließ, die er die ganze Zeit übersehen hatte. Dort stand, *wer* für die Aufgabe zuständig war, und er lachte laut auf. Zum ersten Mal an diesem Tag fühlte er sich wieder leicht beschwingt.

Auf dem Rückweg von der Krankengymnastik hielt er an einem Supermarkt, der italienische Feinkost verkaufte, und besorgte ein paar Zutaten für das Mittagessen. Die standen zwar nicht auf Monas Essensplan, aber mit denen kannte er sich aus und konnte daher leicht etwas damit kochen. Fatima beobachtete ihn mit unbewegtem Gesicht von ihrem Sitz aus, wie er die Lebensmittel im Kofferraum verstaute. In der Pension huschte ihre Augenbraue nach oben, als sie den blätterfreien Weg registrierte. Elias brachte den Korb in die Küche und deckte den Tisch, da klingelte das Telefon am Empfang.

»Willst du nicht rangehen?«, fragte Fatima.

»Nein.« Er legte seelenruhig Backpapier auf ein Blech und stellte es neben die Einkaufstüte.

»Solltest du nicht Monas Aufgaben übernehmen?«

»Doch.« Er wusch Rucola und schnitt Feigen in Scheiben. Das Telefon verstummte.

»Wenn derjenige wieder anruft, würde ich dich bitten, den Anruf anzunehmen«, wandte er sich an Fatima. »Und bevor du etwas sagst – ich habe die Listen gefunden. Besonders gefiel mir die Spalte mit den Verantwortlichkeiten.«

»Ah«, sagte sie und grinste schelmisch. »Dann setze ich mich mal an den Empfang.« Sie schlurfte aus der Küche und summte dabei vor sich hin.

»Was ist das?«, fragte Ruqaya eine halbe Stunde später am Esstisch und nahm sich ein weiteres Stück.

»Es heißt Pinsa und ist ein Sauerteig-Fladenbrot, das wie Pizza belegt wird, aber leichter verdaulich ist«, erklärte er.

»Lecker«, beschied Ruqaya und biss herzhaft hinein.

»Wie war die Schule?«

»Alhamdulillah«, sagte Ruqaya etwas zu schnell. »Hast du mein Basketballtrikot gewaschen?«

»Nein«, stellte Elias gedehnt fest. »Hast du kein Ersatztrikot?«

»Das ist auch dreckig«, gab Ruqaya zu und rutschte auf ihrem Stuhl hin und her.

Elias legte sein Besteck zur Seite, tupfte sich den Mund mit einer Serviette ab und lehnte sich zurück. »Falls ihr es nicht mitbekommen habt – ich bin nicht Mona! Wenn ihr etwas von mir erwartet, müsst ihr mir das mitteilen. Das heißt, ihr sprecht mich an und erklärt mir, was genau meine Aufgabe ist. Setzt nicht voraus, dass ich alle Details kenne oder weiß, wie es funktioniert. Ich lerne zwar schnell, aber bis dahin benötigt ihr ein wenig Geduld.« Er schaute erst Ruqaya an und wartete, bis sie nickte. Dann Fatima. Sie hob den Daumen und grinste ihn spitzbübisch an. »Was machen wir jetzt wegen des Trikots? Und wieso benötigst du überhaupt ein Trikot für normales Training?«

»Zwanzig Minuten Schnellprogramm«, sagte Fatima und erhob sich.

»Wir haben heute ein Spiel«, erklärte Ruqaya und stand ebenfalls auf. »Ich habe Hausaufgaben auf und gehe in mein Zimmer.«

»Meine Damen«, hielt er die beiden zurück und deutete mit dem Kopf auf ihr Geschirr. »Ich denke, ihr habt da etwas vergessen.«

Fatima führte ihn in den Waschkeller. Dort lagen verschiedene Wäschestapel. »Wieso wird die Wäsche nicht gleich gewaschen und weggeräumt?«, erkundigte er sich.

»Wir waschen dreimal die Woche«, sagte Fatima und ließ seine Frage damit unbeantwortet.

»Das heißt, Zimmer putzen, Wäsche waschen, Wege kehren und Frühstück macht Mona alles allein?«

Fatima nickte. Er würde sich später mal ansehen, ob es sich lohnte, Hilfe für diese Arbeiten zu holen. Die ältere Frau zeigte ihm, wie die Waschmaschine funktionierte, und für einen Moment betrachteten sie die sich in der Trommel drehenden Trikots. Ein schrilles Klingeln ließ Elias herumfahren. Fatima zog unbekümmert ein schnurloses Mobiltelefon aus ihrer Kleidtasche und nahm den Anruf entgegen. Sie lief in den Flur, um ungestört zu reden.

»Das war Faris.« Sie stand in der Tür und verstaute das Telefon wieder in ihrem Kleid. »Er braucht dich drüben.«

Elias runzelte die Stirn.

»Es gibt drei Verstorbene, die er ins Bestattungsinstitut gebracht hat. Die Verwandten kommen dazu.«

»Wie kommt Ruqaya zu ihrem Spiel?«

»Die Eltern wechseln sich für gewöhnlich mit dem Fahren ab, und Ruqaya läuft zu Fuß zur Sporthalle, von der sie abfahren. Und ja, ich kümmere mich darum, dass sie ein trockenes und knitterfreies Trikot dabeihat.«

Er nickte. Zumindest schien seine Ansage gewirkt zu haben. Mit einem letzten Blick auf die Waschmaschine wandte er sich ab und lief zum Bestattungsinstitut. Die Tür war nicht abgeschlossen, aber von Faris war nichts zu sehen. Einem Impuls folgend zündete er den Weihrauch an und stieg die Treppe hinab zu den Waschräumen.

»Faris?«, rief er, um den älteren Mann nicht zu erschrecken. Er näherte sich dem ersten Raum und sah, dass für die Waschungen alles vorbereitet war. Aber Faris war nirgends zu sehen. Unschlüssig blieb er stehen.

Von der Treppe ertönten schwere Schritte. »Die Familien werden inschallah gleich kommen.« Faris trat lautlos neben ihn. »Wir teilen uns auf. Du kannst nebenan waschen.«

Elias nickte, zog sich die Schürze über und fuhr eine Trage in den Raum. Faris half ihm, den Verstorbenen umzubetten, und Elias tat das Gleiche bei Faris. Als die Türglocke ertönte, ging Faris nach oben und kam mit einer etwa achtzigjährigen Frau zurück. Mit gebeugtem Rücken schlich sie in den Raum, um ihren Mann zu waschen. Sie hatte nur Augen für den Verstorbenen und strich ihm zärtlich über das Gesicht. Wortlos hielt Elias ihr eine Schürze hin und entfernte die Kleidung ihres Mannes. Er half ihr, den Oberkörper aufzusetzen, und reichte ihr den Schwamm.

»Wir haben keine Kinder«, erzählte die Frau leise und wusch ihrem Mann sorgfältig die Haare und den Bart.

Hand in Hand arbeiteten sie zusammen. Er hielt den Oberkörper, damit sie seinen Rücken waschen konnte, weil er sah, wie unsicher die ältere Frau auf den Beinen war. Faris hatte die Leichentücher bereitgelegt und wartete geduldig, bis die Ehefrau den Körper ihres Mannes parfümiert hatte. Mit Elias drehte er die Tücher ein und band die Stricke um.

Die Frau streckte sich ein wenig, sah Elias direkt in die Augen und bedankte sich. Dann stieg sie langsam die Treppe hoch. Sein Angebot, sie nach Hause zu fahren, lehnte sie ab.

Oben bimmelte die Türglocke erneut und Faris kehrte mit einer Gruppe Männer zurück. Der Verstorbene war achtzehn Jahre alt und hatte Krebs gehabt. Wortlos verständigte Elias sich mit Faris, dass dieser diesmal die Waschung übernahm.

Der dritte Verstorbene war sechsundsechzig Jahre alt und allein auf der Intensivstation gestorben. Elias schluckte.

»Sie sind auf der Suche nach Angehörigen, aber wie es aussieht, werden wir ihn waschen«, sagte Faris, der den Angehörigen einen Moment allein mit dem Verstorbenen gab. »Willst du auf mich warten oder …?«

»Ich wasche ihn«, antwortete Elias und Faris nickte.

Sie hoben ihn gemeinsam auf die Waschtrage und während Faris zurück in den Nachbarraum ging, begann Elias mit der Waschung. Die Hände des Mannes waren schwielig und zeugten von harter Arbeit. Es gab viele wie ihn, die ohne Familie hier lebten, ihr ganzes Leben arbeiteten und dann allein starben. Das hatte ihn früher schon bedrückt. Er wusch den Mann mit noch mehr Hingabe, machte ununterbrochen für ihn Dua und wickelte ihn in die Tücher ein.

Tief in Gedanken versunken lief er danach zur Pension. Es war lange her, dass er an den Tod gedacht hatte. Sein Leben hatte in den letzten Jahren aus einer Aneinanderkettung von Projekten bestanden und er genoss es, nicht zu wissen, in welchem Land er im folgenden Jahr leben würde. Doch war er auf den Tod vorbereitet? Würden ihm all die Lösungen, die er für seine Kunden gefunden hatte, das Grab erweitern? Wie oft hatte er darüber Allah vergessen?

Sein Handy klingelte und er drückte den Anrufer weg. Ihm war nicht danach, zu reden. Doch sein Handy ertönte erneut. Unbekannte Nummer. Er drückte den Anrufer wieder weg. Zumindest hatte er das vorgehabt, doch stattdessen hatte er den Anruf angenommen.

»Elias?«, rief eine Stimme. »Kannst du mich hören? Elias?«

Er brauchte einen Moment, bis er die Stimme seiner Mutter erkannte, so sehr war er noch in Gedanken versunken. »Wie geht es dir?«, wollte er wissen und blieb vor der Pension stehen.

»Wie es *mir* geht?«, wiederholte seine Mutter belustigt. »Die Frage ist, wie es dir geht. Ist etwas passiert?«

»Wieso?« Er runzelte die Stirn.

»Es ist Mittwoch!«

»Oh, Mama! Tut mir leid, aber in den letzten beiden Tagen war so viel los, dass ich total vergessen habe, mich bei dir zu melden«, sagte er zerknirscht. Normalerweise rief er sie alle zwei, drei Tage an.

»Hast du wieder ein Kundenprojekt?«

Er umrundete die Pension und setzte sich im Garten auf eine Bank mit Blick auf den See. Mit wenigen Worten erzählte er ihr von Moaz' letztem Wunsch, ließ aber die Details der Vereinbarung weg.

»Inna lillahi wa inna ilahi radjiun«, sagte sie mitfühlend. »Ich weiß, wie viel er dir bedeutet hat. Und Mona hat eine Tochter?«

»Ja, Ruqaya. Sie ist elf Jahre alt und ein aufgewecktes Mädchen.«

»Du magst sie«, stellte sie fest und er konnte hören, wie sie dabei lächelte. »Wie lange wirst du dortbleiben?«

»Noch etwas mehr als fünf Wochen. Aber genug von mir – wo bist du?« Seine Mutter hatte sich ein erstaunliches Netzwerk aufgebaut, und wenn sie nicht selbst Besuch hatte oder in ihrem Haus in Marokko weilte, dann tourte sie durch die ganze Welt. Sie war ähnlich rastlos wie er.

»In Frankreich – bei Hadscha Malika.«

Vor zwei Jahren war er mit seiner Mutter zum Hadsch gefahren und dort hatte sie sich mit ein paar Frauen aus der Gruppe angefreundet. Es wunderte ihn nicht, dass sie weiterhin mit ihnen Kontakt hielt.

»Ich würde dich gern besuchen«, fuhr seine Mutter fort.

»Die nächsten fünf Wochen bin ich hier und dann wieder in England. Du wolltest sowieso nach London. Sam wird sich freuen, dir eine seiner neuen Routen zu zeigen.«

Fatima winkte ihm vom Frühstückszimmer aus zu, und er schlenderte zurück zur Pension. »Ich muss Schluss machen, aber ich gebe Sam Bescheid, damit er sich inschallah um die Buchung kümmert.«

»Inschallah. Möge Allah dich beschützen.«

Er verabschiedete sich von ihr und eilte zu Fatima, die ihn an der Tür erwartete.

»Faris hat angerufen.«

»Braucht er mich noch?«

»Nicht dich, sondern mich.«

»Ich fahr dich hin«, bot er an. »Wird jemand von ihrer Familie anwesend sein?« Dann hätte sie zumindest Hilfe.

»Sie hat niemanden mehr. Erst vor ein paar Stunden hat sie ihren Mann gewaschen.«

Elias blieb ruckartig stehen und starrte Fatima an. »Wie ist sie gestorben?«, fragte er und alles in ihm krampfte sich zusammen. Er hätte die ältere Dame nach Hause fahren sollen.

»Im Gebet in der Moschee.«

Er atmete erleichtert auf. »Ich hatte ihr angeboten, sie nach Hause zu fahren. Aber sie hat abgelehnt.«

»Ah«, erwiderte Fatima wissend und umrundete ihn.

»Bist du die einzige andere Totenwäscherin?«, fragte er betont beiläufig.

»Es gibt eine Frau, die manchmal aushilft, aber sie ist bei ihrer Schwester in Belgien. Wieso fragst du?«

»Nur so«, wiegelte er etwas zu unbedarft ab.

»Sie ist nicht die Erste, die ich alleine wasche«, blaffte Fatima ihn an. »Aber wenn du sowieso mit dem Auto unterwegs bist, kannst du Ruqaya abholen und einkaufen gehen.« Sie drückte ihm eine Liste in die Hand und knallte ihren Gehstock auf den Gehweg. »Willst du da noch länger herumstehen?«

Er eilte an ihr vorbei und öffnete die Beifahrertür. Als sie einstieg, hörte er, wie sie leise sagte: »Dann wollen wir dich mal neben deinen Mann legen.«

LONDON
Mona

Sam fuhr zehn Minuten später mit dem Auto vor, um sie für die Arbeit abzuholen. Zu ihrer Überraschung sprang jedoch Omayma aus dem Auto.

»As salamu alaikum«, begrüßte Omayma sie stürmisch. »Sam fährt uns direkt nach London«, platzte sie heraus und nahm Mona den in Alufolie eingepackten Kuchen ab. »Der riecht unglaublich lecker. Wo hast du den gekauft?«

»Selbst gebacken.«

»Es ist halb neun Uhr morgens und der Kuchen ist noch warm«, stellte Omayma verwundert fest und runzelte die Stirn. »Seit wann bist du wach?«

»Eine Weile«, wich Mona aus.

»Wie Elias«, sagte Omayma. Ruckartig blieb sie stehen und hielt Mona am Arm fest. »Du bist aber nicht deswegen so früh aufgestanden, weil er das immer macht – oder?«

»Natürlich nicht!« Sie schnaubte. Es wunderte sie nicht, dass Elias genauso ein Frühaufsteher war wie sie. »Nicht, dass ich mich beschweren will, nur, wieso fahren wir nach London? Haben wir einen Termin?«

»Hat Harun nicht mit dir gesprochen?«

»Seit gestern nicht, nein.«

Omayma wechselte einen Blick mit Sam. »Wir haben den ganzen Tag zur freien Verfügung, damit ich, beziehungsweise wir, dir London zeigen können.« Sie zeigte zwischen sich und Sam hin und her. »Das wird megacool!« Omayma lachte und drehte sich mit Mona im Kreis.

Omayma erinnerte Mona an ihre Tochter und so stahl sich ein kleines Lächeln auf ihr Gesicht. Eine spontane Stadtbesichtigung hatte sie zwar nicht erwartet, aber nichts, was diese Woche passiert war, war normal. Und sie war gespannt auf London. »Was machen wir denn jetzt mit dem Kuchen?«, fragte Mona und schaute zurück zum Haus.

»Den nehmen wir mit«, entschied Omayma bestimmt. »Entweder verdrücken wir ihn unterwegs oder Sam bringt ihn nachher ins Büro.« Ungeduldig winkte sie Mona zu und stieg ein.

Nach acht Stunden pochten Monas Füße schmerzhaft. Sie hatten eine Kombination aus Stadtrundgang, Flussfahrt und Hop-on-Hop-off-Bustour gewählt, um so viel wie möglich in die knappe Zeit zu packen. Sie hatte die typischen Touristenplätze wie Buckingham Palace, Big Ben, die Tower-Brücke und London Eye gesehen, ebenso wie eine schwimmende Buchhandlung auf dem Regent-Kanal. Und extra für sie hatten sie auch vier königliche Parkanlagen vom Trafalgar Square bis Lancaster Gate besucht. Es war eindeutig von Vorteil, einen persönlichen Guide dabeizuhaben. Sam hatte die richtige Balance zwischen Trubel und Ruhe gewählt.

Sie hatten das Dhuhr- und Asr-Gebet in zwei verschiedenen Moscheen gebetet und saßen nun in einem behaglichen Café in Neal's Yard beim Covent Garden. Das war einer dieser pittoresken Orte, die man nur zufällig entdeckte – oder mit Sam. Der Nachmittagstee, oder auch »High Tea«, wie Omayma ihr erklärte, enthielt eine Auswahl an Sandwichhappen sowie Scones mit Marmelade und »clotted cream«, eine sehr dicke Schlagsahne. Mona fotografierte die Etagere von allen Seiten. Das würde bei ihren Gästen bestimmt auch gut ankommen. An den Schwarztee musste sie sich allerdings noch gewöhnen.

»Ich denke, für heute haben wir genug gesehen«, sagte Sam und sah sie mit einem Schmunzeln über den Rand seiner Tasse an.

»Definitiv«, bestätigte Mona und rieb sich unauffällig die Waden. Das würde Muskelkater geben.

»Wir könnten morgen ein paar Museen besuchen«, schlug Omayma vor und biss in einen Scone.

»Morgen?«, echote Mona und hob eine Augenbraue.

»Du hast gerade mal einen Ausschnitt dessen gesehen, was es in London alles zu entdecken gibt.«

»Daran zweifle ich nicht«, sagte Mona, »aber ich bin nicht zum Spaß hier. Elias hat doch sicherlich viel zu tun, oder?«

Omayma schnaubte und Sam nickte.

»Dann sollte ich anfangen, sonst türmen sich die unerledigten Aufgaben«, sagte Mona mit Nachdruck.

»Elias hat meine Angelegenheiten übernommen, und ich soll seine übernehmen.«

Die beiden mieden ihren Blick.

»Verschweigt ihr mir etwas?«, hakte sie nach.

»Na ja ... Elias' Aufgaben sind ... speziell«, sagte Omayma vorsichtig.

Mona sah sie an. »Mit anderen Worten: Du traust mir nicht zu, dass ich es kann.« Ihr Herzschlag verlangsamte sich und eine Kälte breitete sich in ihrem Inneren aus, die sie frösteln ließ. Das hatte ihr schon mal jemand gesagt und sie hörte nur noch überdeutlich das Rauschen ihres Blutes in ihren Ohren. Alle anderen Geräusche erstarben.

»Mona?«, flüsterte Omayma und schüttelte ihren Arm. »Ist alles in Ordnung? Du warst für eine Minute wie eingefroren und überhaupt nicht ansprechbar«, sagte die junge Frau und sah sie mit weit aufgerissenen Augen an.

»Ja, alles bestens«, versicherte Mona. »Ich gehe mich kurz frisch machen.« Abrupt schob sie den Stuhl nach hinten und hastete zu den Toiletten. Sie wusch sich das Gesicht und betrachtete ihr kalkweißes Spiegelbild. Ihre Finger zitterten leicht und sie band ihr Kopftuch neu. Es war lange her, dass ihr Ex-Mann sie heimgesucht hatte. Sie ballte die Hände zu Fäusten und mahlte mit dem Kiefer. Niemand sagte ihr, dass sie etwas nicht konnte. Nie wieder. Sie richtete sich auf, drückte den Rücken durch und lief an den Tisch zurück.

»Ich möchte bitte ins Büro.«

»Selbstverständlich«, erwiderte Sam sofort. »Ich habe mir erlaubt, bereits zu zahlen, und würde mich freuen, wenn Sie meine Einladung annehmen. Wir können direkt los.«

Mona bedankte sich ein wenig steif und zog ihren Mantel an. Die Rückfahrt verlief schweigend. Jeder hing seinen Gedanken nach, nur Omayma schaute mehrmals zu ihr hinüber, sprach sie aber nicht an.

Mona stellte den Kuchen in die Küche, legte ihren Mantel in das Büro von Elias und begab sich in den Gebetsraum, um Maghreb zu beten. Niemand störte sie und sie verlor jegliches Gefühl für Zeit. Die Geräusche ebbten ab und sie schlenderte langsam zurück in das Büro von Elias. Dort lag eine Mappe auf dem Schreibtisch. Sie biss auf ihrer Unterlippe herum und starrte diese an, ohne sie zu berühren. *Elias' Aufgaben sind … speziell*, hörte sie Omaymas Stimme in ihrem Kopf, und sie lief auf und ab. Sie war kein Consultant und vermutlich hatten die beiden recht. Wem wollte sie etwas vormachen? Am besten, sie brach diese ganze Scharade ab und flog morgen zurück. Ihr Blick huschte erneut zu der Mappe. Andererseits erwartete niemand von ihr, dass sie es verstand. Dann schadete es auch nicht, sich die Mappe anzusehen.

Sie setzte sich, knetete die Hände und rollte mit dem Kopf, als würde sie in einen Boxring steigen. Langsam öffnete sie die Mappe und fing an zu lesen. Es war ein ausführlicher Bericht über ein laufendes Projekt. Offenbar hatte eine Handelskette rückläufige Verkaufszahlen und Elias hatte die Ursache dem veralteten Kassensystem zugeschrieben. Preisaktionen wurden nicht korrekt angezeigt und endeten in zahlreichen Diskussionen mit den Kunden an den Kassen. Das wiederum verlangsamte den Zahlungsprozess, was die Verärgerung der Käufer erhöhte und zu Unmut unter den Mitarbeitern führte. Unbewusst nickte Mona und stimmte Elias' Maßnahmen zu.

»Ihr Kuchen schmeckt sehr lecker«, schreckte sie eine tiefe Stimme aus ihren Überlegungen. Harun lehnte mit einem Teller in der Hand am Türrahmen.

»Danke«, erwiderte sie und legte einen Arm auf die Mappe.

»Sam hat erwähnt, dass Sie heute einen schönen Tag in London hatten.« Er nahm sich mit der Gabel ein Stück Kuchen und steckte es in den Mund.

»Hat er das?« Mona zog die Stirn in Falten.

»Er war außerdem der Meinung, dass Sie lieber im Büro wären und Elias' Aufgaben übernehmen möchten.« Erneut keine Frage, sondern eine Feststellung. »Ich sehe Sie dann morgen früh um acht Uhr. Der Kunde erwartet eine Antwort darauf, wieso die Verkaufszahlen noch nicht signifikant gestiegen sind.« Er deutete mit seinem Kopf auf die Mappe, stieß sich mit der Schulter ab und schaute sich mit gerunzelter Stirn im Zimmer um.

Alles in ihr verkrampfte sich, als Mona angespannt darauf wartete, was er als Nächstes sagen würde, doch Harun drehte sich wortlos um und ließ sie allein zurück. Seine leicht zuckenden Mundwinkel hatte sie dennoch bemerkt.

Mona hatte nach dem Gespräch mit Harun Elias' Bücher durchgesehen und sich mit einer Auswahl auf das Sofa gesetzt. Vielleicht fiel ihr dadurch ja eine Lösung ein.

»Es tut mir leid«, ertönte Omaymas Stimme von der Tür und die junge Frau kam mit zwei Bechern in der Hand zu ihr. »Heiße Schokolade – ein Friedensangebot.«

»Es gibt keinen Grund, sich zu entschuldigen.«

»Doch, ich denke schon.« Omayma hielt ihr eine Tasse hin, schlüpfte aus ihren Sneakern und setzte sich im Schneidersitz neben sie. »Ich weiß, wie es ist, unterschätzt zu werden. Meine Bemerkung war unbedacht und verletzend. Vergibst du mir?«

Omayma sah sie derart zerknirscht an, dass Mona lachen musste. »Schon vergessen.«

»Was liest du?«, fragte Omayma und zeigte auf die Bücher, die um Mona verstreut lagen.

»Morgen begleite ich Harun zu einem Kundengespräch und ich dachte, ich sollte wenigstens den Hauch einer Ahnung haben. Aber es gestaltet sich … schwierig.«

»Was genau?«, hakte Omayma nach.

»Mir die verschiedenen Methoden zu merken.«

»Wer sagt, dass du das musst? Das ist keine Prüfung, bei der du abgefragt wirst. Das meiste ist gesunder Menschenverstand. Viele sind fachblind und da hilft es, einen frischen Blick von außen zu erhalten. Du leitest doch eine Pension, oder?«

Mona nickte. Wie viel hatte Harun erzählt?

»Führst du sie immer noch genauso wie dein Vorgänger?«

»Nein.« Mona runzelte die Stirn. Worauf wollte Omayma hinaus?

»Was hast du geändert?«, fuhr diese unbeirrt fort.

»Die Auswahl beim Frühstück, den Check-in, den Frühstücksraum – solche Sachen«, erwiderte sie, ohne zu zögern.

»Warum?«

»Weil es das ist, was die Gäste möchten.«

»Hat es sich auch finanziell gelohnt?«, fragte Omayma und nippte an ihrem Kakao.

»Auf jeden Fall. Wir sind jetzt das ganze Jahr über zu über achtzig Prozent ausgebucht«, sagte sie und dachte an die Angebote für Gruppen wie die Ornithologen oder die Wanderer.

»Woher hast du gewusst, dass es das Richtige ist?«

»Weil ich die Gäste gefragt und geschaut habe, wie es andere machen, beziehungsweise was wir bieten können, was andere nicht haben. Und der Rest lag in Allahs Händen«, erklärte sie und verstand, was ihr Omayma mit den Fragen verdeutlichte.

»Und genau das machst du hier auch. Schau dir den Bericht an und verlass dich auf dein Bauchgefühl.«

Mona musterte die junge Frau und zögerte.

»Du fragst dich, wieso ich Mädchen für alles bin, richtig?« Omayma hob die Augenbrauen.

»Ja, na ja schon«, stammelte Mona ertappt.

»Ich war früher eine Überfliegerin. Abitur mit vierzehn, und einen PhD mit dreiundzwanzig. Es folgten Forschungsaufträge und ein Preis nach dem anderen. Bis ich vor einem Jahr ausgestiegen bin.«

»Wie hast du Elias kennengelernt?«

»Elias und Harun waren bei meinem letzten Projekt für die reibungslose Integration zuständig. Ich war beeindruckt von der Art, wie sie knifflige Aufgaben lösten. Und als sie hörten, dass ich meinen Job hingeschmissen habe, boten sie mir diese Stellung an – bis ich wieder weiß, was ich eigentlich will.« Omayma grinste breit.

Mona war sich sicher, dass sie eine ganze Menge in ihrer Erzählung ausgelassen hatte, aber sie hakte nicht nach.

Das sollte Omayma ihr von sich aus erzählen.

»Wir sehen uns morgen inschallah«, verabschiedete sich Omayma und ließ Mona nachdenklich zurück.

Langsam packte sie ihre Sachen zusammen und begab sich auf den Nachhauseweg. Draußen war es stockdunkel und erschrocken stellte sie fest, dass es schon zehn Uhr war. Ruqaya schlief längst und sie würde heute nicht mehr mit ihr reden können. Hektisch schrieb sie ihr eine Nachricht, während sie aus dem Gebäude lief. Sie hatte sich die Busverbindungen gemerkt und würde den letzten Bus noch erreichen.

»Frau Hilal«, rief Sam und winkte.

Abgelenkt sah sie auf und brauchte einen Moment, bis sie den Chauffeur auf dem Parkplatz entdeckte. »Was machen Sie noch hier?«

»Auf Sie warten.«

»Sagen Sie nicht, Sie waren die ganze Zeit hier im Auto«, fragte sie entsetzt.

»Nein, ich war im Büro. Omayma hat mir Bescheid gegeben, dass Sie gehen«, beruhigte er sie.

»Woher …?«, fing sie an und brach ab. »Wieso sind Sie so spät noch im Dienst? Haben Sie keine geregelten Arbeitszeiten?« Mona war sprachlos. Nicht nur, dass sie nicht mit ihrer Tochter gesprochen hatte, sie hatte nicht darüber nachgedacht, ob ihr Verhalten Auswirkungen auf andere haben würde. »Wie handhaben Sie das mit Elias? Er arbeitet doch garantiert häufiger bis spät in die Nacht?« Ihr schlechtes Gewissen wurde immer größer.

»Die Regel ist, dass er nur an maximal zwei Tagen länger hierbleibt: dienstags und donnerstags.«

»Was passiert an den anderen Tagen?«, erkundigte sich Mona und machte sich eine mentale Notiz.

»Da fahre ich ihn um sechs Uhr nach Hause.«

»Und er arbeitet dann nicht mehr?«, fragte sie und ihre Augenbrauen verschwanden unter ihrem Kopftuch.

»Oh, doch, natürlich. Aber er ist wenigstens zu Hause«, antwortete Sam mit einem Seufzen, was darauf schließen ließ, dass er diese Diskussion mehr als einmal mit Elias geführt hatte. Vermutlich ohne Erfolg.

»Hat Elias einen Plan mit all seinen Terminen?«

»Herr Zitouni?«, wiederholte Sam und lächelte amüsiert. »Nein, hat er nicht.«

Das hatte sie nach dem Chaos in seinem Büro auch nicht erwartet. Sie würde einen Plan erstellen. Darin war sie gut.

»Aber ich habe einen Plan. Soll ich ihn Ihnen schicken?«

»Sehr gerne«, bedankte sie sich. Eine Aufgabe weniger, um die sie sich zu kümmern hatte.

Ein Blick auf die Termine ließ sie erblassen.

»Habe ich etwas vergessen?«, missdeutete er ihre Reaktion.

»Schläft der Mann auch?«, wollte sie entsetzt wissen und scrollte hoch und runter, als würde das die unzähligen Einträge dazu bewegen, sich in Luft aufzulösen.

KUNDENGESPRÄCH
Mona

Der Wecker klingelte Donnerstagmorgen, als Mona im Bad war. Sie hatte sich in der Nacht hin und her gewälzt und um vier Uhr aufgegeben, noch Schlaf zu finden. Sie betete Tahajjud und schlich zu Trish, die sie gestern Abend nicht gesehen hatte. Sie leuchtete mit ihrem Handy zum Futtertrog. Von der Apfelspalte hing nur ein kleiner Rest an den Stäben und im Sand zeugten leere Hülsen davon, dass Trish zumindest nicht verhungert war. Sie hörte ein Geräusch und kurz darauf stieg der Wellis an ihrem Kopftuch hinab.

»Weißt du, du könntest auch direkt auf meiner Schulter landen«, wandte sie sich an die Vogeldame.

Trish hielt in ihrer Kletterei inne und beugte sich nach vorn, sodass sie sich wortwörtlich Auge vor Auge gegenüberstanden. Mona hielt unbewusst die Luft an und unterdrückte ein Blinzeln. Der Wellis kam noch etwas näher und ihre Augen weiteten sich unwillkürlich. Erst dann kletterte Trish weiter und pfiff dabei vor sich hin. Auf ihrer Schulter angekommen, ließ sie eine Reihe von Tönen erklingen, die sie eindrucksvoll mit dem Kopf untermalte.

»Ich wünschte, ich würde verstehen, was du mir erzählst«, sagte Mona sanft und strich federleicht mit ihrem Zeigefinger durch Trishs Gefieder. »Wohin fliegst du eigentlich tagsüber immer?«

Trish antwortete mit einem schrillen Ruf, der Monas Ohren klingeln ließ. »Ah, verstanden. Es geht mich nichts an. Jeder hat seine kleinen Geheimnisse.«

Der Wellis gurrte und flog zum Futtertrog.

Mona zog ihren Mantel fester um sich, schlenderte zurück in die Küche und setzte Wasser für einen Tee auf. Das Morgengebet war in zehn Minuten und so bereitete sie ihr Frühstück vor, bis der Adhan, der Gebetsruf, von ihrem Handy erklang. Nach nur zwei Tagen vermisste sie Ruqaya und Fatima schrecklich.

Es war erst sechs Uhr und sie entschied spontan, joggen zu gehen. Früher war sie vor der Schule schon fünf Kilometer gelaufen, doch das war lange her. Ihre normalen Straßensneaker waren alles, was sie dabeihatte. Den Mantel hatte sie gegen eine von Elias' Laufjacken getauscht, die im Flur hing. Ein kurzer Blick auf ihre Handyapp zeigte ihr, dass sie nur wenige Minuten von einer Grünanlage entfernt war, die an die Themse angrenzte.

In einem langsamen Tempo trabte sie los und konzentrierte sich auf ihre Atmung. Der Christchurch Meadows Park war beleuchtet und die Fahrradwege leer. Von Weitem erkannte sie die Christchurch-Brücke mit ihrem fast vierzig Meter hohen Mast, der in Blau erstrahlte. Laut ihrer Map, eine der Sehenswürdigkeiten im Ort. Sie überquerte die Themse und lief bis zur Caversham-Brücke, die sie wieder auf ihre Seite des Flusses brachte. Die Sonne ging auf und tauchte die zahlreichen Boote in einen sanften Rotschimmer. Sie achtete darauf, die vielen Schwäne und Enten, die auf dem Wasser schliefen, nicht aufzuschrecken. Mit zitternden Beinen schleppte sie sich eine Stunde später ins Badezimmer, um sich zu duschen. Sam würde sie in einer halben Stunde abholen.

»Haben Sie gut geschlafen?«, begrüßte er sie, als sie pünktlich aus der Tür trat, und hielt ihr die Autotür auf.

»Alhamdulillah«, erwiderte sie ausweichend und lächelte. Sie hatte die Mappe mit dem Bericht unter den Arm geklemmt und ihr Magen zog sich zusammen. Das Laufen hatte sie abgelenkt, doch nun kehrte die Aufregung zurück. »Sagen Sie, Sam, wissen Sie, wo man hier Laufschuhe kaufen kann?«

»Wir haben einige Sportgeschäfte in Reading, aber empfehlen würde ich Runners Need«, erwiderte er. »Und es gibt einen Laufverein, der sich jeden Dienstagabend trifft. Falls Sie das möchten.«

»Laufschuhe und Laufkleidung reichen erst einmal aus«, sagte Mona und schnallte sich an.

»Herr Tazi hat mir Bescheid gegeben, dass der Kundentermin, an dem Sie teilnehmen, auf zehn Uhr verschoben wurde. Sie haben also noch genug Zeit.«

»Vielen Dank«, erwiderte Mona und hätte den Termin am liebsten so früh wie möglich hinter sich gebracht.

»Wie kommen Sie mit Trish zurecht?«, erkundigte sich Sam und fädelte sich routiniert in den Morgenverkehr.

»Sie hatte mir heute Morgen einiges zu erzählen. Allerdings hat sie sehr deutlich zum Ausdruck gebracht, dass sie nicht bereit ist, mir anzuvertrauen, wo sie sich tagsüber aufhält. Wissen Sie es?«

»Tatsächlich habe ich einmal versucht, sie zu verfolgen, aber habe sie schon nach wenigen Metern aus den Augen verloren. Sie ist direkt in die Baumkronen geflogen und eigentlich sollte sie mit ihrem türkisfarbenen Gefieder auffallen, doch sobald sie in einem Baum sitzt, verschmilzt sie geradezu mit ihrer Umgebung. Außerdem hat sie wohl mitbekommen, dass ich ihr folgte.«

»Wieso?«

»Sie hat nicht einen Pieps von sich gegeben.« Er lachte. »Haben Sie Ihrer Tochter den Wellis schon gezeigt?«

»Ja, und die beiden haben sich gleich verstanden.« Mona schmunzelte bei dem Gedanken an das Gespräch. Für den Rest der Fahrt las sie sich ihre Notizen durch.

Harun holte sie fünf Minuten vor dem Meeting vor Elias' Büro ab und musterte sie mit hochgezogener Augenbraue. »Müssen Sie sich übergeben?«

»Wie bitte?« Verwirrt schaute sie ihn an.

»Sie sind ganz grün im Gesicht. Fühlen Sie sich nicht wohl?«

»Doch, doch«, beruhigte sie ihn. Sie würde auf keinen Fall zugeben, dass ihr tatsächlich vor Aufregung schlecht war.

»Sie haben doch keine Magen-Darm-Verstimmung, oder?«

»Was? Ich … Nein!«

Er marschierte vor ihr in einen der Meetingräume und schaltete den Bildschirm an. Verunsichert legte sie die Mappe ab und knetete die Hände, als sie vom Flur lautes Gerede vernahm.

Omayma führte zwei Männer in den Raum und schloss die Tür hinter sich. Nicht, ohne ihr zuzuzwinkern. Mona schluckte. Bisher war sie nicht vorgestellt worden und sie fragte sich, ob Harun das überhaupt vorhatte. Doch er überraschte sie.

»Darf ich Ihnen Frau Hilal vorstellen? Sie unterstützt mich während Herrn Zitounis Abwesenheit.«

Der Untersetztere von den beiden Männern würdigte sie keines Blickes und ließ sich schwungvoll auf einen Stuhl fallen. Der andere Mann war jünger und lächelte sie freundlich an.

»Mein Name ist Schott und ich bin Herrn Wamus Assistent.«

»Freut mich, Sie kennenzulernen«, erwiderte Mona und setzte ihr unverbindliches Empfangsgesicht auf.

Harun rief eine Präsentation mit den Zahlen auf und erklärte diese.

»Dafür brauche ich keine Consultants«, polterte Herr Wamu und kniff die Augen zusammen. »Die Zahlen sollten innerhalb von zwei Wochen wieder auf das Niveau des Vorjahres steigen. Davon sehe ich hier nichts!« Sein Hals wies leichte rote Flecken auf und seine Knollnase färbte sich dunkel.

»Eine Clusteranalyse hat ergeben, dass die niedrigen Zahlen von wenigen Filialen verursacht werden.« Harun deutete auf eine Punktewolke in seiner Präsentation und vergrößerte diese, sodass vier Namen sichtbar wurden.

»Wie sollen nur vier Orte für die schlechten Zahlen verantwortlich sein? Das ist doch alles grober Unsinn«, tobte Herr Wamu und schlug mit der Faust auf den Tisch. »Für mich sieht es eher danach aus, dass die von Ihnen so angepriesene Änderung des Kassensystems nicht einen Cent wert ist! He, Sie«, wandte sich Herr Wamu an sie.

»Meinen Sie mich?«, erkundigte Mona sich erstaunt.

»Ja, wen denn sonst. Holen Sie mir einen Kaffee, aber koffeinfrei!«, pflaumte er sie an und kratzte sich an seinem Bauch, der über den Hosenrand hing.

Mona stand auf und lief zu der Ecke, in der die Getränke aufgebaut waren. Als sie die Tasse vor dem Kunden abstellte und sich umdrehte, bemerkte sie, wie Harun sie wütend anfunkelte.

»Was ist mit den Personalanpassungen?«, fragte Mona betont beiläufig und setzte sich neben Harun.

»Was soll damit sein?«, wollte Herr Wamu wissen und starrte sie verkniffen an.

»Wurden sie vollständig umgesetzt?«

»Davon gehe ich aus, aber das ist nicht wichtig. Ich würde es begrüßen, wenn Sie sich aufs Kaffeebringen beschränken.«

Harun versteifte sich unmerklich neben ihr. »Dann erwarten Sie nicht, dass sich Ihre Verkaufszahlen erholen.« Mona lehnte sich zurück.

»Was fällt Ihnen ein?«, ereiferte sich Herr Wamu und sein Gesicht hatte die Farbe einer sonnenreifen Tomate angenommen.

»Möchten Sie denn gar nicht, dass sich die Situation verbessert?«, fragte sie mit ehrlichem Interesse.

»Herr Tazi, entweder, Sie bringen Ihre Assistentin zum Schweigen, oder wir brechen das Gespräch ab!«, drohte Herr Wamu.

Harun schlug ein Bein über das andere und legte die Fingerspitzen gegeneinander. »Haben Sie die

Personalmaßnahmen wie vereinbart umgesetzt, Herr Wamu?«, fragte er ruhig und ging auf keine der Provokationen ein.

Der Kunde schnaubte und wuchtete sich aus dem Stuhl. »Nichts von dem, was Sie versprochen haben, haben Sie erfüllt. Sie hören von meinen Anwälten«, kündigte er an und verließ ohne ein weiteres Wort den Raum.

Der Assistent nickte ihnen entschuldigend zu und hastete seinem Chef hinterher.

Mona saß ganz still. Wieso nur hatte sie nicht den Mund gehalten? Sie hatte auch schon Gäste in der Pension erlebt, die unverschämt geworden waren. Schlimmer hätte es kaum laufen können.

»Herr Wamu wird vermutlich keinen Sympathiepreis gewinnen«, sagte Harun gefasst. »Aber er kann unserer Reputation schaden. Und das wird er mit Vergnügen tun. Ich werde ihm jetzt hinterhergehen und versuchen, die Wogen zu glätten.« Ein enttäuschter Blick traf sie.

Sie hatte sich geirrt. Es ging noch schlimmer.

ENTSCHEIDUNGEN
Elias

Am Donnerstag stand Elias um vier Uhr auf, betete, setzte Teig an und backte die ersten Brötchen. Den Frühstücksraum hatte er am Vorabend gedeckt, damit er nur die frischen Zutaten morgens vorbereiten musste. Die Ornithologen und die Wandergruppe waren abgereist und einzelne Paare sowie Alleinreisende hatten eingecheckt. Seine Zimtschnecken schmeckten zwar nicht wie die von Mona, aber die Gäste schienen zufrieden zu sein und das war das Wichtigste.

Fatima kümmerte sich hauptsächlich um die Rezeption und mittlerweile kannte Elias Ruqayas Termine auswendig. Daher nutzte er eine freie Stunde am Vormittag und inspizierte die Ordner im Büro. Monas Buchhaltung war einwandfrei, aber das hatte er auch nicht anders erwartet. Es gab sogar einen Posten für Investitionen. Jährlich wurde ein Zimmer renoviert. Alle zwei Jahre planten sie Erneuerungen am Haus wie ein neues Dach, neue Fenster, der Einbau des Kamins oder eine neue Heizung. Insgesamt war die Pension in einem tadellosen Zustand und das Geld effizient investiert. Sie hatten keinen Geldgeber, sondern bezahlten alles aus den Einnahmen. Er hätte es sich nicht besser ausdenken können.

»Mona hat auch einen Blog, in dem sie über die Pflanzenwelt schreibt. So sind die Ornithologen auf uns aufmerksam geworden«, riss ihn Fatima aus seinen Gedanken.

Elias fuhr zusammen. Wie schaffte es die alte Frau jedes Mal, sich derart lautlos anzuschleichen? Er musterte Fatima, die sich in einen Sessel am Fenster fallen ließ.

»Damit die Pflanzen und Tiere nicht gestört werden, hat sie selbst Wanderrouten zusammengestellt«, sagte Fatima und der Stolz in ihrer Stimme war nicht zu überhören.

»Was wiederum die Wanderer angezogen hat«, ergänzte Elias.

»Und damit auch Familien hierherkommen, bietet sie in den Ferien eine Vielzahl von Programmen an. Von Stockbrot am Lagerfeuer backen bis hin zu Türschilder aus Salzteig brennen ist alles dabei.«

»Hat die Pension je geschlossen?«, erkundigte er sich und war beeindruckt von den vielfältigen Ideen, die Mona in der Pension umgesetzt hatte.

»Nein.«

Er nickte wissend. »Sind Kurse geplant, von denen ich wissen sollte?«

Sie gackerte. »Nein. Mona hat an einem neuen Konzept gearbeitet, aber das ist noch nicht fertig.«

»Laut den Unterlagen könntet ihr die Pension wenigstens einmal im Jahr schließen und in den Urlaub fahren. Wieso macht ihr das nicht?«

Fatimas Gesicht wurde ausdruckslos – ein sicheres Zeichen dafür, dass sie etwas verbarg. So gut kannte er sie bereits. »Wofür braucht eine alte Frau wie ich schon Urlaub?«, sagte sie und winkte ab. Doch es wirkte längst nicht so unbekümmert, wie sie es ihn glauben lassen wollte.

Elias holte Ruqaya von der Schule ab und wartete im Auto. Dabei schweiften seine Gedanken ab. Der Notar hatte sich angekündigt und würde in der nächsten Woche vorbeischauen. Worauf auch immer er achten würde, Elias musste sicherstellen, dass Herr Aziz zufrieden war, um nicht die ganze Aktion zu gefährden.

Ein kalter Luftzug ließ ihn aufschauen. Ruqaya hatte die hintere Tür geöffnet und ihre Tasche auf den Sitz geschleudert. Mit gerunzelter Stirn wartete er, bis sie sich neben ihn gesetzt hatte.

»Ist alles in Ordnung?«, fragte er.

Ruqaya zupfte an ihrer Mütze und versuchte, ihre Locken darunter zu bändigen. »Hast du schon mal jemanden geschlagen?«

Elias blinzelte überrascht. »Ist das ein Scherz?«

»Ich bin so wütend«, knurrte Ruqaya und riss sich die Mütze vom Kopf.

»Wollen wir ein Stück gehen?«, schlug Elias vor und öffnete seine Tür.

Ruqaya brummte vor sich hin: »Ich will nicht laufen, sondern … treten. Genau, das will ich.«

Elias unterdrückte ein Schmunzeln und umrundete das Auto. »Wir versuchen es mit etwas anderem – das ist sogar noch besser.«

Die Kleine trippelte neben ihm her und ihr ganzer Körper schien zu vibrieren.

Er fing an zu traben und lief seitwärts. Dabei setzte er ein Bein über das andere und dann wechselte er die Seite.

Ruqaya sah ihm zu und verfiel in den gleichen Rhythmus. Er erhöhte das Tempo. »Mama hat mir die Crossing Steps im Kindergarten beigebracht«, sagte sie und fing mit Side Jumps an. Dabei sprang sie seitlich mit dem vorderen Fuß und schloss mit dem hinteren. Elias ahmte sie nach. »Aber Mama läuft seit ein paar Jahren nicht mehr.« Sie wirkte für einen Moment abwesend. »Eigentlich, seitdem sie die Pension leitet. Sie hat immer so viel zu tun«, hauchte sie und schwieg.

»Hast du ihr gesagt, dass du das Laufen mit ihr vermisst?« Er wechselte in High Knees und zog die Knie hüfthoch an.

Ruqaya schüttelte den Kopf und hüpfte mit ihm synchron. Ihre Wangen hatten sich rosa gefärbt und ihr Atem kräuselte sich wie leichter Rauch in die kalte Luft. Sie hörte auf zu traben. »Ich will niemanden mehr treten«, verkündete sie sachlich.

»Das freut mich zu hören.« Er hoffte, dass sie sich ihm von allein anvertrauen würde, doch sie schwieg. Moaz hatte ihn nie bedrängt, sondern immer gewartet, bis er den ersten Schritt tat. Alles in ihm kribbelte, so sehr brannte es in ihm, ihr zu helfen. Aber das würde Ruqaya abschrecken, daher ließ er sich zurückfallen, um neben ihr zu gehen. Schweigend kehrten sie zum Auto zurück.

»Danke«, quetschte Ruqaya hervor, als er vor der Pension parkte.

»Wofür?«

»Dafür, dass du nicht gefragt hast, wen ich treten wollte.«

Er lachte auf. Offenbar war etwas dran an Moaz' Taktik, auch wenn sie sich ihm nicht anvertraut hatte. »Jederzeit wieder«, sagte er und schaute ihr hinterher.

CAFÉ
Mona

Sam fuhr Mona nach Hause, aber sie hätte nicht sagen können, welchen Weg er genommen hatte. Das Meeting lief vor ihrem inneren Auge in einer Endlosschleife ab und jedes Mal zuckte sie ein wenig mehr zusammen. Sie hatte keine Ahnung, ob Harun Herrn Wamu eingeholt hatte und wie das Gespräch ausgegangen war. Doch im Grunde war es auch egal. Ihretwegen war Elias' wichtigster Kunde abgesprungen. Am besten blieb sie hier im Haus, da würde sie zumindest keinen weiteren Schaden anrichten.

Trish begrüßte sie mit lautem Pfeifen. Eilig füllte sie das Futter auf und wechselte das Wasser. Mit einem tiefen Seufzer ließ sie sich auf einem Baumstamm nieder. Die Vogeldame hielt inne und flog auf ihre Schulter.

»Hey, Süße«, schmeichelte sie dem Wellis. »Ich hoffe, dein Tag war weniger katastrophal als meiner.« Sie legte ihren Kopf etwas schräg und Trish knabberte ganz leicht an ihrer Wange. Im Gegensatz zu gestern blieb der Wellensittich erstaunlich ruhig und gurrte.

Als die Sonne unterging, verabschiedete sie sich von dem Vogel, schloss die Tür der Voliere hinter sich und verschwand im Bad, um Wudu zu machen. Das Gebet beruhigte sie und das beklemmende Gefühl wich einer bleiernen Schwere. Ihr Handy piepste. Herr Aziz hatte ihr eine Nachricht geschickt und erkundigte sich, ob sie sich gut eingearbeitet hatte. Sie lachte freudlos auf. Wenn er wüsste. Sie wollte das Handy zur Seite legen, als sie seinen letzten Satz las: »Ich werde Sie in zwei Wochen besuchen und wünsche Ihnen bis dahin eine schöne Zeit. Herzlichst, Abderrahman Aziz.«

So viel zu ihrem Plan, dem Büro fernzubleiben. Seufzend ließ sie ihr Handy in die Kleidtasche gleiten und machte sich auf den Weg in die Küche. Unbewusst hatte sie angefangen, einen Teig zu kneten, und erst als der Duft von Zimtschnecken die Luft erfüllte, kam sie wieder zu sich.

Wie willst du wachsen, wenn du nicht scheiterst?, hörte sie Babu in ihrem Kopf.

»Aber doch nicht so, Babu«, murmelte sie weinerlich.

Hättest du gedacht, dass du die Pension leiten, ein Kind allein großziehen und Totenwäscherin werden würdest?

»Das ist doch etwas anderes«, wehrte sie ab.

Ist es das? Was hat dich dazu bewegt, genau das zu tun?

Sie setzte das Glas Wasser, das sie sich eingeschenkt hatte, wieder ab. »Das ist nicht zu vergleichen«, hielt sie dagegen und fröstelte.

Bist du dir da sicher?

Wie immer hatte Babu sie ermutigt, über ihren Schatten zu springen, als ihr Ex-Mann ihr erfolgreich eingeredet hatte, dass sie zu nichts fähig war. Babu hatte ihr gezeigt, was in ihr steckte. Es war kein leichter Weg gewesen, ihr zersplittertes Selbstbewusstsein wieder aufzubauen, doch sie hatte es geschafft.

Entschlossen legte sie die Zimtschnecken in ein paar Tupperboxen, die sie in Elias' Schränken gefunden hatte. Heute Abend würde sie das Problem mit Herrn Wamu nicht lösen, aber sie nahm sich fest vor, nichts unversucht zu lassen.

»Hier treibst du dich rum«, stellte Omayma am nächsten Morgen fest und setzte sich zu ihr an den Tisch. Mona hatte sich in die kleine Bibliothek des Büros zurückgezogen. »Wieso warst du bei dem Meeting heute Morgen nicht dabei?«

»Welches Meeting?«, antwortete Mona abgelenkt. Sie las gerade einen Artikel über die Stolpersteine bei der Einführung von neuen Programmen und hatte wenig Lust, sich zu unterhalten.

»Na, das Krisenmeeting wegen Wamu«, erklärte Omayma gedehnt. »Lief wohl gestern nicht so gut?«

Mona schnaubte. Die Untertreibung des Jahrhunderts.

»Auf jeden Fall hat Harun jetzt eine Task Force einberufen, die bis Montag eine Strategie erstellen soll, wie die Zahlen optimiert werden können«, sagte Omayma und verzog den Mund. »Rate mal, wer die Daten analysieren darf. Dabei hatte ich dieses Wochenende schon was vor.«

Mona wurde ganz still. Nicht nur, dass Harun sie komplett außen vor ließ. Ihretwegen mussten jetzt Andere Überstunden leisten. Ohne weiter darüber nachzudenken, eilte sie den Flur entlang und stürzte in Haruns Büro. Doch das Zimmer war leer.

»Er hat einen Auswärtstermin und wird heute vermutlich nicht mehr ins Büro kommen«, keuchte Omayma hinter ihr. »Das hätte ich dir auch in der Bibliothek sagen können.«

Monas Augen verdunkelten sich und in ihrem Kopf spukten jede Menge Wörter herum, die sie mit aller Gewalt daran hinderte, ihren Mund zu verlassen.

Omayma prustete. »Ich kann förmlich sehen, was du denkst. Wie wäre es, wenn wir zwei zum Djumua-Gebet in die Moschee gehen und danach einen Kaffee trinken?« Sie wartete Monas Antwort nicht ab, sondern hakte sich bei ihr unter und zog sie hinter sich her. »Hol deinen Mantel, wir treffen uns am Eingang.«

Die kalte Luft und der Spaziergang zur Moschee halfen Mona, sich zu beruhigen. Omayma wurde im Gebetsraum direkt von einer Gruppe Teenager belagert, die die junge Frau mit sich zogen. Omayma winkte sie zu sich, aber Mona schüttelte den Kopf. Sie war gerade lieber allein.

Nach den beiden Begrüßungsrakat setzte sie sich an eine der Säulen. Es war lange her, dass sie das Freitagsgebet in der Moschee verbracht hatte. Ihre Tage waren von morgens bis abends durchgeplant und ließen ihr wenig freie Zeit. Sie beobachtete die kleinen Kinder, die ihren Spaß daran hatten, zwischen den sitzenden Frauen herumzutollen. Teenager, die die Köpfe zusammensteckten und tuschelten, ältere Frauen, die sich begrüßten, und andere, die den Mushaf in den Händen hielten. Sie atmete tief durch und stellte fest, dass ihr das alles gefehlt hatte.

Omayma kam zu ihr, als sie schon in Reihen zum Gebet standen. Mit einem entschuldigenden Lächeln quetschte sie sich zwischen Mona und eine ältere Frau. Auf Monas hochgezogene Augenbrauen hin zuckte Omayma nur unbekümmert mit den Schultern. Mona schmunzelte und schüttelte leicht den Kopf. Omaymas Leichtigkeit wünschte sie sich auch.

Nach dem Gebet bestand Omayma darauf, mit ihr einen Kaffee in ihrem Lieblingscafé zu trinken, und lotste sie durch ein paar Straßen auf eine der Hauptstraßen, die Mona von ihren Fahrten mit Sam wiedererkannte. Dabei erzählte die junge Frau ihr, was die Teenager von ihr in der Moschee gewollt hatten. Omayma bot ehrenamtliche Beratungsstunden an und half Mädchen und Frauen bei deren Bewerbungen. Mona war beeindruckt und hörte interessiert zu, welche Schicksale sich zum Teil dahinter verbargen.

Das Café befand sich an einer Straßenecke mit zwei großen Schaufenstern. Im Inneren sah es aus wie in einer gemütlichen Küche und Mona fühlte sich sofort heimelig. Unter Glasglocken lagen verschiedene Kuchen und Gebäcksorten.

Omayma führte sie zielstrebig an einen Tisch in der hinteren Ecke direkt am Fenster. Außer ihnen war niemand im Café. Auch keine Bedienung.

»Ich frage mich, wo Kristy ist«, sagte Omayma und reckte den Hals. »Sie ist sozusagen die gute Seele des Cafés. Seit ich hierherkomme, gab es nicht einen Tag, an dem Kristy gefehlt hätte.«

»Vielleicht hat sie uns nicht gehört.«

»Normalerweise ist sie immer hinter dem Tresen. Merkwürdig.« Omayma drehte sich wieder zu ihr. »Weißt du schon, was du willst?«

Mona kam nicht mehr dazu, zu sagen, was sie wollte, denn aus dem Hinterzimmer ertönte lautes Geklapper, ein Schmerzensschrei und ein Schwall verbrannter Luft. Sie sprangen auf und liefen nach hinten.

Mit einem Blick erfasste sie die halb offene Backofentür, aus der schwarzer Rauch an den Seiten herausquoll. Als hätten sie sich abgesprochen, rannte Omayma zum Fenster und riss es auf, während sich Mona ein Handtuch schnappte, um das Blech aus dem Ofen zu nehmen. Sie ließ es auf die Spüle fallen und betrachtete das klägliche Häufchen, das in sich zusammenfiel und als undefinierbares, schwarzes Etwas übrig blieb.

Ein Stöhnen ließ sie herumfahren und sie entdeckte einen Mann am Waschbecken, der mit extrem weißem Gesicht auf seinen heftig blutenden Finger starrte. Geistesgegenwärtig riss sie ein Stück Küchenrolle ab, faltete es zusammen und drückte es auf die Wunde.

»Sie haben ein wirklich sehr schönes Café«, plapperte sie drauflos, um den Mann abzulenken. »Mir sind auch schon einige Kuchen misslungen. Eine kleine Unaufmerksamkeit und es ist geschehen«, fuhr sie fort und hob eine Ecke des Verbandes an, um die Wunde zu inspizieren. Es schien nicht mehr zu bluten, aber sie sah wenig. »Meine Freundin hier«, sie deutete mit dem Kopf zu Omayma, »schwärmt von Ihrem Kaffee. Was ist Ihr Geheimnis?«

Sie umfasste sein Handgelenk und hielt seinen Finger unter kaltes Wasser. Der Schnitt zog sich über die gesamte Länge des Zeigefingers, schien aber nicht tief zu sein. Vorsichtig tupfte sie den Finger trocken und zog aus ihrer Kleidtasche ein kleines Etui, dem sie zwei Pflaster entnahm. Sie bedeckte die Wunde mit ihnen. Das sollte reichen.

»Wasser«, riss sie eine Stimme aus ihren Gedanken.

Sie sah hoch und in zwei grau-blaue Augen. »Mhm, ja?«, erwiderte sie und runzelte die Stirn.

»Wir nutzen gefiltertes Wasser und mahlen die Kaffeebohnen frisch vor dem Brühen.«

»Das merke ich mir«, sagte sie und wandte sich dem Backblech zu. »Woran haben Sie sich versucht?«

Der Mann schnaubte und fuhr sich durch seine dunkelbraunen gewellten Haare. »Das sollte ein Nusskuchen werden. Kristy hat mir versichert, dass das der einfachste Kuchen der Welt ist.« Er betrachtete die verkohlten Reste. »Natürlich hilft es, wenn man ihn nicht zu lange im Backofen lässt. Aber ich wollte gerade eine Vanilleschote aufschneiden und habe mir stattdessen in den Finger geschnitten. Da war auf einmal so viel Blut …« Er räusperte sich und tippte peinlich berührt an den Rand des Backblechs. Den missglückten Kuchen schmiss er in den Mülleimer. »Ich bin übrigens Kayden. Tausend Dank für eure Hilfe.«

»Gern geschehen«, sagte Mona und betrachtete stirnrunzelnd Omayma, die Kayden mit offenem Mund anstarrte. »Kennt ihr euch?«

Kayden drehte sich zu Omayma und grinste schief: »Hallo, Cousinchen. Lange her.«

»Allerdings. Mit dir hätte ich ausgerechnet in meinem Lieblingscafé nun wirklich nicht gerechnet.« Sie schüttelte immer noch ungläubig den Kopf.

»Tja, nur bin ich jetzt leider aufgeschmissen. Für heute werde ich wohl schließen müssen.«

»Wo ist denn Kristy?«, fragte Omayma und sah sich in der Küche um.

»Irgendwo auf den Bermudas in den Flitterwochen.«

»Ah«, sagte Mona und kniff die Augen zusammen. Sie verbrachte eindeutig zu viel Zeit mit Fatima, wenn sie schon ihre Sprachgewohnheiten übernahm. »Haben Sie denn niemanden, der Ihnen beim Kellnern hilft?«

»Doch, aber sie liegt mit einer dicken Mandelentzündung im Bett.«

»Das Kellnern kann ich übernehmen«, meldete sich Omayma. »Du weißt ja, dass ich früher bei Hochzeiten gekellnert habe, und das Café ist sozusagen meine zweite Heimat.«

Kayden musterte seine Cousine überrascht. »Das würde ich wirklich zu schätzen wissen. Dann gibt es heute eben nur Getränke.«

Omayma schaute zu ihr und hob die Augenbrauen, doch Mona wollte sich nicht aufdrängen. »Mona backt die leckersten Kuchen überhaupt«, redete Omayma aber schon weiter.

»Wirklich?«, fragte Kayden erfreut und drehte sich zu ihr. Er schien zu merken, dass sie nicht ganz so enthusiastisch war wie Omayma. »Dann haben Sie sicherlich ein paar Tipps für mich, wie ich eine solche Situation in Zukunft vermeiden kann.«

»Die habe ich bestimmt«, erwiderte sie. Sie war hin- und hergerissen, ob sie helfen sollte. Immerhin kannte sie ihn nicht, auch wenn er Omaymas Cousin war. Aber dann erklangen Stimmen aus dem Café und nahmen ihr die Entscheidung ab. »Am besten geht ihr zwei da raus und ich schaue, ob ich für Kuchen sorgen kann.« Sie scheuchte die beiden hinaus, schnappte sich eine Schürze und räumte auf. Wenn sie eines nicht mochte, dann Unordnung.

»Das war fantastisch!«, rief Kayden Stunden später aus und sperrte die Tür des Cafés zu. »Wo hast du so gut backen gelernt?«, fragte er Mona und war vom eher formalen ins saloppe Englisch gewechselt. »Ich werde nie mehr andere Zimtschnecken essen«, schwärmte er.

»Ich arbeite in einer Frühstückspension.« Sie zuckte mit den Achseln und setzte sich.

»Aber das erklärt nicht, woher du so gut backen kannst – von deiner Mutter?«, hakte er nach.

»Nein«, erwiderte sie ohne weitere Erklärung und schaute auf die Uhr.

»Was machst du morgen?«, lenkte Omayma Kayden ab und warf Mona einen besorgten Seitenblick zu.

»Das ist eine gute Frage.« Kayden strich sich durch die Haare. »Vielleicht habe ich über Nacht ja einen Geistesblitz«, witzelte er. »Aber jetzt bin ich einfach nur für heute dankbar.«

Mona fand es bemerkenswert, wie er sich auf das Gute konzentrierte und nicht jammerte. Das machte ihn ihr noch sympathischer. Kayden gehörte definitiv zu den Menschen, die man sofort mochte und bei denen man das Gefühl hatte, sie schon immer zu kennen. Eine Idee reifte in ihrem Kopf. »Was ist mit deiner Moscheegruppe? Könnten sie aushelfen?«, wandte sie sich an ihre Kollegin.

»Aber ja!«, rief Omayma aus. »Du bist brillant. Dann muss ich auch den geplanten Workshop am Wochenende nicht absagen. Jetzt können wir die Lektionen ganz praktisch umsetzen.« Sie biss sich auf die Lippe.

»Woran denkst du?«, fragte Mona.

»Zwar muss ich den Workshop nicht absagen, aber …« Sie brach ab und sah Mona vielsagend an.

»Die Datenanalyse.«

»Genau.«

»Wann öffnet dein Café?«, wollte Mona von Kayden wissen.

»Um acht.«

»Dann bin ich um sechs Uhr hier, bereite einen Teil vor und zeige ein, zwei Mädchen, wie es geht. Danach setzen wir uns zusammen.«

»Das könnte klappen«, erwiderte Omayma und tippte auf ihrem Handy.

»Und was mache ich?« Kayden hatte sich in seinem Stuhl zurückgelehnt und schaute amüsiert zwischen den beiden hin und her.

»Du«, sagte Mona bestimmt, »kaufst ein.« Sie erkundigte sich, wie viel er an einem normalen Wochenende verkaufte, überschlug die benötigte Menge und schickte ihm die Liste in die neu erstellte WhatsApp-Gruppe, die Omayma passenderweise »Kaffeesitter« genannt hatte.

Am Samstagmorgen stand Mona um vier Uhr auf, betete und zog ihre Sneaker an. Sie hatte zwar noch Muskelkater vom vorherigen Tag, aber nach der Hälfte der Laufstrecke ließen die Schmerzen langsam nach. Das Café war nur fünfzehn Minuten Fußweg entfernt von Elias' Haus und so zog sie um Viertel vor sechs die Haustür hinter sich zu.

Eine Silhouette löste sich aus dem Schatten und Mona entfuhr ein leiser Schrei.

»Tut mir leid«, erklang Kaydens Stimme. »Hast du meine Nachricht nicht bekommen? Ich wollte dich nicht erschrecken. Eigentlich bin ich genau aus dem Grund überhaupt hier – damit du nicht allein im Dunkeln zum Café läufst und dir jemand auflauert«, sagte er und klang ehrlich zerknirscht.

»Alles gut«, erwiderte Mona und versuchte, ihren Puls, der wie eine wilde Herde Pferde galoppierte, unter Kontrolle zu bringen. »Ich habe meine Nachrichten nicht gelesen. Woher weißt du, wo ich wohne?«

»Ich habe Omayma gefragt«, er hob die Hände, »und sie gebeten, dir nichts zu sagen, damit du es nicht ablehnen kannst.«

Mona schloss ihren Mund und lief neben ihm. Er nahm ihr die Tasche ab.

»Wegen gestern. Ich werde nicht vergessen, wie ihr mir geholfen habt. Und würdest du mir vielleicht, also nur, wenn du willst, das Rezept für die Zimtschnecken geben?«

»Der Trick dabei ist nur, sie nicht unbeaufsichtigt im Backofen zu lassen«, erwiderte sie trocken.

»Das habe ich verdient.« Er lachte unbeschwert.

Mona musterte ihn von der Seite.

»Du willst bestimmt wissen, warum Omayma nicht wusste, dass ich im Café bin?«

Ertappt schaute sie auf die Straße vor sich. Sie hätte nicht so direkt gefragt, aber der Gedanke war ihr durchaus gekommen.

»Ich war viel im Ausland und wir haben uns vor zehn Jahren das letzte Mal gesehen. Deshalb habe ich sie auch nicht gleich erkannt.«

Mona nickte und schwieg. Das Café kam in Sichtweite und sah selbst im Dunkeln mit den hochgestellten

Stühlen einladend aus. In der Küche lagen alle Zutaten fein säuberlich nebeneinander. Sogar eine Schürze mit »Das Leben ist zu kurz für Knäckebrot« hatte er über einen Stuhl gehängt und zwinkerte ihr zu, als sie ihn mit hochgezogenen Augenbrauen ansah.

Omayma tauchte kurz nach ihnen mit den Mädchen aus ihrer Moschee auf. Vier würden von sieben bis zwölf arbeiten und die nächsten vier von zwölf bis das Café um fünf Uhr schloss. Kayden übernahm den Anfang und erklärte ihnen die Philosophie des Cafés.

»Stellt euch vor, ihr kommt nach Hause zu eurer Mutter oder Oma. Es riecht nach selbst gebackenem Kuchen, dazu mischt sich der Duft frisch gekochten Kaffees. Sie fragt euch, wie euer Tag war, und verwöhnt euch mit eurem Lieblingsgetränk und einem Stück Kuchen. Das ist es, was die Gäste spüren sollen. Damit euch das leicht fällt, erklären wir, welche Auswahl wir haben. Omayma zeigt euch, wie die Kasse funktioniert und wie serviert wird. Mona, wie ihr die leckeren Kuchen backt, und ich, wie ihr welchen Kaffee, Tee und heiße Schokolade kocht.«

Nur eine einzige Tasse ging zu Bruch, der Kuchen war um vier Uhr bereits restlos ausverkauft und bei zwei Kunden, die sich ein wenig im Ton vergriffen, griff Kayden geschickt ein. Die Mädchen waren begeistert und versprachen, morgen pünktlich erneut zu erscheinen.

Omayma setzte sich zu Mona an einen Tisch und holte einen Laptop aus ihrer Tasche. Sie seufzte. »Harun hat mir mindestens zehn Nachrichten geschickt und gefragt, wie weit ich mit der Analyse bin.«

»Wonach genau sollst du schauen?«, wunderte sich Mona.

»Irgendwelche Auffälligkeiten. Etwas, das wir übersehen haben«, erwiderte Omayma ratlos.

»Könntest du mir die Filialen geben, die den geringsten Umsatz haben?«, fragte sie und folgte ihrem Gefühl,
wie Omayma es ihr empfohlen hatte.

Ihre Kollegin zeigte ihr eine Liste.

»Und jetzt würde mich die Altersstruktur der Mitarbeiter in diesen Filialen interessieren.«

Omaymas Finger huschten über die Tasten. Kayden
stellte eine Tasse Espresso vor Omayma und reichte Mona
eine heiße Schokolade. Er selbst trank einen Tee. Wortlos
setzte er sich zu ihnen und hörte zu.

»Hier.« Omayma drehte ihr Laptop und zeigte ihr eine
Statistik. »Wie bist du darauf gekommen, dass es hauptsächlich Filialen mit langjährigen Mitarbeitern sind?«

»Durch die Art, wie Kayden die Mädchen eingewiesen
hat«, gab Mona zu. »Er hat nicht nur gesagt, was zu tun
ist, sondern warum, und dann beim ›wie‹ Hilfestellung
gegeben. Gerade wenn man lange Zeit Dinge in einer
bestimmten Art erledigt hat, ist es schwierig, das abzu-
legen«, erklärte sie.

»Clever«, sagte Omayma und klatschte Mona ab, die
prompt stolz errötete. »Ich schreib es kurz zusammen und
schick es Harun.«

»Wie lange wird Kristy ausfallen?«, wandte Mona sich
an Kayden und nippte an ihrem Kakao. Erstaunt weiteten
sich ihre Augen und sie nahm einen weiteren Schluck.

»Das Geheimnis ist die Schokolade«, sagte er mit
einem breiten Grinsen, wurde aber gleich darauf wieder
ernst. »Ich fürchte für immer. Sie hat mir heute Morgen eine Nachricht geschickt, dass sie nicht ins Café

zurückkommt. Und da sie noch jede Menge Überstunden und Urlaub hat, bin ich ab sofort auf mich allein gestellt.«

»Wie wäre es, wenn die Mädchen dauerhaft bei dir aushelfen? Fürs Backen benötigst du jeden Tag eine Person und im Service zwei bis drei, die in Schichten arbeiten und sich abwechseln.« Mona sah ihn erwartungsvoll an.

»Ich habe immer etwa zehn Frauen in meiner Beratung. Und den heutigen Praxisworkshop könnten wir regelmäßig wiederholen«, ergänzte Omayma.

»Einen Versuch ist es auf jeden Fall wert.« Kayden rieb sich über den Bart. »Am liebsten wären mir zwei Festangestellte und ein paar Aushilfen, die spontan einspringen können.«

»Da hätte ich Kandidatinnen im Kopf. Wie wäre es, wenn ich sie morgen gleich mitbringe, damit du am Montag nicht allein bist?«, fragte Omayma eifrig und tippte auf ihr Handy.

»Perfekt«, stimmte Kayden zu.

Während sie die beiden betrachtete, reifte eine Idee in Monas Kopf, wie sie die Situation mit Herrn Wamu retten konnte. Jetzt musste sie nur noch aufgehen.

BEDINGUNGEN
Woche 2

Mona

Der Montagmorgen zog sich in die Länge wie ein Kaugummi, der nach zweimal Kauen schon schal schmeckte. Mona tigerte in Elias' Büro auf und ab. Harun hatte Samstagabend ihrem Konzept zugestimmt, sie aber nicht zu dem Termin mit Herrn Wamu eingeladen. Stattdessen begleitete ihn Omayma und sie waren in der Frühe ein letztes Mal alle Details durchgegangen.

Jetzt war es elf Uhr und das Meeting hätte vor einer halben Stunde fertig sein sollen. War etwas schiefgelaufen? Herr Wamu war ein Choleriker, aber sie hatte keinen Laut aus dem Meetingraum vernommen. Nicht, dass sie hier in Elias' Büro etwas hätte hören können. Aber sie war dreimal zum Konferenzraum geschlichen und hatte versucht, zu lauschen, doch jedes Mal war sie vor einem Angestellten geflüchtet. Unruhig lief sie erneut den Flur entlang.

Ihr Handy klingelte und Kaydens Name leuchtete auf.

»As salamu alaikum wa rahmatuh Allahi wa barakatuhu, Kayden. Wie geht es dir?«, begrüßte sie ihn, froh über die Ablenkung.

»Wa alaikum assalam wa rahmatuh Allahi wa barakatuhu, Mona. Ich wollte nur berichten, wie super es läuft«, sagte er und sie konnte sein breites Lächeln hören.

»Alhamdulillah, das freut mich.« Wenigstens ein Konzept, das aufgegangen war.

»Ich würde euch gern am Samstag zum Essen einladen. Omayma hat sieben Uhr vorgeschlagen«, fuhr er fort. »Wie wäre es, wenn wir dich um sechs Uhr abholen?«

»Ja, das passt.«

Sie verabschiedeten sich und Mona schaute nachdenklich auf ihr Handy. Wann war sie das letzte Mal essen gegangen? Zumindest nicht, seit sie in der Pension arbeitete.

»Störe ich?«

Mona wirbelte herum. Harun lehnte hinter ihr an der Wand. Wie lange stand er da schon? »Nein, natürlich nicht«, stieß sie hervor und ihr Magen flatterte nervös. Seinem Gesichtsausdruck zufolge war das Meeting nicht gut verlaufen.

»Auf ein Wort.« Er drehte sich um und lief in sein Büro.

Schweigend hastete sie ihm hinterher. Fieberhaft ging sie die Zahlen und ihren Vorschlag im Kopf durch. Sie war sich sicher, dass es klappen würde. Aber dazu müsste Herr Wamu einwilligen.

Harun bedeutete ihr, Platz zu nehmen, und setzte sich ihr gegenüber. »Sam hat erzählt, dass Sie morgens laufen?«

Mona blinzelte. »Äh … ja.«

»Wir haben hier, keine zehn Meter vom Büro entfernt, einen riesigen Park mit mindestens fünf verschiedenen

Laufwegen.« Er trommelte mit seinen schlanken Fingern auf den Tisch.

»Sam hat mir davon erzählt«, sagte sie langsam.

»Wieso laufen Sie dann allein im Dunkeln?«, knurrte er irritiert und zog eine Augenbraue nach oben.

»Weil ich es will«, antwortete sie und spürte, wie sie langsam ungeduldig wurde. »Hat Herr Wamu dem Vorschlag zugestimmt?«, fragte sie und war nicht bereit, sich länger vor ihm für etwas, das ihn nichts anging, zu rechtfertigen.

Er atmete tief durch. »Hören Sie, Mona, Elias würde mir den Kopf abreißen, wenn Ihnen etwas passiert. Ich würde Sie daher höflich bitten, Ihre Runden hier zu drehen.«

»Zur Kenntnis genommen«, antwortete sie mit fester Stimme.

»Sie werden es nicht tun, richtig?« Harun zwickte sich müde in den Nasenrücken.

Mona schüttelte den Kopf.

Er tippte resigniert etwas auf seiner Tastatur und sah zu seinem Bildschirm. »Gut, kommen wir zum eigentlichen Thema: Ich kann mich nicht erinnern, Sie mit der Lösungsfindung für Herrn Wamus Projekt beauftragt zu haben.«

Sie blieb stumm und biss sich auf die Lippe.

»Und dennoch haben Sie genau das getan.« Er schaute sie an und hob eine Hand, woraufhin sie ihren geöffneten Mund wieder schloss. »Damit haben Sie dem Team zumindest einen freien Sonntag verschafft. Kann es sein, dass Sie nicht so gerne Anweisungen folgen?«

Mona hielt seinen Blick und hob die Augenbrauen.

»Jetzt können Sie gern etwas dazu sagen«, sagte er und sein Mundwinkel zuckte unmerklich.

»Das heißt, Herr Wamu hat dem Vorschlag zugestimmt, die auffälligsten Filialen vor Ort zu besichtigen?«, stellte sie die für sie wichtigste Frage und ignorierte seinen Seitenhieb.

»Das hat er. Bilden Sie sich allerdings nicht so viel darauf ein, denn das bedeutet nicht, dass wir über den Berg sind. Damit haben Sie nur Ihren Fehler von letzter Woche ausgebügelt.« Er trommelte wieder auf die Tischplatte. »Und da Sie und Omayma scheinbar gut zusammenarbeiten, werden Sie mit ihr den Vorschlag umsetzen.«

Mona nickte erleichtert und verabschiedete sich.

Sie war noch nicht richtig über die Türschwelle getreten, als sie sich in einer Umarmung wiederfand und im Kreis gedreht wurde.

»Ich sag dir, deine Idee ist eingeschlagen wie eine Bombe«, quietschte Omayma und strahlte über das ganze Gesicht. »Wamu hat zwar am Anfang getobt, aber Harun hat ihn souverän davon überzeugt, dass dies seine einzige Chance sei. Er war wirklich großartig!«

»Wer?«, fragte sie verwirrt.

»Na, Harun«, antwortete Omayma und lachte. »Er hat Wamu sogar dafür gerügt, wie er dich behandelt hat, und klargemacht, dass du die verantwortliche Projektleiterin bist.«

Das hatte Harun ihr gegenüber gar nicht erwähnt.

Omayma plapperte fröhlich weiter und sie zwang sich zu lächeln. »Ist das nicht großartig? Wir zwei werden das rocken!«, verkündete sie großspurig und umarmte Mona.

»Inschallah«, presste sie hervor. Inschallah. Herr Wamu war unberechenbar, deswegen standen die Chancen maximal fünfzig-fünfzig. Noch waren sie nicht über den Berg, wie Harun so treffend angemerkt hatte.

ÜBERRASCHUNG
Elias

Am Montag war Ruqaya beim Mittagessen schweigsam und stocherte lustlos in ihrem Essen.

»Schmeckt es dir nicht?«, erkundigte sich Elias und probierte verunsichert seine Lasagne. Er fand sie eigentlich ganz lecker.

»Keinen Hunger«, murmelte Ruqaya undeutlich und trank einen Schluck Wasser. Mit der linken Hand nahm sie die Gabel und stach in eine Nudel.

»Wir essen mit rechts«, tadelte Fatima und deutete auf ihre Hand.

Klirrend ließ Ruqaya das Besteck fallen. »Du bist nicht meine Mutter!«, raunzte sie die ältere Frau an. Sie presste ihre Lippen zusammen und funkelte sie an.

»Da hast du recht«, stimmte Fatima ihr zu und war die Ruhe selbst. »Das bin ich nicht. Aber wir essen dennoch mit der rechten Hand.«

Ruqaya knurrte, schubste ihren Stuhl quietschend zurück und stampfte mit lautem Getöse in den Flur.

»Ach ja, was für ein Drama«, sagte Fatima und zuckte mit den Achseln. »Kinder.«

Äh. Elias saß ganz ruhig und schaute von Ruqayas angeknabberter Lasagne zu Fatima, die sich den Mund abwischte und den Salat zu sich zog. »Ich hatte bisher nicht den Eindruck, dass Ruqaya dazu neigt.«

»Tut sie auch normalerweise nicht. Aber es war alles etwas viel in letzter Zeit.«

»Dann werde ich mit ihr reden«, sagte Elias und erhob sich.

»Lass mal«, winkte Fatima ab. »Sie vermisst Mona und wenn ausgerechnet du jetzt zu ihr gehst, wird es die Situation nur verschärfen. Ich sehe nachher nach ihr.«

Elias war nicht überzeugt. Sein Bauchgefühl sagte ihm, dass Ruqaya nicht allein sein sollte, doch welche Erfahrung hatte er in Bezug auf Kinder schon vorzuweisen? Langsam setzte er sich wieder und beendete schweigsam sein Mittagessen.

♣

Ruqayas Laune verbesserte sich die ganze Woche nicht und Elias wurde immer unruhiger. Fatimas Gespräch mit Ruqaya hatte nichts bewirkt, weswegen er beschloss, nach der Theaterprobe mit ihr zu reden. Doch Ruqaya kam ihm zuvor und verkündete am Donnerstag, dass sie das Wochenende bei ihrem Vater verbringen würde.

»Weiß deine Mutter davon?«, fragte er und versuchte, Blickkontakt mit Ruqaya aufzunehmen. Doch die nestelte an ihrer Jacke und vermied seinen Blick.

»Mama hat nichts dagegen«, nuschelte sie undeutlich.

»Das würde ich gern von ihr persönlich hören«, sagte er bestimmt.

»Aber du darfst dir von ihr nicht helfen lassen!«, hielt Ruqaya dagegen und sah ihn trotzig an.

»Das ist keine Hilfe, sondern eine Bestätigung. Ich kenne deinen Vater nicht und kann daher nicht einschätzen, ob Mona das möchte.«

»Wenn du die Entscheidungen triffst, dann ist eine ›Bestätigung‹«, sie malte die Anführungszeichen mit ihren Fingern in die Luft, »ganz klar eine Hilfe.«

Er mahlte mit dem Kiefer. »Wo ist Fatima?«

»Bei der Nachbarin.«

Er brauchte mehr Informationen. »Holt dich dein Vater morgen ab?«

»Ja, direkt von der Schule.«

»Nein!«, widersprach er heftiger als beabsichtigt. Er räusperte sich. »Was ich sagen möchte, ist, dass ich deinen Vater gern kennenlernen würde. Daher ist es mir lieber, wenn er dich hier abholt.«

»Das ist doch total umständlich«, maulte Ruqaya und zog einen Flunsch.

»Das ist meine Bedingung«, blieb er hart und verschränkte die Arme vor der Brust. »Wieso schreibst du ihm nicht? Es sollte für ihn keinen Unterschied machen, ob er dich von der Schule oder hier abholt.«

Missmutig holte Ruqaya ihr Handy hervor und tippte eine Nachricht. Sie erhielt sofort eine Antwort und drehte das Display zu ihm.

Ein Daumen-hoch-Emoji leuchtete ihm entgegen.

»Prima – dann freue ich mich darauf, deinen Vater morgen kennenzulernen.«

In der Zwischenzeit würde er Fatima zurate ziehen und im Zweifel den Besuch wieder absagen – auch wenn er damit das zarte Vertrauensband zwischen sich und Ruqaya gefährdete.

Elias schlief in der Nacht zum Freitag weder lang noch tief. Stattdessen hatte er sich hin und her gewälzt und wenn er doch eingenickt war, träumte er davon, wie Ruqayas Vater gar nicht auftauchte und Ruqaya tränenüberströmt in ihr Zimmer lief. Müde rieb er sich über die Augen. Ob sich seine Mutter auch so viele Gedanken um ihn gemacht hatte? Bei seiner Vergangenheit würde ihn das nicht wundern. Er sprach ein leises Bittgebet für seine Mutter und beschloss, aufzustehen. Schlafen konnte er sowieso nicht mehr.

Lautlos schlich er in seiner Laufkleidung durch den Flur. Der See lag in dichtem Nebel, sodass er keine zwei Schritte weit sehen konnte. Er lief zurück und joggte durch die Straßen des Dorfes, dem er vor zwölf Jahren den Rücken gekehrt hatte. Viel hatte sich nicht geändert. Wie in anderen Orten auch, starben die Bäcker und Metzger zuerst. Es gab einen Arzt, aber eine Apotheke suchte man vergeblich. Dafür gab es einen Golfplatz etwa fünf Kilometer außerhalb und natürlich einen Sportverein.

Dort, wo er die meiste Zeit verbracht hatte. Und der Grund, wieso er schließlich auch weggezogen war. Er hatte ein Sportstipendium in England erhalten und es Mona verschwiegen. Anfangs, weil er abwarten wollte, ob er überhaupt angenommen werden würde. Und als die Zusage dann da war, ging alles ganz schnell. Er hatte ihr nie erklären können, dass dieses Dorf ihm die Luft zum

Atmen genommen hatte. Er bereute nicht, fortgegangen zu sein, aber die Art, wie er es getan hatte, schon. Seine Gedanken wanderten wieder zu seinem Traum. Wer wohl Ruqayas Vater war? Mona musste ihn etwa zur selben Zeit kennengelernt haben. Wieso hatten sie sich getrennt?

Er erhöhte das Tempo und blieb vor dem Bestattungsinstitut stehen. Licht drang aus einem der Kellerfenster. Lautlos drückte er die Türklinke herunter und schlich in den stockfinsteren Empfangsraum. Hatte er sich das Licht nur eingebildet? Aber wieso war dann nicht abgeschlossen? Aus dem Keller erklangen Geräusche und mit weit ausgestreckten Armen tastete er sich langsam vorwärts. Er rammte mit der Hüfte den Tresen und ächzte. Die Tränen traten ihm in die Augen und er hielt die Luft an, ob ihn jemand gehört hatte. Seine Handy-Taschenlampe benutzte er nicht, denn falls hier Einbrecher eingedrungen waren, wollte er das Überraschungsmoment auf seiner Seite haben. Alles blieb still. Zu still. Mit dem nächsten Schritt prallte er an etwas Weiches und fand sich bäuchlings auf dem Boden wieder.

»Was glaubst du hier zu finden?«, bellte ihn jemand an und verdrehte ihm schmerzhaft die Arme auf den Rücken.

»Faris?«

Hinter ihm wurde es still, bis ihn eine Taschenlampe blendete und er die Augen reflexartig zusammenkniff. »Elias?«

»Ja, ich bin's«, erwiderte er gepresst. »Könntest du mich bitte loslassen?«

Faris brummte, ließ ihn aber los und schaltete das Licht an. »Was treibst du hier um diese Uhrzeit? Und warum schleichst du hier herum?«, knurrte er und klopfte sich sein Hosenbein ab.

»Das Gleiche wollte ich dich auch fragen«, entgegnete Elias und sprang mit einem eleganten Satz in den Stand. »Ich habe Licht gesehen und mich gewundert, wer zu dieser Stunde hier ist. Außerdem war die Tür nicht abgeschlossen.«

»Das ist ein Bestattungsinstitut, da wird zu ungewöhnlichen Stunden gearbeitet«, raunzte Faris und vermied seinen Blick.

Elias sah ihn nur wortlos an. Irgendetwas beschäftigte den älteren Mann. »Kann ich dir helfen?«, bot er an und schaute nach unten.

»Nein!« Faris knetete seine Hände. »Es ist niemand gestorben – also zumindest wurde ich nicht gerufen«, präzisierte er.

Elias wartete.

»Ich schlafe, seit Moaz tot ist, nicht besonders gut«, nuschelte Faris und stellte sich vor ein Fenster. »Wer, wenn nicht wir, weiß, dass der Tod einen immer begleitet. Aber ich vermisse ihn. Hier komme ich zur Ruhe. Und ja, mir ist bewusst, wie seltsam das klingt.« Er seufzte tief und rieb sich über die Augen. »Moaz hat einem das Gefühl gegeben, sein bester Freund zu sein. Er hat in jedem das Beste gesehen und weil ihn niemand enttäuschen wollte, haben sie genau das gemacht: das Beste aus sich herausgeholt.«

Elias starrte den älteren Mann verblüfft an. Das beschrieb Moaz ziemlich präzise. Er legte Faris eine Hand auf die Schulter und für einen Moment standen sie zusammen, schauten in die Nacht und hingen ihren Gedanken nach.

»Magst du Monas Zimtschnecken?«, durchbrach Elias die Stille.

»Ist das eine Fangfrage?«

Elias lachte. »Es gibt auch marokkanischen Tee.«

»Ach, ihr jungen Leute kocht den sowieso nicht stark genug«, brummte Faris, zog sich aber seine Jacke an und stampfte hinter Elias zur Pension.

In der Küche stand Fatima neben dem pfeifenden Wasserkessel und schüttelte ein paar Minzzweige trocken. Sie schien nicht überrascht zu sein, Faris zu sehen.

Elias gab weiche Butter mit Zucker und Zimt in eine Schüssel und zerdrückte das Gemisch mit einer Gabel zu einer Paste. Später würde der karamellisierte Zucker für das köstliche Aroma sorgen. Er streute Mehl auf die Arbeitsfläche, rollte den vorbereiteten Hefeteig erst rechteckig aus, um ihn mit der Füllung zu bestreichen, bevor er ihn geschickt länglich aufrollte. Mit einem scharfen Messer schnitt er gleichmäßige Stücke ab, die er auf einem Backblech akkurat anordnete. Er stellte die Uhr auf dreißig Minuten, legte ein Handtuch über die Bleche und lehnte sich mit der Hüfte gegen die Arbeitsplatte. Fatima und Faris hatten ihm schweigend zugesehen und dabei ihren Tee getrunken.

»Wie bist du eigentlich Totenwäscher geworden?«, fragte Elias den älteren Mann.

»Der beste Freund meines Bruders verstarb und niemand von dessen Familie war da, um ihn zu waschen. Also sind wir hin, um es zu übernehmen. Mein Bruder hat die ganze Zeit gezittert und ist nach der Hälfte rausgegangen. Ich blieb, um den Verstorbenen nicht allein zu lassen. So lernte ich Moaz kennen und bin geblieben.«

»Das heißt, du hast Ruqaya aufwachsen sehen, oder?«, tastete Elias sich langsam heran.

»Ja, die Kleine ist für mich wie eine Enkelin«, sagte Faris und ein feines Lächeln ließ sein Gesicht weich werden.

»Sieht sie denn ihre Großeltern, also väterlicherseits, ab und zu?«

Fatima runzelte die Stirn. »Nein«, antwortete sie und schaute ihn aufmerksam an.

»Das heißt, Ruqayas Vater besucht sie unregelmäßig?«, hakte er nach.

»Er entscheidet immer eher spontan. Wieso willst du das wissen?«, fragte Fatima geradeheraus.

»Ruqaya hat mir gestern eröffnet, dass sie das Wochenende bei ihm verbringt, und da ich die Absprache zwischen Mona und Ruqayas Vater nicht kenne ...« Er zuckte die Achseln und schob das erste Blech in den vorgeheizten Backofen.

Fatima war ganz still geworden. »Er kommt heute? Wann?«

»Direkt nach der Schule. Er wollte sie von der Schule abholen, aber Ruqaya hat bestimmt Hunger und nach dem Mittagessen ist noch genug Zeit.«

Fatima grinste wissend, aber ihre Miene verdüsterte sich sogleich. »Es ist das erste Mal, dass er sie ein ganzes Wochenende zu sich nimmt.« Sie tauschte mit Faris einen bedeutungsschweren Blick aus, der Elias nicht entging.

»Gibt es etwas, das ich wissen sollte?«

Fatima wechselte jedoch geschickt das Thema. »Für heute haben sich wieder ein paar Ornithologen angemeldet. Die checken meistens schon früh ein, lassen ihr Gepäck am Empfang und bezahlen das Frühstück extra. Sie werden sich freuen, wenn sie die Zimtschnecken riechen.« Sie stand auf und stützte sich mit gebeugten Schultern auf ihren Stock und zum ersten Mal sah sie verzweifelt aus.

Ruqaya verspätete sich zum Frühstück. Ihre Haare waren ungekämmt und ihre Augen leicht geschwollen. Elias hätte sie am liebsten in die Arme genommen, hielt sich jedoch zurück, weil er nicht wusste, wie sie darauf reagieren würde. Er huschte kurz aus der Küche und kniete zwei Minuten später vor ihr. »Ich habe mich schon immer gefragt, ob gelockte Haare tatsächlich so schwierig sind zu kämmen, wie alle behaupten.«

Ruqaya verschluckte sich und verschüttete prompt Milch auf den Tisch. »Weiß nicht.« Verschämt strich sie sich über die Locken. »Mama sagt, es ist ganz leicht. Alles nur —«.

»Eine Frage der Technik«, sagte er synchron mit ihr. »Darf ich?«, fragte er und fischte einen Kamm aus seiner Hosentasche.

Sie nickte und folgte ihm ins Bad.

»Mama macht sie immer ein wenig nass«, sagte Ruqaya und deutete auf eine Sprühflasche, die auf der Fensterbank stand.

Vorsichtig besprühte er ihre Haare, band sie zu einem losen Pferdeschwanz, nahm sich eine Strähne und fing von den Spitzen an, die Locken zu entwirren. Er hatte extra auf YouTube nachgeschaut, wie es geht, und achtete darauf, nicht zu ziehen.

»Onkel Elias?«, fragte sie und drehte leicht den Kopf.

»Ja?« Er schluckte und versuchte, sich nicht anmerken zu lassen, wie sehr es ihn freute, von ihr so genannt zu werden.

»Trägst du Schmuck?«

Er hielt kurz in der Bewegung inne, bevor er sich eine neue Strähne griff. »Wenn du beispielsweise eine Armbanduhr dazuzählst, dann ja. Wieso?«, erkundigte er sich und atmete flach, um sie durch nichts zu erschrecken. Die Gespräche mit Ruqaya glichen momentan einem Minenfeld. Da war selbst Herr Wamu vorhersehbarer.

Sie zog etwas aus ihrer Hoodietasche und legte es auf ihre Handfläche: drei geflochtene Perlenarmbänder, deren Perlen in komplizierten Mustern angeordnet waren. Er war beeindruckt.

»Maschallah, die sind sehr schön«, lobte er sie. »Wie lange hast du dafür gebraucht?«

»Eine Stunde für die drei«, antwortete sie, »aber ich werde schneller.«

»Das glaube ich dir.«

»Du bekommst die drei zum Preis für zwei«, fuhr sie fort. »Weil du es bist, nur zehn Euro.«

»Das nenne ich mal ein Schnäppchen«, sagte er und grinste. Er zog seinen Geldbeutel aus der Hosentasche und drückte ihr zwanzig Euro in die Hand. »Der Rest ist für dich.«

Ihre Augen wurden kugelrund und sie schluckte heftig. »Djazak Allahu chairan«, hauchte sie und steckte das Geld verlegen in ihre Tasche.

»Wa iaki«, erwiderte er und fragte sich, wozu sie es brauchte. »Sag mal, bekommst du eigentlich Taschengeld?«

»Ja, normalerweise schon«, nuschelte sie etwas undeutlich und starrte auf ihre Fußspitzen.

»Aber weil Mona nicht da ist, hast du es noch nicht erhalten?«

Sie nickte.

»Wie viel ist das?«

»Fünf Euro pro Woche«, sagte sie stolz.

Er legte zwei Zehner auf den Tisch.

»Das ist zu viel«, erklärte sie und schob einen Schein zurück.

»Wieso? Fünf von Mona und fünf von mir«, rechnete er vor und zwinkerte ihr zu.

Sie blinzelte und hauchte ein Dankeschön. Ihr Blick huschte auf ihre Uhr. »Ich muss zum Bus.« Sie fuhr sich prüfend durch die Haare und ein kleines Lächeln zupfte an ihren Mundwinkeln. »Bis nachher«, verabschiedete sie sich, setzte den Rucksack auf eine Schulter und eilte zur Haustür.

⚜

Später am Mittagstisch bemerkte Elias, dass nicht nur er, sondern auch Fatima und Faris Armbänder trugen. Ruqaya schlang ihr Essen hastig hinunter und schaute immer wieder zur Uhr. Sobald sie das Geräusch eines vorfahrenden Autos hörte, sprang sie auf und lief hinaus. Elias, Fatima und Faris folgten ihr.

Ruqayas Vater stieg mit einem breiten Lächeln im Gesicht aus. Elias beobachtete den groß gewachsenen Mann, der dunkelblaue Jeans, einen schwarzen Rollkragenpullover und einen anthrazitfarbenen Mantel trug, neugierig. Er umarmte Ruqaya, drehte sie einmal im Kreis wie eine Sechsjährige, was diese mit einem schiefen Lächeln über sich ergehen ließ, und kam mit weit ausholenden Schritten auf Elias zu.

»Hey, ich bin Said und du musst Elias sein. Ruqaya hat mir schon viel von dir erzählt«, begrüßte er ihn mit kräftigem Handschlag.

»As salamu alaikum«, erwiderte Elias, »ich freue mich, dich kennenzulernen. Leider hat Ruqaya mir nicht so viel über dich erzählt, wie ich es gern hätte«, gab er ehrlich zu und musterte den Mann aus der Nähe. Er war gut aussehend, gepflegt und wirkte auf den ersten Blick einnehmend. Doch sein Bauchgefühl schrie ihm förmlich zu, dass hier etwas nicht stimmte.

Said lachte herzlich, ein tiefes, wohlklingendes Lachen, bei dem seine weißen Zähne sein Gesicht beherrschten. »Ach, Kinder«, sagte Said verschwörerisch. »Hast du auch welche?«

»Noch nicht, nein.«

Said klopfte ihm gönnerhaft auf die Schulter. »Na, du hast ja noch Zeit.« Er drehte sich zu Fatima und Faris und begrüßte die beiden ähnlich gut gelaunt, auch wenn sein Lächeln bei Fatimas sauertöpfischem Ausdruck ein wenig an den Rändern zerfranste.

»So, wir müssen dann auch schon los«, sagte Said gezwungen fröhlich.

»Wann bringst du sie wieder?«, erkundigte sich Elias und ein Knoten bildete sich in seinem Magen.

»Sonntagmorgen kehrt die Prinzessin zurück. Nicht wahr, Süße?«

Ruqaya nickte, aber vermied es, Elias anzusehen.

»Würdest du mir deine Nummer geben? Für den Notfall?«, fragte Elias und zückte sein Handy.

»Was soll schon groß passieren? Du hast doch Ruqayas Nummer, oder? Das reicht völlig«, wiegelte Said ab und umrundete seinen BMW. »Steig ein, Ruqaya«, forderte er die Kleine auf, winkte in die Runde und setzte sich hinter das Lenkrad.

Mit zwei großen Schritten war Elias vor Ruqaya und ging auf ein Knie. »Hör mir zu, Ruqaya. Du musst nicht mit ihm mitfahren. Wir können einen Ausflug machen, Drachen steigen lassen – was immer du möchtest«, sagte er eindringlich und suchte ihren Blick. »Oder noch mehr Armbänder flechten, für Babus Brunnen.«

Ihre Augen weiteten sich, als sie erkannte, dass er herausgefunden hatte, wofür sie die Armbänder verkaufte. Für einen Moment schaute sie zu ihrem Vater, der nur darauf gewartet zu haben schien und einschmeichelnd rief: »Kommst du, Schatz?«

»Ruf mich bitte sofort an, wenn etwas ist. Egal wann. Hörst du?«, bat Elias. Wenn er ihre Nummer nicht schon seit der ersten Theaterprobe gespeichert hätte, hätte er es spätestens jetzt nachgeholt. Erst als sie nickte, erhob er sich und ließ sie gehen. Er sah dem Auto noch nach, als es längst nicht mehr zu sehen war, bis Fatima ihn am Arm berührte. Auch auf die Gefahr hin, dass Mona nie mehr mit ihm reden würde, er würde Harun diesen Said mal überprüfen lassen. Irgendetwas an Monas Ex-Mann weckte sämtliche Beschützerinstinkte in ihm.

ABENDESSEN
Mona

Die nächsten Tage vergingen wie im Flug und sie verbrachte sie in Meetings, die den Trip nach Schottland vorbereiteten, denn die vier Filialen befanden sich alle dort. Herr Aziz hatte extra seinen Besuch vorgezogen, um sie vor ihrer Reise noch anzutreffen, und ließ sich einmal durch das Büro führen. Er hatte ihr ein paar Fragen gestellt und war hocherfreut gewesen zu hören, dass sie sich offensichtlich so gut eingelebt hatte.

Samstagabend schaute sie nach Trish, die sich jedoch nicht zeigte, obwohl sie hörte, dass sie da war. »Weißt du, ich habe dich schon gesehen«, sprach sie zu ihr und füllte das Futter auf. »Wobei ich verstehen kann, wenn du dich versteckst. Manchmal ist man sich selbst die beste Gesellschaft.« Sie hörte Flügelschlagen dicht hinter sich, drehte sich aber nicht um. »Es ist schön, dass du bei Elias bist. Früher hatte Babu auch jede Menge Tiere. Aber als Elias weggegangen ist und Babu nach ein paar Jahren nicht mehr als Hausmeister gearbeitet hat, hat er auch keine kranken Tiere mehr aufgenommen.« Vielleicht war es an der Zeit, wenn sie wieder zu Hause war, den alten Streichelzoo wiederzubeleben. Trish pfiff leise hinter ihr. »Lass es dir schmecken und inschallah sehen wir uns morgen. Ich bin heute Abend zum Essen eingeladen, wobei ich viel lieber bei dir bleiben würde …« Sie seufzte.

»Habe ich doch richtig gehört«, ertönte eine Stimme hinter ihr und Mona quiekte.

»Was machst du hier?«, fragte sie Kayden vorwurfsvoll und presste eine Hand an ihr Herz, das ihr bis zum Hals schlug.

»Es ist sechs Uhr und da niemand auf mein Klingeln reagiert hat und ich deine Stimme gehört habe, bin ich in den Garten gelaufen«, erklärte er gelassen. »Nicht, dass du dich vor dem wohlverdienten Abendessen drückst.«

»Du hast es gehört, oder?«, fragte sie peinlich berührt und ihre Wangen färbten sich leicht rosa, was er aber in dem spärlichen Licht hoffentlich nicht erkennen konnte.

»Was soll ich mitbekommen haben?«, sagte er glatt und grinste. »Komm, Omayma wartet vor der Tür und du willst dich bestimmt noch umziehen.«

Sie zog die Käfigtür hinter sich zu und eilte zur Haustür, wo Omayma mit einer langen rechteckigen Schachtel auf sie wartete.

»Wo warst du?«, fragte die junge Frau und musterte sie besorgt.

»Ich war bei Trish und habe die Zeit aus den Augen verloren.« Mona zog den Schlüssel aus ihrer Manteltasche und winkte die beiden hinein.

»Wer ist Trish?«, fragte Omayma und folgte ihr in den Flur.

»Ein Wellensittich. Elias hat eine Vogelvoliere im Garten. Wollt ihr einen Tee trinken?«

»Darum kümmere ich mich«, sagte Kayden und hängte seinen Mantel auf.

Erst jetzt fiel ihr auf, wie er gekleidet war, und sie hielt inne. Sein gewelltes Haar war ordentlich nach hinten frisiert und er trug einen schwarzen Smoking, ein weißes langärmeliges Hemd mit einer schwarzen Fliege und Kummerband.

»Was –«.

»Das ist eine Überraschung und ich verrate nichts«, fiel Kayden ihr ins Wort. »Hat Omayma schon versucht. Die Küche ist hier vorne rechts?«

Mona nickte, lief voran und zeigte ihm, wo sie den Tee aufbewahrte.

»Komm«, sagte Omayma und nahm sie an der Hand. »Ich bin gespannt, wie es dir gefällt.«

»Wie mir … was?«, protestierte Mona, aber Omayma zog sie einfach weiter.

»Welches Zimmer ist deins?«

Mona deutete wortlos auf ihre Zimmertür und erst jetzt betrachtete sie Omayma näher. Diese trug ein goldenes Kleid mit diskreter Verzierung und einer passenden offenen Abaya sowie einem helleren Kopftuch. Monas Mund klappte auf.

»Kayden ist zu einer Veranstaltung eingeladen, bei der Abendgarderobe verlangt wird, deshalb hat er mich beauftragt, für uns Kleider zu besorgen.« Omayma öffnete die Schachtel, die sie unter dem Arm trug. Vorsichtig nahm sie eine weinrote Abaya heraus. Das Oberteil mit den weiten Ärmeln zierte ein schwarzes Muster, das mit Perlen versehen war und in einem schwingenden Rock endete. »Gefällt es dir?«

Mona nickte überwältigt.

»Zieh es an«, drängte Omayma sie und schubste sie Richtung Bad.

Immer noch überrumpelt, tauschte sie Hose und Oberteil gegen die schicke Abaya. Diese passte perfekt und sie fühlte sich ein wenig wie Cinderella. Omayma strahlte über das ganze Gesicht, als sie sah, wie gut ihr die Abaya stand.

Kayden saß mit einer Tasse Tee vor dem Kamin und las in einem der Bücher aus Elias' Regal. Er lächelte, als er sie sah. »Ich hoffe, die Damen haben Hunger mitgebracht. Bevor wir zu der Gala gehen, stärken wir uns erst noch ein wenig.«

»Gibt es bei der Gala nicht auch etwas zu essen?«, erkundigte sich Omayma erstaunt.

»Doch, aber das sind meist winzige Portionen und ich habe mir etwas Besonderes für euch ausgedacht.« Er brachte seine Tasse in die Küche, stellte sie in die Geschirrspülmaschine und drehte sich zu ihnen. »Bereit?«

»Auf jeden Fall«, sagte Omayma und zog ihren Mantel an.

Mona nickte nur, aber eine leise Vorfreude breitete sich auch in ihr aus.

Draußen fuhr ein Taxi vor und sie stiegen ein. Die Fahrt dauerte etwa vierzig Minuten und Mona sah, dass es nach London ging. Kayden schien wirklich keine Kosten zu scheuen, um ihnen für ihre Hilfe zu danken. Das Taxi hielt vor einem italienischen Restaurant und der Besitzer war völlig aus dem Häuschen darüber, Kayden zu sehen.

»Mit dir habe ich gar nicht gerechnet«, begrüßte er Kayden mit einem warmen Handschlag und zog ihn in eine Umarmung. Dabei reichte der etwas fülligere Italiener Kayden gerade mal bis zur Brust. »Ist heute nicht die Gala?«

»Ach, du weißt doch, dass ich deinem Essen nicht widerstehen kann«, scherzte Kayden.

»Dann will ich euch mal nicht zu lange aufhalten«, sagte der Wirt und musterte Mona und Omayma. Das

Lokal war bis auf den letzten Platz besetzt. Zielstrebig lief der Wirt, der sich als Giuseppe vorstellte, vor ihnen her in den hinteren Bereich. Dort führte eine Tür in einen Nebenraum, in dem die Tische nicht so dicht wie im vorderen Teil nebeneinanderstanden.

Mona und Omayma wechselten einen überraschten Blick.

»Unser Fleisch ist halal«, informierte der Wirt Mona und Omayma und legte die Speisekarte auf den Tisch. »Für dich wie immer?«, wandte er sich an Kayden.

Der nickte. »Ich kann euch die Cocktails nur empfehlen«, sagte er. »Massimo mixt die besten nicht-alkoholischen Cocktails in ganz London.«

Sie bestellten und erst jetzt merkte Mona, wie ausgehungert sie war. Seit dem Frühstück hatte sie nichts mehr gegessen, weil sie sich nicht hatte aufraffen können, nur für eine Person zu kochen.

»Omayma hat erwähnt, dass das Meeting erfolgreich verlaufen ist«, sagte Kayden und warf ihr einen fragenden Blick zu.

Mona zuckte mit den Achseln. »Ja, das stimmt schon.«

»Es lief so gut, dass Mona jetzt die Projektleiterin ist«, mischte sich Omayma ein und erzählte von den Details, ohne Namen zu nennen. Giuseppe brachte die Cocktails, die in den verschiedensten Farben leuchteten und himmlisch schmeckten.

Omayma entschuldigte sich und ging zur Damentoilette.

»Und jetzt raus mit der Sprache – was bedrückt dich?« Kayden musterte sie intensiv.

»Nichts«, wiegelte Mona ab und drehte ihren Strohhalm. »Ob Massimo bereit wäre, mir zu zeigen, wie er seine Cocktails zubereitet?«

»Das lässt sich einrichten«, sagte Kayden. »Unter einer Bedingung.«

»Die da wäre?«

»Du erzählst mir, warum du dich nicht über das Projekt freust. Omayma platzt vor Stolz und du siehst aus, als hätte man dir deine Lieblingspuppe weggenommen.« Er sah sie aufmerksam an.

Der Vergleich war gar nicht mal so verkehrt. »Mein … Chef hat nur noch mal verdeutlicht, wie wichtig der Kunde ist«, wand sie sich.

»Verstehe«, sagte er und fragte nicht weiter.

Omayma kehrte kurze Zeit später an ihren Platz zurück und die drei unterhielten sich über die italienische Küche, bis Giuseppe ihr Essen brachte.

Kayden hatte nicht zu viel versprochen. Das Essen war wirklich köstlich. Mona hatte sich für Ossobuco mit Safran-Risotto und Gemüse entschieden. Die Kalbsbeinscheibe schmolz förmlich auf ihrer Zunge und war eine reine Geschmacksexplosion. Omayma war hin und weg von ihren Spaghetti carbonara, und Kayden hatte sich schweigend seinem Saltimbocca gewidmet. Als Kayden bezahlte, wäre Mona am liebsten geblieben. Der Gedanke an eine Gala mit so vielen Menschen, mit denen sie Small Talk führen sollte, behagte ihr nicht.

Das schien Kayden zu bemerken, denn er sagte aufmunternd: »Es wird lustig. Vertrau mir«, und öffnete die Tür des Restaurants. Sie verabschiedeten sich von Giuseppe und Mona nahm sich vor, vor ihrer Abreise noch mal herzukommen.

Die Gala fand in einem riesigen Veranstaltungssaal nur drei Minuten vom Trafalgar Square entfernt statt.

Sie reihten sich in einen Strom von anderen Besuchern ein. Am Eingang lagen Broschüren aus und staunend las Mona über die Vergangenheit des viktorianischen Gebäudes aus dem neunzehnten Jahrhundert, das als Luxushotel für fünfhundert Gäste konzipiert worden war. Sie gingen in den Ballsaal, in dem von hohen Stuckdecken riesige Kronleuchter hingen. Meterdicke Säulen endeten in Rundbögen und schmückten deckenhohe Buntglasfenster. Sie wusste gar nicht, wohin sie zuerst sehen sollte. Runde Tische mit jeweils zehn Plätzen waren vor einer Bühne aufgereiht und während einige sich schon hingesetzt hatten, standen viele noch an den Cocktailtischen und nippten an Orangensaft oder Wasser.

Verwundert sah Mona sich um.

»Es ist eine Spendengala, um unter anderem für Suchtopfer zu spenden. Daher gibt es heute Abend nur nicht-alkoholische Getränke«, erklärte Kayden.

Bevor Mona weitere Fragen stellen konnte, wurde Kayden von ein paar Männern begrüßt und in Beschlag genommen. Er ließ sie und Omayma jedoch nie allein stehen, sondern stellte sie seinen Gesprächspartnern als Unternehmensberaterinnen vor. Nach einer gefühlten Ewigkeit hatten sie die Hälfte des Saals durchquert und Kayden führte sie an einen Tisch, an dem bereits zwei Männer saßen und sich unterhielten. Die beiden erhoben sich und Mona schluckte, als sie in Haruns erstauntes Gesicht blickte.

GALA
Mona

Kayden begrüßte Harun herzlich, der sich sichtlich freute, diesen zu sehen. Mona grübelte, woher die beiden sich kannten, da drehte sich Harun zu ihr.

»As salamu alaikum wa rahmatuh Allahi wa barakatuhu«, begrüßte Harun sie. »Woher kennen Sie Kayden?«

»Wa alaikum assalam wa rahmatuh Allahi wa barakatuhu«, antwortete sie. »Eine sehr schöne Veranstaltung«, wich sie aus und lächelte ihn an. Je weniger Harun über sie wusste, desto besser.

Er hob eine Augenbraue und nickte Omayma freundlich zu, die sich bei Mona untergehakt hatte.

»Wusstest du, dass Harun bei der Gala sein würde?«, flüsterte sie Omayma zu und sah sich um. Der Saal füllte sich und eine Gruppe mit drei Frauen und zwei Männern näherte sich ihnen zielstrebig.

»Ja und Nein. Elias' und Haruns Consultingfirma ist am Markt sehr gefragt und sie werden häufig zu Veranstaltungen eingeladen. Meistens lehnen sie Abendveranstaltungen allein schon deshalb ab, weil es Alkohol gibt, und nehmen eher als Sprecher oder an

Podiumsdiskussionen teil. Tatsächlich hatte ich gar nicht mehr daran gedacht, dass die Gala heute ist.«

Bevor sie weitere Fragen stellen konnte, stellte sich Kayden neben sie.

»Woher kennst du Harun?«, wollte Omayma sofort wissen.

»Wir haben zusammen studiert. War eine wilde Zeit«, erklärte Kayden bereitwillig.

»Wirklich?«, rutschte es Mona heraus und auch Omayma schaute Kayden fassungslos an. Vermutlich musste sie erst einmal verdauen, dass sie ausgerechnet in einer Firma gelandet war, dessen Chef mit ihrem Cousin befreundet gewesen war.

»Kommt, ich stelle euch erst noch den anderen am Tisch vor«, sagte Kayden völlig unbeeindruckt und führte sie zu der Gruppe mit den Frauen und Männern.

Wie sich herausstellte, handelte es sich um vier Kollegen, die alle für eine Marketingagentur arbeiteten. Sie hatten die Firma zusammen aufgebaut und die fünfte Frau war die Ehefrau von einem der Gründer. Kayden erkundigte sich nach einem Produktlaunch und wie die zugehörige Marketingkampagne funktioniert habe.

Mona lauschte schweigend und musterte Kayden von der Seite. Er hielt seinen Orangensaft entspannt in der Hand, sein Oberkörper war leicht gebeugt, der Kopf zum jeweiligen Redner gedreht und im Gesicht trug er ein stetes Lächeln. Sie vermutete, dass die Menschen ihm bereitwillig Informationen anvertrauten. Das war ihr im Café schon aufgefallen.

Sie setzten sich und Mona fragte ihn wispernd: »Du bist kein Café-Besitzer, oder?«

»O doch, das bin ich«, erwiderte er und grinste breit.

»Kayden hat schon immer gern in die unterschiedlichsten Branchen investiert«, mischte sich Harun ein. Er saß neben Kayden, wie Mona jetzt erst feststellte, und schien ein ausgezeichnetes Gehör zu haben.

»Es sind die kleinen Geschäfte, die sich mit viel Herzblut engagieren und sinnvolle Produkte, die einen Nutzen haben, anbieten. Es ist erfrischend zu sehen, wie nicht der Kommerz im Vordergrund steht, sondern ihr Beitrag zur Gesellschaft. Davon bräuchten wir nicht nur mehr, es sollte auch viel mehr unterstützt werden«, erklärte Kayden bereitwillig.

Harun nickte zustimmend. Für einen Moment wurden seine Augen glasig und er schien mit seinen Gedanken weit weg zu sein. »Ihr kennt euch also aus einem von Kaydens Cafés?« Eines musste man Harun lassen: Er kombinierte schnell.

»Ja, sie und Omayma –«, fing Kayden an zu erzählen, doch Mona unterbrach ihn eilig.

»Sind zufällig in seinem Café gelandet und haben die weltbesten Zimtschnecken entdeckt.«

Kayden zögerte keinen Moment. »Die Zimtschnecken sind in der Tat etwas Besonderes«, spielte er mit und zwinkerte ihr amüsiert zu.

Harun sah zwischen ihnen hin und her und runzelte die Stirn.

»Und ihr kennt euch woher?«, wollte Kayden wissen.

»Mona hilft uns bei einem Projekt aus«, sagte Harun glatt.

Plötzlich weiteten sich Kaydens Augen. »Dann ist er –«.

»Der beste Freund von Elias, genau«, unterbrach Mona ihn hastig und ging davon aus, dass Kayden Elias auch kannte, wenn er mit Harun studiert hatte. Sie senkte den Kopf, damit niemand ihre hochroten Wangen sah. Hätte sie ihm nur nichts von ihrem »Chef« erzählt.

»Elias!«, rief Kayden aus. »Dann bist du *die* Mona. Es verging kein Tag an der Uni, an dem Elias dich nicht erwähnt hätte. Wir drei waren unzertrennlich.« Er schüttelte ungläubig den Kopf und lachte. »Der Abend wird besser und besser. Und dann hat er immer wieder von einem … Mustafa oder Muadh gesprochen, der so was wie Yoda für ihn war.«

»Moaz«, sagte Mona leise und eine bleierne Schwere legte sich über sie.

»Genau, Moaz. Den würde ich gern kennenlernen. Wie alt müsste er jetzt sein? Um die siebzig?«, fuhr Kayden fort und war noch immer so mit seiner Vergangenheit beschäftigt, dass er Monas bedrückte Stimmung nicht bemerkte.

»Achtzig«, hauchte sie und legte ihre zitternden Hände in den Schoß.

Harun räusperte sich warnend, aber Kayden hatte sich längst zu ihr gedreht.

»Kennst du Moaz?«

»Er war mein Großvater und ist letzte Woche gestorben.«

»Inna lillahi wa inna ilahi radjiun«, erwiderte Kayden sofort betroffen. »Dein Verlust tut mir sehr leid. Möge Allah es dir erleichtern.«

Mona blinzelte die aufsteigenden Tränen weg und lächelte tapfer.

»Weißt du noch, wie wir uns im ersten Semester kennengelernt haben?«, fragte Harun und es war offensichtlich, dass er von ihr ablenken wollte.

Kayden nickte. »Als ob ich das jemals vergessen würde.«

Die beiden erzählten abwechselnd davon, wie sie Elias zum ersten Mal getroffen hatten. Zwischen den dreien und einer anderen Gruppe hatte es einen Wettstreit gegeben und sie waren gegeneinander angetreten. Nach vier Disziplinen waren sie gleichauf gewesen.

»Blieben die zweihundert Meter Schwimmen. Der Wortführer überragte Elias um einen halben Kopf, seine Armspanne war die eines Albatros und hinter seinem Kreuz war Elias nicht zu sehen«, erinnerte sich Harun. »Elias machte ein paar Dehnübungen und stellte sich auf den Startblock. Nach einhundert Metern lag er eine ganze Körperlänge hinten und die Gruppe lachte schon über ihn. Doch Elias zog einfach an und nach einhundertfünfzig Metern waren sie fast gleichauf. Es wurde ein Kopf-an-Kopf-Rennen und schließlich gewann der Rädelsführer mit einer hundertstel Sekunde Vorsprung.«

»Ah«, sagte Mona wissend.

Harun und Kayden sahen sie fragend an.

»Er hat absichtlich verloren, aber nur knapp, damit der andere weiß, dass er ihn jederzeit hätte schlagen können.«

»Genau«, bestätigte Harun. »Sie ließen uns daraufhin im Großen und Ganzen in Ruhe und wir drei waren von da an unzertrennlich.«

Die beiden erzählten noch ein paar andere Geschichten und Harun sah sie über den Rand seines Glases an. Sie war ihm dankbar, sie von Moaz abgelenkt zu haben, und nickte ihm unmerklich zu.

Mit perfektem Timing wurde der erste Gang serviert und Kayden behielt recht. Die Portionen waren winzig und definitiv nicht mit dem Essen bei Giuseppe zu vergleichen.

Die Spendenaktion fand in Form einer Versteigerung statt. Die Spender sowie die Ersteigerer wurden namentlich genannt. Mona unterhielt sich mit einer der anderen Frauen, als die letzte Aktion verkündet wurde, die sich von den vorherigen unterschied.

»Bei einem Brand vor einigen Monaten wurden die Lehrbücher der Abschlussklasse eines Waisenhauses in Burundi zerstört. Ein großzügiger Spender hat sich bereit erklärt, diese zu ersetzen, wenn ein ähnlich hoher Betrag geboten wird, um die Schüler mit Schulmaterialien für ein ganzes Schuljahr auszustatten. Wer bietet dafür?«

Kayden hob seine Hand und lieferte sich ein Duell mit einer älteren Dame, die zwei Tische weiter saß. Haruns Handy vibrierte und Mona sah von ihrem Platz aus, dass es eine Nachricht von Elias war. Er las die Mitteilung, runzelte die Stirn und schaute zu ihr. Was Elias ihm wohl geschrieben hatte? In dem Moment endete die Versteigerung mit dem Knall des Hammers, und ein allgemeines Getuschel war zu hören, bevor der Name des Höchstbietenden mit etwas Verzögerung verkündet wurde: »Moaz Hilal«.

Mit aufgerissenen Augen schaute Mona zu Kayden. »Eine Sadaqa Dscharija für Yoda.« Er zwinkerte ihr zu und für den Rest des Abends fühlte sich Monas Herz zum ersten Mal seit dem Tod ihres Großvaters nicht mehr so eng an.

TRISH
Mona

Sonntagmorgen wachte Mona wie immer um vier Uhr auf und betete. Sie kramte eine Mütze aus ihrem Koffer, schlüpfte in ihre Sneaker, zog den Reißverschluss von Elias' Trainingsjacke bis zum Kinn und trat vor die Tür.

»Da bist du ja endlich! Wenn ich noch länger hätte warten müssen, wäre ich erfroren!«

»Was machst du hier?«, fragte sie Kayden überrumpelt, der vor der Haustür auf der Stelle trippelte.

»Harun hat erwähnt, dass du morgens laufen gehst.«

»Und dass sie besser bei Tageslicht im Park des Büros laufen sollte.« Haruns Silhouette schälte sich aus den Schatten.

»Hat er das?« Kayden lachte leise.

»Dann wäre das ja geklärt«, sagte Mona leicht indigniert und setzte sich eine Mütze auf das Kopftuch. Es war eisig kalt.

»Geht es los? Geht es los?«, wollte Omayma aufgedreht wissen und sprang vor Mona. Die trat einen Schritt zurück und damit treffsicher auf Haruns Fuß, weil es in der kurzen Auffahrt mittlerweile ein wenig eng wurde.

Er gab keinen Laut von sich. Sie konnte zwar sein Gesicht im Dunkeln nicht sehen, stellte sich aber vor, wie er sie stoisch musterte. Kayden gluckste amüsiert.

»Gibt es sonst noch jemanden, der gleich aus einem Gebüsch springt?«, wollte Mona wissen und schlang die Arme um sich.

»Wieso? Erwartest du noch jemanden?«, fragte Omayma und sah sich um.

Mona rollte mit den Augen, griff Omaymas Hand und trabte los. »Was machst du hier?«

»Ihr habt gestern so vom Fünfkampf geschwärmt und na ja, Kayden hat erwähnt, dass er dich nicht allein laufen lassen will, und … da bin ich«, schnaufte sie neben ihr und hielt sich schon die Seite.

»Das Wichtigste beim Laufen ist die tiefe Atmung. Versuche, vier Schritte lang ein- und vier Schritte auszuatmen.«

Omayma nickte und für die nächsten Minuten hörte man nur das Geraschel der Blätter im Wind, die Tritte auf dem Boden und ihren Atem. An einer Abzweigung drehte Mona sich zu Kayden und Harun, die hinter ihnen liefen.

»Ihr könnt hier abbiegen und eine größere Tour nehmen.« Sie würde mit Omayma zurückjoggen. Bisher hielt diese sich tapfer, aber es brachte nichts, wenn sie morgen nicht mehr gehen konnte und die Lust verlor.

Die beiden reckten zustimmend den Daumen in die Höhe.

»Viel Erfolg in Schottland«, wünschte ihnen Harun noch und rannte los.

Kayden schloss zu ihnen auf. »Ich würde gern etwas mit euch besprechen. Hättet ihr heute Zeit? Mittagessen bei Giuseppe?«

Ein kurzer Seitenblick auf Omayma genügte. Wer würde schon freiwillig ein Essen bei Giuseppe absagen? »Wir kommen sehr gerne«, sagte Mona zu.

»Dann bis nachher.« Kayden joggte zurück und rannte Harun hinterher.

Die letzten Meter gingen sie nur noch im Schritt. Omayma ließ sich keuchend hinter das Steuer ihres lilafarbenen Käfers gleiten.

»Ich hau mich noch mal aufs Ohr«, sagte sie und schnaufte. »Nächste Woche werden wir wenig Schlaf bekommen. Soll ich dich gegen halb zwölf für das Essen mit Kayden abholen?«

»Das wäre prima«, stimmte Mona zu und schlenderte bis zum Haus. Sie hatte diese Woche immer nur kurz mit Ruqaya telefoniert, weil sie abends so spät nach Hause kam, und vermisste ihre Tochter schrecklich. Deswegen rief sie ihre Tochter sofort an. Normalerweise hob Ruqaya spätestens nach dem dritten Klingeln ab, doch auch nach dem sechsten Klingeln ging niemand dran. Beunruhigt legte Mona das Telefon zur Seite, nur um es gleich wieder in die Hand zu nehmen und ihr eine Nachricht zu schicken. Ein Haken. Wo war ihre Tochter, dass sie keinen Empfang hatte? Kurz entschlossen wählte sie die Nummer der Pension, damit Fatima sie hoffentlich beruhigen würde.

»Pension ›Am See‹, was kann ich für Sie tun?«, meldete sich Elias.

»Wo ist Fatima?«, stotterte Mona, die überhaupt nicht mit ihm gerechnet hatte.

»As salamu alaikum wa rahmatuh Allahi wa barakatuhu, Mona. Fatimas Dienst hat noch nicht begonnen.«

»Wie bitte?«, fragte sie begriffsstutzig. Ihr Gehirn hinkte hinterher und sie beantwortete nicht einmal seinen Gruß.

»Sie schläft, Mona. Kann ich dir … Soll ich ihr etwas ausrichten?«, verbesserte er sich, bemüht, nicht mal das Wort »helfen« auszusprechen.

»Nein, ich versuche es nachher einfach erneut«, erwiderte sie hastig und biss sich auf die Lippe. Eine Pause entstand, aber aus irgendeinem Grund war sie noch nicht bereit, aufzulegen.

»Geht es dir gut?«, erkundigte sich Elias sanft.

»Ja – alles bestens«, bestätigte sie reserviert.

»Wie hat dir London gefallen?«

»Voll, laut, hektisch – aber Sam und Omayma haben mir sehr schöne Ecken gezeigt und der Ballsaal von The Grand war beeindruckend«, sagte sie.

»Du warst bei der Gala?«

»Äh … ja. Aber unbeabsichtigt. Kayden hat uns mitgenommen, weil wir ihm geholfen haben.«

»Kayden? Kayden Mitchell? Woher kennst du Kayden?«, fragte Elias irritiert.

»Aus seinem Café, das Omayma und ich letzte Woche besucht hatten. Da haben wir nicht geahnt, dass ihr euch kennt«, sagte Mona und war immer noch erstaunt, ausgerechnet einem engen Freund der beiden über den Weg gelaufen zu sein.

»Ich wusste gar nicht, dass er wieder in England ist«, sagte Elias.

»Wo war er denn vorher?«, hakte sie nach. Sie war davon ausgegangen, dass er die ganze Zeit in England gewesen war.

»Wo er die letzten paar Jahre war, weiß ich nicht. Davor war er mit uns in Spanien.«

»Wann warst du in Spanien?«, wollte sie stirnrunzelnd wissen. Irgendetwas zupfte an ihren Gedanken, aber sie kam nicht darauf, was es war.

»Vor fünf Jahren.«

»Babu war vor fünf Jahren in Spanien.« Sie schluckte.

»Ja, ich weiß. Er hat mich besucht. Wir hatten damals ein Beraterprojekt für ein paar Jahre.«

Mona schnaubte. »Davon hat er mir nichts erzählt.« Aber hätte sie es wissen wollen?

Elias schwieg.

»Wo bist du danach hingezogen?« Da sie schon dabei waren, wollte sie auch den Rest wissen.

»Nach Malaysia.«

»Und da war Kayden nicht mehr dabei?«

»Nein.«

»Ist etwas vorgefallen zwischen euch?«

Elias antwortete nicht. Das hatte er früher auch gemacht. Wenn er nachdachte, wütend war oder keine Lust hatte, sich zu unterhalten, dann schwieg er. Die Frage war, was davon jetzt zutraf.

»Wir … haben uns in verschiedene Richtungen entwickelt«, sagte er schließlich.

Ein Klopfen am Wohnzimmerfenster lenkte Mona ab und sie verrenkte den Hals, um zu sehen, was es verursacht hatte. »Elias, ich muss Schluss machen.« Sie legte auf und trat ans Fenster. Erst da fiel ihr ein, dass sie Elias nach Ruqaya hätte fragen können. Wenn sie die Ursache für das Geräusch gefunden hatte, würde sie ihn erneut anrufen. Raureif lag auf dem Gras und die Tür der

Vogelvoliere schlug auf und zu. Mit einem Satz war Mona an der Terrassentür und rannte in den Garten.

Ihre Gedanken rasten. Hatte sie gestern Abend die Tür nicht komplett geschlossen?

»Trish?«, rief sie und erschrak über ihre schrille Stimme. »Trish?« Doch bis auf die quietschende Tür hörte sie nichts. Sie lief die Zweige ab und suchte nach dem Vogel. Vielleicht war sie bereits ausgeflogen, beruhigte sie sich und drehte sich um. Aus dem Augenwinkel sah sie etwas Türkises und duckte sich unter einer Kletterstange hindurch. Neben der Tür der Voliere lag der Wellis auf dem Boden.

Mona stürzte auf die Knie und hob den Wellensittich vorsichtig hoch. Trish regte sich nicht. Mit einem zittrigen Finger und verschwommener Sicht tastete sie auf ihrer Brust nach einem Puls. Und atmete erleichtert auf, als ein feines Pochen gegen ihren Finger schlug.

»Was machst du nur für Sachen?«, liebkoste sie den Wellis mit wackeliger Stimme. Eine Böe ließ die Tür erneut zuschlagen und Mona zuckte zusammen. Es war eisig kalt und sie hatte Trish ungeschützt in beiden Händen liegen. Mit vornübergebeugtem Oberkörper hastete sie zurück ins Haus, um sie aufzuwärmen, und bedeckte Trish dabei mit ihrem Kopftuch.

Im Wohnzimmer legte sie den Wellensittich auf die Couch und suchte hektisch auf ihrem Handy nach einem Tierarzt. Sie zuckte zusammen, als ihr Handy klingelte, und brauchte einen Moment, bis sie erkannte, wer anrief.

»Kennen Sie einen Tierarzt hier in Reading?«

»Nein?«, erwiderte Harun überrumpelt. »Wozu brauchen Sie einen?«

»Trish ist verletzt. Die Tür zur Voliere hat sich irgendwie gelöst und der Sturm hat sie auf- und zugeschlagen. Ich vermute, dass sie bei dem Versuch, nach draußen zu fliegen, von der Tür erfasst wurde«, sprudelte es aus Mona heraus.

»Verstehe«, sagte Harun. »Ich schicke Ihnen Sam. Er kennt sich aus.«

»Aber er hat heute seinen freien Tag«, wandte sie ein. »Ich rufe mir ein Taxi«, sagte sie bestimmt und ließ Harun gar nicht mehr zu Wort kommen. Sie wählte die erstbeste Nummer, die ihr die Internetsuche anzeigte. Wenn Trish aufwachte, würde sie einen Käfig benötigen, um den Wellis zu transportieren. Sie eilte zur Voliere zurück und scannte fieberhaft die Regale an der Schuppenwand. Ganz oben stand, wonach sie suchte. Da sie keine Leiter fand, krabbelte sie auf den Arbeitstisch, der jedoch derart schwankte, dass sie wieder heruntersprang. Sie brauchte einen Stock und zerrte den Besen aus einer Ecke hervor. Wie beim Fechten zielte sie auf den Käfig.

»Darf ich dir behilflich sein?«, fragte Kayden hinter ihr.

»Lass mich raten – Harun hat dich angerufen.« Sie unterdrückte ein Augenrollen und reichte ihm wortlos den Besen. Kayden trug eine Wollmütze, die seine noch nassen Haare bedeckte. »Wie bist du so schnell hierhergekommen?«

»Eine meiner leichtesten Übungen«, prahlte er und streckte sich ein Stück. Der Besenstab traf den Käfig und hätte ihn beinahe vom Brett gestoßen. In letzter Sekunde presste er den Stock dagegen und schaffte es, den Käfig an der Spitze aufzuhängen. Wie eine Laterne baumelte er herab.

»Das sehe ich. Ein Schelm, wer die nassen Haare, den links herum angezogenen Pullover und die Jogginghose so deuten würde, dass du etwas überstürzt aufgebrochen bist«, sagte Mona und richtete ihren Blick stur auf den Käfig, der bei ihren Worten ein wenig anfing zu schwanken. Ein leichtes Zucken ihrer Mundwinkel konnte sie allerdings nicht verhindern.

»In der Tat. Ein Schelm«, stimmte er ihr zu und hielt ihr den Käfig hin. »Damit ich näher am Café bin, wohne ich zurzeit nicht weit von hier«, erklärte er dann doch.

Es klingelte an der Tür. »Perfektes Timing – das sollte das Taxi sein.«

Sie eilten zurück zum Haus und während Kayden mit dem Taxifahrer sprach, holte Mona Trish aus dem Wohnzimmer. Sie setzte sich mit dem Käfig nach hinten ins Taxi und betrachtete den Wellis besorgt. Der Vogel war immer noch bewusstlos.

»Wie ist das eigentlich passiert?«, fragte Kayden von vorn und drehte sich zu ihr um.

Sie wiederholte, was sie Harun gesagt hatte.

»Ich schaue mir die Tür nachher inschallah an«, erwiderte Kayden und warf einen besorgten Blick auf den Wellis.

Das Taxi hielt vor der Praxis, die Notdienst hatte, und sie kamen direkt dran. »Er wird vermutlich noch etwas schlafen und in ein paar Stunden aufwachen. Sollte er nicht allein trinken, geben sie ihm hiermit Wasser in den Schnabel.« Der Tierarzt reichte ihr eine Spritze und legte Trish zurück in den Käfig.

»Und es ist nichts Ernstes?« Mona schaute skeptisch auf den Wellensittich. Ihr Gehirn versuchte, ihr etwas mitzuteilen, aber sie konnte es nicht greifen.

»Es geht ihm gut«, beruhigte er sie. »Nach so einem Zusammenprall kann es allerdings ein bis zwei Stunden dauern, bis er wieder zu sich kommt.«

»Wieso sagen Sie ›ihm‹?«, fragte Kayden und jetzt wusste Mona auch, was sie die ganze Zeit gestört hatte. Gespannt wartete sie auf die Antwort.

»Na ja, weil er ein Er ist. Das kann man ganz leicht an der Wachshaut, auch Nasenhaut genannt, erkennen.« Er zeigte auf die Stelle oberhalb des Schnabels, in dem die kleinen Nasenlöcher zu sehen waren. »Bei ausgewachsenen Männchen ist diese blau, bei Weibchen braun.«

»Wir haben es hier also mit einem Patrick zu tun und nicht mit einer Trish oder Patricia?«, versicherte sich Mona.

»Ganz genau.« Der Tierarzt grinste. »Sie sind nicht die Ersten, die es vertauschen.« Kopfschüttelnd verließen Mona und Kayden mit Trish kurze Zeit später die Praxis und riefen erneut ein Taxi, das sie zurückfuhr.

»Was machen wir wegen des Treffens?«, fragte Kayden und betrachtete den Wellis.

»Ich kann hier nicht weg«, sagte Mona und stieg aus dem Auto. »Aber du und Omayma seid herzlich eingeladen, zu mir zu kommen. Ich koche uns etwas, aber ich will bei Patrick bleiben.«

»Dann sehen wir uns inschallah nachher.« Kayden schloss die Wagentür, um sich nach Hause fahren zu lassen, und winkte ihr zu.

VERGÄNGLICHKEIT

Elias

Beunruhigt legte Elias auf. Zwar hatte Mona nicht nach ihrer Tochter gefragt, aber es fühlte sich an, als hätte er sie angelogen. Wenn er sich schon Gedanken machte wegen Ruqaya, wie viel schlimmer wäre es dann wohl für Mona? Wenn er nur wüsste, wo dieser Said wohnte. Geschickt hatte dieser vermieden, seine Adresse oder Telefonnummer zu nennen. Er hatte Harun gestern Abend deshalb eine verzweifelte Nachricht geschrieben und ihn gebeten, mehr über Monas Ex-Mann herauszufinden. Wie er seinen Freund kannte, hatte er sich bestimmt schon darum gekümmert. Jetzt war ein guter Zeitpunkt, ihn nach dem aktuellen Stand zu fragen. Er fischte sein Handy aus der Hosentasche und rief ihn an.

»Wo bist du?«, überfiel er Harun ohne Begrüßung.

»Auf dem Weg nach London, um deinen Auftrag auszuführen«, erwiderte Harun. »Wieso rufst du an?«

»Ruqaya scheint nicht nur für mich unerreichbar zu sein, sondern auch für Mona. Zumindest vermute ich, dass sie deshalb hier angerufen hat. Sie wollte mit Fatima sprechen, aber die schläft.«

»Was willst du machen? Zu ihm fahren?«

Elias strich sich gefühlt zum hundertsten Mal diesen Morgen nervös durch seine Haare. »Ich muss wissen, dass es ihr gut geht. Du hättest den Typ sehen sollen. Erinnerst du dich noch an den Ex-Mann deiner Cousine? Er ist zehnmal schlimmer. Ich habe ein ganz schlechtes Gefühl.«

»Ich treffe mich in einer halben Stunde mit einem alten Bekannten, der mir noch einen Gefallen schuldet. Sobald ich etwas weiß, melde ich mich bei dir«, versuchte Harun ihn zu beruhigen.

»Djazak Allahu chairan! Ich schulde dir etwas.«

»Wa iak«, antwortete Harun und verabschiedete sich.

»Wenn er Ruqaya irgendetwas angetan hat, dann … trete ich ihn«, murmelte er vor sich hin. Ein Räuspern riss ihn aus seinen dunklen Gedanken und er schaute in die kugelrunden Augen einer älteren Dame, die gestern mit ihrem Mann eingecheckt hatte. Sie war offensichtlich auf dem Weg in den Frühstücksraum.

»Das war ein Insiderwitz«, versuchte er zu erklären.

»Gewalt ist nie eine Lösung«, belehrte sie ihn, beugte sich vor und hielt eine Hand verschwörerisch an den Mund, »aber wenn Sie von unserer kleinen Ruqaya reden und ihr irgendeine Gefahr droht, dann geben Sie demjenigen auch von mir einen Tritt.« Sie grinste ihn an und tätschelte ihm die Hand. »Halten Sie mich auf dem Laufenden, ja?« Sie schlurfte in den Frühstücksraum, wo ihr Mann dabei war, sich Lachs, Käse und Eier auf einen Teller zu häufen. Die beiden tuschelten kurz miteinander, dann sah ihn der Mann finster über den Kopf seiner Frau hinweg an und nickte ihm zu.

Elias unterdrückte ein Schmunzeln. Es war gut zu wissen, dass Mona und ihre Tochter beschützt wurden. Die Eheleute waren schließlich nicht die ersten, die für sie eintraten.

Nach dem Frühstück tigerte er rastlos zum Bestattungsinstitut. Schon beim Betreten fröstelte ihn und der Griff an die Heizung bestätigte, dass diese ausgefallen war.

Elias suchte im Büro in den Unterlagen nach einem Wartungsvertrag mit einer Heizungsfirma, fand aber nichts. Er rief Faris an und hinterließ ihm eine Nachricht. Eilig lief er die Treppe hinunter zu den Waschräumen und kontrollierte die Kühlfächer. Im Gegensatz zu den Räumen, die vermutlich auf sechzehn Grad abgekühlt waren, schienen die Fächer wärmer zu sein. Er hoffte, dass sie heute niemanden waschen müssten.

»Hallo? Ist jemand da?«, schallte eine Stimme durchs Treppenhaus.

»Ich komme!«, rief er zurück und eilte nach oben.

Ein älterer gebeugter Herr und ein Mann standen im Raum und rieben sich die Hände. Elias kannte den Mann aus der Moschee, weil er der Ansprechpartner bei Todesfällen war und den Hinterbliebenen hilfreich zur Seite stand bei Behördengängen oder, wie scheinbar hier, der Organisation der Totenwaschung.

»Faris hat uns direkt hierhergeschickt«, sagte der Mann.

»Wie kann ich helfen?«, fragte Elias freundlich und wandte sich an den älteren Herrn.

»Mein Sohn ist heute Morgen gestorben.« Seine Augen waren leicht gerötet, aber er sah ihn gefasst an. »Ich möchte ihn waschen. Er hat außer mir niemanden.«

»Inna lillahi wa inna ilahi radjiun«, drückte er sein Mitleid aus. »Ist Faris dabei, Ihren Sohn hierher zu bringen?«

»Ja, er müsste gleich hier sein«, bestätigte der Mann. »Aber hier ist es viel zu kalt! Stimmt etwas mit der Heizung nicht?«

»Faris kümmert sich inschallah darum. Wie wäre es, wenn wir so lange in die Pension gehen?« Er konnte dem älteren Herrn nicht zumuten, bei diesen Temperaturen seinen Sohn zu waschen.

»Ach, die hat bestimmt wieder nur einen Aussetzer«, winkte der Mann ab. »Ich habe Moaz mehr als einmal gesagt, dass er das alte Ding austauschen soll!«

»Kennen Sie sich mit Heizungen aus?«

»Das will ich meinen. Immerhin bin ich seit dreißig Jahren Heizungsinstallateur.«

»Würden Sie sie sich mal ansehen?«, fragte Elias erleichtert.

»Sicher, ich weiß, wo die ist. Am besten geht ihr zur Pension und wenn es wieder warm ist, gebe ich euch Bescheid.« Er wartete keine Antwort ab, sondern stapfte die Stufen hinab.

»Wollen wir?«, wandte Elias sich an den älteren Herrn und öffnete die Tür.

Schweigend liefen sie die Straße hinunter.

»Ich erkenne Sie wieder«, sagte dieser. »Sie waren damals mit Idris zusammen in einer Klasse. Erinnern Sie sich?«

Das Bild eines dünnen Jungen mit Brille, den man nie ohne ein Buch antraf, tauchte in seiner Erinnerung auf. »Ja, ich erinnere mich.«

»Er hat viel von Ihnen erzählt«, fuhr er leise fort.

»Hat er das?«, fragte Elias überrascht. Idris hatte nicht zu seinem Freundeskreis gehört.

»Mein Junge war schon immer besonders. Er war sehr aufmerksam und hatte eine gute Menschenkenntnis.« Sein Blick ging in die Ferne. »Als Außenseiter hat man es nicht leicht und die wenigsten Menschen stehen für andere ein.« Er hielt an und zeigte auf ihn. »Er hat mir nie alles erzählt, aber bevor Sie an die Schule gekommen sind, müssen die anderen ihn ... schikaniert haben.« Seine Augen glänzten feucht und seine Stimme zitterte leicht. »Idris war zu sanftmütig, hat sich nie gewehrt. Doch Sie ... Sie haben die anderen in ihre Schranken gewiesen. Ganz allein. Das hat er bewundert und deswegen hat er sich als Erwachsener für die Schwachen eingesetzt.«

Sie waren bei der Pension angekommen und er öffnete die Tür für ihn. Vor dem Kamin blieb der Vater von Idris einen Moment stehen und streckte die Hände aus. Elias nahm ihm den Mantel ab, führte ihn in den Frühstücksraum und ging in die Küche, um Wasser für einen Tee aufzusetzen.

Ein paar Minuten später setzte er sich zu ihm. »Er hatte einen Herzfehler«, fuhr der Vater von Idris fort. »Deswegen war er weder sportlich noch besonders kämpferisch. Ich habe ihm immer gesagt, dass sein Herz einfach zu groß sei für diese Welt.« Er fuhr sich mit einem Taschentuch über die Augen. »Es hätte ihm gefallen, dass Sie bei der Waschung dabei sind, wissen Sie?«

Elias' Kehle zog sich zusammen und er schluckte. »Es ist mir eine Ehre«, sagte er mit fester Stimme.

Fatima streckte ihren Kopf herein. »Faris hat angerufen. Die Heizung funktioniert wieder, und ihr könnt in einer halben Stunde zurückkommen. Bis dahin sollte es nicht mehr so kalt sein.« Sie nahm sich eine Tasse vom Buffettisch und schenkte sich Tee ein. »Wie wäre es, wenn Sie sich ein wenig vor dem Kamin aufwärmen?«, wandte sie sich an den Vater von Idris. Der nickte, stand auf und folgte Fatima.

Elias sah den beiden nachdenklich hinterher. Idris war gerade mal dreißig Jahre alt geworden. Laut seinem Vater hatte er sein Leben in den Dienst von anderen gestellt. Aber was brachte Elias mit? Wie schwer wogen seine Taten? Wie viel Zeit blieb ihm noch und verbrachte er diese sinnvoll in dem Sinne, dass er für das Jenseits vorsorgte? Tief in Gedanken versunken räumte er seine Tasse in die Küche, zog seine Jacke an und lief ins Bestattungsinstitut zurück.

Idris war bereits von Faris in den Waschraum gefahren worden. Sein Gesicht wirkte friedlich und er schien zu lächeln. Während der Waschung hätte sein Vater die Hilfe von Elias gar nicht benötigt. Der Körper von Idris war so leicht, dass er ihn spielend selbst bewegte. Dabei war der junge Mann trotz seiner Größe schmächtig. Faris wickelte zusammen mit Elias den Verstorbenen in die Leichentücher und fuhr ihn dann in die Moschee zum Totengebet. Fatima hatte im Büro gewartet. Sie erzählte ihm von einer Männergruppe in der Moschee, die sich immer über neue Gesichter freute. Die Schultern von Idris' Vater entspannten sich daraufhin ein wenig und

Elias war Fatima dankbar dafür, dass sie sich um den Mann kümmerte.

Elias schloss das Bestattungsinstitut hinter sich und stellte in der Pension ernüchtert fest, dass es erst zehn Uhr war. Er würde sich also noch eine Weile gedulden müssen, bevor Ruqaya zurückkam. Mit einem Buch in der Hand machte er es sich in einem der Sessel vor dem Kamin gemütlich und nickte ein. Knirschender Kies und das laute Zuschlagen von Autotüren schreckten ihn auf. Mit einem Satz war er am Fenster und spähte durch den Vorhang, um zu sehen, wer vorgefahren war. Ruqaya eilte zum Eingang und schaute dem mit quietschenden Reifen davonbrausendem Auto nicht hinterher.

Ohne nachzudenken, sprintete er barfuß und in Jogginghose über den Flur und riss Ruqaya in eine stürmische Umarmung. »Geht es dir gut? Wieso hast du nicht angerufen? Warum bist du schon so früh wieder hier?«

Ruqaya löste sich von ihm und ihre Wangen färbten sich rot. »Der Akku war leer und ich habe das Ladekabel vergessen«, sagte sie undeutlich zu ihren Fußspitzen. »Mein Vater hat einen Termin. Kann ich mich noch mal hinlegen?«, fragte sie und gähnte ein wenig zu übertrieben.

»Sicher«, sagte er gedehnt und war alles andere als begeistert. Er wollte wissen, wie der Samstag gelaufen war und warum sie den Sonntag nicht mit ihrem Vater verbrachte, sondern schon wieder hier war. Doch er schluckte alle Fragen herunter. »Nur vielleicht solltest du nicht zu lange schlafen. Deine Mama hat angerufen und sie schien sich Sorgen gemacht zu haben, weil sie dich nicht erreicht hat.«

»Ja, klar. Ich stelle meinen Wecker auf eine Stunde.« Sie drehte sich um und eilte in ihr Zimmer.

Sie verheimlichte eindeutig etwas vor ihm und er hoffte, dass sie sich ihm irgendwann anvertrauen würde. Jetzt war er in erster Linie nur erleichtert.

Ruqaya hielt Wort und eine Stunde später wanderte sie mit Fatima und Elias einmal um den See. Dabei tauschten sie aus, was am Wochenende bei jedem passiert war. Allerdings blieben Ruqayas Schilderungen derart vage, dass Elias daran zweifelte, ob ihr Vater Interesse an ihr hatte. Wenn er sich nicht täuschte, hatte sie bis auf ein Abendessen allein vor dem Fernseher gesessen. Diese Erkenntnis zog ihm den Brustkorb zusammen.

»Wie sieht es aus – wollen wir noch ein Spiel spielen?«, erkundigte er sich vor der Rezeption.

»Ich muss noch Hausaufgaben machen.«

»Dann nachher vielleicht etwas anderes? Ganz egal was, du kannst es dir aussuchen.«

»Nein, ich will lieber lesen«, erwiderte Ruqaya und klopfte ihre Stiefel ab. »Ich gehe auf mein Zimmer«, verkündete sie und verschwand.

»Wie eine Auster«, stellte Fatima fest. »Fragt sich, welche Perle sie verbirgt.«

VORSCHLAG
Mona

Mona setzte den Wellis auf den Tresen, damit sie ihn jederzeit im Blick hatte, während sie einen Feldsalat anrichtete. Für den Hauptgang wählte sie marokkanisches Lammragout, welches sie extra für einen besonderen Anlass gekauft hatte. Sie briet das Fleisch mit Knochen scharf an, gab Zwiebeln und Tomatenmark dazu und löschte es mit Gemüsebrühe. Feigen, eine Zimtstange, Safran und ein paar andere Gewürze fanden ihren Weg in die Tajine genauso wie Pfefferminzstängel. Sie legte den Deckel darauf, damit das Fleisch eine Stunde lang schmoren konnte.

Ob der Duft die Lebensgeister des Wellis aktivierte oder er einfach so aufwachte, war Mona letztlich egal. »Alhamdulillah«, stieß sie hervor. »Was machst du nur für Sachen, Tr… Patrick.« Sie öffnete die Käfigtür. Vorsichtig nahm sie ihn in die Hand und setzte ihn auf den Tresen. Er krächzte leise. »Aber etwas Gutes hatte die ganze Aktion – ich kann dir jetzt deinen richtigen Namen geben. Vielleicht hast du dich deshalb immer auf die Leute gestürzt«, sagte sie und kicherte.

Patrick tschilpte.

»Möchtest du ein Stück Apfel?«, fragte sie und hielt ihm ein Stück hin. Doch der Wellis drehte sein Köpfchen zur Seite und starrte stattdessen auf die Orange. »Ich sehe schon. Ein Feinschmecker.« Sie rieb erst die Orangenschale für ihren Schmortopf, schälte sie dann und legte eine Spalte vor ihn. Beruhigt, dass es ihm besser zu gehen schien, sah sie Patrick dabei zu, wie er in die Orange pickte.

Sie bereitete eine Paste aus Pistazien, Datteln und Honig für das Ragout zu und stellte sie mit geviertelten Aprikosen zur Seite.

Der Wellis pickte den letzten Rest seiner Orangenspalte auf und schaute sie aus müden Äuglein an. »Willst du zurück in den Käfig?« Sie nahm ihn hoch und setzte ihn hinein. Doch Patrick trällerte protestierend. »Okay, okay«, sagte sie. »Nicht in den Käfig, aber du fällst gleich um vor Müdigkeit.«

Patrick krächzte und lief an ihrem Arm entlang.

Mona verstand und setzte ihn sich auf die Schulter. »Du bist ein sehr neugieriger Wellensittich«, neckte sie ihn.

Er stellte sich ganz dicht an ihren Hals und plusterte sich auf.

»Wir haben noch ein wenig Zeit. Wie wäre es, wenn ich lese und du eine Runde schläfst?«, fragte sie ihn und ging ins Wohnzimmer, wo sie den Kamin entzündete und es sich auf dem Sofa bequem machte.

Sie musste eingeschlafen sein, denn der Alarm am Backofen weckte sie eine Stunde später auf und sie brauchte einen Moment, bis sie wusste, wo sie war. Patrick piepste schläfrig auf ihrer Schulter. »Du kannst weiterschlafen«, flüsterte sie. »Ich kümmere mich ums Essen.«

Sie hob den Deckel der Tajine, entfernte die Pfefferminzstängel und Zimtstange und mischte die Paste zum Eintopf. Dazu gab sie etwas Orangensaft, legte die Aprikosen auf das Fleisch und schloss den Deckel wieder. Gemütlich deckte sie den Tisch.

Als es an der Tür klingelte, rückte sie ihr Kopftuch zurecht. Omayma begrüßte sie stürmisch.

»Kayden hat mir schon alles erzählt. Wo ist der Wellensittich? Geht es ihm gut?«

Mona sah sie für einen Moment verwirrt an. Der Wellis saß doch auf ihrer Schulter. Dann fiel es ihr wieder ein und sie hob ihr Kopftuch vorsichtig hoch. Patrick streckte sein Köpfchen hervor und musterte Omayma.

Die bekam einen Lachkrampf und Patrick verzog sich wieder unter Monas Kopftuch. Selbst Kayden, der hinter Omayma eingetreten war, lachte leise.

Sie hob erneut das Kopftuch. »Na komm, du kennst die beiden doch.«

Patrick stand in geduckter Haltung, jederzeit bereit, wegzufliegen.

»Was riecht hier denn so lecker?«, fragte Kayden und lenkte vom Wellis ab.

»Marokkanisches Lammragout«, sagte Mona. »Ich hoffe, es wird euch schmecken.«

»Das wird es ganz bestimmt und ich kann es kaum erwarten zu essen. Ich schaue nur kurz nach der Tür an der Vogelvoliere, damit so etwas nicht mehr passiert.« Kayden verschwand in den Garten und Mona führte Omayma in die Küche.

»Ich hoffe, er sagt uns jetzt nicht, dass er andere Servierkräfte gefunden hat.« Omayma setzte sich an den Tisch.

»Das passt nicht zu ihm, aber du kennst ihn besser als ich.«

Omayma brummte nur.

Mona sah durch das Küchenfenster in den Garten und beobachtete, wie Kayden das Schloss der Käfigtür reparierte, damit es beim nächsten Sturm nicht wieder aufging.

»Die Mädchen sind total begeistert. Ich habe mittlerweile eine Warteliste und mindestens drei Nachrichten pro Tag, in denen nachgefragt wird, wann wir den Workshop wiederholen.« Omaymas Augen leuchteten.

»Wann gibt es Essen?« Kayden schlenderte in die Küche, stellte sich neben Mona und hob den Deckel der Tajine hoch.

»Jetzt.« Mona richtete den ersten Teller mit dem heiß dampfenden Eintopf an und drückte ihn Kayden in die Hand.

Er brachte ihn an den Tisch, lief aber sofort wieder zurück, um den nächsten in Empfang zu nehmen.

Für einen Moment hörte man nichts außer Besteck, das gegen Porzellan stieß. »Maschallah, Mona, das schmeckt köstlich. Hast du mal überlegt, professionell zu kochen?«, fragte Kayden und brummte genüsslich.

»Ich liebe es, zu kochen. Aber es reicht mir, jeden Tag in der Pension zu backen«, gab sie ehrlich zu.

»Das verstehe ich«, sagte Kayden.

»Worüber wolltest du mit uns reden?«, erinnerte Mona ihn an den Grund ihres Treffens. Patrick war die ganze Zeit über mucksmäuschenstill gewesen, jetzt ruckte sein Köpfchen nach vorn und er setzte sich aufrecht hin. Die Vorstellung, dass der Wellis jedes Wort verstand und genauso neugierig war wie sie, ließ Mona schmunzeln.

»Ihr habt ja mitbekommen, dass ich zuverlässiges Personal suche.« Er sah sie nacheinander an und wartete, bis sie nickten. »Mir gefällt die Idee, jungen Menschen oder Menschen, die nicht einfach am Arbeitsmarkt zu vermitteln sind, eine Chance zu geben.« Er nahm einen Bissen von dem Fleisch und schloss genüsslich die Augen. »Daher schlage ich ein Pilotprojekt vor: Wir testen drei Monate lang, wie zuverlässig der flexible Einsatz funktioniert.«

Omayma strahlte und öffnete den Mund, aber Kayden fuhr fort: »Bevor ihr zusagt, solltet ihr noch etwas wissen. Ich war nicht ganz ehrlich zu euch.«

Mona wurde blass und ihr Herz klopfte unvermittelt hart gegen ihre Brust. Ruckartig schob sie ihren Stuhl nach hinten und Patrick flatterte aufgeregt über ihrem Kopf, bevor er sich wieder auf ihre Schulter setzte. »Entschuldige!«, hauchte sie und legte ihre Wange an sein Köpfchen.

»Mona!« Kayden sprang ebenfalls besorgt auf. »Es tut mir leid, meine Wortwahl war nicht die Beste. Es ist nichts Schlimmes. Ich bin nicht nur der Besitzer dieses einen Cafés, sondern der einer Kette von dreißig im ganzen Land. Wir reden hier also von einer anderen Dimension und das solltet ihr wissen, bevor ihr euch darauf einlasst.«

Mona starrte ihn an und setzte sich wieder. Omayma war erstaunlich gelassen geblieben und sie ahnte wieso. »Warum hast du mir nichts gesagt?«, fragte sie ihre Kollegin.

»Weil ich es auch erst seit gestern Abend weiß und eben einfach nicht daran gedacht habe. Tut mir echt leid.« Verlegen zog sie die Schultern hoch.

Mona wusste selbst nicht warum, aber auf einmal fühlte sie sich wieder wie die von ihrem Ehemann hintergangene Zwanzigjährige, die mit ihrer einjährigen Tochter an Fatimas Tür klopfte. Ein ziehender Schmerz in ihrer Nase ließ ihr die Tränen in die Augen schießen und erst jetzt hörte sie ein durchdringendes Pfeifen. Patrick starrte sie an. »Hast du mir gerade in die Nase gehackt?«, fragte sie den Wellis fassungslos. »Nach allem, was wir heute durchgemacht haben?«

Patrick stieß eine Tirade von Tönen aus.

»O nein, mein Freund! Du hättest mich genauso gut mit Schmusen ablenken können.«

Der Wellis tanzte von einem Bein auf das andere und hob und senkte den Kopf. »Das hast du versucht?«, wiederholte Mona und zog eine Augenbraue hoch.

Patrick gurrte und nickte.

Mona schaute auf und in die irritierten Gesichter von Kayden und Omayma. Letztere hielt die Gabel in der Luft, den Mund leicht geöffnet. »Du verstehst, was der Wellensittich dir sagt?«, stieß sie ungläubig aus und räusperte sich.

»Du nicht?«

Kayden lachte und ging einen Schritt auf Mona zu. »Es tut mir wirklich leid, dass ich es verschwiegen habe. Aber Menschen reagieren unterschiedlich darauf, wenn sie erfahren, wer ich bin. Und ich habe die letzten Tage sehr genossen, einfach nur der Besitzer eines kleinen Cafés zu sein. Mein Angebot steht und ich denke, dass es funktionieren würde. Was sagt ihr?«

»Ich bin dabei«, schmatzte Omayma. Auf Monas Blick hin zuckte sie die Achseln. »Macht auf jeden Fall mehr Spaß, als für Wamu zu arbeiten.«

Mona versteifte sich unwillkürlich. »Du wirst mich jetzt nicht alleinlassen, oder?«

»Natürlich nicht. Aber ich muss die Moscheen in den jeweiligen Orten kontaktieren und eine ähnliche Liste erstellen, wie wir sie hier haben. Das wird dauern. Und ich hätte dich gern an meiner Seite. Was wiederum bedeutet, dass wir in nächster Zeit keine Wochenenden haben.«

Mona trank einen Schluck Wasser. »Wer kümmert sich um Patrick?«

»Sam. Wenn Elias auf Reisen ist, füttert normalerweise Sam Patrick.«

Der Wellis tschilpte und es klang ein wenig wie ein Kamikazeflugzeug.

Omayma lachte laut auf. »Siehst du, Patrick bestätigt es.«

»Dann müssen wir es nur noch Harun beibringen.«

»Was müsst ihr mir beibringen?«, erklang Haruns Stimme und vier Köpfe drehten sich synchron zu dem Neuankömmling.

»Ich habe geklingelt, aber niemand hat aufgemacht und da ich Stimmen gehört habe und die Tür aufstand ...«, erklärte er verlegen und verstummte.

»Es tut mir leid! Die Tür habe ich vor lauter Essen total vergessen zu schließen«, sagte Kayden und hob entschuldigend die Hände.

Mona schüttelte gutmütig den Kopf.

»Patrick«, sagte Omayma und aß seelenruhig weiter.

»Patrick?«, wiederholte Harun verwirrt. »Wer ist Patrick?«

»Der Wellensittich. Lange Geschichte. Haben Sie schon etwas gegessen?« Mona erhob sich bereits und zeigte auf die Teller.

Er schüttelte den Kopf.

»Dann sind Sie herzlich eingeladen. Wir wollten sowieso mit Ihnen reden.«

FALTEN
Woche 3 und 4

Elias

Am Montagmorgen erschien Herr Aziz wie angekündigt. Elias setzte sich mit ihm in den Frühstücksraum und schob ihm ein Stück seines selbst gebackenen Kuchens hin.

»Haben Sie den gebacken?«, fragte der Notar und biss herzhaft hinein.

Elias nickte.

»Mhm, sehr lecker.«

»Vielen Dank«, sagte Elias. »Rühr- und Blechkuchen gelingen mir mittlerweile ganz gut.« Er verschwieg, dass er letzte Woche ein neues Backblech hatte kaufen müssen, weil er die Rückstände eines Blechkuchens selbst nach stundenlangem Einweichen nicht vom Blech bekommen hatte. Oder dass er Ruqaya dabei beobachtet hatte, wie sie mit seinem Marmorkuchen am See Steine hüpfen spielte.

»Zwei Wochen sind um«, kam Herr Aziz zum eigentlichen Thema. »Moaz war es wichtig, dass Sie in den Alltag des jeweils anderen eintauchen. Erzählen Sie mir ein wenig, wie Ihr Tag so aussieht.«

Elias erzählte ihm vom Frühstückvorbereiten, über Check-in, Zimmerputzen und Kaminanzünden seinen üblichen Tagesablauf und stellte dabei selbst überrascht fest, wie sehr ihm die Abläufe schon vertraut waren. Der Notar notierte fleißig in sein Heftchen.

»Gibt es sonst noch etwas, das Sie ergänzen möchten?«, erkundigte sich der ältere Herr.

Elias runzelte irritiert die Stirn. »Erwarten Sie etwas Bestimmtes?«, fragte er und bemühte sich um einen neutralen Ton. Es passte ihm nicht, im Dunkeln darüber gelassen zu werden, was erreicht werden sollte. »Es wäre einfacher, wenn Sie mir sagen würden, was Ihr Ziel ist.«

Herr Aziz klappte sein Notizbuch zu und lächelte ihn unverbindlich an. »Machen Sie sich keine Sorgen. Alles ist, wie es sein soll.«

Das war zwar keineswegs beruhigend, aber mehr würde der Notar offensichtlich nicht preisgeben. Daher wechselte Elias das Thema. »Waren Sie schon bei Mona? Geht es ihr gut?«

»Frau Hilal geht es gut«, sagte er glatt und erhob sich. »Wir sehen uns inschallah in vier Wochen wieder.« Er streckte seine Hand aus und verabschiedete sich von Elias. Zurück blieb ein mulmiges Gefühl.

Am Abend war Ruqayas nächste Theaterprobe und Elias war etwas früher gekommen. Einem Impuls folgend, stieg er aus und lief in das Schulgebäude. Er wandte sich der Richtung zu, aus der er Stimmen vernahm, und betrat kurz darauf die Aula. Nur die Bühne war beleuchtet, und so schlich er in die hintere Reihe. Lautlos setzte er sich auf einen Stuhl.

Ruqaya stand mit verschränkten Armen am Bühnenrand und ihr rechter Fuß tippte auf den Boden. Sie fixierte ein großes schlankes Mädchen, das gerade eine Szene spielte. Das Mädchen sprach ihren Text flüssig und betonte an den richtigen Stellen. Wieso war Ruqaya so angespannt? Im nächsten Augenblick betrat sie die Bühne und die ganze Stimmung änderte sich schlagartig. Die beiden beäugten sich wie zwei Rivalen. Wenn Elias gerade noch dachte, das große Mädchen wäre gut, Ruqaya war besser. Sie beherrschte ihren Text im Schlaf und spielte derart überzeugend, dass ihm der Mund offen stand. Die Mädchen umkreisten sich langsam und es knisterte förmlich in der Luft. Er kannte Ruqaya zu wenig, doch er war damit vertraut, zornig zu sein. Monas Tochter würde der Großen gleich an die Gurgel gehen.

Mit einem lauten Scheppern krachten mehrere Stühle auf den Boden, und alle Köpfe fuhren zu ihm herum.

»Entschuldigung!«, rief er übertrieben laut. »Mein Fehler, aber es geht mir gut.« Er stellte die Stühle, die er mühelos zu Fall gebracht hatte, mit viel Getöse wieder auf.

Die Lehrerin fing sich als Erste und klatschte in die Hände. »Vielen Dank, Kinder. Wir sind sowieso mit der Probe fertig. Bitte räumt die Requisiten zurück. Und ja, Len, das gilt auch für dich.«

Ruqaya stand wie versteinert auf der Bühne und starrte ihn mit zusammengekniffenen Augen an. Er winkte ihr und sie drehte sich brüsk um. Dabei rammte sie das große Mädchen mit der Schulter. Bereit einzugreifen, spannte er sich an.

»Hey, Ruqaya!«, rief da ein blonder Junge, der sich jeweils ein Kissen unter die Arme geklemmt hatte. »Ich könnte Hilfe gebrauchen.«

»Jungs«, brummte Ruqaya und verdrehte die Augen, eilte aber zu ihm.

»Ich danke Ihnen«, sprach die Lehrerin ihn an, die sich unbemerkt neben ihn gestellt hatte.

»Wofür?«, fragte er und wandte sich ihr zu.

»Es war mir klar, dass es heute keine leichte Situation geben würde, aber ich hatte gehofft, dass sich die Gemüter über das Wochenende ein wenig abgekühlt hätten. Da lag ich wohl falsch.«

Elias musterte Frau Stauch. Sie knetete ihre Finger und ihre Augen huschten unstet durch den Raum. »In dem Alter ist man impulsiv«, antwortete er vage.

Sie lachte freudlos auf. »Sie sollten wissen, dass wir, die Lehrer, nicht der gleichen Meinung sind wie Frau Stein. Aber manchmal sind uns die Hände gebunden.«

Elias lächelte sie freundlich und unverbindlich an.

»Also, vielen Dank noch mal. Kommen Sie zur Aufführung am Samstag in zwei Wochen?«

»Das werde ich mir auf keinen Fall entgehen lassen«, versicherte er und verabschiedete sich.

Ruqaya hatte ihm und Frau Stauch immer wieder hektische Blicke zugeworfen, die er absichtlich ignorierte. Sie verschwieg ihm etwas und er war sich sicher, dass es mit der Übernachtung bei ihrem Vater zusammenhing. Dieses Mal würde er sie nicht ohne Erklärung davonkommen lassen.

»Wieso warst du in der Aula?«, fragte Ruqaya und schnallte sich an.

»Ich war etwas zu früh da und dachte, ich schaue mir mal an, was du so fleißig übst«, sagte er wahrheitsgemäß.

»Das mit den Stühlen war ein bisschen auffällig. Ich hatte alles im Griff.« Ruqaya schnaubte.

»Hattest du das?«

»Auf jeden Fall! Sie hatte eine Abreibung verdient!«, sagte Ruqaya finster.

»Dann ist das große Mädchen diejenige, die du treten wolltest?«

»Ja!«, bestätigte sie kurz angebunden.

»Dir ist klar, dass die Schule dich dafür maßregeln kann, oder?«, fragte er beiläufig und ließ sie nicht aus den Augen.

»Wäre nicht das erste Mal«, nuschelte sie undeutlich und ließ sich genervt gegen den Rücksitz fallen.

Auf einmal ergab ihr Verhalten Sinn. Zumindest für Elias, der in der Schule in ähnlichen Situationen gewesen war. »Hatten sie dich letzte Woche vom Unterricht suspendiert, Ruqaya?«

»Woher weißt du das?«, fragte sie mit aufgerissenen Augen.

»Deine Lehrerin hat so etwas angedeutet.« Er zuckte mit den Achseln. »Wohin bist du an den Tagen gegangen?«

»In Babus Wohnung. Hab gelesen.«

Zumindest war sie an einem sicheren Ort gewesen. »Und der Besuch bei deinem Vater war nur, damit ich nichts davon erfahre?«

Sie zuckte mit den Achseln und drehte sich zum Fenster.

»Es gab doch bestimmt einen Brief von der Schule«, fuhr er fort.

»Habe ich in Mamas Zimmer gelegt.«

»Wie hat das Mädchen es geschafft, dich derart zu reizen?«, tastete er sich langsam vor.

»Sie schikaniert Julia und die anderen«, sagte Ruqaya trotzig und verschränkte ihre Arme vor der Brust.

»Auch den blonden Jungen, der dich um Hilfe gebeten hat?«

»Len? Ja, den auch.«

Er hatte sich schon zusammengereimt, dass der Junge Ruqaya vorhin auf der Bühne abgelenkt hatte. »Ich nehme an, dass das nichts Neues ist. Also, was hat sich geändert, dass du vom Unterricht suspendiert wurdest?«

Sie rutschte auf ihrem Sitz hin und her und rieb sich ihr Handgelenk. Immer wieder spielte sie an dem Armband, zog es durch ihre Finger und drehte es.

»Hat sie über deine Armbänder gelacht?«

»Nein.«

»Hat sie versucht, sie dir wegzunehmen?«

»Ha! Das wagt sie nicht!«, sagte Ruqaya schäumend vor Wut. Ihre Hände waren zu Fäusten geballt.

Und dann fiel es ihm wie Schuppen von den Augen. Ruqaya verteidigte andere. Wie er. »Das heißt, sie hat Babu verspottet.«

Ruqaya knurrte.

»Was hat sie gesagt?«

Sie wand sich auf ihrem Stuhl. Fingerte am Sicherheitsgurt. Ließ sich geräuschvoll gegen den Rücksitz fallen und schaute aus dem Fenster.

Elias beobachtete sie und gab ihr Zeit zu antworten.

Sie seufzte tief. »Viktoria hat gesagt, dass Babu von Mäusen und Insekten angefressen wird und meine ... hässlichen Armbänder ihm nicht helfen. Dann hat sie Lens und Jules Armbänder abgerissen und zerschnitten. Die Perlen haben sich im ganzen Raum verteilt.«

»Verstehe.«

»Erst als Len leise meinen Namen gesagt hat, habe ich Viktorias Haare losgelassen«, fuhr sie kaum hörbar fort. »Hat sie recht? Wird Babu wirklich angeknabbert?«

»Wie viele Menschen leben momentan auf der Erde, weißt du das?«

»Acht Milliarden«, antwortete sie sofort.

»Das stimmt. Und wie viele Menschen haben vor uns gelebt?«

Ruqaya runzelte die Stirn und schüttelte den Kopf.

»Etwa einhundertsiebzehn Milliarden. Das sind vierzehnmal so viele wie jetzt. Stell dir vor, deren Körper würden nicht nach einer Weile verfallen. Wir hätten gar keinen Platz mehr, um jemanden zu beerdigen.«

Ihre Lippen waren zu einem dünnen Strich gepresst. »Das heißt, es stimmt, was Viktoria gesagt hat«, sagte sie resigniert. Ihre Schultern bebten und diesmal zögerte er nicht. Er lehnte sich zu ihr und nahm sie ein wenig umständlich in die Arme.

»Womit Viktoria allerdings nicht recht hat, ist die Sadaqa Dscharija. Diese Körper, die wir haben, sind eine Leihgabe von Allah. Ein Geschenk, auf das wir achtgeben sollen, indem wir uns beispielsweise gesund ernähren, an der frischen Luft bewegen, genug schlafen und uns von solchen Dingen, die uns schaden, fernhalten. Das reicht von Softdrinks über Junkfood bis zu exzessivem

Social-Media-Konsum. Lass dich nicht von ihr aufhalten, etwas Wertvolles für deinen Ur-Opa zu tun. Die Idee mit den Armbändern ist große Klasse und ich wünschte, ich wäre darauf gekommen. Wir werden mit dem Geld für die Armbänder einen Brunnen in Marokko bauen lassen, inschallah, und das in Babus Namen. So wird eine ganze Gemeinschaft mit sauberem Trinkwasser nachhaltig versorgt.«

Ruqaya lächelte ihn zaghaft durch ihre tränennassen Wimpern an.

»Aber du musst mir etwas versprechen.« Er sah sie ernst an.

»Ich darf niemanden mehr treten«, sagte sie und wischte sich mit dem Handrücken über das Gesicht. »Auch wenn ich recht habe?«

»Hast du ein Blatt Papier?«, fragte er sie.

Sie zog ein Notizbuch aus ihrer Tasche und reichte es ihm.

Er riss ein Blatt heraus und hielt es ihr hin. »Falte es«, forderte er sie auf und sah Moaz so deutlich vor sich, dass er nur die Hand ausstrecken musste, um ihn zu berühren.

WAHRHEITEN
Elias

Nachdem Ruqaya ins Bett gegangen war, saßen Fatima und Elias noch lange in der Küche. Er trommelte mit drei Fingern auf den Tisch. Sein Knie wippte auf und ab wie ein Schiff auf hoher See. Was dachte sich Harun nur dabei?

»Ist das Hampeln so eine Art Abnehmprogramm?«, fragte ihn Fatima.

»Was?«

»Es heißt ›wie bitte‹«, verbesserte ihn die ältere Frau und zog die Augenbrauen hoch.

Elias starrte sie verwirrt an und bemühte sich, diesem merkwürdigen Gespräch zu folgen.

»Wieso bist du so nervös?«, versuchte sie es erneut und schnaubte.

»Ich bin nicht nervös«, antwortete er.

»Muss man dir alles aus der Nase ziehen?«

»Harun, mein Partner, hätte sich gestern bei mir melden sollen. Er geht nicht an sein Handy und auf meine Nachrichten reagiert er nicht«, sagte er und verschwieg, weswegen er auf den Rückruf wartete. Entweder hatte

Harun etwas Schlimmes über Said herausgefunden oder gar nichts. Elias war sich nicht sicher, welche Möglichkeit ihn mehr beunruhigte.

»Ist er unzuverlässig?«

»Natürlich nicht!«, verteidigte er seinen besten Freund sofort.

»Warum machst du dir dann Gedanken?«

Da war was dran. Sein Bein hörte auf zu wackeln. »Vielleicht ist ihm etwas passiert?«, fragte er mehr sich selbst.

»Würde es jemandem auffallen, wenn es so wäre?«, entkräftete Fatima sogleich seinen Gedanken.

Elias nickte. Ein Teil von Haruns Familie lebte in Bath.

»Und die haben deine Nummer?«

Wieder nickte er und war beeindruckt.

»Geht es um Monas Ex?«

Seine Finger stoppten in der Luft und er bemühte sich um einen neutralen Gesichtsausdruck. »Wie kommst du darauf?«

»Lebenserfahrung«, winkte sie ab. »Außerdem hast du dich auffallend stark für Ruqayas Vater interessiert. Was willst du wissen?«

»Was ist er für ein Mensch?«

»Nächste Frage.«

»Du hast mich doch gefragt«, entgegnete er entgeistert und schüttelte irritiert den Kopf.

»Stell mir eine andere Frage«, forderte sie ihn auf.

»Holt er Ruqaya regelmäßig zu sich?«

»Nein.«

»Zahlt er Alimente?«

»Nein.«

»Ihr fahrt nicht in Urlaub, aber laut der Buchhaltung solltet ihr schwarze Zahlen schreiben. Hat er etwas damit zu tun?«, riet er ins Blaue.

»Ja.«

»Aber du willst mir nicht sagen, was es ist«, stellte er fest.

»Das ist nicht meine Geschichte. Frag Mona oder offensichtlich Harun.« Sie schlurfte aus der Küche.

Gedankenverloren schaute Elias hinter ihr her. Womit hatte Monas Ex sie in der Hand? Seine Finger trommelten erneut ein Stakkato.

Sein Handy klingelte.

»Was hat er gegen sie in der Hand?«, überfiel er seinen Freund.

»Subhanallah, Mona und du seid euch dermaßen ähnlich«, sagte Harun und Elias sah ihn förmlich, wie er den Kopf schüttelte.

»As salamu alaikum wa rahmatuh Allahi wa barakatuhu, Harun – wie geht es dir?«, erfüllte Elias ihm seinen Wunsch und begrüßte ihn ordentlich. Dass es mehr wie ein Knurren klang, schien seinen Freund nicht zu stören oder er überhörte es schlicht.

»Wa alaikum assalam wa rahmatuh Allahi wa barakatuhu, Elias – alhamdulillah, mir geht es gut und ich hoffe, dir auch. Um deine Frage zu beantworten: Sie hat Schulden, und zwar richtig hohe.«

Elias schnaufte. Er war gleichzeitig froh, bestätigt bekommen zu haben, was er vermutet hatte, und bedrückt darüber, dass Mona sich in einer solchen Situation befand. »Wovon reden wir?«

»Dreihunderttausend«, erwiderte Harun.

Elias pfiff leise durch die Zähne. Das war in der Tat keine kleine Summe. »Fang am besten von vorn an«, forderte Elias seinen Freund auf.

»Sie hat ihn mit achtzehn geheiratet. Wahrscheinlich hat sie ihn, kurz nachdem du weggegangen bist, kennengelernt. Er hat eine Firma gegründet – auf ihren Namen. Das lief ein paar Jahre richtig gut. Bis er alles in den Sand gesetzt hat. Es ist von Unterschlagung die Rede, aber ihm ist nichts nachzuweisen. Er hat sie über Nacht mit einem Berg Schulden sitzen lassen.«

Elias' Fingerknöchel waren weiß, so fest drückte er sich das Handy ans Ohr. »Wie kann das sein, wenn er der Geschäftsführer war?«

Harun zögerte. »Es gibt ein paar Schreiben, die von Mona unterschrieben sind.«

Elias stöhnte.

»Ihr Anwalt hat zumindest glaubhaft nachweisen können, dass sie zu keiner Zeit wusste, was ihr Mann für Geschäfte betrieben hat und sie getäuscht wurde. Deswegen gab es keine Strafverfolgung.«

»Aber die Schulden muss sie begleichen«, beendete Elias den Satz. »Das heißt, sie bezahlt ihr Leben lang die offenen Forderungen.«

»So sieht es aus«, bestätigte Harun.

Elias' Kiefer mahlten und seine Lippen waren fest zusammengepresst. »Ich danke dir, Harun«, sagte er zu seinem Freund und beendete das Gespräch. Wieso hatte Moaz ihr nicht das Geld gegeben? Warum hatte er Mona nicht unterstützt? Er musste doch von den Schulden gewusst haben. Allerdings war Mona stolz und stur. Vermutlich hatte sie nicht zugelassen, dass er ihr half. Hatte

Moaz deshalb diesen Tausch eingefädelt? Nur, warum hatte sie ausgerechnet mit ihm tauschen sollen?

Eines stand für ihn mit absoluter Sicherheit fest: Er würde definitiv nicht noch einmal zustimmen, dass Ruqaya allein zu ihrem Vater ging.

Am nächsten Morgen verbrannte ihm der Kuchen, der Kaffee war ungenießbar und die Rühreier halb roh. Fatima erbarmte sich seiner und schickte ihn an die Rezeption. Dort verwechselte er die Schlüssel und legte die falschen Paare zusammen in ein Zimmer.

»Du hast heute frei!«, raunzte Fatima ihn eine halbe Stunde später an.

»Und was soll ich machen?«, fragte Elias und fuhr sich durch seine wild abstehenden Haare.

»Was du sonst auch unternimmst, wenn du freihast.« Fatima zuckte mit den Achseln. »Auf jeden Fall will ich dich hier heute nicht mehr um mich haben«, knurrte sie.

Er ging in sein Zimmer, zog sich seine Laufschuhe an und trabte die Treppe hinunter. Da von Fatima nichts zu sehen war, beugte er sich über den Tresen und schrieb ihr eine Nachricht, damit sie wusste, wo er war. Die kalte Luft ließ ihn erschauern. In der Nacht hatte es den ersten Schnee gegeben, den die Sonne jedoch bereits wieder bis auf ein paar Stellen geschmolzen hatte. Er lief seinen üblichen Weg am See entlang, der still vor sich hin glitzerte. Kein Vogel und nicht einmal Insekten waren zu sehen. Selbst die Tiere schienen heute freizuhaben. Seine Gedanken kamen allerdings nicht zur Ruhe und so entschied er sich, den Fahrradweg in den nächsten Ort zu nehmen. Das war früher sein Weg zur Schule gewesen und ohne direkte Absicht stand er eine halbe Stunde später auf dem Parkplatz des Gymnasiums. Ein Blick auf seine Uhr zeigte ihm, dass Ruqaya in zehn Minuten Schule aus hatte. Er beschloss, mit ihr im Bus zurückzufahren, und setzte sich auf eine Bank.

Mit dem Gong gingen sämtliche Türen des Gebäudes auf und eine bunte Schar von Schülern strömte an die Bushaltestelle. Es wurde gedrängelt, gelacht, gerufen und ein paar Lehrer versuchten, Ordnung in dieses Chaos zu bekommen. Elias ließ seinen Blick über die Köpfe schweifen, entdeckte aber Ruqaya nirgends. Stattdessen sah er Len, doch von Ruqaya keine Spur. Langsam richtete er sich auf und ein merkwürdiges Kribbeln breitete sich in seiner Magengegend aus. Etwas stimmte nicht. Die ersten Busse fuhren ein und ein Ruck ging durch die Menge. Wo war Ruqaya? Die letzten Kinder waren dabei, in den Bus einzusteigen, als eine Seitentür vom Schulgebäude aufgerissen wurde. Ruqaya rannte mit wehenden Haaren, wobei ihr Rucksack wie ein Maiskorn in heißem Öl hin und her sprang. Ein zierliches Mädchen stellte sich in die Tür und wartete darauf, dass Ruqaya einstieg. Elias nutzte die Verzögerung ebenfalls und huschte durch die hintere Tür in den Bus.

Der Bus fuhr los und er drehte sich so, dass er Ruqaya vorn beim Fahrer stehen sah. Sie stand mit dem Rücken zu ihm und so bekam sie nicht mit, wie sich eine Gruppe Kinder zu ihr durchboxte. Angeführt von Viktoria.

»Hey, Hilly-Locke!«, brüllte diese quer durch den Bus. Einige Kinder duckten sich, andere bemühten sich, den drei Rowdys Platz zu machen. »Wir haben dich letzte Woche vermisst.« Die drei kicherten böse.

Ruqaya rührte sich nicht.

Der blonde Junge stellte sich vor Viktoria. »Geh zur Seite, Len. Oder willst du wieder auf deinem Hintern landen?« Viktoria lachte hämisch.

Len lief rot an, wich aber nicht aus.

»Lass gut sein, Len«, sagte Ruqaya und bedeutete ihm, sich nicht einzumischen.

Der Bus hielt an der nächsten Haltestelle, die nur noch zwei Stationen von der Pension entfernt war. Elias sprang heraus und eilte zur vorderen Tür, um dort einzusteigen. »Hey, mein Schatz!«, rief er aus, beugte sich vor und umarmte Ruqaya. »Überraschung!«

Ruqaya hatte sich reflexartig gewehrt, aber er hielt ihre Arme fest. »Mach mit«, raunte er ihr ins Ohr und wandte sich dem Busfahrer zu. »Ich bin Ruqayas Onkel und ab hier laufen wir. Damit sich die Gemüter ein wenig abkühlen«, fügte er so leise hinzu, dass nur der Busfahrer ihn hörte. Er warf dem Mann einen abschätzigen Blick zu, woraufhin der den Kopf einzog. Die Anspielung war angekommen, aber Elias gab sich keiner Illusion hin. Die Situation würde sich am nächsten Tag genau so wiederholen.

Die Tür schloss sich und Viktoria schaute ihnen perplex durchs Fenster nach.

»Wie lange geht das schon?«, kam er direkt auf den Punkt.

»Seit der Grundschule. Aber richtig schlimm ist es erst, seit ich im Theaterstück die Hauptrolle bekommen habe und sie nicht.« Ruqaya lief mit gesenktem Kopf neben ihm.

»So jemanden gibt es immer«, sagte Elias, was ihn selbst keineswegs beruhigte.

»Ach ja?«, fragte Ruqaya und musterte ihn. »Dich hat jemand in der Schule schikaniert? Das glaube ich nicht.« Sie trat gegen einen Kieselstein, der ein paar Meter weiter rollte.

»Max«, antwortete er. »Er hieß Max und hatte Spaß daran, vermeintlich Schwächere herumzuschubsen.«

»Was hast du gemacht?«

»Mich gewehrt.« Er zuckte mit den Achseln.

»Und dadurch wurde es besser?«

»Nein. Ich bekam eine Ermahnung«, gab er zu.

»Hah!«, sagte Ruqaya. »Wie bei mir.«

»Ja, genau wie bei dir«, stimmte Elias zu.

»Also wird sie immer gewinnen?«, fragte Ruqaya und ihre Schultern sackten resigniert nach unten.

Er blieb stehen, kniete sich vor sie und hob ihr Kinn. »Es gibt hier kein gewinnen oder verlieren. Du wirst immer wieder auf eine Viktoria treffen.«

Sie schloss resigniert die Augen.

»Kennst du die Geschichte von Abu Bakr und wie er beleidigt wurde?«

»Nein.«

»Abu Bakr saß eines Tages mit dem Propheten Muhammad, Friede und Segen seien auf ihm, zusammen. Da kam ein Mann, stellte sich vor Abu Bakr und beleidigte ihn auf das Übelste. Abu Bakr schwieg und der Mann ging weg. Doch der Mann kam zurück und beleidigte Abu Bakr erneut. Dieser schwieg wieder. Als der Mann ein drittes Mal kam und über Abu Bakr herzog, erwiderte der die Beleidigung. Der Prophet stand daraufhin auf und entfernte sich. Abu Bakr wurde unruhig und folgte dem Propheten. Ängstlich erkundigte er sich beim Propheten, ob dieser über ihn verärgert sei. Da antwortete der Prophet, dass ein Engel Abu Bakr die ersten zwei Male verteidigt hatte, aber Schaitan, der Teufel, in dem Moment seine Stelle einnahm, als er den Mann auch beleidigte. Und ein Prophet hält sich nicht da auf, wo der Schaitan sich befindet.«

Ruqaya blinzelte und sah auf ihre Hände.

»Das Wichtigste ist, dass du Dua machst, dass Allah dich vor solchen Menschen beschützt. Wenn Viktoria dich das nächste Mal beleidigt – und ich weiß, es ist nicht leicht –, versuche, ruhig zu bleiben. Bitte sie, zu wiederholen, was sie gesagt hat. Damit nimmst du ihr ein wenig Wind aus den Segeln, weil der ganze ›Spaß‹ verpufft. Vermutlich wird sie dich nachäffen. Frage sie dann, was sie damit bezweckt. Ob sie dich verletzen will. Was auch immer sie antwortet, reagiere nicht darauf und lass sie stehen.«

Ruqaya hatte ihm mit großen Augen zugehört. »Meinst du, das funktioniert?«

»Inschallah«, sagte er und erhob sich. »Sie ist eifersüchtig auf dich und versucht, dich klein zu machen. Wenn du daher auf sie eingehst, indem du sie beleidigst oder dich physisch wehrst, hat sie erreicht, was sie wollte.«

Ruqaya lief schweigend neben ihm und schob ihre schmale Hand in seine. »Ich habe Frau Stauch ein Armband geschenkt«, erzählte sie und sah auf den Fußweg.

»Das ist sehr nett von dir.«

»Sie hat mich gefragt, ob es einen besonderen Grund dafür gibt«, sagte sie leise.

»Okay.« Elias wartete darauf, dass sie weitersprach. Doch Ruqaya schwieg. Die Pension war nur noch wenige Schritte entfernt, als sie sich räusperte.

»Ich habe es ihr nicht gesagt, weil ich mich geschämt habe«, sagte sie mit belegter Stimme.

Sein Blut wallte in ihm wie heiße Lava, dass diese Viktoria es geschafft hatte, Ruqaya derart zu verunsichern. Ob Moaz sich auch so gefühlt hatte bei ihm und Max? Er ließ sich mit seiner Antwort Zeit. »So, wie ich Frau Stauch einschätze, denke ich, dass sie deine Idee toll finden würde.«

Ruqaya sah zu ihm hoch. »Wirklich?«

»Wirklich.«

Fatima öffnete die Tür und Ruqaya rannte in ihre Arme. Über ihren Kopf hinweg sah ihm die alte Frau in die Augen und nickte ihm dankbar zu.

MISSION
Mona

Etwas kitzelte in ihrer Nase. Beim dritten Mal öffnete sie die Augen und blinzelte. »Patrick, was machst du hier?« Konnten Vögel im Dunkeln fliegen? Dann fiel ihr wieder ein, dass sie sich nach dem Fajr-Gebet nur kurz hatte hinlegen wollen und deswegen auch seine Käfigtür aufgelassen hatte. Mit einem Ruck setzte sie sich auf und der Wellis flog schimpfend auf einen Schrank. Draußen war es taghell. Ein Blick auf den Wecker zeigte ihr, dass es Viertel vor neun war und Omayma sie in fünfzehn Minuten erwartete.

Sie stürzte ins Bad und war nach einer schnellen Dusche hellwach. Den Koffer holte sie unter dem Bett hervor und packte eilig ihre Kleidung zusammen. Kurz ging ihr durch den Kopf, dass sie ihr Leben lang nicht verreist war und sie sich nun innerhalb eines Monats zum zweiten Mal für eine Reise vorbereitete. Auf Dauer würde sie nicht so viel unterwegs sein wollen, aber jetzt packte sie das Reisefieber.

Die Türklingel ertönte. Mona zuckte zusammen und Patrick flatterte aufgeregt im Zimmer umher. Sie waren schon ein tolles Paar. Hektisch setzte sie ihr Kopftuch auf und eilte zur Tür.

»Guten Morgen, Frau Hilal«, begrüßte sie Sam. »Kann ich Ihren Koffer schon zum Auto bringen?«

»Sam«, rief sie überrascht aus. »Was machen Sie denn hier?«

»Herr Tazi hat mich darüber informiert, dass wir die nächsten vier Wochen unterwegs sein werden.«

»Aber … wer kümmert sich um Patrick?«, fragte sie besorgt.

Der Wellis hatte sich auf ihre Schulter gesetzt und schaute Sam mit schief gelegtem Köpfchen an.

»Das übernimmt Herr Tazi.«

»Oh«, war alles, was ihr dazu einfiel.

»Hier, das soll ich Ihnen von Herrn Tazi geben.« Er hielt eine Papiertüte in der Hand, die er ihr reichte.

»Kommen Sie doch herein«, sagte Mona. »Ich bin leider noch nicht fertig.«

»Wie wäre es, wenn ich mich um Patricks Futter kümmere, während Sie sich in aller Ruhe fertig machen?«

»Das wäre großartig«, stimmte Mona zu.

Sam lief ums Haus herum und Mona ging mit Patrick auf der Schulter über die Terrasse. Sobald der Wellis Sam sah, fing er an zu piepsen, bewegte sich aber nicht von Mona weg. Ihr Herz zog sich unwillkürlich zusammen. Sie würde den Wellensittich vermissen. Seufzend öffnete sie die Voliere und Patrick flog auf einen Ast.

»Wir sehen uns inschallah bald wieder«, sagte sie zu ihm und streichelte ihn an der Brust.

Patrick gurrte und setzte dann zum Kamikazeflug auf Sam an. Manche Dinge würden sich wohl nicht ändern.

Mona hatte gerade den Koffer geschlossen, als es erneut an der Tür klingelte.

»Es ist offen«, rief sie und hob den Koffer an. »Wollen Sie noch eine Tasse Tee oder Kaffee trinken?«, fragte sie und lief in die Küche.

»Kaffee wäre wunderbar«, sagte Kayden, der gerade in die Küche kam und sie schief angrinste.

»Wo ist Sam?«

Kayden schaute sich um. »Hier ist er nicht.«

Mona rollte mit den Augen. »Was machst du hier?«

»Frühstück mitbringen.« Er wedelte mit einer Brötchentüte und legte sie auf den Tresen.

»Dafür habe ich leider keine Zeit. Omayma wartet auf mich«, sagte sie und sah von ihm auf die Uhr an der Wand. Neun Uhr zehn. Sie musste Omayma unbedingt schreiben, dass sie immer noch zu Hause war. Kaum hatte sie den Text abgeschickt, ertönte der Standardton für erhaltene Nachrichten aus dem Flur.

»Kayden hat mich mitgenommen«, ertönte Omaymas Stimme und die junge Frau spazierte in die Küche, den Blick auf ihr Handy gerichtet. »Wir fahren ja jetzt praktischerweise alle zusammen.«

»Tun wir das?«, fragte Mona mit hochgezogenen Augenbrauen.

»Hast du das Memo nicht bekommen?«

»Welches Memo?«

»Das Memo, das Harun vor zwei Stunden per E-Mail geschickt hat?«, sagte Omayma und musterte sie prüfend. »Hast du etwa verschlafen?«

»Ich … ähm«, stammelte sie und zupfte an ihrem Kopftuch. »Also ja, habe ich«, gab sie zu und warf die Hände kapitulierend in die Luft. Sie umrundete Kayden und füllte Wasser in den Wasserkocher.

Omayma lachte. »Passiert den Besten.«

»Ich verschlafe nie«, sagte Mona verstimmt, aber ihre Stimme ging im Pfeifen des Wasserkochers unter.

»Wir sind ohne dich am Fluss entlanggelaufen.« Omayma zwinkerte ihr zu. Ihre Kollegin hatte also längst gewusst, dass sie verschlafen hatte.

»Ihr seid was? Wieso habt ihr nicht geklingelt?«, fragte sie und war ehrlich schockiert, dass sie nichts mitbekommen hatte.

»Harun hat gesagt, wir sollen dich schlafen lassen.« Kayden zuckte mit den Schultern.

»Harun war auch dabei?« Mona verbarg ihr Gesicht hinter ihren Händen.

»Niemand nimmt es dir übel«, beruhigte Omayma sie und nahm sie in die Arme. »Es tut dir mal ganz gut, wenn du nicht von morgens bis abends verplant bist.«

Dankbar drückte sie Omayma, auch wenn es ihr immer noch furchtbar peinlich war.

Sam betrat die Küche und sie frühstückten zusammen. Es war eine lustige Runde und Monas Anspannung fiel langsam von ihr ab. Da sie nicht so spät losfahren wollten, war das Geschirr eine halbe Stunde später gespült und weggeräumt. Mona lief ein weiteres Mal durchs Haus, um zu kontrollieren, dass auch wirklich alle Fenster geschlossen waren.

Im Schlafzimmer öffnete sie neugierig die Papiertüte, die Sam ihr von Harun mitgebracht hatte. Darin lagen ein Paar Laufschuhe sowie ein Trainingsanzug mit extralangem Oberteil.

Die Fahrt war kurzweilig und sie nutzten die Zeit, um weitere Details zu besprechen. Omayma vereinbarte Termine in den Moscheen, während Kayden sein Team über die nächsten Tage informierte und Mona ein paar leicht gelingende Backrezepte für Kayden zusammenstellte.

Zur Mittagszeit beteten sie unterwegs das Dhuhr-Gebet in der Grand Mosque in Leeds. Sie hatten beschlossen, in Edinburgh anzufangen und dann über Inverness, Boat of Garten und Dundee zurückzukehren.

Sam ließ Mona und Omayma am Nachmittag vor dem ersten zu besuchenden Supermarkt in Edinburgh raus. Er würde sie in einem B&B einchecken und sie später wieder abholen. Die Filiale lag an einer der Hauptadern, die zur Burg führten. Die Straßen waren voll von Touristen und Mona war froh, in den Laden ausweichen zu können. Doch innen war es verwinkelt, die Gänge schmal und unübersichtlich. Mehr als einmal drückte sie sich in ein Regal, um jemanden vorbeizulassen. Hinzu kam, dass es im Laden warm war und sie anfing, in ihrem Mantel zu schwitzen.

Omayma nahm sie an der Hand und zog sie in einen Gang, der unmittelbar an der Kasse endete. Eine ältere Frau saß an einer, ein junges Mädchen an einer anderen. Der Laden schloss in einer halben Stunde und sie nutzten die Zeit, um das sich nun leerende Geschäft näher zu inspizieren. Ihre Eindrücke hielten sie in einer Tabelle fest.

Bei dem Gespräch mit den beiden Frauen bewahrheitete sich, was Mona vermutet hatte. Bei der Schulung war gespart worden. Das andere Problem, das sie hatten, war zu wenig Personal.

»Warst du schon mal in Edinburgh?«, fragte Omayma, als sie den Laden verließen, und hakte sich bei Mona unter.

»Nein, ich war noch nie irgendwo«, stellte Mona nüchtern fest.

»Das ändern wir inschallah. Ab sofort kommt eine Sehenswürdigkeit pro Halt dazu«, versprach Omayma. »Die prominenteste ist natürlich das Castle.« Sie tippte auf ihrem Handy und blieb stehen. »Aber leider gibt es für die ganze Woche keine Karten mehr. Das ist natürlich wirklich schade.« Sie runzelte die Stirn und schaute von ihrem Handy hoch. Ihr Mund verzog sich zu einem breiten Grinsen. »Magst du Karamellbonbons?« Sie wartete Monas Antwort gar nicht erst ab, sondern zog sie hinter sich her. An einem Gebäude mit dem Schild »The Fudge House« blieb sie stehen und starrte in das Schaufenster. Dort war das weiche Karamell in den unterschiedlichsten Geschmacksrichtungen ausgelegt: von Vanille, Butter, Ingwer, über Schokolade-Erdnussbutter, Haselnuss, Milchschokolade, zu Pistazie mit weißer Schokolade, Mocha Kaffee und italienisches Nougat war alles dabei.

Sie betraten den kleinen Laden, der völlig überfüllt war, und wurden von dem intensiven Geruch nach Zucker, Butter und Gebackenem begrüßt. Sofort bot ihnen eine Verkäuferin ein Stück zum Probieren an und hinter dem Tresen konnten sie zusehen, wie frischer Fudge geschnitten wurde.

»Mhm«, schwärmte Mona. »Wirklich lecker. Davon würde ich gerne mit nach Hause nehmen, aber ich kann mich nicht entscheiden. Hast du einen Tipp?«

»Wir lassen uns einfach von allem etwas einpacken«, entschied Omayma pragmatisch. »Falls dir eine Sorte besonders gut schmeckt, kommen wir morgen inschallah zurück.«

Mona suchte für Ruqaya Kokos-Schokolade und für Fatima Orange-Schokolade aus. Zufrieden mit ihrer Ausbeute verließ sie das Fudge House.

»Um Edinburgh zu verstehen, muss man wissen, dass die Innenstadt aus dem Old und New Town besteht, die durch die Princess Street getrennt sind. Das ist *die* Haupteinkaufsstraße.« Omayma steckte sich ein Stück Fudge in den Mund.

Mona ließ ihren Blick an der Häuserfront entlanggleiten und tippte auf Old Town.

»Wir befinden uns gerade auf der Royal Mile, dem Old Town. Wie du sicherlich schon festgestellt hast, eine belebte Straße. Sie führt vom Edinburgh Castle zum Holyrood Palace. Zwei wichtige Gebäude der schottischen Adelsgeschichte. Und weil die Straße eine schottische Meile lang ist, heißt sie ›Royal Mile‹.«

»Woher weißt du das alles?«, wollte Mona wissen und fühlte sich, als würde sie in einem Geschichtsbuch wandeln.

»Ich habe hier gearbeitet.« Omayma bog in eine kleine Seitengasse ein. »Achte mal auf die Straßennamen. Die meisten enden mit ›Close‹. Man nannte sie so, weil sie zu Privatgrundstücken führten und nachts mit einem Tor verschlossen wurden. Die Closes sind gerade mal breit genug für einen Sarg. Man benannte sie nach den Geschäften oder denkwürdigen Anwohnern, wie beispielsweise ›Brodie's Close‹. Deacon Brodie war ein respektabler Geschäftsmann bei Tag und ein Dieb bei Nacht.« Schweigend liefen sie hintereinander die steilen Treppenstufen des »Craig's Close« hinauf. Hier passten gerade mal so zwei Personen nebeneinander.

»Es gibt noch ›Courts‹ – die führten durch enge Gassen auf öffentliche Innenhofe und ›Wynds‹, welche die

Straßen miteinander verbanden und breit genug für Kutschen waren«, fuhr Omayma ein wenig außer Atem fort. Sie führte Mona vorbei an historischen Gebäuden, Museen, Geschäften, Pubs und Restaurants, die sich dicht an dicht reihten. Mona mochte allerdings die Victoria Street mit ihren bunten Shops am liebsten.

Sie hatte ein Selfie unter dem Schild zu Craig's Close gemacht und würde Ruqaya alles erzählen, was sie von Omayma erfahren hatte. Sie wünschte, Ruqaya könnte das alles auch sehen.

Als sie eine Stunde später in der Moschee eintrafen, wurden sie bereits erwartet. Das Konzept mit den flexiblen Aushilfen kam sehr gut an und zwanzig Mädchen und Frauen trugen sich in die Liste ein. Mit einigen verabredeten sie sich später am Abend in Kaydens Café hier in Edinburgh.

Sam wartete mit dem Auto auf sie und Mona war darüber dankbar. Obwohl sie weder viel gelaufen war noch viel gearbeitet hatte, war sie müde. Kayden hatte einen Tisch im bereits geschlossenen Café für sie gedeckt und es roch nach Fish & Chips.

»Habt ihr Hunger?«, fragte er und öffnete die Boxen.

»Und wie«, gestand Omayma und stürzte sich auf das Essen. »Es kommen inschallah fünf Mädchen in«, sie schaute auf ihre Uhr, »einer Viertelstunde.«

»Wie lief es bei euch?«, erkundigte er sich zwischen zwei Bissen.

»Alhamdulillah«, antwortete Mona. »Wie es aussieht, wurden die Mitarbeiter wirklich nur rudimentär eingearbeitet und sind entsprechend unsicher in der Handhabung des neuen Systems. Mal sehen, ob es etwas ändert, wenn wir sie besser ausbilden.«

»Ich denke, dass das den größten Anteil an der Situation haben wird«, stimmte er zu.

Sie waren gerade mit dem Essen fertig, als die Mädchen ins Café kamen. Kayden machte sie mit der Philosophie des Cafés vertraut und erklärte die Grundlagen des Servierens. Aus seinen Worten hörte man nicht nur, wie wichtig ihm hochwertige Produkte und professioneller Service waren, man fühlte es auch. Ganz anders als Herr Wamu, dem seine eigenen Mitarbeiter nicht im Geringsten am Herzen zu liegen schienen.

Müde, aber zufrieden mit dem ersten Tag, ließ sich Mona in dem reizenden B&B kurz vor Mitternacht ins Bett fallen und schlief sofort ein. Der Wecker klingelte um halb fünf, sie betete Tahajjud und klopfte um sechs Uhr bei Omayma. Die begrüßte sie mit schiefem Kopftuch.

»Wer hatte die Idee, um diese Uhrzeit laufen zu gehen?«, brummte sie verschnupft und lief im Schneckentempo hinter Mona und Kayden her. Wenn sie noch langsamer wurde, würde sie sich bald rückwärts fortbewegen.

»Wir haben es inschallah gleich geschafft«, ermutigte Mona ihre Kollegin. »Ich habe unterschätzt, wie hügelig es hier ist.«

»Na toll, das hätte ich dir vorher sagen können«, schnaufte Omayma angestrengt.

»Es wäre tatsächlich hilfreich, wenn du mir etwas über die Orte erzählst, in die wir als Nächstes fahren. So wie gestern über Edinburgh«, versuchte Mona die junge Frau abzulenken.

»Da vorne sind Parkbänke«, mischte sich Kayden ein, der bis dahin schweigend neben ihnen hergetrottet war. »Ab da binden wir ein paar Übungen zur Verbesserung der Lauftechnik ein. Die steigern die Koordination und kräftigen die Muskulatur. Haben wir früher im Training geliebt.« Sobald er dort angekommen war, fing er mit Skippings an. Erst langsam, dann wurden die Trippel-schritte mit jeder Runde um die Bank schneller. Mit Crossing Steps liefen sie die Straße wieder zurück zu ihrer Herberge. Omayma war darin ziemlich geschickt und grinste breit.

»Das war lustig«, sagte sie und keuchte. »Wir sehen uns beim Frühstück, inschallah.« Sie eilte in ihr Zimmer.

»Die Übungen waren enorm hilfreich«, sagte Mona. »Eine sehr gute Idee.«

»Mal sehen, wie lange Omaymas Begeisterung für Technikübungen anhält«, erwiderte Kayden und lachte. »Es ist ewig her, dass ich in Edinburgh war«, wechselte er das Thema.

»Ich bin bisher schwer beeindruckt und wünschte, Ruqaya wäre bei mir.«

»Wer ist Ruqaya?«

»Meine Tochter.«

Kayden runzelte die Stirn.

»Sie ist vermutlich die naseweiseste fast Zwölfjährige, die es gibt.« Mona schmunzelte und ihr Herz zog sich zusammen, weil sie ihre Tochter vermisste. »Ich war mal verheiratet. Ist lange her«, fügte sie hinzu und war von sich selbst überrascht, dass sie ihren Ex-Mann erwähnt hatte. Schützend verschränkte sie die Arme vor der Brust.

»Ich würde mich freuen, euch zu begleiten, wenn ihr irgendwann mal zu Besuch kommt, und Omayma ganz bestimmt auch«, bot Kayden jedoch nur an und ging auf ihre Ehe nicht näher ein. »Wir treffen uns inschallah gleich beim Frühstück.« Er lächelte kurz, drehte sich um und lief in sein Zimmer.

Mona schaute ihm nach, obwohl er längst nicht mehr zu sehen war. Kayden und Omayma waren in dieser kurzen Zeit zu Freunden geworden. Wer hätte das gedacht? In ihrem Dorf gab es nicht viele Leute in ihrem Alter. Die meisten verließen es, um näher an die Stadt zu ziehen. Deswegen genoss sie es jetzt umso mehr, mit Gleichaltrigen Zeit zu verbringen. Ihr Blick fiel auf die Laufschuhe, die ihr ausgerechnet Harun, der sie auf so vielen Ebenen herausforderte, geschenkt hatte. Sie passten wie eine zweite Haut. *Aber vielleicht ist euch etwas zuwider, während es gut für euch ist, und vielleicht ist euch etwas lieb, während es schlecht für euch ist. Allah weiß, ihr aber wisst nicht*, hörte sie Fatima in ihrem Kopf die Aya aus dem Quran rezitieren.

ZWISCHENSTAND
Mona

Die Woche war wie im Flug vergangen. Omayma und Kayden hatten Wort gehalten und immer wieder Stopps eingelegt, um Mona eine Sehenswürdigkeit zu zeigen. Sie liebte die raue Natur, die unendliche Weite, die schroffen Berge mit ihren Wasserrinnsalen, die grünen Hügel, die oft genug in Nebelschwaden verschwanden, die Schafherden und dass es wirklich überall kleinere und größere Seen gab. Das alles hatte sich in ihr Gedächtnis gebrannt.

Wenn sie spazieren gingen, trafen sie meistens nur auf eine Handvoll Menschen. Nach Edinburgh hatten sie direkt einen Abstecher zum Glenfinnan Viadukt am Loch Shiel eingelegt und auf den Jacobite Steam Zug gewartet, den seit Harry Potter vermutlich jedes Kind kannte. Ruqaya würde Augen machen.

Sie genoss alles an diesem Trip. Die Gesellschaft von Omayma, Kayden und Sam. Omayma mit ihrer flippigen Art und einer Energie, die einen mitriss. Kayden, der mit seiner Ruhe und seiner Aufmerksamkeit für alles eine Lösung fand, und Sam, der sich überall auszukennen schien, an jedem Ort eine Geschichte parat hatte und dafür sorgte, dass sie sich um Unterkünfte keine Gedanken machen mussten. Sie hatte in diesen zwei Wochen so viel erlebt wie in den letzten zehn Jahren zusammen.

Was den eigentlichen Zweck ihrer Reise anbelangte, sah es allerdings nicht besonders gut aus. In den ersten beiden Supermärkten griffen ihre Maßnahmen nur teilweise. Zu tief saß die Frustration der Mitarbeiter darüber, nicht eingebunden und geschult worden zu sein. Mona und Omayma versuchten ihr Möglichstes, den Angestellten zu erklären, dass sie mit ihrer Ablehnung riskierten, ihren Job zu verlieren. Doch die winkten einfach nur ab. Noch war sich Mona nicht sicher, ob sie Herrn Wamu mit den bisherigen Ergebnissen überzeugen würden. Die Zeit wurde knapp.

GESPRÄCH
Woche 5

Elias

Elias hatte sich mittlerweile wieder an sein altes Dorf gewöhnt. Daran, bei Spaziergängen begrüßt oder im Supermarkt mit Namen angesprochen zu werden. Niemand drängte sich auf. Es gab genug Platz und Stille. Erst jetzt bemerkte er, wie sehr er die letzten zehn Jahre unter Druck gestanden hatte und wie rastlos er gewesen war. Er hatte wieder angefangen, nach dem Fajr Quran zu lesen. Und wenn er beim Kneten des Teigs Dhikr sprach, musste er an Moaz denken. Hatte er gewusst, dass Elias das brauchte? Zuzutrauen wäre es ihm. Moaz hatte schon immer tiefer geblickt als andere. Die Frage war nur: Was machte er, wenn die sechs Wochen vorüber waren?

Es war Mittwochabend und er wartete wie üblich im Wagen auf Ruqaya. Einer der Väter näherte sich und Elias stieg aus, um ihn zu begrüßen.

Der Mann stellte sich als Lens Vater vor und sie unterhielten sich über die Proben. »Die Aufführung ist ja am Wochenende, und wir könnten noch ein paar tatkräftige Hände beim Aufbau brauchen. Hätten Sie Freitag Zeit? So gegen neunzehn Uhr?«

»Ich komme gern«, sagte Elias bereitwillig zu und stellte verblüfft fest, dass er sich tatsächlich darauf freute, Ruqaya dadurch zu unterstützen.

»Super! Dann sehen wir uns Freitag.« Lens Vater hob die Hand und lief wieder zurück zu den anderen Eltern, weil die Kinder gerade aus dem Gebäude strömten.

»Was wollte Lens Papa?«, fragte Ruqaya, die auf ihn zukam.

»Er hat mich nur gefragt, ob ich am Freitag beim Aufbau für die Aufführung helfe. Wieso? Gibt es etwas, das ich wissen sollte?« Er zog die Augenbrauen hoch und betrachtete ihre gerunzelte Stirn.

»Nein.« Sie warf ihre Tasche auf den Rücksitz, setzte sich neben ihn ins Auto und biss auf ihrer Lippe herum. »Ich habe Frau Stauch von dem Grund für die Armbänder erzählt.«

»Okay.« Mehr sagte Elias nicht und ließ ihr Zeit, selbst weiterzuerzählen.

»Sie findet die Idee klasse und hat vorgeschlagen, beim Herbstfest einen Stand anzubieten.«

»Und? Möchtest du das?«

Ruqaya schaute ihn mit großen Augen an. »Ja! Auf jeden Fall. Für Babu.«

»Du könntest ein Plakat malen«, schlug er vor.

»Onkel Elias, heutzutage hat man doch dafür Programme. Ich werde etwas in Canva designen und ausdrucken.«

Er verkniff sich ein Grinsen und fuhr langsam vom Parkplatz.

»Aber … würdest du mir dabei helfen?«, fügte sie schüchtern hinzu.

»Sehr gerne! Vielleicht gibt es ja auch in der Moschee eine Möglichkeit, deine Armbänder zu verkaufen. Viele kannten Babu und ich glaube, sie würden sich freuen, für Babu etwas zu spenden.«

»Das wäre schön.« Betrübt sah sie aus dem Fenster.

»Ist alles in Ordnung?«, fragte er. Eben war sie noch so begeistert gewesen.

»Mhm«, antwortete sie. »Ich vermisse Mama. Wir schreiben und telefonieren zwar, aber das ist nicht das Gleiche. Sie wird am Samstag meinen Auftritt verpassen …« Ihre Stimme war ganz leise geworden.

Er legte ihr eine Hand auf die Schulter und fasste einen Entschluss. In der Vereinbarung stand nichts davon, dass Mona nicht zu einer Aufführung ihrer Tochter kommen durfte. Er würde nachher mit Harun telefonieren. »Hast du dir schon überlegt, was du auf das Plakat schreiben willst?« Er hoffte, sie würde sich davon ablenken lassen.

»Weiß nicht«, sagte sie zögerlich.

»Hast du denn schon einen Namen? Beispielsweise ›Ruqayas Bänder‹?«

Sie schüttelte den Kopf. »Nein, aber ich will irgendetwas, das Babu beschreibt. Wie findest du ›Djanna Reminder‹ oder ›Erinnerungsbänder‹?« Ihre Stirn war vor Überlegung in tiefe Falten gelegt und sie knetete ihre Hände.

»Beides passend.« Er sah, dass sie nicht zufrieden war. »Oder ›Das letzte Band‹«, improvisierte er.

»Das ist es!«, rief sie aus und hielt ihre Hand hoch zum Abklatschen. Danach sprudelten die Ideen nur so aus ihr heraus und sie nahm ihr Handy zu Hilfe, um Notizen zu machen. »Mama wird Augen machen«, sagte sie und ein glückliches Lächeln huschte über ihr Gesicht.

Am nächsten Tag hüpfte Ruqaya nach der Schule in die Küche und warf ihre Tasche mit Schwung in die Ecke. Fatima runzelte die Stirn.

»Wie oft hat Mona dir schon gesagt, dass du den Rucksack direkt in dein Zimmer bringen sollst – ohne zu schmeißen?«, fragte sie in rügendem Ton.

Elias zog unwillkürlich ein wenig die Schultern hoch und wartete gespannt auf Ruqayas Antwort, die jedoch etwas viel Wichtigeres zu erzählen hatte.

»Viktoria hat mich heute wieder beleidigt«, platzte es aus Ruqaya heraus und sie nahm einen Apfel aus dem Korb.

»Wie hast du reagiert?«, erkundigte sich Elias betont lässig und drehte sich um. Unbewusst hielt er die Luft an.

»Ich habe sie gebeten, es zu wiederholen.« Sie grinste. »Und dann habe ich sie gefragt, ob sie mich damit verletzen will.«

»Was hat sie gesagt?«

»Sie meinte, dass das ja wohl offensichtlich sei. Alle haben es gehört. Auch wenn ihr immer noch zu viele beistehen, eine Menge haben sich daraufhin von ihr weggedreht«, sagte sie triumphierend. »Aber nicht zu antworten, war gar nicht leicht.«

»Was zählt, ist, dass du es geschafft hast«, lobte Elias sie. »Ich bin unglaublich stolz auf dich.«

Sie schmiss sich in seine Arme und drückte ihn fest. »Danke, Onkel Elias«, flüsterte sie.

»Jederzeit wieder«, wisperte er zurück.

Am Freitag nach der Generalprobe erschienen die Eltern von fast allen Kindern, um bei den Vorbereitungen für die Aufführung zu helfen, und Frau Stauch teilte sie in verschiedene Gruppen ein. Eine Gruppe war für die Kleiderprobe zuständig und verzog sich in die Umkleide. Ein anderes Grüppchen baute das Bühnenbild auf. Der Rest stellte die Stühle für die Zuhörer auf, richtete die Eintrittskarten und führte einen Soundcheck durch.

Nach drei Stunden bestellte jemand Pizza und alle versammelten sich in der Aula. Ruqaya stand bei Len und einem dünnen Mädchen und redete mit Händen und Füßen. Elias hielt automatisch Ausschau nach Viktoria, doch er sah sie nicht.

»Wenn sie Viktoria suchen, die ist nach der Probe direkt nach Hause gefahren«, teilte ihm Frau Stauch mit, die sich unbemerkt neben ihn gestellt hatte und eine ausgezeichnete Beobachtungsgabe zu haben schien.

Elias nickte und biss in ein Stück Pizza.

»Mir ist zu Ohren gekommen, dass Ruqaya ein interessantes Gespräch mit Viktoria hatte.« Die Lehrerin schaute auf die Bühne zu Monas Tochter. »Und wissen Sie, was bemerkenswert ist?«

Er schüttelte den Kopf.

»Ich hatte heute eine sehr harmonische Theaterprobe.«

»Das freut mich zu hören«, erwiderte er glatt und ballte seine Hand hinter seinem Rücken zur Siegerfaust.

»Jemand scheint Ruqaya einen Tipp gegeben zu haben, wie sie Viktorias Art friedlich ausgleicht«, fuhr sie fort und musterte ihn von der Seite.

»Ich bin sehr froh über diese Entwicklung«, sagte er mit unbeweglichem Gesicht.

»Ja, nicht? Ich auch«, stimmte Frau Stauch zu. »Falls Sie herausfinden, wer das war, richten Sie ihm oder ihr meinen Dank aus.« Sie drehte sich um und lief zur Bühne.

Elias suchte Ruqaya und fuhr mit ihr nach Hause. Immer wieder fielen ihr im Auto die Augen zu und schmunzelnd beobachtete er von der Seite, wie sie jedes Mal tapfer hochschreckte, wenn ihr Kopf nach vorn rollte. Als er auf dem Parkplatz vor der Pension hielt, taumelte sie in ihr Zimmer und ließ sich direkt ins Bett fallen. Er zog ihr die Schuhe aus und deckte sie zu.

»Dnke, Onkl Elias«, nuschelte sie undeutlich und vergrub ihren Kopf im Kissen.

STATISTIKEN
Mona

In der dritten Woche ihrer Geschäftsreise stand ein Termin in einem Supermarkt in Boat of Garten in der Nähe von Inverness an, der die schlechtesten Zahlen aufwies. Sie entschieden, eine Stunde früher inkognito durch den Markt zu streifen, um einen ersten Eindruck zu bekommen. Es war merkwürdig still. Mona hatte das Gefühl, beobachtet zu werden, und sah sich mehrmals um, aber niemand stand hinter ihr. Sie legte drei Artikel in den Einkaufswagen und ging an die Kasse, um zu bezahlen. Ein junger Mann saß kerzengerade auf seinem Stuhl und lächelte verkrampft. In einer atemraubenden Geschwindigkeit zog er die Produkte über den Scanner, wickelte die Zahlung ab und verabschiedete sich von ihr. Der ganze Ablauf war optimiert. Jeder Handgriff saß, keine Zeit wurde verschwendet.

Mona betrachtete den Mann. Dem Kassierer standen Schweißtropfen auf der Stirn und hin und wieder schaute er nervös zur Seite. Mona folgte seinem Blick und sah eine untersetzte Frau mit einem strengen Haarknoten, die ein iPad in der Hand hielt. Sie lehnte entspannt mit einer

Schulter an der Wand. Von dort aus hatte man alle Kassen im Blick. Unwillkürlich lief Mona ein Schauer über den Rücken.

»Ich bin Frau Smith und nehme mal an, Sie sind die angekündigte Unternehmensberaterin«, sprach die untersetzte Frau sie an und hielt ihr eine Hand hin. »Wir haben eine Kennzahl pro Kunde.« Offensichtlich hatte sie nicht nur den Kassierer genauestens beobachtet.

»Freut mich, Sie kennenzulernen, Frau Smith«, antwortete Mona und ließ sich ihre Überraschung, dass die Filialleiterin sie erkannt hatte, nicht anmerken. »Welche Kennzahl ist das?«

»Kundendurchlaufzeit. Basierend auf der Anzahl der Artikel vergleichen wir, wie lange der jeweilige Kassierer durchschnittlich für einen Kunden benötigt«, erklärte Frau Smith bereitwillig und der Stolz in ihrer Stimme, sich diese Kennzahl ausgedacht zu haben, war nicht zu überhören.

»Wie hoch ist die Durchlaufzeit?«

»Jason ist neu. Sein Wert liegt bei einer Minute fünfzig.« Mona entging nicht der Unmut, der deutlich mitschwang.

»Was ist der Zielwert?«, erkundigte sich Mona und vermied es, Jason anzusehen.

»Eine Minute dreißig.«

»Was passiert, wenn er den Wert nicht erreicht?«, fragte sie betont beiläufig.

Frau Smith neigte den Kopf und sah sie von unten an. »Das wird nicht passieren. Alle erreichen den Wert. Wie gesagt, er befindet sich noch in der Einarbeitung.« Es klang wie eine Drohung, über die auch ihre zu einem Lächeln verzogenen Lippen nicht hinwegtäuschen konnten.

»Lassen Sie uns das Gespräch in meinem Büro weiterführen.« Frau Smith machte eine einladende Bewegung in Richtung des Ausgangs. Dort gab es zwei Türen, von denen eine mit einem Schild, auf dem »Büro« stand, gekennzeichnet war. Frau Smith öffnete die andere Tür, die in einen Aufenthaltsraum führte, und nickte einer jungen Frau zu, die ihren Platz an der Wand einnahm und etwas in ihr iPad eintippte.

»Wird die Kennzahl nicht über das Kassensystem ermittelt?«, fragte Mona und folgte Frau Smith in ihr Büro. Ein klotziger Schreibtisch stand neben dem Fenster mit Blick direkt auf die Tür. Die Besucherstühle waren nicht gepolstert und insgesamt wirkte das Büro erdrückend und einschüchternd auf Mona – aber das konnte auch an Frau Smith liegen.

»Nicht wirklich«, erwiderte Frau Smith. »Ich habe außerdem festgestellt, dass es die Mitarbeiter motiviert, wenn sie selbst sehen können, wie viel Wert wir auf Effizienz legen.«

»Verstehe.« Mona setzte sich auf den unbequemen Stuhl und lehnte sich zurück. »Wie kommen sie mit dem neuen Kassensystem zurecht?«

»In der ersten Woche haben wir die Kundendurchlaufzeit um zehn Sekunden gesenkt.« Selbstzufrieden saß Frau Smith in ihrem Chefsessel und drehte einen schwarz-goldenen Montblanc-Kugelschreiber in der Hand.

Mona nickte. »Wie erklären Sie sich die Rückläufe der Verkaufszahlen?«, fragte sie sachlich.

»Saisonale Schwankungen«, erwiderte Frau Smith glatt.

Mona öffnete ihre Mappe und zog ein Blatt mit Zahlen hervor. »Was halten Ihre Mitarbeiter von der Kennzahl?«

»Sie ist fair und transparent. Jeder weiß, woran er ist. Damit wird niemand bevorzugt oder benachteiligt.«

»Also arbeiten sie gerne hier?«, ließ Mona sich nicht beirren, auch wenn Frau Smith sehr geschickt darin war, ihren Fragen auszuweichen.

Frau Smith rümpfte herablassend die Nase. »Selbstverständlich!«

»Wir haben uns die Fluktuationsrate angesehen.« Mona machte eine Pause und sah Frau Smith an. »Sie liegt bei fünfunddreißig Prozent. Das ist selbst für den Einzelhandel hoch.«

Frau Smith hielt den Kugelschreiber so fest umklammert, dass es aussah, als würde sie ihn durchbrechen wollen. »Wir sind hier mitten im Nirgendwo. Die jungen Leute mit Grips flüchten in die Stadt. Außerdem ist die Rate nicht mehr so hoch wie vor einem Jahr unter meinem Vorgänger«, setzte sie blasiert hinzu.

Mona sah die Frau mit neutralem Gesichtsausdruck an und behielt für sich, dass sich die Fluktuationsrate unter Frau Smith nur minimal verbessert hatte. »Meine Kollegin und ich würden gern diese Woche in Ihrer Filiale arbeiten, um uns ein besseres Bild machen zu können. Ist das möglich?«

Frau Smith zog eine fein gezupfte Augenbraue nach oben. »Sie wollen sich an die Kasse setzen?«, fragte sie ungläubig und musterte Mona abschätzig.

»Ja, genau und Ware einräumen«, setzte sie hinzu.

»Meinetwegen«, stimmte Frau Smith zu und benahm sich, als würde sie Mona einen Gefallen tun.

»Unter einer Bedingung«, fügte Mona hinzu.

»Die da wäre?« Frau Smith versteckte ihren Unmut nicht mal mehr hinter ihrer glatten Fassade.

»Es gibt keine Kundendurchlaufzeit. Wir betrachten nur die Verkaufszahlen und vergleichen sie mit den letzten beiden Tagen.« Sie betrachtete ihr Gegenüber, gespannt, wie sie auf die Forderung reagierte.

Frau Smith trommelte mit dem Stift auf den Schreibtisch. »Das gefällt mir nicht. Damit verfälschen wir den ganzen Monat.«

Mona blätterte in ihren Unterlagen. »Soweit ich sehe, ist Ihre Filiale die einzige, die diese Zahl führt. Die Verkaufszahlen, also die relevante Größe, wird weiterhin erfasst und nur darauf kommt es an.«

Die Marktleiterin presste die Lippen zu einem schmalen Strich zusammen. »Auf die Kennzahl zu verzichten, ist leider nicht möglich«, beharrte sie und reckte das Kinn nach vorn.

»Kein Problem«, erwiderte Mona seelenruhig und erhob sich. »Hat mich gefreut, Sie kennenzulernen.« Sie streckte Frau Smith die Hand hin.

»Wie? Bleiben Sie nicht?«

»Das wäre nur verschwendete Zeit.« Mona drehte sich um und lief zur Tür.

»Warten Sie. Was schreiben Sie denn dann in Ihren Bericht?«

»Dass Sie nicht kooperiert haben und weiterhin das Schlusslicht bleiben werden«, sagte Mona ehrlich und nickte ihr zum Abschied zu. Im Flur holte Frau Smith sie ein.

»Frau Hilal!«, setzte sie an und versuchte, auf ihren hochhackigen Schuhen mit Mona Schritt zu halten. »Ich habe mich wohl etwas missverständlich ausgedrückt.

Selbstverständlich stehen wir zur Verfügung und sind offen für Neues«, presste sie widerwillig hervor.

»Das freut mich zu hören. Wer wird mein Ansprechpartner sein?«, sagte Mona geschäftig, damit Frau Smith das Zugeständnis nicht gleich wieder zurücknahm.

»Ich!«, erklärte die Filialleiterin mit Nachdruck.

»Es wäre besser, wenn das einer Ihrer Angestellten übernimmt. Der junge Mann, der mich gerade eben abkassiert hat, kann uns einweisen. Passt es Ihnen am Freitag gegen vier Uhr für die Abschlussbesprechung?«, schlug Mona stattdessen vor.

Frau Smith blies die Backen auf.

»Prima«, fuhr Mona fort und wartete auf keine Antwort. »Wir finden uns zurecht und sehen uns dann am Freitag.« Sie lief auf den Kassierer zu, der sie mit schreckgeweiteten Augen ansah.

Omayma stieß aus einem der Gänge zu ihr und grinste. »Ich bin beeindruckt, dass du unsere Bedingung durchgedrückt hast.«

Mona brummte. »Dann hoffen wir mal, dass ich recht behalte.« Sie erklärte dem jungen Mann, was sie vorhatten, und der schaute ängstlich zur Seite. Doch an der Wand stand niemand. Nach einer Stunde sah man, wie er seine Schultern nicht mehr bis zu den Ohren hochzog. Er wechselte erst zögerlich, aber dann immer enthusiastischer ein paar Wörter mit den Kunden.

Sie vereinbarten, dass er morgen wieder Dienst hätte, obwohl es sein freier Tag war. Die Verkaufszahlen zeigten am Abend keine wesentliche Veränderung, was ein wenig ernüchternd war. Doch Mona verdrängte den Gedanken. Es war ein ruhiger kleiner Ort mit gerade mal siebenhundert

Einwohnern und es hatte bestimmt die Runde gemacht, dass die Kontrolle ausgesetzt worden war. Sie vertraute darauf, dass es in Schottland nicht anders zuging wie in ihrem kleinen Dorf zu Hause. Und tatsächlich stand eine riesige Schlange an der Kasse, als sie am nächsten Morgen in den Supermarkt kamen. Andere Supermärkte waren knapp zehn Kilometer entfernt in Aviemore, da war es natürlich viel komfortabler, im eigenen Dorf einzukaufen.

Mona überließ die Kasse Omayma und holte stattdessen einen Wagen mit Ware, die eingeräumt werden musste. Sie war gerade dabei, abgelaufene Produkte zu ersetzen, als eine ältere Frau zielstrebig auf sie zukam. Ihr Gehstock hämmerte im Stakkato auf die Fliesen.

»Junge Frau, arbeiten Sie hier?«, fragte sie mit einer erstaunlich jung klingenden Stimme.

»Ja, das tue ich.«

»Wo sind die Bluthunde?«

Mona blinzelte. »Die sind heute nicht da«, antwortete sie gedehnt und hoffte, die Frau richtig verstanden zu haben. Nur für den Fall, dass sie sich nicht auf die Kontrolleure der Kundendurchlaufzeit bezog, brachte sie einen geringen Sicherheitsabstand zwischen sich und die Kundin. So ein Gehstock war nicht zu unterschätzen.

»Wurde auch Zeit! Sagen Sie der Smith, dass wir keine Roboter sind! Vielleicht in ihrer Sprache, da Sie offensichtlich einen Draht zu ihr haben.«

»Ich werde Frau Smith Ihre Nachricht weitergeben.«

»Tun Sie das, Kindchen! Tun Sie das.« Brummend ließ die Frau sie wieder allein.

Mona starrte ihr mit offenem Mund hinterher.

Pünktlich um vier Uhr stand Frau Smith am Freitagnachmittag wie aus dem Nichts neben ihr.

»Dann wollen wir mal schauen, wie sich die Verkaufszahlen entwickelt haben«, sagte Mona und ging voraus, um Omayma zu holen. Frau Smith folgte ihr schweigend.

Sie nahmen sich zwei Kissen aus dem Aufenthaltsraum mit und setzten sich in das Büro von Frau Smith.

»Die Verkaufszahlen sind um zehn Prozent im Vergleich zur Vorwoche gestiegen«, berichtete Omayma. »Bis jetzt. Vermutlich wird es noch etwas mehr, wenn wir die Daten inklusive des heutigen Tages vorliegen haben.«

Frau Smith wiegelte ab: »Wir haben immer mal wieder bessere und schlechtere Verkaufstage. Was genau soll diese Woche aussagen?«

»Dass sowohl die Kunden als auch die Mitarbeiter sich unwohl fühlen, wenn jemand sie überwacht«, sagte Omayma unverblümt, ohne den Blick vom Bildschirm zu nehmen.

Mona unterdrückte ein Schmunzeln. Das hätte der alten Frau von gerade eben gefallen. Frau Smith wiederum war weniger begeistert.

»Es geht um Disziplin. Die meisten Mitarbeiter sind faul und nachlässig. Die Kundendurchlaufzeit hilft, sich auf die Arbeit zu konzentrieren, für die sie bezahlt werden«, sagte sie mit Nachdruck.

»Das könnte man auch erreichen, indem man vorgibt, wie man sich den Kundenkontakt vorstellt«, erwiderte Mona. »Fühlen sich die Mitarbeiter wohl, überträgt sich das auf die Kunden, die zu Stammkunden werden.«

»Pah!«, winkte Frau Smith ab. »Die Mitarbeiter sind notorisch faul und brauchen eine starke Hand. Bei dem kleinsten Wehwehchen wird gleich ein Drama daraus gemacht. Mittlerweile stellt jeder seine Life-Balance in den Mittelpunkt.«

»Wenn Sie etwas flexibler auf die Mitarbeiterbedürfnisse eingehen, wird sich das positiv auf die Verkaufszahlen auswirken«, versuchte es Mona erneut.

»Heute will jeder in Watte eingepackt werden. Wir sind hier nicht im Kindergarten. Ich bin nicht für deren persönliches Wohlergehen zuständig. Die Leute sind hier, um eine bestimmte Tätigkeit durchzuführen. Nicht mehr und nicht weniger.«

»Wie wäre es mit einem Kompromiss?«, fragte Mona und fixierte Frau Smith.

»Der da wäre?« Demonstrativ rollte sie mit den Augen.

»Sie stellen niemanden mehr ab für die Kontrolle der Kundendurchlaufzeit. Stattdessen wird derjenige dafür sorgen, dass die Regale aufgefüllt sind und die Kunden sich zurechtfinden.«

Der Stift in Frau Smiths Hand klackte rhythmisch auf den Tisch. »Es gab früher Beschwerden, dass die Schlangen zu lang waren. Deshalb haben wir die Kundendurchlaufzeit eingeführt. Wenn wir das wieder aufgeben, war alles umsonst«, rückte sie mit einer Information heraus, die Mona gerne früher gewusst hätte.

»Da komme ich ins Spiel«, sagte Omayma unbeeindruckt und präsentierte ihren letzten Trumpf. »Ich habe ein kleines Programm geschrieben, mit dem Sie die Kennzahl leicht einsehen können.«

»Allerdings sollten Sie die Zahl persönlich hier in Ihrem Büro besprechen, *falls*, und zwar wirklich nur *falls*, ein Mitarbeiter auffällig länger benötigt. Finden Sie heraus, woran es liegt, und helfen Sie demjenigen. Vielleicht ist es eine Ausbildungssache und wenn nicht, versuchen Sie, denjenigen woanders einzusetzen. Was sagen Sie?«

Frau Smith zögerte.

»Die Kundendurchlaufzeit ist diese Woche um fünf Prozent gefallen«, sagte Omayma und drehte ihren Laptop so, dass Frau Smith die Grafik sah.

»Wie kann das sein?«

»Mögen Sie es, wenn jemand hinter Ihnen steht und Ihnen permanent über die Schulter schaut? Das hemmt und führt zu mehr Fehlern.«

Frau Smith musterte Mona und Omayma, stand auf und hielt ihnen die Hand hin. »Deal.«

Später rief Mona ihre Tochter vom B&B aus an. Ruqaya hatte ihr von dem Gespräch mit Viktoria erzählt und sie war unglaublich stolz darauf, wie ihre Tochter reagiert hatte. Es hatte ihr einen kleinen Stich versetzt, dass es Elias gewesen war, der ihr den Tipp gegeben hatte. Aber jetzt, wo Babu nicht mehr bei ihnen war, war sie froh, wie Elias diese Rolle zumindest für diese kurze Zeit eingenommen hatte. Auch wenn es in einer Woche vorbei war. Sobald sie die Schulden bezahlt hatte, könnte sie zum ersten Mal mit Ruqaya in Urlaub fahren. Doch noch war es nicht so weit und sie drängte den Gedanken zurück.

Am Samstag war Ruqayas Aufführung und sie überlegte, ob sie spontan morgen früh nach Hause flog. Sie vermisste Ruqaya schmerzlich und die erste Theateraufführung ihrer Tochter zu verpassen, fühlte sich wie Verrat an. Zu sehr erinnerte es sie an ihren eigenen Vater und wer, wenn nicht sie, wusste, wie lange man so eine Erfahrung mit sich herumtrug. Je mehr sie darüber nachdachte, desto entschlossener wurde sie. Das hätte sie von Anfang an planen müssen, aber es war so viel passiert, dass sie schlicht überfordert gewesen war und nicht richtig nachgedacht hatte. Gerade als sie nach Flugverbindungen schauen wollte, klopfte es an der Tür und Omayma rauschte in ihr Zimmer. Sie ließ sich rücklings auf Monas Bett fallen.

»Und wieder kein Wochenende«, sagte diese und schnaubte.

»Wieso?«

»Wir fahren jetzt zurück nach Reading, weil Sam nächste Woche nicht mehr mit uns zurückkommt, und treffen uns morgen früh am Flughafen in London.«

»Wieso? Wohin?« Mona stöhnte. Sie war so überwältigt davon, Ruqayas Auftritt zu verpassen, dass ihr nicht mal mehr ganze Sätze einfielen.

»Irgendein wichtiger Termin. Aber Harun hat nicht gesagt, wohin wir fliegen. Nur, dass wir fliegen.«

Mona ließ sich neben Omayma aufs Bett fallen. Wieso hatte sie nicht früher daran gedacht, nach Hause zu fliegen? Jetzt war es zu spät. Ihre Hände ballten sich zu Fäusten. Sie griff nach dem Kissen hinter sich, presste es sich auf das Gesicht und schrie hinein. Danach fühlte sie sich zwar nicht besser, aber irgendetwas hatte sie tun müssen. Sie drehte ihren Kopf zur Seite und sah in Omaymas aufgerissene Augen, die sie besorgt betrachteten.

»Das ... kam unerwartet«, stieß diese aus. »Besser?«

Mona entwich ein frustriertes Knurren und Omayma fing an zu lachen.

»Ich bin auch nicht begeistert, am Wochenende zu arbeiten – also, worum geht es wirklich?«

»Ruqaya hat morgen ihre Theateraufführung, für die sie seit Wochen probt, und ich wollte nach Hause fliegen.«

»Das tut mir leid!« Mitfühlend drückte Omayma ihre Hand.

Für einen Moment lagen sie einfach nur auf dem Bett und schwiegen. »Inschallah findet sich eine Lösung«, brach Omayma die Stille. »Aber jetzt müssen wir packen.« Sie sprang vom Bett und zerrte Mona am Arm. »Sam wartet auf uns. Wir sehen uns in zehn Minuten draußen.« Und schon knallte Monas Zimmertür hinter ihr ins Schloss.

Mona brummte vor sich hin, öffnete aber ihren Koffer und packte ihre Sachen ein.

ENTTÄUSCHUNG
Mona

Am Samstagmorgen wachte sie wie gewohnt um vier Uhr auf, betete, bereitete Teig vor und zog sich ihre Laufsachen an. Sie staunte nicht schlecht, als ihr Omayma und Kayden mit ihren Koffern in der Auffahrt entgegenkamen.

»Die haben wir jetzt schon mitgebracht, damit Sam uns später alle direkt von hier aus mitnimmt – vorausgesetzt, wir dürfen vorher noch hier duschen«, sagte Omayma und sah sie mit großen Augen an.

»Eine sehr gute Idee«, stimmte Mona zu und stupste Omayma mit ihrer Schulter an. »Djazaki Allahu chairan«, raunte sie ihr zu und nahm ihr die Tasche ab. Aus dem Augenwinkel sah sie eine Bewegung und drehte sich um. Harun schälte sich aus den Schatten und begrüßte sie, doch sie brachte nicht mehr als ein knappes Nicken zustande. Sie wusste, dass das unfair war, und doch verübelte sie es ihm persönlich, nicht zu Ruqaya fliegen zu können. Kayden und Omayma begrüßten Harun und unterhielten sich mit ihm, während sie sich in die Küche verdrückte, um die Brötchen vorzubereiten.

»Hast du ihm gesagt, dass deine Tochter eine Aufführung hat?«, fragte Kayden und trat zu ihr in die Küche.

Mona rollte den Teig zusammen und klatschte ihn auf die Arbeitsfläche.

»Hast du?«, drängte Kayden, der sich davon nicht beeindrucken ließ.

»Nein«, presste sie hervor.

»Das dachte ich mir.« Er wusch sich die Hände und schaute zu, was Mona machte. Dann nahm er einen Teil des Teiges und formte ihn zu glatten Bällchen. Schweigend arbeiteten sie nebeneinander. »Bereit zum Laufen?« Er legte das letzte Brötchen auf das Blech.

Sie nickte und bedeckte die Brötchen mit einem Handtuch. Wenn sie zurückkam, würde sie diese in den Backofen schieben.

Harun und Omayma kamen ihnen vom Garten entgegen.

»Patrick hat sich die letzten Tage nicht blicken lassen«, sagte Harun und Mona sah ihn zum ersten Mal an diesem Morgen an.

»Wie? Sie haben ihn die ganze Woche nicht gesehen?« Sofort machte sie sich Vorwürfe, gestern Nacht nicht doch noch nach dem Wellis geschaut zu haben.

»Nein, aber das Futter war weg. Also muss er irgendwann dort gewesen sein.«

Bevor sie nachher zum Flughafen fuhren, würde sie auf jeden Fall nach dem Wellis sehen. Ungewöhnlich still liefen die vier nebeneinanderher. Bis auf ihre Atmung und dem ein oder anderen Rascheln und fernem Motorengeräusch war nichts zu hören. Zurück am Haus hob Harun die Hand zum Gruß und verabschiedete sich.

»Harun?«, hielt Mona ihn zurück.

»Ja?«

»Wir frühstücken nachher zusammen«, sagte sie und verschränkte die Arme vor der Brust. Sie wusste, es war lächerlich, aber die Einladung wollte ihr nicht über die Lippen gehen. Sie hoffte, er hatte es auch so verstanden.

»Vielen Dank – ich komme gerne«, sagte er und nickte wissend. Er steckte seine Hände tief in die Taschen seines Hoodies, stülpte die Kapuze über und lief zu seinem Auto.

Mona zog ihr Handy heraus und schrieb Ruqaya eine Nachricht.

Mona
As salamu alaikum wa rahmatuh Allahi
wa barakatuhu, habibti. Wie geht es dir?

Ruqaya
Wa alaikum assalam wa rahma-
tuh Allahi wa barakatuhu, Mama.
Alhamdulillah, gut und dir?

Mona
Bist du aufgeregt?

Ruqaya
Ja

Mona
Ich habe gesehen, dass Schauspieler und
Moderatoren vor ihrem Auftritt die Arme
ausschütteln, auf der Stelle trippeln
oder zügig ein paar Schritte gehen

Ruqaya
Warum?

Mona
Um das Adrenalin loszuwerden,
damit deine Stimme nicht so dünn
ist, wenn du den ersten Satz sagst

Ruqaya
Okay

Mona
Vergiss nicht, Bismillah zu sagen

Ruqaya
Inschallah

Mona
Und hör bloß nicht auf den Rat, dir
das Publikum irgendwie vorzustellen

Ruqaya
Wieso nicht?

Mona
Stell dir mal vor, du siehst eine
Frau mit Hut und sollst sie dir
als rosa Nashorn vorstellen

Ruqaya
Ja, und?

Mona

Du bist so damit beschäftigt, dir
ein rosa Nashorn vorzustellen,
dass du kein Wort rausbringst

Ruqaya

Jetzt muss ich an ein rosa
Nashorn denken!

Mona

Siehst du?

Ruqaya

Und wie bekomme ich das rosa Nashorn jetzt wieder aus meinem Kopf?

Mona

Laufen und schütteln ;)) Ich
habe dich lieb und du wirst das
inschallah ganz toll machen

Ruqaya

Ich vermisse dich

Mona

Ich dich auch, aber es ist
nur noch eine Woche

Ruqaya

Inschallah

Mona
Inschallah

Im Haus stellte sie fest, dass Omayma und Kayden beide Bäder belegt hatten, und beschloss, nach Patrick zu sehen. Die Tür zur Voliere war geschlossen. Leise schlich sie hinein und blieb einen Moment im Dunkeln stehen.

»Patrick?«, rief sie den Wellis im Flüsterton und tastete sich vorwärts. Ein leises Gurren war zu hören und sie atmete tief durch. »Es tut mir leid, dass ich letzte Nacht nicht nach dir gesehen habe. Unverzeihlich – ich weiß.«

Sie seufzte. »Ruqaya hat heute eine Theateraufführung. Und ich habe gestern erfahren, dass wir am Wochenende arbeiten müssen und ich nicht nach Hause fliegen und sie sehen kann.« Ihre Stimme brach und Tränen schossen ihr in die Augen. Sie stand nun direkt an den Ästen. »Geht es dir gut?« Erst als ihre Lunge protestierte, bemerkte sie, dass sie die Luft angehalten hatte. Doch der Wellensittich gab keinen Ton von sich. Das hatte sie wohl verdient.

Sie kniff sich in den Nasenrücken, schloss die Augen und atmete tief durch. »Ich bin nächste Woche auch verreist, aber wir sehen uns inschallah, bevor ich ... nach Hause fliege.« Noch etwas, das sie vermissen würde. Sie drehte sich zum Ausgang, als ein Gurren direkt neben ihrem Ohr ertönte. »Du Schlingel!«, lachte sie unter Tränen. »Hast du dich mit deinem Fliegengewicht längst an mich rangeschlichen.« Sie legte den Kopf schief und Patrick knabberte ganz leicht mit seinem Schnabel an ihrer Wange, bis sie anfing zu kichern. »Das kitzelt.« Vorsichtig streichelte sie seine Brust. »Ich bin froh, dass es dir alhamdulillah gut geht.« Patrick fing an zu piepsen und erzählte. Dabei wippte er aufgeregt mit dem Kopf hoch und runter. »Falls du gerade von Harun sprichst, ich verstehe, dass du dich vor ihm versteckst. Mache ich auch.« Sie grinste und schaute hinaus. »Ich komme nachher inschallah noch mal vorbei, bevor wir losfahren.« Sie hielt den Zeigefinger an seine Brust und prägte sich alle Einzelheiten von Patrick, der bereitwillig auf ihren Finger kletterte, ein. »Nächste Woche wird Harun wieder nach dir sehen«, sagte sie und stupste ihn mit der Nase an. Der Wellis krächzte und hüpfte dann auf seinen Ast. Mit weit ausholenden Schritten lief sie zum Haus zurück und schob die Brötchen in den Backofen.

Sie beeilte sich mit der Dusche. Kayden stand mit Harun, der in der Zwischenzeit gekommen war, in der Küche. Sie hatten die Brötchen aus dem Ofen genommen, als der Timer losgegangen war. Die beiden redeten gedämpft miteinander, aber sie schenkte ihnen keine Aufmerksamkeit. Es klingelte und sie öffnete Sam die Tür. Mona hatte ihm eine Nachricht geschickt und ihn auch zum Frühstück eingeladen.

Während Mona nur mit einem Ohr zuhörte, erzählten die anderen Harun von ihren Ausflügen zum Loch Ness und dem Glenfinnan-Viadukt. Vom höchsten Berg Ben Nevis, den sie nur durch die Autoscheibe bewundert hatten, genauso wie vom Cairngorms-Nationalpark, in dem sie stundenlang an einem Wochenende gewandert waren. Kayden hatte darauf bestanden, das Dunottar Castle zu besuchen, damit Mona die Klippen und das Meer sah. Erst jetzt wurde ihr bewusst, wie viele zusätzliche Kilometer Sam ohne Murren gefahren war. Harun schien es nicht zu stören, dass sie die Reise auch genutzt hatten, um ihr einen kleinen Ausschnitt von Schottland zu zeigen. Im Gegenteil, er warf immer wieder eigene Besuche und Erfahrungen ein.

Um zehn Uhr brachen sie auf und kamen nach circa einer Stunde Fahrt am Flughafen an.

»Wissen wir jetzt, wohin wir fliegen?«, erkundigte sich Mona bei Omayma. Nicht, dass es sie sonderlich interessierte. Sie war viel zu sehr in Gedanken bei ihrer Tochter. Nie hätte sie gedacht, einmal eine Aufführung oder etwas anderes zu verpassen.

»Nein, Harun kommt aber gleich zurück, dann können wir ihn fragen«, erwiderte Omayma.

»Da vorne ist er«, sagte Sam und zeigte auf Harun und Kayden, die sich ihnen näherten.

»Ich habe uns eingecheckt«, erklärte Harun. »Wir müssen nur die Koffer abgeben. Er zeigte zu Gepäckautomaten, an denen sie die Gepäckanhänger ausdrucken mussten, und Mona wurde leicht nervös. Diese ganzen Abläufe waren ihr fremd und sie versuchte, sich nichts anmerken zu lassen, aber ihre Hände waren schweißnass. Entsprechend froh war sie, als ein Flughafenmitarbeiter sie zu den Drop-off-Automaten winkte. Dort hielt Mona ihr Handy mehrmals an den Scanner, aber die Schranke vor dem Gepäckband öffnete sich nicht für ihren Koffer. Frustriert schaute sie sich nach dem Mitarbeiter um.

»Moment, ich helfe Ihnen«, erklang Haruns Stimme hinter ihr. Sie reichte ihm ihr Handy und natürlich klappte es bei ihm auf Anhieb. Mit rotem Kopf bückte sie sich nach ihrem Koffer, aber er hob ihn bereits hoch und gab ihr das Handy zurück. Bevor sie zur Kontrolle kamen, mussten sie erneut ihre Bordkarte einscannen.

Harun ging an den Schalter neben ihr und die Schranke öffnete sich sofort. Sie hielt ihr Handy an den Scanner und – es passierte nichts. Es war, als hätten sich heute alle Maschinen gegen sie verschworen. Nach dem dritten Fehlversuch hob sie den Kopf und eine Frau, die vor einem Bildschirm saß, rief sie zu sich.

»Ich habe das Prinzip scheinbar nicht durchschaut«, sagte Mona mit leicht geröteten Wangen.

»Ach, das ist nicht schlimm. Das passiert andauernd. Zeigen Sie mir mal Ihre Bordkarte.« Die Frau lächelte sie freundlich an, scannte Monas Handy und wünschte ihr einen guten Flug. Zögerlich lief sie weiter und sah sich immer wieder nach Harun um, der nicht hatte auf sie warten können, sondern weitergewinkt worden war. Erst als sie um die nächste Ecke bog, rannte sie ihn beinahe über den Haufen.

»Wir müssen hier entlang«, sagte er unbeeindruckt und sie folgten den Absperrbändern. »Kayden hat eine Nachricht geschickt, dass sie auf dem Weg zur Sicherheitskontrolle sind.«

Mona sah sich um, entdeckte aber weder Omayma noch Sam oder Kayden in diesem riesigen Bereich.

»Es kann sein, dass sie weiter nach hinten umgeleitet wurden«, erklärte Harun und zeigte auf die Mitarbeiter, die alle paar Minuten die Absperrbänder änderten, um die Schlangen gleichmäßig zu verteilen.

Hinter der Kontrolle begannen die Duty-free-Shops und Mona huschte in einen Buchladen. Ruqaya war eine Leseratte und würde sich bestimmt über englische Bücher freuen. Sie stöberte eine Weile in dem Laden, bis sie auf »Planet Omar« stieß. Das war genau das Richtige für Englischanfänger.

»Hier bist du«, hörte sie Omayma neben sich. »Bist du fertig?«

»Ja, ich denke schon«, murmelte Mona abwesend. Sie hatte zwei Bücher in der Hand und konnte sich nicht entscheiden, welches sie mitnehmen sollte.

»Für Ruqaya?«

Mona nickte.

»Wenn du überlegst, nur eines zu nehmen – nimm beide. Ich schenke ihr eins. Sag ihr von der coolsten Tante aus Reading.« Omayma grinste breit.

»Djazaki Allahu chairan, da wird sie sich riesig freuen«, bedankte sich Mona und drückte Omaymas Arm.

»Wa iaki. Wir Mädels müssen doch zusammenhalten.« Sie hakte sich bei Mona unter und stellte sich neben sie an die Kasse. »Wir sind an Gate 28 und sollten uns ein wenig beeilen. Wir haben noch zehn Minuten, bis das Boarding vorbei ist.«

Mona riss die Augen auf. Hatte sie so viel Zeit im Buchladen verbracht? Hektisch suchte sie ihren Geldbeutel, bezahlte und rannte mit Omayma den Weg zum Gate. Harun sah ihnen erleichtert entgegen und wartete, bis sie hinter ihm standen. Kommentarlos zeigte er sein Handy mit der Bordkarte beim Flugpersonal vor und verschwand in den Gang zum Flugzeug. Sie versuchte, ihren Atem unter Kontrolle zu bringen, und hetzte hinter ihm her. Neben ihr fing Omayma an zu kichern und das war leider ansteckend. Die Flugbegleiterinnen begrüßten sie freundlich und Mona und Omayma ließen sich prustend in ihre Sitze fallen.

»Wieso hast du nicht früher gesagt, wie spät es ist?«, fragte Mona immer noch außer Atem.

»Wo bliebe denn da der Spaß?«, winkte Omayma ab und zog ihre Kopfhörer auf. »Weck mich, wenn wir angekommen sind, ja?«

Mona hob ihren Daumen und öffnete ihre E-Reader-App auf dem Handy. Nach ein paar Minuten rutschte ihr das Handy jedoch in den Schoß. Sie war tief und fest eingeschlafen, immer noch nicht wissend, wohin sie eigentlich flogen.

AUFFÜHRUNG
Elias

Samstagmorgen kontrollierte Elias nach dem Tahaj-jud-Gebet in der Küche, dass der Teig ordentlich ruhte. Seine Laufschuhe hatte er schon angezogen.

»Nimmst du mich mit?«, fragte Ruqaya hinter ihm und gähnte. Ihre Locken standen wild ab, aber sie hatte einen Jogginganzug an.

»Warum bist du so früh schon wach? Fajr ist erst in einer halben Stunde«, fragte Elias erstaunt.

»Ich kann nicht schlafen«, gab sie zu und rieb sich die Augen.

»Du wirst das heute großartig machen. Davon bin ich überzeugt«, sagte Elias und lächelte. »Dann lass uns eine Runde um den See drehen.«

Sie liefen schweigend nebeneinanderher. Aber es war keine unangenehme Stille, sondern eine, in der man zufrieden etwas ohne Worte teilte. Leichter Nebel hing über dem See und nur vereinzelt war ein Rascheln oder eine Vogelstimme zu hören. Wie es Trish wohl ging? Er vermisste seinen Wellis.

»Alleine würde ich hier nicht laufen«, sagte Ruqaya und warf einen Blick auf den See. »Es sieht schon ein wenig gruselig aus.«

»Wir können gerne die nächsten Tage zusammen laufen«, bot er an, wohl wissend, dass ihm nur noch eine Woche mit ihr blieb. »Das macht sowieso viel mehr Spaß.« Und Mona würde ihm den Kopf abreißen, wenn ihre Tochter allein um diese Uhrzeit unterwegs wäre.

Ruqaya nickte und biss auf ihrer Lippe herum. Elias kannte sie mittlerweile gut genug, um zu wissen, dass sie etwas beschäftigte. Geduldig wartete er.

»Onkel Elias?«, fasste sie sich schließlich ein Herz.

»Ja?«

»Reist du viel?«, wollte sie vorsichtig wissen.

»Kommt darauf an, wie man ›viel‹ definiert. Für manche ist eine Reise im Jahr viel, für andere ist eine Reise pro Monat viel. Ich bin im Durchschnitt ein- bis zweimal im Monat unterwegs. In letzter Zeit sogar weniger, aber das ist abhängig von dem jeweiligen Projekt oder ob ich zu Konferenzen eingeladen bin«, erklärte er geduldig.

Sie dachte über seine Erklärung nach und ihre Stirn war in tiefe Falten gelegt. »Mama kommt nächste Woche nach Hause.«

»Inschallah«, sagte er und sein Magen zog sich schmerzhaft zusammen. Nur noch sieben Tage und er würde zurück in sein Leben kehren. Wieso nur löste der Gedanke daran Wehmut aus?

»Wirst du …« Sie brach ab und fing an zu hopsen.

Er imitierte ihre Hopser, ohne zu zögern, und ließ sie nicht aus den Augen. Offenbar fiel es ihr schwer, ihm den eigentlichen Grund ihrer Fragen mitzuteilen. »Werde ich was?«

Sie wechselte in Crossing Steps und schaute konzentriert auf ihre sich kreuzenden Beine. »Schau mal!«, rief sie abgelenkt aus und zeigte auf den Boden. Was auch immer sie sagen wollte, war vergessen. »Ein weißer Stein. Der passt gar nicht zu den anderen.« Sie war stehen geblieben und hob ihn auf. Nach ein paar Schritten bückte sie sich erneut. »Da ist noch einer«, stellte sie fest und lief mit gebeugtem Oberkörper den Weg entlang, die Augen auf den Boden gerichtet. »Ob hier jemand eine Schnitzeljagd veranstaltet hat?« Mittlerweile lagen sieben Steine in ihrer Hand.

»Könnte sein«, stimmte er zu. Sie suchten nach weiteren Steinen, fanden aber keine mehr und die Pension lag nur noch wenige Meter entfernt.

»Beten wir zusammen?«, fragte Ruqaya und verstaute ihren Fund in ihre Jackentasche.

»Aber klar – in zehn Minuten im Büro«, sagte er und sah ihr hinterher, wie sie die Treppe hinauf fegte. Würde er sie besuchen kommen? Auch wenn sie die Frage nicht laut gestellt hatte, war sie doch der Elefant im Raum.

In der Pension war viel zu tun. Fast alle Gäste checkten aus. Ruqaya half Elias beim Abziehen der Betten, Saugen und Putzen. Das Schrubben der Bäder würde er definitiv nicht vermissen, wenn er wieder in Reading war. Bis siebzehn Uhr waren alle versorgt und mit abstehenden Haaren eilte er in sein Zimmer. Er hatte eine halbe Stunde, um sich zu duschen und umzuziehen, bevor sie zur Schule fahren mussten. Ein wenig ratlos stand er vor seinem Schrank. Schließlich entschied er sich für eine dunkle Jeans und ein schwarzes Hemd, um nicht zu over-dressed zu erscheinen. Er betete das Maghreb-Gebet und war in sein Dhikr vertieft, als er hastige Schritte im Flur vernahm.

»Bist du fertig?«, hörte er Ruqayas Stimme gedämpft durch die Tür.

»Ja, komm rein«, forderte er sie auf und nahm seine schwarzen Lederschuhe, die er am ersten Tag, als er hier ankam, getragen hatte, aus dem Schrank.

»In vierzig Minuten will Frau Stauch uns im Kostüm auf der Bühne sehen«, sagte sie leicht panisch und trat von einem Bein auf das andere.

»Ach so? Ich dachte, das ist erst in einer Stunde.« Er schlüpfte in seine Schuhe und schloss die Tür hinter sich.

Ruqayas Mund stand offen und sie riss die Augen auf.

»War ein Scherz.« Er stupste sie an der Schulter und grinste dabei schelmisch.

Fatima wartete am Eingang und marschierte los, als sie die Treppe herunter trabten. Im Auto sprach niemand ein Wort und man hätte die Anspannung in Scheiben schneiden können. Elias quetschte Monas Auto zwischen zwei BMW, nachdem er Fatima und Ruqaya vor dem Eingang hatte aussteigen lassen. Wie im Kino hatte man Platzkarten kaufen können, sodass er entspannt auf die vordere Stuhlreihe zulief. Fatima stellte ihre Handtasche mehrmals auf den Schoß und wieder auf den Boden. Dabei rutschte sie auf ihrem Stuhl vor und zurück.

Elias schmunzelte, als er sah, wie aufgeregt Fatima für Ruqaya war, und schaute auf seine Armbanduhr. Das Stück würde in zehn Minuten beginnen. Lens Vater machte hinter dem Vorhang auf sich aufmerksam und Elias hastete um die Bühne herum.

»Jemand hat das Sofa an die falsche Stelle gestellt. Könnten Sie mit anpacken?«

Elias nickte und sie wuchteten das schwere Teil an seinen eigentlichen Platz. Er zwinkerte Ruqaya zu und formte lautlos »Bismillah« mit den Lippen, das sie mit einem tapferen Nicken entgegennahm. Die Lehrerin scheuchte ihn und Lens Vater von der Bühne, drückte ihren Rücken durch und schlüpfte durch den Vorhang.

Elias eilte an seinen Platz, während Frau Stauch ans Mikrofon klopfte und alle gemurmelten Gespräche auf der Stelle verstummten. Die Plätze neben ihm waren noch nicht besetzt.

»Ich begrüße Sie herzlich zu unserer diesjährigen Schulaufführung ›Anouk und ihre Reise ans Meer‹. Das Waisenmädchen Anouk macht sich auf eine Reise zum Meer, weil ihre Knochen zu Glas werden und nur das Meerwasser ihr helfen kann.« Sie blickte ins Publikum. »Einiges werden Sie wiedererkennen, wie das Thema Handynutzung und Social Media, Datenkraken und Mobbing. Apropos Handys: Wir nehmen die Aufführung auf und teilen sie gerne mit den Kindern. Von allen anderen Aufnahmen bitten wir abzusehen.« Sie machte eine Pause. »Die Kinder haben in den letzten Wochen intensiv geprobt und was sie auf die Beine gestellt haben, ist bemerkenswert und verdient einen kräftigen Applaus. Mir bleibt damit nur noch, Ihnen viel Spaß zu wünschen.« Das Licht ging aus, der Vorhang zur Bühne öffnete sich und das Bühnenbild war zu sehen.

Am Ende ihrer Reihe huschten ein paar Gestalten auf die leeren Plätze. Fatima reckte den Hals, um an Elias vorbeizuschauen, lehnte sich aber wieder zurück, als sie im Dunkeln nichts erkennen konnte. Ruqaya betrat die Bühne und ihre helle Stimme erklang. Mit ihrer Energie und Begeisterung zog sie das Publikum sofort in ihren Bann. Es war mucksmäuschenstill. Nur ab und zu hörte man Gelächter, Stöhnen oder zustimmendes Gemurmel. Beispielsweise wenn ein paar Kinder die Köpfe über ihre Handys steckten und nicht mehr ansprechbar waren. Oder ein paar Schüler mitten im Publikum auftauchten und den verdutzten Erwachsenen Leuchtstäbe in die Hand drückten und ihnen vormachten, wie sie damit die Wellen des Meeres nachahmen sollten.

Viel zu schnell war das Theaterstück vorbei und tosender Beifall brandete auf. Alle Zuschauer waren von ihren Stühlen aufgesprungen und holten die Kinder dreimal zurück auf die Bühne. Ruqayas Wangen waren rot angelaufen und sie grinste von einem Ohr zum anderen. Sie schaute mit großen Augen zu Fatima und Elias, die ihr beide zujubelten, und ließ ihren Blick die Reihe entlanggleiten. Auf einmal wurde sie stocksteif. Mit einem Aufschrei riss sie sich von ihren Mitschülern los, stürzte die Bühne hinunter und warf sich in die Arme der Person, die neben Elias saß.

ARMBÄNDER
Mona

»Mama!«, schluchzte Ruqaya und drückte Mona so fest, dass sie kaum Luft bekam.

»Ich bin so wahnsinnig stolz auf dich«, flüsterte sie in Ruqayas Ohr und küsste sie auf den Kopf.

»Hast du mich gesehen?«, fragte Ruqaya aufgeregt und lehnte sich leicht zurück, um ihre Mutter zu mustern.

»Von Anfang an«, bestätigte Mona und grinste. »Maschallah, du warst unglaublich!«

Ruqaya wurde ein wenig rot und drückte sich erneut an Mona. Über Ruqayas Kopf hinweg sah Mona direkt in Elias' Augen, der sie schmunzelnd betrachtete. Sie bedankte sich bei ihm mit einem lautlosen »Djazak Allahu chairan«.

»Wieso bist du hier? Du hattest doch gesagt, dass du arbeiten musst.« Ruqaya löste sich aus der Umarmung, um sie zu mustern, und griff nach ihrer Hand.

»Ja, das ist eine längere Geschichte«, antwortete Mona gedehnt und schaute zu Harun. »Die Kurzfassung ist, dass wir beide überrascht werden sollten. Und ich glaube, das ist ihnen gelungen, oder?«

Ruqaya nickte und strahlte.

»So, genug geredet. Komm her und lass dir auch von anderen gratulieren«, mischte sich Fatima ungeduldig ein und klopfte mit ihrem Stock auf den Boden.

Ruqaya kicherte und fiel der alten Dame in die Arme. »Ach Chaltu. Was würde ich nur ohne dich machen?« Sie gab Fatima einen Kuss auf die Wange und diese brummte verlegen vor sich hin.

Ruqaya drehte sich zu Elias und klatschte ihn mit einem High five ab. Omayma trat neben Mona. »Nicht einmal gestottert und absolut überzeugend gespielt – Respekt! Ich bin Omayma und arbeite mit deiner Mama zusammen«, stellte sie sich selbst vor. Sie hielt Ruqaya die Faust hin und ging in eine kompliziert aussehende Abfolge von Klatschen, Ziehen und einen Sprung über, die Ruqaya quietschend vor Freude mitmachte.

Mona runzelte die Stirn. »Was … war das?«

»So begrüßt man sich heute, Mama«, stellte Ruqaya lapidar fest und nickte Omayma verschwörerisch zu.

Wieso nur hatte sie das Gefühl, dass man die beiden im Blick behalten musste? »Da fühle ich mich gleich richtig alt«, bemerkte sie und alle lachten.

Ruqaya schaute an Mona vorbei auf den Rest der Gruppe. »Ich bin Kayden«, sagte dieser.

»Bist du der mit den Cafés?«

»Ja, genau der.« Kayden grinste spitzbübisch. »Ich bereite die beste heiße Schokolade in ganz England zu. Wenn du magst, mach ich dir auch mal eine.«

»Das wäre supi!« Ruqaya liebte heiße Schokolade und damit hatte Kayden ihre Tochter längst von sich eingenommen. »Dann bist du Mamas Chef? Der, der sie angeschwindelt hat?«, wandte sie sich an Harun.

Und jetzt passierte etwas, von dem Mona nicht gedacht hätte, dass es möglich war. Harun lachte. Ein tiefes, sympathisches Lachen, das sein ganzes Gesicht veränderte. »Harun«, sagte er und neigte den Kopf. »Es ist mir eine Ehre, die Hauptdarstellerin kennenzulernen. Und ich kann mich nur anschließen: ganz bezaubernd gespielt.«

Ruqayas Wangen färbten sich vor Verlegenheit tiefrot und Monas Mund stand offen. Harun konnte tatsächlich charmant sein. Da rief Frau Stauch alle Kinder für ein Foto auf die Bühne und ihre Tochter sauste davon.

Im nächsten Moment zog Fatima sie in eine Umarmung.

»Es ist gut, dass du hier bist«, sagte die alte Frau. »Für Ruqaya.« Sie drückte Monas Arm und wandte sich Omayma zu.

Elias hatte sie die ganze Zeit nicht aus den Augen gelassen. »Wie geht es dir?«, erkundigte sie sich und beobachtete, wie Ruqaya sich neben die anderen Kinder stellte.

»Alhamdulillah – und dir?«

»Alhamdulillah.« Eine merkwürdige Pause entstand. Sie stellte fest, dass sie ihm nicht mehr übel nahm, fortgegangen zu sein. Nach den letzten Wochen, in denen sie einen winzigen Einblick in sein Leben erhalten hatte, verstand sie es. Er wäre in dem kleinen Dorf verkümmert. »Harun und du müsst wirklich gute Freunde sein«, stellte sie fest.

»Wieso? Also, ja, sind wir – aber warum sagst du das?«, fragte er überrascht.

»Weil er nicht mit einem Wort verraten hat, wohin wir fliegen.«

»Aber am Flughafen hast du es gleich erkannt.«

Mona räusperte sich und sah zu Harun, den Fatima gerade ausquetschte. »Mhm, das mit der digitalen

Boardingkarte hat nicht so funktioniert, wie es sollte, und dann war ich so abgelenkt, dass ich den Zielort nie mitbekommen habe. Vermutlich hatte es mich aber auch nicht sonderlich interessiert, weil ich nicht bei Ruqaya sein konnte, und da war es mir schlicht egal, wohin wir fliegen«, gab sie zerknirscht zu.

Elias lachte leise. »Verstehe. Davon abgesehen, denke ich, wäre Babu schwer von uns enttäuscht gewesen, wenn du nicht gekommen wärst. Er wollte nur, dass wir das selbst rausfinden.«

»Ja, das würde ihm ähnlich sehen.« Ihre Kehle zog sich zusammen. Wie lange würde es wohl noch schmerzen, an ihn zu denken?

Ruqaya kam zu ihnen gerannt und zeigte Mona ihre Armbänder. »Ich habe heute Abend schon ein paar verkauft«, sagte sie stolz. Omayma ließ sich erklären, was es mit den Armbändern auf sich hatte, und kaufte gleich drei. Aber es waren Kayden und Harun, die Ruqaya zum Weinen brachten. Sie ließen sich erst von ihr beraten, welches Armband ihnen am besten stand. Und dann, sie taten es fast synchron und ohne sich vorher abgesprochen zu haben, hielten sie ihr mehrere Geldscheine hin. Ruqaya sah von einem zum anderen, schluckte und die Tränen liefen. Es war einfach zu viel, was an dem Abend zusammenkam: ihre Aufführung, Monas Rückkehr, die vielen neuen Menschen. Sie war gar nicht mehr zu beruhigen und Elias schob sie kurz entschlossen zum Auto. Mona rief den anderen ein Taxi und gab ihnen die Adresse von der Pension.

Ruqaya verabschiedete sich von Elias und lief mit Mona zu ihrem Zimmer. Mona war froh, mit ihr allein zu sein.

»Du hast eine Sadaqa Dscharija für Babu organisiert«, sagte sie beeindruckt und setzte sich neben ihre Tochter auf die Couch.

»Nicht allein«, schniefte Ruqaya. »Chalu Elias hat mir geholfen.«

»Es ist in Ordnung, Hilfe anzunehmen.«

»Ich vermisse Babu, Mama«, sagte Ruqaya gequält.

»Und das ist auch gut so«, erwiderte Mona und Ruqaya sah sie überrascht an. »Wenn du das nächste Mal an ihn denkst, verbinde es mit einem Dua und bitte für ihn um Vergebung. Wenn du etwas spendest, dann in seinem Namen, wenn du etwas pflanzt, in seinem Namen. Je länger du das machst, desto mehr nutzt es Babu.«

»Warum sollte ich damit aufhören?«, fragte Ruqaya verdutzt.

Mona legte einen Arm um Ruqayas Schultern und zog sie zu sich. »Weil die Menschen Weltmeister im Vergessen sind.«

Ihre Tochter antwortete nicht sofort, sondern dachte gewissenhaft nach. »Ich werde ihn inschallah nicht vergessen und weiterhin für ihn Dua machen«, versprach sie ernsthaft.

»Inschallah – das wäre schön«, sagte Mona und gab ihrer Tochter einen liebevollen Kuss auf den Kopf, bevor sie Ruqaya ins Bad schickte, damit sie sich fertig machte, um ins Bett zu gehen. Sie beteten Ishaa zusammen und Mona gab Ruqaya die beiden Englischbücher, die diese überglücklich durchblätterte. Sie bestand darauf, sofort reinzulesen, und so las Mona den Anfang von Omars Geschichte vor. Früher hatte sie ihr jeden Abend vorgelesen, doch seit ihre Tochter selbst las, gab es dieses lieb gewonnene abendliche Ritual nicht mehr. Umso mehr genoss sie die paar Minuten mit ihrer Tochter und kuschelte sich zu ihr unter die Decke. Sie blieb, bis Ruqaya eingeschlafen war.

Leise schlich sie in ihr Zimmer und entdeckte einen Stapel Briefe auf ihrem Tisch. Sie setzte sich und sah sie durch. Ein Schreiben fiel ihr auf, weil der Absender ein Rechtsanwalt war. Leicht beunruhigt öffnete sie das Kuvert und überflog den Inhalt. Zittrig ließ sie es sinken und hatte das Gefühl, keine Luft mehr zu bekommen.

EINMISCHUNG
Elias

Es gibt leider nur ein freies Zimmer in der Pension«, informierte Elias Harun, Kayden und Omayma. »Ich habe deshalb zwei Matratzen zu mir ins Zimmer auf den Boden gelegt, wenn das für euch in Ordnung ist, sodass Omayma das letzte Zimmer bekommt«, wandte er sich an Kayden und Harun. »Ein wenig wie in alten Zeiten«, feixte er, war sich aber nicht sicher, ob sie sich darauf einlassen würden.

Harun und Kayden tauschten einen Blick und sahen ihn schon fast grimmig an. Das war dann wohl ein »Nein«. Ein wenig enttäuscht war er schon, aber er ließ sich nichts anmerken.

»Macht nichts. Eine Ortschaft weiter gibt es ein kleines Hotel. Ich rufe gleich an und reserviere zwei Zimmer für euch. Omayma, hier ist der Schlüssel. Die Treppe hoch, das zweite Zimmer auf der rechten Seite ist deines.«

Omayma zögerte nicht, nahm den Schlüssel und huschte die Treppe hinauf. Elias entsperrte den Bildschirm, um die Nummer des Hotels aufzurufen.

»Früher war er lustiger. Du hast einen schlechten Einfluss auf ihn«, stellte Kayden leicht ironisch fest.

»Als ob irgendjemand auf Elias Einfluss nehmen könnte«, schnaubte Harun.

»Weißt du noch seine ›Frisur‹?« Kayden malte Anführungszeichen in die Luft.

»O ja! Er hat nicht auf uns gehört, obwohl wir wirklich diskret darauf hingewiesen haben.« Harun grinste schief.

»Yep, erst als dieser – wie hieß er noch? – Schneider, Schmidt, egal – ihn gefragt hat, ob er ein Nest nachbilden wollte, hat er sich die Haare abschneiden lassen«, ergänzte Kayden und fing an zu lachen.

»Und dann –«, setzte Harun an, doch Elias unterbrach ihn.

»Okay, ich habe es kapiert«, sagte er und konnte selbst ein Grinsen nicht unterdrücken. Sie verstanden sich immer noch wie früher. »Dann zeige ich euch mal unser Zimmer.«

Kayden schlug ihm kumpelhaft auf die Schulter. »Wie in alten Zeiten.«

Elias spürte, wie sich sein Kiefer entspannte, den er unbewusst angespannt hatte. Er ging in die Küche, häufte ein paar Zimtschnecken, Brötchen und Kuchen, die vom Frühstück übrig geblieben waren, auf einen Teller, steckte sich mehrere Wasserflaschen unter den Arm und zeigte seinen Freunden das Zimmer.

Die räumten ihre Taschen in den Schrank und ließen sich nebeneinander auf einer Matratze nieder, sodass sie mit dem Rücken an der Wand lehnten. Elias setzte sich ihnen gegenüber auf sein Bett.

»Ist schon witzig, dass wir ausgerechnet hier gelandet sind«, sagte Kayden und lehnte sich auf einen Ellbogen.

»Wieso?«, fragte Elias und versuchte, gedanklich Schritt zu halten.

»Obwohl wir Mona nicht persönlich kannten, war sie doch immer irgendwie Teil unserer Gruppe und jetzt ist sie sogar der Grund dafür, dass wir wieder zusammenfinden«, erwiderte Kayden.

Elias runzelte die Stirn. Hatte er sie damals wirklich so oft erwähnt?

»Ich habe die Anfrage übrigens gestellt«, mischte sich Harun ein und biss in eine Zimtschnecke. »Du wirst ihr allerdings erklären, wieso du das in die Wege geleitet hast.«

»Worum geht es?« Kayden sah von ihm zu Harun.

»Das soll er dir mal erzählen«, sagte Harun undeutlich und wischte sich mit einer Serviette über den Mund. »Monas Rezept?« Er hielt die Zimtschnecke hoch und schaute Elias fragend an.

Er bejahte. »Du hast Ruqaya ja heute Abend kennengelernt«, richtete er sich an Kayden und wartete, bis dieser nickte. »Ich bin ihrem Vater vor drei Wochen begegnet.« Er dachte immer noch mit Grausen daran, dass er Ruqaya hatte gehen lassen.

»Ha!«, ergänzte Harun. »Ich habe Elias selten so panisch erlebt.«

Kaydens Augenbrauen schnellten nach oben.

»Dieser Said ist mit Vorsicht zu genießen und ich habe Harun gebeten, ein wenig nachzuforschen.« Er knetete seine Hände und gab jedem eine Wasserflasche. »Ihr Ex-Mann hat ein Unternehmen aufgebaut und es ihr mit Schulden hinterlassen. Er war clever und hat Mona als Eigentümerin deklariert. Und sie mitsamt dem finanziellen Desaster wortwörtlich im Regen stehen lassen.« Elias atmete tief durch, um sich zu beruhigen. Jedes Mal, wenn er daran dachte, brodelte es in ihm. Eine junge Frau mit einem kleinen Kind sitzen zu lassen, war das eine. Aber sie zu hintergehen und ihr zusätzlich einen Schuldenberg, den sie vermutlich noch die nächsten fünfzehn bis zwanzig Jahre abbezahlen musste, aufzubürden, war an Boshaftigkeit kaum zu überbieten.

»Von welcher Summe reden wir?«, fragte Kayden erstaunlich gefasst und setzte sich auf.

»Dreihunderttausend Euro«, antwortete Harun.

»Ich beteilige mich gern«, sagte Kayden, ohne zu zögern. So war sein Freund. Immer sofort bereit zu helfen.

»Sie würde es ablehnen«, warf Harun ein. »Warum sonst hat Moaz zu solchen Mitteln gegriffen? Er hätte das Geld locker bezahlen können. Da muss mehr dahinterstecken.«

»Und was genau hast du jetzt gemacht, von dem Mona nichts wissen soll?«, hakte Kayden nach.

»Harun ist bei seinen Recherchen über etwas anderes gestolpert«, sagte Elias und wechselte einen Blick mit Harun, der ähnlich düster wie er selbst schaute. »Mona hat damals ein Onlinestudium an einer Fernuniversität absolviert und das Einzige, das fehlt, ist ihre Abschlussarbeit. Wir vermuten, dass sie sich komplett auf Ruqaya konzentriert und deswegen nicht abgeschlossen hat.«

»Es ist nicht ungewöhnlich, dass jemand vor der Abschlussarbeit pausiert«, warf Kayden ein. Er nahm sich ein Stück Kuchen und eine Serviette. Nach dem ersten Bissen zeigte er Elias seinen hocherhobenen Daumen. »Du hast also beantragt, dass sie ihren Abschluss nachholen kann?«, schlussfolgerte Kayden und schaute Harun über sein Stück Kuchen an.

»Ja.«

»Ohne ihre Zustimmung?«

»Ja!«, antwortete Harun verzweifelt und fuhr sich durch die Haare.

Kayden gluckste.

»Was genau ist daran lustig?«, fragte Harun spitz.

»Och, ich stelle mir nur vor, wie du es ihr beichtest.« Er lachte und prustete Kuchenkrümel auf die Matratze.

»Sie wird mir dankbar sein«, sagte Harun indigniert und verschränkte die Arme vor der Brust.

»Sie wird dir den Kopf abbeißen«, stellte Kayden treffend fest. »Und du«, er zeigte auf Elias, »darfst ihr eigentlich überhaupt nicht helfen.«

»Ich darf ihr bei meinen Aufgaben nicht helfen«, wandte Elias ein, kratzte sich aber am Nacken. Er war sich nicht sicher, wie weit er eingreifen durfte, und wenn er den Notar fragte, gefährdete er womöglich den Ausgang. Solange es über Harun lief, sollte es aber funktionieren. Hoffte er.

»Tja, nur gut, dass ihr mich habt. Es ist genau wie früher. Ohne mich seid ihr einfach aufgeschmissen«, zog er sie auf, hob dann aber die Arme nach oben, um die Kissen abzuwehren, die Elias und Harun nach ihm warfen.

Am nächsten Morgen schlich Elias lautlos aus dem Zimmer, um die beiden nicht zu wecken. Er betete und zog sich seine Laufkleidung an, damit er, wenn er den Teig vorbereitet hatte, direkt loslaufen konnte. In der Küche brannte Licht und Mona saß mit einer Tasse Kaffee in der Hand am Tisch.

»Keine Sorge, ich habe nichts zubereitet«, begrüßte sie ihn. »Kaffee kochen wird wohl nicht unter Hilfe fallen.« Sie klang müde.

»Warum legst du dich nicht noch mal hin?«

»Kann nicht schlafen.« Sie hielt sich die Hand vor den Mund und gähnte. »Wie ich sehe, willst du laufen gehen.« Sie deutete auf seine Laufschuhe.

»Macht der Gewohnheit«, gab er zu und stellte fest, dass sie ebenfalls ihre Sportsachen trug.

»Was backst du heute?«, fragte sie, aber ihre Augen waren glasig, als wäre sie gar nicht anwesend.

»Buchweizen-, Quark- und Schokobrötchen sowie einen Marmorkuchen«, zählte er auf. Er hatte die Zutaten gestern Abend bereitgestellt und fing an, den ersten Teig zuzubereiten. »Wie gefällt dir Reading?«

»Es ist gar nicht so anders als hier«, sagte sie. »Ich mag deinen Kamin – und natürlich Patrick.«

»Patrick? Wer ist Patrick?«, fragte er und zog eine Augenbraue hoch.

»Dein Wellensittich.« Mona grinste.

»Ah, du meinst Trish.«

»Nein, Patrick. Sie ist ein Er.«

»Ich bin verwirrt«, stellte Elias fest und sah sie abwartend an.

»Es gab vor drei Wochen einen Sturm und die Tür der Voliere klappte auf und zu. Sie muss Trish erfasst haben und deshalb sind wir mit ihr zum Tierarzt gefahren. Dabei stellte sich heraus, dass Trish ein Patrick ist.«

»Und wie kamt ihr darauf?«

»Wegen der Farbe über dem Schnabel«, antwortete Mona und nahm einen Schluck Kaffee.

»Die ist braun«, winkte Elias ab. »Nein, ich meine den Namen. Wieso Patrick?«

»Die Wachshaut ist blau«, hielt Mona dagegen. »Trish ist die Abkürzung von Patricia und deshalb Patrick.«

»Das ergibt Sinn. Also nicht die Farbe, aber die Wortwahl.« Er wusch sich die Hände und trocknete sie am Handtuch ab. Das Gespräch erinnerte ihn daran, wie sie sich früher stundenlang über alles unterhalten hatten, und er wollte ihr nicht widersprechen. Sie mochten beide den Wellis, mehr war nicht wichtig. »Ich bin fertig. Kommst du mit?«

Sie schaute auf die Uhr. »Gib ihnen noch fünf Minuten.«

»Wem?« So langsam fragte er sich, wer von ihnen halb schlief.

Im Flur waren leise Schritte zu hören und einen Moment später standen Kayden, Harun und Omayma in der Küche.

»Voll krass!«, quietschte es hinter Harun und Ruqaya schob sich an ihm vorbei. »Das wird lustig, wenn wir so viele sind.« Sie strahlte über das ganze Gesicht und warf sich ihrer Mama in die Arme.

»Was machst du denn schon hier?«, fragte Mona verwundert.

»Chalu und ich laufen zusammen!«, erklärte Ruqaya und drückte ihre Brust raus. »Vielleicht fange ich auch mit Fünfkampf an. So wie du.«

»Und die drei hier«, ergänzte Omayma und zeigte dabei auf die Männer.

Ruqayas Augen wurden groß. »Ihr habt auch Fünfkampf trainiert?« Kayden und Harun nahmen die Kleine in ihre Mitte, trabten los und erzählten ihr dabei von den Wettkämpfen, die sie bestritten hatten, als sie so alt gewesen waren wie sie.

Mona sah ihr hinterher und für einen Moment verdunkelte sich ihr Gesicht. Aber das war so schnell hinter einem Lächeln verschwunden, dass Elias es sich auch nur eingebildet haben konnte. Nachdenklich schloss er die Tür und grübelte, was es war, bevor er den anderen hinterherlief.

ANGEBOT
Woche 6

Mona

Der Sonntag verging viel zu schnell. Am Nachmittag saßen sie wieder im Flieger zurück nach London und Mona starrte abwesend ihr Handy an. Eine eisige Hand hielt ihr Herz fest. Sie würde ihn anrufen, wenn sie in Reading war. Allein der Gedanke verursachte ihr so heftige Übelkeit, dass ihr Magen rebellierte.

»Es ist nur eine Woche«, sagte Omayma sanft neben ihr und strich ihr über den Arm. »Ich mag deine Tochter. Sie ist wirklich ein Schatz!« Sie legte den Kopf auf Monas Schulter und gähnte.

»Ja, das ist sie«, sagte Mona und ihre Stimme wackelte. Sie presste die Augen zusammen und hielt mit Gewalt die Tränen zurück. Für einen Moment hatte sie gedacht, ihre Vergangenheit endlich hinter sich gelassen zu haben. Wie sehr sie sich getäuscht hatte. Sie biss sich auf ihre zittrige Lippe und versuchte, sich mit Dhikr abzulenken. *Es gibt immer eine Lösung*, hörte sie Babu in ihrem Kopf und daran klammerte sie sich fest.

Sam fuhr sie nach Hause. Aus dem Augenwinkel bekam sie mit, wie er sie immer wieder besorgt musterte, aber er sagte kein Wort und so verlief die gesamte Fahrt schweigend. Bei Elias angekommen, ging sie sofort zu Patrick, nur um festzustellen, dass der Wellis noch gar nicht zurück war. Sie füllte sein Futter auf und fragte sich nicht zum ersten Mal, wo der Wellis sich tagsüber aufhielt.

Nachdem sie sich umgezogen, ihren Koffer ausgeräumt, einen Tee gekocht und den Kamin angemacht hatte, gab es keinen Grund mehr, das Unvermeidliche länger aufzuschieben. Sie atmete tief durch und öffnete auf ihrem Handy die Liste der blockierten Nummern. Darin stand genau eine und sie hatte nicht vorgehabt, diese jemals wieder in ihrem Leben zu benutzen. *Allah legt keiner Seele mehr auf, als sie zu leisten vermag,* erinnerte Babu sie. Sie reckte das Kinn vor und wählte.

»Mona«, begrüßte Said sie nach dem zweiten Klingeln und sofort fühlte sie sich klebrig. »Lange nicht gehört. Aber vermutlich hast du meinen Brief erhalten. Wird Zeit, dass Ruqaya ein ordentliches Zuhause bekommt.« Er lachte leise.

»Woher das plötzliche Interesse?«, fragte sie eisig. Sie würde mit ihm nicht mehr Worte wechseln als nötig.

»Aber, aber«, sagte er tadelnd. »Hast du mich denn gar nicht vermisst?«

»Vierhundertfünfzigtausend Euro, Said, vierhundertfünfzigtausend!« Okay, das war ein Rekord. Keine zehn Sekunden und er hatte sie erfolgreich provoziert. Sie kniff sich in den Nasenrücken und tigerte aufgebracht im Wohnzimmer auf und ab.

»Das ist doch Schnee von gestern«, sagte er lapidar.

Schnee von gestern? *Schnee von gestern?* Mit aller Gewalt presste sie die Lippen zusammen, damit nicht ein Ton herauskam. In ihrem Kopf war es gerade so laut, dass sie einen Moment brauchte, bis sie wieder etwas hörte. »Was. Willst. Du?«

»Meine Tochter«, sagte er betont langsam und mit einem Tonfall, den man für Kleinkinder benutzte.

»Woher der Sinneswandel? Die letzten zehn Jahre hast du dich doch auch nicht für sie interessiert.«

»Eben. Du hattest sie lange genug. Jetzt bin ich dran.«

»Nein!« Sie schwankte und hielt sich am Kaminsims fest. Alles, was sie sich an Argumenten zurechtgelegt hatte, war in dem Moment verpufft, in dem sie seine Stimme gehört hatte.

»Komm schon, Mona. Denk nach«, sagte er herablassend. »Du weißt, dass ich jammern nicht mag. Wenn du deine Tochter behalten willst, musst du dich mehr anstrengen. Was bietest du mir?«

»Warum sollte *ich* dir etwas bieten?«, zischte sie. »Zahl du die vierhundertfünfzigtausend und den Unterhalt der letzten zehn Jahre für deine Tochter! Wie wäre es damit?« Sie zitterte am ganzen Körper.

»Mona, Mona«, sagte er maßregelnd und sie sah ihn vor sich, wie er spöttisch den Kopf schüttelte. »Immer so ein Hitzkopf.« Im Hintergrund war Gelächter zu hören und jemand rief nach ihm. »Ich muss jetzt leider Schluss machen. War nett, mit dir zu plaudern. Und wenn dir etwas einfällt, was du mir anbieten möchtest, du weißt ja, wie du mich erreichen kannst.« Er beendete das Gespräch, ohne auf ihre Antwort zu warten.

Mona rannte ins Bad, öffnete den Toilettendeckel und übergab sich. Sie spülte sich den Mund aus, machte Wudu, betete und legte sich völlig erschöpft auf die Couch.

Ein stetes Klopfen ließ sie aus dem Schlaf schrecken, und verwundert sah sie sich um. Es dauerte einen Moment, bis sie sich erinnerte, wo sie war. Das Geräusch hatte nicht aufgehört. Es kam vom Wohnzimmerfenster und sie tapste schwankend dorthin.

»Patrick?«, fragte sie und starrte auf den Wellis, der sie durch die Scheibe mit seinen kleinen schwarzen Augen fixierte.

Klonk, er pickte erneut gegen das Fenster und riss sie damit aus ihrer Starre.

»Ist ja gut, ich komme ja schon«, sagte sie und öffnete die Terrassentür, nur um sie sofort fröstelnd wieder zu schließen. Es war bitterkalt draußen. Sie rannte in den Flur, zog ihren Mantel an, warf sich ein Kopftuch über und nahm ihre Schuhe mit, die sie vor der Terrassentür anzog. Patrick hatte sich nicht von der Stelle gerührt. Er flog auf ihre Schulter und piepste. Laut. »Es tut mir leid«, sagte sie entschuldigend und hielt inne. »Wieso bist du hier? Ich habe dir doch dein Futter aufgefüllt.« Sie wunderte sich, warum der Vogel sie geweckt hatte. Patrick rutschte bis an ihr Ohr und knabberte an ihrer Wange. »Lieb von dir, dass du nach mir schaust«, murmelte sie und streichelte ihn sanft am Köpfchen. »Ich kenne da jemanden, bei dem du deine Kamikazekünste anwenden könntest.« Bei der Vorstellung, wie Said von Patrick gejagt wurde, musste sie unwillkürlich lachen. »Dich werde ich vermissen.«

Patrick gurrte und sie lief mit ihm in die Voliere. Dort hüpfte er auf einen Ast und sie hängte ihm eine

Kolbenhirse ans Gitter. Sie verabschiedete sich von ihm und schloss die Tür hinter sich.

Im Wohnzimmer stellte sie fest, dass es erst sechs Uhr abends war. Kurz entschlossen rief sie ihre Tochter an, die sofort abnahm.

»As salamu alaikum wa rahmatuh Allahi wa barakatuhu, habibti, ich bin es.«

»Wa alaikum assalam wa rahmatuh Allahi wa barakatuhu. Bin gerade dabei, Abendbrot zu essen«, sagte Ruqaya undeutlich.

»Bismillah. Sag mal, hattest du in letzter Zeit Kontakt zu deinem Vater?«

Am anderen Ende der Leitung war es für einen Moment still. »Du darfst aber nicht böse werden«, antwortete Ruqaya schließlich.

»Werde ich nicht«, versicherte Mona ihr.

»Ich war vor drei Wochen bei ihm.«

Monas Herzschlag setzte aus und ihr fiel beinahe das Handy aus der Hand. Mit offenem Mund starrte sie auf das Display. Er wusste es. Er wusste von dem Geld. Sie schluckte, aber ihre Kehle war ganz trocken. Es half nichts. Sie brauchte Gewissheit. »Hast du ihm erzählt, wo ich bin?«

»Ja«, sagte Ruqaya leise.

»Hast du auch erwähnt, warum?« Monas Atmung stoppte.

»Ja ... Nein, also nicht so richtig«, druckste Ruqaya herum.

Mona ließ die angehaltene Luft geräuschvoll entweichen. Er wusste es nicht. Sie wollte gerade antworten, da sprach ihre Tochter weiter.

»Nur, dass du und Chalu die Plätze getauscht habt, damit ihr von Babu erbt.«

Mona schloss die Augen. Natürlich wusste er es. Wieso sonst würde er ausgerechnet jetzt damit anfangen?

»Mama, bist du mir böse?«

»Nein, mein Schatz. Ich bin dir nicht böse.«

Fatima rief nach Ruqaya und Mona beendete das Telefonat. Er wusste also, dass sie etwas erben würde. Aber er kannte nicht die exakte Höhe und das war ein Vorteil, den sie sich zunutze machen musste. Außerdem wurde es Zeit, ein paar Angelegenheiten zu regeln. Sie durfte ihn nicht wieder die Oberhand gewinnen lassen. Sie ärgerte sich über sich selbst, wie das Telefonat vorhin verlaufen war. Aber er war schon immer besser darin gewesen, seine Gefühle im Griff zu haben. Nie hätte sie gedacht, einmal derart hintergangen zu werden. Und nie hätte sie erwartet, so falschzuliegen. Früher hatte sie sich wegen ihres untrüglichen Instinkts für unbesiegbar gehalten. Doch dann kam Said. Schmeichelte sich bei ihr ein und sie war seinem hübschen Gesicht und seinen Versprechungen in die Falle gegangen wie eine Fliege dem Sonnentau.

Sie ballte wütend die Hände zu Fäusten. Dass er es wagte, sie mit Ruqaya zu erpressen. Wenn sie so weitermachte, würde sie noch irgendwelche Gegenstände zu Boden schmeißen. Kurz entschlossen zog sie ihre Laufsachen an und lief los. Jeder Schritt war eine Kampfansage und ihre Füße klatschten nur so auf den Asphalt. Sie überquerte ein paar Straßen, bis sie auf einer der Hauptstraßen landete. Die kam ihr bekannt vor, aber sie erinnerte sich nicht, woher. Als sie das nächste Mal den Kopf hob, blickte sie direkt auf Omaymas Lieblingscafé und blieb erst stehen, als Kayden ihr zuwinkte.

ANKÜNDIGUNG
Elias

Sonntagnachmittag lehnte Elias entspannt am Küchentresen und sah aus dem Fenster. Ruqaya war in ihrem Zimmer und Fatima saß vermutlich an der Rezeption. Bei ihr war er sich nie sicher, womit sie sich beschäftigte. Tief in Dhikr versunken, stand er auf und lief aus der Küche. Er schlenderte an Fatima vorbei, die etwas am Computer eintippte.

»Monas Vater hat sich Ende der Woche angekündigt«, sagte sie, ohne den Blick vom Monitor zu heben.

»Okay«, erwiderte Elias und blieb stehen. »Ist das ungewöhnlich?«

»Er war noch nie Gast bei uns.«

»Warum schläft er nicht in der Wohnung von Moaz?«

»Die Befragte weiß nicht mehr als der Fragende«, murrte sie und schlurfte den Flur entlang.

Achselzuckend lief Elias weiter. Er hatte Monas Vater nur einmal vor vielleicht fünfzehn Jahren gesehen. Da hatte er fünf Reihen hinter ihm in der Moschee gesessen. Woran er sich allerdings erinnerte, war, dass Monas Vater selten zu Hause gewesen war. Sollte er Mona über seinen

Besuch informieren? Aber vielleicht war es für sie eine schöne Überraschung, ihn zu sehen, wenn sie am Wochenende zurückkam.

Sein Handy brummte, und er sah sechs Nachrichten von seiner Mutter. Er las sie durch, runzelte die Stirn und tippte gerade eine Antwort, als sie anrief.

»Habibti, wie geht es dir?«, begrüßte sie ihn fröhlich.

»Alhamdulillah, gut und dir, Mama?«

»Bestens, alhamdulillah. Ich genieße die Sonne. Und du?«, fragte sie.

»Mama, wo bist du gerade?«, fragte er und versuchte sich zu erinnern, wo sie das letzte Mal gewesen war.

»In Istanbul, mein Schatz«, sagte sie und für einen Moment war er überrumpelt.

»Warst du nicht in Frankreich?«

»Ach, das ist doch schon ewig her«, wiegelte sie unbekümmert ab.

»Hast du mit Sam deine nächste Tour durch London besprochen?«, kam er auf ihren anstehenden Besuch zu sprechen.

»Er hat etwas von einer Toilettentour erwähnt. Das fand ich dann aber doch zu … speziell«, sagte seine Mutter gedehnt.

»Ich rede mit ihm. Ihm fällt sicher etwas ein«, versicherte Elias und schrieb sich eine Notiz auf einen Block.

»Holst du mich am Donnerstag ab?«

»Nächste Woche? Ich denke, das passt. Wenn nicht, wird Sam dich holen«, versprach Elias.

»Doch nicht nächste Woche, diese Woche.«

Elias hob die Augenbrauen. »Aber diese Woche bin ich noch hier in der Pension.«

»Genau! Ich komme zu dir. Nachdem du mir so viel erzählt hast, wollte ich mal wieder unser altes Dorf besuchen.«

»Inschallah«, antwortete Elias. Er hatte längst gelernt, sich den Reiseplänen seiner Mutter anzupassen, und freute sich, sie zu sehen. Sowieso würde er ihr nicht ausreden können, nicht zu kommen, deswegen öffnete er das Buchungsprogramm und sah die Reservierungen durch. »Es tut mir leid, Mama, aber wir sind ausgebucht. Ich schaue nach, ob das Hotel im nächsten Ort etwas frei hat.«

»Inschallah«, sagte seine Mutter. »Wenn das nicht klappt, schlafe ich einfach bei dir. Wie früher.«

Er schmunzelte. Durch die vielen Reisen war seine Mutter wahrscheinlich der flexibelste Mensch, den er kannte. Sie hatte keine gehobenen Ansprüche und arrangierte sich mit jeder Situation. Als er auflegte, trug er seine Mutter in die Warteliste ein, reservierte aber dennoch auch vorsichtshalber ein Zimmer im Hotel. Nur für den Fall.

Beim Abendessen saßen Elias, Fatima und Ruqaya in der Küche und Ruqaya erzählte von der Schule. »Jeder spricht über das Theaterstück.« Sie nahm sich ein Stück Pinsa. »Frau Stauch bespricht mit der Direktorin, ob wir es ein weiteres Mal aufführen. Vielleicht beim Herbstfest. Aber dann kann ich meine Armbänder nicht verkaufen.« Sie biss mehrmals in ihre Pinsa, ohne herunterzuschlucken, und sah mit den dicken Backen ein wenig wie ein Hamster aus.

»Gibt es nicht immer eine Zweitbesetzung?«, erkundigte er sich.

»Ja … schon«, bestätigte Ruqaya und schob ihren Teller hin und her.

»Wer ist deine?«, hakte Elias nach.

Sie druckste ein wenig herum, bevor sie den Namen preisgab. Er war nicht überrascht, »Viktoria« zu hören.

»Und wieso willst du nicht, dass sie die Rolle spielt?«, hakte er nach und betrachtete amüsiert, wie sie auf ihrem Stuhl zusammensackte.

»Es ist gar nicht so, dass ich es ihr nicht gönne«, nuschelte sie und drehte eine Locke um ihren Finger.

»Befürchtest du, dass sie besser spielt als du?«, fragte Elias behutsam.

»Hihi, nein«, lachte Ruqaya. »Wobei … nein!« Sie hielt einen Moment inne, schüttelte aber den Kopf.

»Was ist es dann?«

»Ich hatte so viel Spaß dabei, dass ich wirklich gerne noch mal spielen möchte.« Sie schnaubte. »Bin ich jetzt egoistisch?«

Elias überlegte, wie er darauf antworten sollte, doch Fatima kam ihm zuvor.

»Wer hat die Rolle bekommen?«, fragte sie.

»Ich.«

»Wann kommt die Zweitbesetzung zum Einsatz?«, fuhr Fatima fort.

»Wenn die Hauptbesetzung unabkömmlich ist: krank, verhindert oder verletzt«, zählte Ruqaya auf.

»Bist du etwas davon?«, wollte Fatima wissen und Elias bewunderte, wie sie es mit drei Fragen geschafft hatte, Ruqayas Bedenken zu widerlegen.

Ruqaya starrte Fatima mit großen Augen an und fiel ihr um den Hals. »Djazaki Allahu chairan, Chaltu«, krächzte sie. »Ich hatte Angst, ein schlechter Mensch zu sein.«

»Ach Kind«, sagte Fatima leise und klopfte beruhigend Ruqayas Rücken. »Möge Allah dich immer beschützen.«

BEICHTE
Mona

Was machst du hier?«, überfiel Mona Kayden und setzte sich zu ihm an den Tisch. Bis auf ein oder zwei Plätze war das Café immer noch voll besetzt.

»Viel interessanter ist doch, was du hier machst«, erwiderte er und grinste sie schief an.

Mona knetete nervös an ihren Fingern. Sie sprach nie mit jemandem über ihren Ex-Mann oder was damals passiert war.

»Spaß beiseite«, erlöste er sie. »Ich hatte keine Lust, allein in meiner Wohnung zu sein. Also habe ich im Café angerufen und Mia sagte, sie würde sich über ein zusätzliches Paar Hände nicht beschweren.«

Schon komisch, da hatten sie die letzten drei Wochen ununterbrochen zusammen verbracht und sobald sie einen freien Moment für sich hatten, suchten sie doch wieder Gesellschaft.

»Ich habe dich draußen gesehen, wie du Löcher in der Straße hinterlassen hast, und um eine Pause gebeten«, fuhr er fort. »Heiße Schokolade? Einen Kaffee bekommst du auf jeden Fall nicht von mir, so aufgekratzt wie du bist!«

Sie schmunzelte gegen ihren Willen und merkte, wie ihre Schultern sich leicht entspannten. »Eine heiße Schokolade wäre toll.« Kayden machte tatsächlich die beste heiße Schokolade, die sie je getrunken hatte – ganz so, wie er es Ruqaya am Wochenende erzählt hatte. Aber das würde sie ihm nicht sagen.

»Die beste heiße Schokolade kommt sofort«, sagte er und erhob sich.

Monas Mund stand offen. Hatte sie etwa laut gesprochen?

Er schüttelte amüsiert den Kopf. »Keine Sorge, ich kann keine Gedanken lesen. Aber deine Augen haben dich verraten und ja, ich achte natürlich darauf, wie meine Kunden reagieren.« Er zwinkerte ihr zu und lief hinter den Tresen.

Sie öffnete ihre Jacke und ließ ihren Blick durch das Café streifen. Ein älterer Herr saß in einer Ecke, ein Buch in der einen Hand und die Kaffeetasse in der anderen. Ein paar Mütter mit Kinderwagen hatten es sich direkt am Fenster bequem gemacht, weil die Kinder sich auf der Bank bewegen und auf die Straßen schauen konnten. Eine Gruppe Studenten hatte sich über zwei Tische verteilt und schien an einem Projekt zu arbeiten, dabei tauschten sie immer wieder die Plätze und riefen sich Ideen zu.

Wehmütig dachte sie darüber nach, wie es wohl gewesen wäre, auch an die Uni zu gehen, wie sie es ursprünglich geplant hatte. Sie war so vertieft in ihre Beobachtung, dass sie nicht mitbekommen hatte, wie Kayden sich wieder zu ihr gesetzt hatte. Er schob ihr eine riesige Tasse zu.

»Noch einmal jung sein«, sagte er und seufzte.

Mona lachte. »Man reiche dem Herrn einen Krückstock«, ging sie auf seinen Scherz ein.

»Wenn man einmal die dreißig überschritten hat, fangen die ersten Wehwehchen an. Tatsächlich habe ich heute Morgen sogar schon ein graues Haar entdeckt.« Theatralisch betrachtete er seine Haare, die vor seinen Augen hingen.

»Ich hätte dich nicht für eitel gehalten«, zog Mona ihn auf und begutachtete seine dunkelbraunen Haare. »Aber«, sie tippte sich mit dem Zeigefinger gegen die Lippen, »ich denke, du bist ein ausgezeichneter Schauspieler.« Sie versuchte, ernst zu bleiben, doch ihre Mundwinkel zuckten verdächtig.

»Erwischt«, gab er zu. »Ich erinnere mich, wie Elias, Harun und ich damals ein Lieblingscafé in der Unizeit hatten. Hast du studiert?«

»Ich habe nicht … also nicht richtig«, stammelte Mona und schloss die Hände um die Tasse mit der heißen Schokolade.

Kayden drängte sie nicht, weiterzureden, und dafür war sie ihm dankbar. Auch darüber hatte sie nie mit jemandem gesprochen. Vielleicht wurde es Zeit, das zu ändern.

»Elias und ich hatten gerade unser Abitur bestanden und ich hatte so viele Ideen und Pläne«, fing sie an zu erzählen, den Blick auf die Sahne auf ihrer heißen Schokolade gerichtet. »Da kam Babu eines Tages aus der Moschee zurück und sagte, es gäbe einen jungen Mann, der heiraten möchte. Said. Natürlich lehnte ich ab, aber dann –«, sie holte zittrig Luft, »hat sich mein Leben auf einmal geändert und ich dachte, es ist Zeit, nach vorn zu sehen.« Sie nahm einen Schluck der wärmenden Schokolade, um sich zu sammeln.

»Elias ist weggegangen«, sagte Kayden sanft und sie nickte.

»Said war gut aussehend, charmant, charismatisch und witzig. Er unterstützte, dass ich studieren wollte, und wir heirateten. Ich wurde sofort schwanger und ab da änderte sich alles. Er drängte mich, das Studium abzubrechen. Das könne ich später nachholen und er würde unsere Familie versorgen. Er hatte sich selbstständig gemacht und es lief unglaublich gut. Ruqaya kam auf die Welt und ich liebte sie vom ersten Augenblick an. Ich genoss es, mich nur um sie zu kümmern. Anfangs fiel mir gar nicht auf, dass Said immer seltener nach Hause kam. Er meinte, es gäbe so viel Arbeit. Aber dann war er auch an den Wochenenden meistens weg und ich fing an, Fragen zu stellen.« Sie schluckte und schloss für einen Moment die Augen. »Wie sich herausstellte, mochte Said es nicht, wenn ich mich zu sehr für Details interessierte.«

»Du musst nicht weiterreden.« Kayden musterte sie besorgt.

»Ist okay. Es ist lange her«, sagte Mona und wusste selbst, dass sie sich etwas vormachte. »Wir stritten nur noch und ich beschloss, ihn zu verlassen. Moaz wollte mich zu sich nehmen, doch ich wollte unabhängig sein. Also nahm ich eine Stelle bei Fatima an. Sie hat mir und Ruqaya selbstlos einen Platz in ihrer Familie und ihrem Herzen eingeräumt, als wir es am meisten brauchten. Es war Fatima, die mich gedrängt hat, mein Studium wieder aufzunehmen. Und das habe ich auch gemacht. Ein Fernstudium.« Sie lächelte und blinzelte die Tränen weg, die sich trotz ihres Widerstandes gebildet hatten. »Ich war kurz vor dem Abschluss, da stand auf einmal der Gerichtsvollzieher vor der Pension. Saids Firma, die auf meinen Namen lief, war in Konkurs gegangen. Wir waren so perplex, dass wir einer Ratenzahlung zugestimmt haben. Erst später hat uns ein Anwalt gesagt, dass wir gegen Said und damit gegen die Zahlungen hätten vorgehen können.« Mona lachte freudlos auf. »Natürlich hatte er darauf gebaut, dass ich mich nicht erkundige und sofort klein beigebe, und mich ins offene Messer laufen lassen. Auf jeden Fall war der Abschluss nicht mehr wichtig. Ich fing an, Vollzeit zu arbeiten. Aber weißt du, was das Schlimmste ist? Dass ich Fatima und ihren Mann da mit reingezogen habe.« Sie trank einen Schluck, um den Kloß in ihrem Hals herunterzuspülen.

»Puh«, sagte Kayden und fuhr sich durch seine Haare. »Ich verstehe nun, was Elias meinte.«

»Worüber?«, fragte Mona und runzelte die Stirn.

»Über deinen Ex-Mann. Er hat ihn kennengelernt und ein ganz schlechtes Gefühl bei ihm gehabt.«

»Das wundert mich. Normalerweise dauert es länger, bis man hinter Saids Fassade blickt.« Sie schnaubte. »Wenn ich nur wüsste, wieso er Ruqaya übers Wochenende zu sich genommen hat.«

Kayden zuckte mit den Achseln. »Soll ich Elias fragen?«

Ihre erste Reaktion war, abzulehnen, so, wie sie es immer tat. Aber vielleicht spekulierte Said genau darauf. Dass sie wieder allein versuchte, die Dinge zu regeln, und eine weitere Dummheit beging. Deswegen stimmte sie zu: »Ja, bitte.«

Er nickte und erhob sich. »Ich bin gleich zurück.«

Mia kam zu ihr an den Tisch und sie bestellte einen Heidelbeer-Muffin. Sie brauchte jetzt etwas Süßes. Kayden brachte den Muffin sowie zwei Tee mit.

»Den werden wir brauchen«, brummte er und trank einen großen Schluck. Er mied ihren Blick und schien mit sich innerlich zu hadern.

»Sag es einfach«, forderte sie ihn auf. »So schlimm wird es schon nicht sein.«

Er grunzte und fuhr sich mit der Hand über das Gesicht. »Sagt dir ein Mädchen namens Viktoria etwas?«

Mona seufzte innerlich. »Ja«, bestätigte sie und ihr Herz rutschte so schnell ab, dass ihr augenblicklich kalter Schweiß ausbrach.

»Dieses Mädchen hat sich über Moaz lustig gemacht und deine Tochter hat sich wohl physisch zur Wehr gesetzt.«

Mona entwich ein hysterischer Lacher und sie presste sich entsetzt eine Hand über den Mund.

»Deswegen wurde sie vom Unterricht befreit.«

Mona schaute ihn fassungslos an. War das Ruqaya, über die sie sprachen? Und sie hatte ihr bei den abendlichen Telefonaten nicht ein Wort davon gesagt? Ihr wurde schlecht und ohne dass sie sich aktiv dafür entschied, trugen ihre Beine sie ins Bad. Sie spritzte sich kaltes Wasser ins Gesicht und hielt sich am Waschbecken fest. Vertraute Ruqaya ihr nicht mehr? In einer Endlosschleife ging sie die letzten fünf Wochen und alle Gespräche mit ihrer Tochter durch. Was hatte sie übersehen? Wo hätte sie besser zuhören und nachhaken müssen?

Sie wusste nicht, wie lange sie dort stand, aber auf einmal nahm sie jemand an der Hand und zog sie in eine Umarmung.

»Nichts davon ist deine Schuld, hörst du?« Omayma drückte sie fest. »Und jetzt lass uns zurückgehen, bevor Kayden noch durchdreht.«

❧

Am Tisch saß Kayden nicht mehr allein. Mona zuckte unwillkürlich zusammen. »Was macht Harun hier?«, flüsterte sie Omayma zu.

»Wir sind uns unterwegs zufällig über den Weg gelaufen, als ich Kaydens Hilferuf erhielt.«

»Hilferuf?«

»Kayden hat nicht gesagt, was vorgefallen ist, nur, dass du seit einer halben Stunde im Bad bist und er sich Sorgen macht.«

Mona nickte. Trotzdem war es ihr nicht recht, vor Harun zu reden. Kayden und Harun erhoben sich, als sie sie sahen, und machten Platz für sie und Omayma, damit sie sich an den Tisch setzen konnten. Niemand sagte ein Wort und alle schienen darauf zu warten, dass Mona den ersten Schritt machte. Doch wie in einer Dauerschleife hörte sie Saids Stimme in ihrem Kopf *Was bietest du mir?* und Ruqayas Unterrichtsausschluss spielte ihm in die Hände. Er könnte es so darstellen, dass sie Ruqaya negativ beeinflusste. Sie presste die Lippen zusammen.

»Kayden hat nicht gesagt, worum es geht«, brach ausgerechnet Harun die Stille. »Und ich verstehe, wenn du lieber mit Omayma allein reden willst. Du weißt, dass ich Anwalt bin. Ich stehe dir gerne zur Seite, wenn du Hilfe brauchst.« Er stand auf und schlenderte zur Theke, wo er sich an den Tresen setzte und einen Kaffee bestellte.

Mona blinzelte und hatte sehr wohl registriert, wie er die Förmlichkeiten beiseiteließ.

»Er ist einer von den Guten«, bekräftigte Kayden. »Er mag das in den letzten Jahren ein wenig vernachlässigt haben, aber er ist einer der besten Anwälte, die ich kenne. Überleg es dir.« Er gesellte sich zu Harun und sie unterhielten sich mit den Rücken zu ihnen, um ihnen nicht das Gefühl zu geben, zu lauschen.

»Bist du gelaufen?«, fragte Omayma und zeigte auf ihre Laufsachen.

»Ich war kurz davor, etwas auf den Boden zu werfen, deshalb bin ich laufen gegangen. Vielleicht habe ich wirklich einen schlechten Einfluss auf meine Tochter.«

»Wer oder was hat dich so wütend gemacht? Seit heute Morgen bist du angespannt. Und glaube nicht, ich hätte im Flugzeug nicht mitbekommen, wie du dich vor mir zusammengerissen hast.« Omayma strich ihr sanft über den Arm. »Es ist in Ordnung, um Hilfe zu bitten. Ich denke, dein Großvater hatte einen Grund, weswegen er den Tausch eingefädelt hat.«

Mona holte tief Luft und dann erzählte sie Omayma in knappen Worten, was sie Kayden keine Stunde vorher anvertraut und was sie von ihm erfahren hatte. Die junge Frau zog Mona wortlos in die Arme. »Ich bin froh, dass Allah dich zu uns geschickt hat.« Omayma hielt sie ein Stück von sich und betrachtete sie intensiv. »Du wirst eventuell nicht mögen, was ich dir jetzt sage – aber Harun ist deine beste Möglichkeit. Ich werde ein wenig recherchieren, doch ohne ihn … Denk darüber nach. In der Zwischenzeit hole ich mein Laptop von zu Hause.« Sie ließ Mona allein.

Beim letzten Mal hatte Said sie überrascht. Er hatte sie gekonnt isoliert, doch heute war das anders. Die fünf Wochen in Elias' Leben hatten ihr gezeigt, dass sie sich nicht länger verkriechen wollte. Entschlossen reckte sie das Kinn und sah vom Tisch hoch. Sie hatte eine Entscheidung gefällt. In dem Moment drehte Harun sich um. Sie nickte ihm unmerklich zu, und er schien nur darauf gewartet zu haben. Mit wenigen Schritten war er bei ihr.

»Mia hat angeboten, Omayma nach Hause zu fahren, und Kayden übernimmt hier so lange«, informierte er sie und setzte sich.

»Hat dir Elias etwas über meinen Ex-Mann erzählt?«, fragte sie direkt. Sie wollte mit offenen Karten spielen, aber dazu musste sie erfahren, was Harun bereits wusste.

Harun räusperte sich sichtlich nervös. »Elias war beunruhigt, als Said deine Tochter abgeholt hat, und bat mich, ein wenig nachzuforschen. Daher ist mir bekannt, dass du seine Schulden abbezahlst und dein Studium nicht abgeschlossen hast.«

Mona knetete ihre Hände und rieb sich über den Nasenrücken. Am liebsten wäre sie vor Scham im Boden versunken, doch es wurde Zeit, dass sie aufhörte, sich für Dinge zu schämen, die passiert waren und sie nicht mehr ändern konnte. Wichtig war, daraus zu lernen und nicht noch mal zuzulassen, dass Said ihr Leben bestimmte. Anfangs stockend, dann aber immer flüssiger erzählte sie ihm davon, wie sie arglos vor zwölf Jahren mit Said beim Notar gewesen war, um sich mit ihm als Geschäftsführer eintragen zu lassen. Ihr Ex-Mann hatte ihr versichert, dass das aus Steuergründen sinnvoll sei. Erst als der Gerichtsvollzieher vor ihr gestanden hatte, erfuhr sie, dass sie die alleinige Geschäftsführerin von Saids Firma war. Von den Mahnungen, die direkt an die Firma geschickt worden waren, hatte sie nichts mitbekommen. Nur, weil der Gerichtsvollzieher ihr geglaubt hatte, hatte er sich auf eine Ratenzahlung eingelassen, wobei Fatima und ihr Mann ein Drittel des Betrages, immerhin hundertfünfzigtausend Euro, sofort tilgten.

»Das heißt, es waren vierhundertfünfzigtausend Euro insgesamt?«, hakte Harun nach und schrieb fleißig mit.

»Genau. Ich zahle eintausend Euro pro Monat, das heißt, es sind noch einhundertachtzigtausend Euro übrig.« Weitere fünfzehn Jahre, wenn sie Babus Geld nicht bekommen würde.

»Hast du jemals an Meetings teilgenommen?«

»Nein.«

»Personal- oder irgendwelche anderen Entscheidungen getroffen?«

»Nein.« Wozu war das wichtig?

»Hast du Papiere unterzeichnet?«

Sie zögerte.

Harun sah hoch. »Hast du?«

»Ich bin mir nicht sicher«, sagte sie stockend. »Manchmal kam er mit einer Mappe nach Hause und hat sie mir hingelegt.« Ihr Mund wurde trocken. Wie hatte sie nur so leichtgläubig sein können? Sie hatte die Dokumente durchlesen wollen, aber dann hatte Ruqaya gequengelt oder Said wollte essen und sie hatte sie einfach unterschrieben.

»Wie oft ist das vorgekommen?«

»Zwei oder drei Mal«, gab sie zerknirscht zu.

»Ich will ehrlich zu dir sein. Vermutlich hat er dich exakt solche Entscheidungen unterschreiben lassen, damit es aussieht, als hätte der Geschäftsführer – also du – diese gefällt.« Seine Kiefer mahlten. »Hast du die Unterlagen zu Hause? Gibt es das Firmengebäude noch? Wo sind die Akten?«

»Said hat alles abgewickelt«, sagte sie und zupfte an ihrem Ärmel. »Aber … es gibt ein paar Aktenordner, die ich im Keller aufbewahre.«

Harun horchte auf und musterte sie perplex.

»Es könnte sein, dass die Sekretärin meines Ex-Mannes mir von allen Verträgen eine Kopie erstellt hat.« Sie schaute ihm direkt in die Augen.

»Hat sie das?«, fragte er amüsiert und schrieb etwas auf. Seine Mundwinkel zuckten unmerklich.

Jetzt kam der kritische Teil und sie straffte die Schultern. »Das ist leider noch nicht alles. Ich habe einen Brief erhalten von einem Anwalt, der meinen Ex-Mann vertritt.« Sie holte tief Luft und ignorierte das Pochen in ihren Ohren beim bloßen Gedanken daran. »Ich bin zwar von Said geschieden, aber ich habe nicht das alleinige Sorgerecht. Bisher war das kein Problem, da er kein Interesse an seiner Tochter hatte. Doch Ruqaya hat ihm von dem Erbe erzählt und er will davon jetzt einen Anteil haben.«

Harun presste die Lippen zusammen, sodass sie eine weiße Linie bildeten. Grimmig notierte er etwas und drückte den Stift dabei so fest auf, dass es knackte. »Zahlt er Unterhalt für Ruqaya?«

»Nein. Er führt an, weniger zu verdienen als ich.«

Er beugte sich tiefer über seinen Notizblock und brummte vor sich hin. »Noch etwas, das ich wissen sollte, bevor ich zu Elias fliege?«

»Wieso fliegst du zu Elias?«

»Damit ich mir die Ordner ansehen kann, von denen du gesprochen hast.« Er schaute derart finster drein, dass Mona froh war, nicht in Saids Haut zu stecken. »Weiß er, wie viel du erbst?«

»Ich denke nicht. Er sprach davon, dass ich ihm ein Angebot unterbreiten soll.«

»Bis wann erwartet er deinen Rückruf?«

»Hat er nicht gesagt. Wir haben heute Morgen telefoniert. Länger als drei Tage werde ich ihn aber wahrscheinlich nicht hinhalten können.«

»Dann sollten wir keine Zeit verlieren!«

AKTEN
Elias

Elias staunte nicht schlecht, seinen Freund am späten Montagvormittag in die Pension spazieren zu sehen. Überrascht begrüßte er ihn und begleitete ihn zu seinem Zimmer. Nach wie vor waren alle Gästezimmer belegt.

»Was verschafft mir die Ehre?«, fragte er und sah Harun zu, wie der seine Tasche im Schrank verstaute.

Harun weihte ihn in Saids Forderungen ein und erzählte ihm, was er sonst noch von Mona erfahren hatte. »Ich muss in den Keller und ein paar Akten sichten«, sagte er knapp.

Elias kannte Harun lange genug, um zu wissen, wann er im Anwaltsmodus war. »Wie kann ich helfen?«

»Lass uns die Ordner finden und gib mir ein paar Stunden.« Harun tauschte sein akkurat sitzendes Hemd gegen einen schwarzen Hoodie und folgte Elias.

»Wir werden Fatima fragen müssen, weil ich keine Ahnung habe, wo die Akten, die du erwähnt hast, sind«, sagte Elias und wandte sich zur Rezeption.

Fatima schien nicht überrascht zu sein, Harun zu sehen und dass er die Akten sehen wollte. Ächzend stand sie von ihrem Platz an der Rezeption auf. Sie hatte einen

Schlüsselbund in der Hand und donnerte mit ihrem Stock auf den Fußboden. »Hier.« Sie hielt Harun eine Thermoskanne hin, die an der Rezeption stand.

»Djazaki Allahu chairan«, murmelte dieser überrumpelt.

»Wa iak, mein Junge. Es wird Zeit für ein wenig Gerechtigkeit, inschallah.«

Harun nickte grimmig und Elias schaute zwischen den beiden hin und her. Sie folgten Fatima eine Treppe hinunter und staunend sah Elias sich in dem überraschend hellen und freundlichen Kellerraum um. Er ließ seinen Blick über das Sofa in der Ecke und den Schreibtisch am Fenster schweifen. Fatima lief auf die Einbauschränke zu, die sich über zwei Wände erstreckten, und öffnete den mittleren. Ungefähr zwanzig Aktenordner reihten sich aneinander, die laut ihren Rückenschildern chronologisch geordnet waren.

Harun stellte die Thermoskanne auf den Tisch und nahm sich den ersten Ordner heraus. Schmunzelnd sah er seinem Freund zu, wie dieser fein säuberlich sein Handy, einen Notizblock sowie zwei Kugelschreiber, falls einer den Geist aufgab, einen Textmarker und Post-its nebeneinanderlegte. Nichts würde Harun jetzt ablenken können.

Elias blieb nur, zurück nach oben zu gehen und seine üblichen Aufgaben zu erledigen. Zwei Zimmer mussten geputzt werden und für die nächsten Stunden war er damit beschäftigt, Betten neu zu beziehen, Wäsche zu waschen, Bäder zu schrubben und Müll zu entsorgen. Er war dabei, Holz in den Kamin zu legen, als Ruqaya zur Tür hineinstürzte.

»Das Herbstfest ist am Samstag. Denkst du, Mama wird rechtzeitig zurück sein?«, sprudelte es aus ihr hervor und sie nahm den Rucksack von der Schulter. Elias räusperte sich und sie hielt mitten in der Bewegung inne. Seine linke Augenbraue war hochgezogen, woraufhin sie die Tasche seufzend ordentlich hinter den Tresen verstaute.

»Wieso sollte sie nicht?«, fragte er zurück und schloss die Glastür des Kamins.

Ruqaya stellte sich neben ihn und schaute in die Flammen, die sich über das Holz hermachten. »Wirst du noch hier sein?« Sie vermied es, ihn anzusehen.

»Möchtest du denn, dass ich noch hier bin?«, fragte er leise zurück.

Ruqaya nickte.

»Dann bin ich sehr gerne dabei. Außerdem will ich mir nicht entgehen lassen, wie sie sich um deine Armbänder reißen. Wie viele hast du geflochten?«

»Fünfzig. Bis Samstag schaffe ich einhundert, inschallah.« Sie wurde still. »Aber es wird trotzdem nicht reichen. Selbst wenn jedes für zehn Euro verkauft wird, fehlen mindestens zweitausend Euro, um einen Brunnen bauen zu lassen.« Sie ließ die Arme, die sie wärmend vor den Kamin gehalten hatte, sinken.

»Dann hättest du maschallah schon ein Drittel des Brunnens. Und das innerhalb von ein paar Wochen. Das ist eine unglaubliche Leistung. Es ist eine große Aufgabe. Teile sie in kleine Schritte ein und verliere dein Ziel nicht aus den Augen. Allah ist mit den Standhaften«, riet er ihr aufmunternd und sah Moaz klar und deutlich in seinen Gedanken, wie er ihm genau diesen Rat gegeben hatte.

Eine kleine Hand ergriff seine und große Augen musterten ihn. Entschlossen straffte sie die Schultern. Sie sah in dem Moment Mona so ähnlich, dass er sich in der Zeit zurückversetzt fühlte.

»Wir haben heute einen neuen Gast«, sagte er und wechselte das Thema.

»Wen?«

»Harun«, erwiderte er.

»Wo ist er?«, fragte sie sofort und ihre Augen leuchteten.

»Im Keller. Wie wäre es, wenn du erst deine Hausaufgaben in der Küche machst und mir beim Kochen Gesellschaft leistest?«

»Och, kann ich nicht erst Harun begrüßen?«, quengelte sie.

»Er will momentan nicht gestört werden. Aber wenn du mit deinen Aufgaben fertig bist, hat er sicher nichts dagegen, mit dir nachher um den See zu laufen.«

Sie brummte etwas, das stark nach »wenn ich groß bin, muss ich keine Hausaufgaben mehr machen« klang, und trottete in die Küche. Den Rucksack schleifte sie dramatisch auf dem Boden hinter sich her. Er unterdrückte ein Lachen.

Beim Essen wurde nur wenig geredet. Ruqaya schaute immer wieder zu Harun, öffnete den Mund und schloss ihn. Elias war gespannt, wie lange das so weitergehen würde. Er war genauso ungeduldig und sehnte den Zeitpunkt herbei, wenn er mit seinem Freund allein war.

»Geht es Mama gut?«, traute sich Ruqaya endlich zu fragen.

»Das letzte Mal, als ich sie gesehen habe, ging es ihr gut«, bestätigte Harun und Elias zuckte innerlich bei der Wortwahl seines Freundes zusammen.

»Oh«, hauchte Ruqaya betroffen und legte langsam ihre Gabel zur Seite.

»Was Harun eigentlich sagen wollte«, mischte sich Elias ein, »ist, dass bei deiner Mama inschallah alles in Ordnung ist, nicht wahr?« Er stieß seinen Freund an, der erstaunt aufsah.

»Ja, natürlich«, beeilte der sich zu sagen.

»Warum bist du dann hier?«, ließ sie nicht locker.

Elias lachte innerlich und hätte Ruqaya am liebsten umarmt.

»Deine Mama hat mich beauftragt, etwas nachzuforschen«, sagte Harun bedächtig.

»Und dazu musst du in den Keller?«

»Ja.«

»Da sind doch nur Aktenordner«, sagte Ruqaya und runzelte die Stirn.

»Ja.«

»Mama lässt mich die nie ansehen«, murmelte Ruqaya mürrisch. »Und wenn ich sie darauf anspreche, wird sie ganz traurig.« Sie drehte mit der Gabel eine Kartoffel auf ihrem Teller hin und her. »Sie sieht dann genau so aus, wie wenn jemand über Papa spricht.«

Harun verschluckte sich und griff ertappt nach seinem Wasserglas.

»Hat Papa etwas Böses gemacht?«

Am Tisch wurde es ganz still.

»Mama denkt immer, ich bekomme es nicht mit. Und zu mir ist Papa auch nett. Aber manchmal redet er wie Viktoria. Über Mama.« Sie sah Elias an. »Ich habe ihm von Babu erzählt … und dir. Will er es euch wegnehmen? Das Geld?«

Elias wechselte einen Blick mit seinem Freund. Es war bemerkenswert, wie Ruqaya an den kleinen Dingen zupfte und sie miteinander kombinierte. Er räusperte sich und suchte nach den richtigen Worten.

»Dein Vater hat deiner Mama großes Unrecht angetan«, ergriff Fatima das Wort. Elias versuchte Fatima ein Zeichen zu geben, nicht weiterzusprechen, aber die alte Dame ließ sich nicht aufhalten. »Ruqaya ist alt genug und, wie sie gerade bewiesen hat, selbst in der Lage, eins und eins zusammenzuzählen.« Sie schaute Elias demonstrativ an. »Harun hier versucht, das zu richten. Und was du deinem Vater erzählt hast, ist nicht mehr zurückzunehmen. Früher oder später hätte er es sowieso herausgefunden.« Die Intensität, mit der sie es sagte, zeigte, wie wichtig es ihr war, dass Ruqaya ihr jetzt gut zuhörte. »Aber eines sollte dir immer bewusst sein: Du bist nicht für die Taten deines Vaters verantwortlich. Verstehst du?« Sie legte eine Hand auf Ruqayas Arm.

Ruqaya blinzelte.

»Nur das nächste Mal sagst du ihm besser nichts.«

Das Mädchen schluckte. »Kann ich dir helfen?«, wandte sie sich an Harun.

Harun legte sein Besteck zur Seite und sah sie lächelnd an. Doch bevor er antworten konnte, entschied Fatima resolut: »Wir zwei flechten so viele Armbänder, wie wir können, und lassen die beiden Buben allein.« Niemand widersprach ihr und sie aßen schweigend zu Ende.

»Was war in den bisherigen Akten?«, fragte Elias, sobald sie allein waren.

»Kopien von allen Transaktionen, Verträgen und Absprachen, die Said getätigt hat. Er war extrem clever«, sagte Harun und rieb sich müde über die Augen.

»Das heißt, du hast noch nichts gefunden?«

»Nein. Du wirst mich daher für die nächsten Tage vermutlich nicht los.«

Elias grinste. »Wie früher. Wann haben wir eigentlich aufgehört, fi sabilillah zu arbeiten?« Während ihres Studiums hatten sie häufig in der Moschee unentgeltlich geholfen.

»Ich denke nicht, dass wir das bewusst entschieden haben. Wir haben nur einfach nicht mehr nach Möglichkeiten gesucht.« Harun räumte nachdenklich das Geschirr in die Geschirrspülmaschine. »Ich glaube, das war der Grund, warum Kayden seinen eigenen Weg gegangen ist.«

»Und ausgerechnet ihm läuft Mona über den Weg«, sagte Elias und schüttelte den Kopf. »Vielleicht ist es für uns an der Zeit, damit wieder anzufangen.«

Schweigend räumten sie die Küche auf.

»Glaubst du, Said hat geplant, die Firma in den Sand zu setzen?«, fragte Harun. »Das ist das, was ich nicht verstehe. Er hat Mona von Anfang an eingesetzt und seine ganzen Handlungen wirken, als wollte er unbedingt scheitern.«

»Wie alt ist dieser Said noch mal?«

»Ich meine, er ist fünf Jahre älter als wir – wieso?«

»Lass deinen Kontakt mal ein wenig in seiner Vergangenheit suchen. Was hat er gemacht, bevor er Mona geheiratet hat?«

Harun betrachtete ihn von der Seite. »Hast du etwas Bestimmtes im Kopf?«

»Nur so ein Gedanke«, erwiderte Elias und hoffte, dass er falschlag.

ERNÜCHTERUNG
Mona

Montagmorgen waren Mona, Omayma und Kayden von London weiter nach Edinburgh geflogen. Eine erneute Autofahrt würde zu lange dauern und so mieteten sie kurzerhand für die verbleibende Woche in Dundee ein Auto. Mona war unruhig, seit Harun nach Deutschland zurückgekehrt war. Bei jeder Nachricht und jedem Anruf zuckte sie zusammen. Ein paarmal hatte sie gedacht, Said auf der Straße gesehen zu haben. Natürlich spielte ihr Gehirn ihr einen Streich, aber lange würde sie diese Ungewissheit nicht mehr aushalten. Ihr Magen war schon verknotet vor lauter Anspannung.

»Willst du nicht mal eine Pause machen?«, fragte Omayma und musterte sie besorgt. Sie saßen in einem von Kaydens Cafés, die Laptops vor sich auf dem Tisch.

»Nein. Das Einzige, was mich nicht durchdrehen lässt, ist die Arbeit«, sagte sie durch zusammengepresste Zähne. Aber auch da lief es nicht rosig. Die mangelnde Einbindung und Schulung der Mitarbeiter bei der Einführung des neuen Systems war eindeutig der Grund, warum diese skeptisch waren, wenn es um weitere

Verbesserungsmaßnahmen ging. Sie besprachen die Statistiken während ihrer morgendlichen Läufe und überlegten, ihre Strategie anzupassen. Aber Mona befürchtete, dass dies nicht mehr ausreichte. Wie nur sollte sie Elias erklären, dass sie seinen besten Kunden vergrault hatte, weil ihr Vorgehen nicht aufging?

Harun rief an und vor Aufregung hätte sie beinahe ihr Handy im Kaffee versenkt.

»As salamu alaikum wa rahmatuh Allahi wa barakatuhu, Harun«, begrüßte sie ihn ein wenig atemlos und wischte den übergeschwappten Kaffee mit einer Serviette trocken.

»Wa alaikum assalam wa rahmatuh Allahi wa barakatuhu«, erwiderte Harun. »Ich wollte nur mal hören, wie es läuft.«

Mona öffnete den Mund, aber es kam nicht ein Ton über ihre Lippen.

»Mona? Bist du noch da?«

»Ja, ja, bin ich.« Sie schaute Omayma mit aufgerissenen Augen an. »Wir sind in Dundee und haben mit den Mitarbeitern gesprochen.« Vielleicht ließ er sich von diesen nebensächlichen Informationen ablenken.

»Es läuft nicht wie geplant, oder?«, legte Harun seinen Finger direkt in die Wunde.

»Nein, das tut es nicht«, gab sie zu und seufzte resigniert. »Egal, wohin wir kommen, vertrauen die Mitarbeiter der Geschäftsführung nicht. Selbst wenn wir ihnen erklären, dass ihr Verhalten zu weiteren Jobkürzungen führen kann, nehmen sie dies in Kauf.«

»Das überrascht mich nicht. Manchmal gibt es das. Wenn so ein Fall eintritt, gab es meistens vorher

Kosteneinsparungen, die dann als Erfolg gepriesen wurden.«
Er schnaubte. »Wann ist das Meeting mit Herrn Wamu?«

»Am Donnerstag.«

»Erstelle eine Präsentation mit allen Zahlen und Maßnahmen. Verschönere nichts. Reine Fakten. Ich werde
inschallah rechtzeitig zum Meeting zurück sein.« Er klang
müde.

»Mache ich«, sagte Mona ernüchtert und knibbelte an
ihrem Daumen. »Wie weit bist du … hast du schon?«, stotterte sie und brach ab.

»Nein, ich habe leider noch nichts Verwertbares gefunden«,
gab Harun frustriert zu und schnaubte. »Aber das werde ich.«

Sie wusste nicht, ob er sich selbst oder sie damit beruhigen
wollte. »Inschallah«, sagte sie daher und bemühte sich, zuver-
sichtlich zu bleiben.

»Ach, und Mona?«, hielt er sie zurück.

»Ja?«

»Wegen Wamu – du hast alles richtig gemacht.«

»Hah!«, lachte sie freudlos auf. »Netter Versuch, aber wir
wissen beide, dass dies hier nicht das erwartete Ergebnis
ist und welche Konsequenzen das hat.« Elias würde seinen
zahlungskräftigsten Kunden verlieren.

»Das stimmt«, bestätigte Harun und sie hörte für einen
Moment das Blut in ihren Ohren rauschen. »*Aber vielleicht
ist euch etwas zuwider, während es gut für euch ist, und vielleicht ist euch etwas lieb, während es schlecht für euch ist. Allah
weiß, ihr aber wisst nicht*«, rezitierte er die gleiche Stelle, die
Fatima ihr auch gesagt hatte. »Bis Donnerstag inschallah«,
sagte Harun und legte auf.

Am Mittwoch waren sie früher als geplant nach Reading zurückgekehrt und ein Taxi hatte sie zu Elias' Haus gefahren. Sie beschloss, bereits am Freitag nach Hause zu fliegen, damit sie am Samstag mit Ruqaya zum Herbstfest gehen konnte. Vorsichtig verstaute sie die Geschenke, die sie mit Omayma besorgt hatte. Ein warmer Tartan-Schal aus Cashmere für Fatima und eine Tartan-Decke für Ruqaya. Den Fudge würde sie im Handgepäck verstauen. Auch wenn sie normalerweise nur grünen Tee im marokkanischen Minztee verwendeten, hatte sie eine Variante des schottischen Schwarztees mitgebracht: Queens Breakfast. Babu hätte sich gefreut. Er hatte starken Tee geliebt.

Sie strich nachdenklich über die Teepackung. Es war Zeit, zurückzukehren, auch wenn sie ihren Aufenthalt hier sehr genossen hatte. Bei dem Gedanken, was sie zu Hause erwartete, zog sich alles in ihr zusammen. Doch sie atmete tief durch. Sie musste das Kapitel mit ihrem Ex-Mann endgültig abschließen. Lange genug war sie in ihrem eigens erbauten Hamsterrad gefangen gewesen. Bisher hatte sich Said nicht gemeldet und sie hoffte, dass das so blieb, bis Harun inschallah etwas gefunden hatte. Ein Klopfen ließ sie aufschrecken.

»Patrick!«, stieß sie aus und griff sich an ihr galoppierendes Herz. »Du schaffst es jedes Mal, mich zu erschrecken«, sagte sie und lachte. Er pochte erneut an die Fensterscheibe und piepste. »Ich komme ja schon.« Sie eilte in den Flur, denn der Wellis war ein ungeduldiger Geselle und würde nicht aufhören, zu klopfen, wenn sie nicht bald erschien. Auf einem Bein hüpfend eierte sie über die Terrasse, Mantel und Schuhe gleichzeitig anziehend. Patrick flog auf ihre Schulter und kreischte, dass sie sich reflexartig die Ohren zuhielt.

»Was soll das?«, fragte sie ihn tadelnd. »Mir klingeln die Ohren!« Mit hochgezogenen Augenbrauen drehte sie ihren Kopf und musterte den Wellensittich argwöhnisch. »Ich habe dich auch schrecklich vermisst«, sagte sie und hob die Hand. Prompt flatterte der Vogel hoch und setzte sich auf ihren Kopf. »Du bist heute ein wenig … aufgeregt«, stellte sie fest und betrat die Voliere. Patrick flog sofort auf einen der Äste und begann seelenruhig, sein Gefieder zu putzen. Mona füllte sein Futter auf, wechselte das Wasser und tauschte die abgefressene Kolbenhirse gegen eine neue aus.

Patrick zwitscherte und raste den Ast entlang bis zur Hirse.

»Sam schaut inschallah nach dir, wenn ich am Freitag nach Hause fliege. Und dann ist Elias ja wieder da.« Sie räumte das Futter ordentlich zurück und drehte sich um. »Eventuell kümmert sich Omayma mal um dich und wir sehen uns per Video.« Wenn sie ehrlich war, ging sie nicht davon aus, Patrick wiederzusehen. In zwei Tagen endete ihr kleines Abenteuer und sie würde in ihr verschlafenes Dorf zurückkehren. So viel war in den letzten sechs Wochen passiert und sie war Babu dankbar, dass er sie aus ihrer Komfortzone gedrängt hatte. Niemandem stand auf der Stirn geschrieben, wie viel Zeit noch blieb, und sie nahm sich vor, das Beste aus ihrer zu machen und die Vergangenheit nicht ihre Zukunft bestimmen zu lassen.

Sie stellte sich neben den Wellis, der wie ausgehungert an der Kolbenhirse hing, und prägte sich sein Gefieder, seine Töne und sein fröhliches Hüpfen und Klettern ein. Etwas zupfte erneut an ihren Gedanken, wies sie darauf hin, dass es wichtig war. Doch es war so schnell verschwunden wie der Flügelschlag eines Kolibris. Bevor sie weiter darüber grübeln konnte, was es war, klingelte ihr Handy, und ein Blick aufs Display ließ ihren Atem stocken. Said.

PERSPEKTIVEN-WECHSEL
Elias

Harun wurde immer mürrischer. Er ging morgens nach dem Frühstück in den Keller und kam nur zu den Gebeten hoch. Elias bot mehrmals seine Hilfe an, aber sein Freund lehnte ab. Nicht mal die morgendlichen Laufrunden vermochten seinen Frust zu lindern.

»Hat sich dein Kontakt gemeldet?«, fragte Elias am Mittwochmorgen seinen Freund. Sie liefen wie immer um den See, der im Herbstnebel verschwand, und da Ruqaya tief und fest geschlafen hatte, nutzte er die Möglichkeit, offen mit seinem Freund zu reden.

»Nein!«, schnaufte Harun gereizt. »Ich werde morgen nachhaken. Irgendetwas muss es doch geben!«

Elias schwieg.

»Was?«, fragte Harun verschnupft. Es schien wirklich an ihm zu nagen, dass er keine Fortschritte machte.

»Du bist jetzt schon seit zwei Tagen da unten«, sagte er gedehnt.

»Ja, und?«, erwiderte Harun und sein scharfer Ton war nicht zu überhören. Elias erinnerte sich nicht, seinen Freund je derart frustriert erlebt zu haben.

»Hast du daran gedacht«, Elias hob abwehrend beide Hände, »und ich sage nicht, dass du in einer Sackgasse steckst, aber falls doch … hast du einen Plan B?« Elias schnaufte. Das Gespräch war schwieriger als manches Kundengespräch.

»Wozu?«, giftete Harun und sprang über einen Ast, der quer auf dem Weg lag.

»Weil du eventuell dieses Mal nichts finden wirst.« Jetzt war es raus. Mühelos setzte er über den Ast.

Harun schwieg. Nur sein rhythmischer Atem war zu hören. »Ich weigere mich, zu akzeptieren, dass dieser Said keinen Fehler gemacht hat«, gab er schließlich grollend zu. »Uns läuft die Zeit davon. Er kann jederzeit Mona anrufen und ihr ein Ultimatum stellen.«

»Dann lass uns damit anfangen. Hast du dich um die Beantragung des alleinigen Sorgerechts gekümmert?«

»Ja, natürlich!«, erwiderte Harun und rollte mit den Augen. »Das habe ich Sonntagabend eingereicht.«

»Sehr gut. Bleibt die Forderungshöhe. Wir gehen davon aus, dass er nicht weiß, was Mona erben wird. Welchen Betrag soll sie ihm nennen, der nicht zu hoch, aber auch nicht zu niedrig ist, damit sie ihn in Sicherheit wiegt?«

»Irgendetwas zwischen zwanzig- und achtzigtausend. Er wird sie hoch handeln, daher sollte sie möglichst niedrig starten«, schlug Harun vor.

»Das sehe ich auch so«, stimmte Elias zu. »Schreibst du es ihr?«

»Inschallah.«

»Dieser Said ist damals aufgetaucht, als ich wegging«, überlegte Elias laut. »Was, wenn er nur darauf gewartet hatte, dass Mona allein ist?«

»Was meinst du?«, fragte Harun und musterte ihn überrascht.

»Die Zusage zum Sportstipendium kam eine Woche vor Beginn des Semesters. Das war der Grund, warum ich hier Hals über Kopf abgereist bin und zu feige war, Mona oder irgendjemandem genau zu erklären, worum es ging.« Er runzelte die Stirn.

»Denkst du, das könnte zusammenhängen?«

»Je mehr ich darüber nachdenke, desto weniger glaube ich an Zufälle. Mona und ich hatten einen Plan, was wir studieren, wo wir in den Semesterferien arbeiten … ich war ziemlich überrascht, als Moaz mir vor ein paar Jahren bei seinem Besuch in Spanien erzählt hat, dass sie geheiratet und nicht studiert hatte.«

»Ich lass das prüfen. Es sieht immer mehr so aus, als wäre alles geplant gewesen – nur warum?« Harun stieß frustriert die Luft aus. »Ich werde die Akten erneut durchgehen. Zumindest ist es ein neuer Ansatz und das ist mehr, als ich vor zehn Minuten hatte.«

Schweigend liefen sie das letzte Stück bis zur Pension nebeneinanderher.

Faris rief zwei Stunden später an. Normalerweise kümmerte er sich um einzelne Verstorbene allein, aber es hatte einen Verkehrsunfall gegeben und zur gleichen Zeit war ein älterer Mann tot in seiner Wohnung gefunden worden.

Niemand kannte ihn und bisher hatten sich weder Verwandte noch Bekannte gemeldet. In der Zwischenzeit würden sie ihn waschen.

»Alhamdulillah, dass er zu uns gekommen ist«, brummte Faris und hob ihn zusammen mit Elias auf die Trage. »Letzte Woche ist eine fünfundzwanzigjährige Schwester in ihrer Wohnung gestorben und wurde leider verbrannt.« Der ältere Mann strich sich müde über das Gesicht. »Das trifft mich am meisten, wenn wir nicht rechtzeitig hinzugezogen werden. Dabei raten wir jedem, ein Testament zu schreiben und festzulegen, wie man beerdigt werden soll. Wir leben, als wäre nicht das Einzige, was uns alle trifft, der Tod. Niemand hilft uns, wenn wir vor unserem Schöpfer stehen – nur die guten Taten. Und doch ist es wichtiger, eine Hochzeit zu planen, als in der Moschee zu helfen. Oder einem alten Mann die letzte Waschung zu geben.«

Elias legte eine Hand auf die Schulter von Faris und drückte sie mitfühlend. »Wirst du am Samstag beim Herbstfest dabei sein?«

»Mhm?«, antwortete Faris abwesend.

»Ruqaya flechtet Armbänder im Akkord und würde sich freuen, wenn ihr jemand beim Verkauf hilft.« Er hatte nicht vergessen, wie einsam Faris gewirkt hatte, als er ihn neulich nachts im Institut angetroffen hatte, und Ruqaya kannte Faris ihr ganzes Leben.

»Sie kann sich auf mich verlassen! So Allah will, werde ich dabei sein«, sagte er und ein leichtes Lächeln huschte über sein Gesicht. Das verschwand jedoch sofort wieder, als er sich dem nächsten Verstorbenen zuwandte. »Die Eltern des kleinen Jungen werden gleich hier sein.«

Unendlich vorsichtig legten sie den Zehnjährigen, der äußerlich unversehrt aussah, auf die Trage. »Er hat einen Zebrastreifen überquert und nicht mehr ausweichen können.« Faris räusperte sich. »Kannst du dich um seine Mutter kümmern?«

»Ja, mache ich.« Sie hörten von oben Stimmen und stiegen die Treppe hoch. Faris sprach der Familie sein Beileid aus und nahm den Vater sowie seine drei Söhne mit.

Elias atmete tief durch und näherte sich der Mutter, die sichtlich um Fassung rang, und deren Tochter, die nicht viel älter aussah als ihr verstorbener Bruder. Er stellte sich ihnen vor und folge einer spontanen Eingebung. »Ich würde Sie gern zu unserer Totenwäscherin Fatima bringen. Sie hat keine fünf Minuten von hier entfernt eine Pension.« Fatima würde von Frau zu Frau besseren Trost spenden können als er.

Die Frau sah erst ihn an und dann ihre Tochter. »Ich … ich würde gern …«, sagte die Frau kraftlos und brach hilflos ab.

»Fatima bringt Sie rechtzeitig zurück, damit Sie sich von Ihrem Sohn verabschieden können«, beruhigte Elias die Frau.

Sie nickte, straffte die Schultern und nahm ihre Tochter an der Hand. Schweigend liefen sie zur Pension. Fatima saß an der Rezeption und brauchte nur einen Blick auf die beiden zu werfen, um zu wissen, worum es ging. Sofort erhob sie sich und führte sie in eine ruhige Ecke im Frühstückszimmer. Elias brachte Tee und Gebäck und kehrte dann zurück ins Bestattungsinstitut.

Eine knappe Stunde später begleitete Ruqaya Fatima und die beiden Trauernden. Das Mädchen trug eins von Ruqayas Armbändern und spielte daran. Monas Tochter hielt sich unauffällig im Hintergrund, aber war immer genau dann zur Stelle, wenn sich niemand um die Kleine kümmerte. Elias beobachtete, wie sie ihr die Waschung erklärte oder einfach nur da war, um ihre Hand zu halten. Als die Familie schließlich in die Moschee fuhr, umarmte das Mädchen Ruqaya ganz fest.

Beim Abendessen war es ungewöhnlich still. Harun brütete vor sich hin, Fatima machte Dhikr und Ruqaya spielte gedankenverloren an ihrem Armband.

»Ich habe gesehen, dass du mit dem Mädchen vorhin gesprochen hast«, sagte Elias zu Ruqaya und schenkte ihr etwas zu trinken ein.

»Nicht viel, aber ich habe ihr das gesagt, was Babu zu mir gesagt hat und Mama … als Babu gestorben ist.« Ruqaya zuckte ungelenk mit den Achseln.

Drei Augenpaare musterten sie.

»Jede Seele wird den Tod kosten und wir sind nur Reisende auf dem Weg zurück zu Allah. Die einen erreichen ihr Reiseziel einfach nur schneller als die anderen und wir hoffen darauf, sie am Ende unserer Reise wiederzusehen.«

Fatima gab ihr einen Kuss auf die Stirn, Elias drückte ihr sanft die Hand und Harun brummte.

»Ich habe ihr auch das mit der Sadaqa Dscharija erzählt«, fuhr Ruqaya fort.

»Das hast du gut gemacht«, lobte Elias sie.

Ruqaya nickte ernst und sie beendeten schweigend das Essen. Doch es war keine schwere Stille mehr.

PRÄSENTATION
Mona

S ie atmete tief durch, bevor sie den Anruf ihres Ex-
Mannes annahm, und lehnte sich Halt suchend an
das Käfiggitter der Voliere.

»Ich habe heute Morgen mit meinem Anwalt
gesprochen. Er sagt, die Chancen stehen gut für mich,
das Sorgerecht zu bekommen. Du bist Single und ich
demnächst wieder verheiratet. Stabiles Umfeld, besseres Einkommen, weil zwei Verdiener«, sagte Said ohne
Begrüßung.

Besseres Einkommen? Er hatte tatsächlich den Nerv,
ihr das unter die Nase zu reiben? Mona trat mit Wucht
gegen einen Blecheimer, der laut scheppernd umkippte
und seinen dreckigen Inhalt auf dem Boden verteilte. Patrick flatterte aufgeregt nach oben und protestierte krei-
schend. »Bist du dir sicher, dass deine zukünftige Frau
einen pubertierenden Teenager großziehen möchte? Das
könnte schnell zu Spannungen führen. Oder warte – ist es
womöglich das, was du bezweckst?«, fragte sie aufreizend
und biss sich auf die Zunge. Das lief nicht so, wie sie es
geplant hatte.

»Da mach dir mal keine Sorgen. Sie liebt Kinder«, erwiderte Said gönnerhaft.

Mona konnte sein schmieriges Lächeln vor sich sehen. »Dann ist ja alles geklärt.« Einem Impuls folgend, legte sie auf. Das würde ihren Ex-Mann ein wenig aus der Fassung bringen, denn wenn er eines nicht leiden konnte, dann, die Kontrolle zu verlieren. Und tatsächlich dauerte es keine drei Sekunden, da klingelte ihr Handy erneut. »Said«, begrüßte sie ihn betont freundlich, »was gibt es denn noch?«

Patrick neigte sein Köpfchen zur Seite und betrachtete sie intensiv.

»Wir waren noch nicht fertig!«, knurrte ihr Ex-Mann.

»O doch, das waren wir«, schnurrte sie zurück und beendete das Gespräch erneut. Danach lehnte sie sich an den Tisch und rang um Fassung. Ihr Handy klingelte und ohne hinzusehen, nahm sie den Anruf an. »Es gibt nichts mehr zu besprechen!«, bellte sie hinein.

»Mona?«, erklang Haruns Stimme besorgt. »Ist alles in Ordnung bei dir?«

Sie stieß einen undefinierbaren Laut aus.

»Das werte ich dann mal als ›Nein‹. Was ist passiert?«

»Said«, presste sie hervor, unfähig, einen vollständigen Satz zu formulieren.

»Hast du ihm ein Angebot unterbreitet, wie ich es dir geschickt hatte?«

»Nein!«

»Okay«, sagte er gedehnt.

Sie fing an zu kichern und schloss die Augen. »Er hat mir gesagt, dass er wieder heiratet und seine Chancen, das alleinige Sorgerecht zu bekommen, besser seien als meine.«

»Das ist so nicht richtig«, stellte Harun fest. »Was hast du ihm geantwortet?«

»Dass seine Zukünftige begeistert sein wird, einen Teenager im Haus zu haben.« Sie lockerte ihre vor Wut verkrampften Hände und zupfte an ihrem Kopftuch.

»Lass mich raten – sie liebt Kinder«, sagte Harun sarkastisch und überraschte Mona damit.

»Genau das hat er gesagt!«, bestätigte sie.

»Was hat er noch gesagt?«

»Nicht viel.« Sie wand sich.

»Hast du ihn abgewürgt?«, fragte er lauernd.

»Kann sein«, nuschelte sie und schnaubte frustriert.

Am anderen Ende der Leitung war kein Ton zu hören. »Harun? Bist du noch da?«

»Yep«, erwiderte er und es war nicht zu überhören, dass er das Ganze amüsant fand.

»Lachst du etwa?«

»Nur ein klein wenig«, gab er unumwunden zu.

Sie merkte, wie ihre Mundwinkel zuckten. »Zweimal«, sagte sie und grinste von einem Ohr zum anderen.

»Zweimal was?«

»Ich habe ihn zweimal abgewürgt«, stellte sie klar.

»Er ist vermutlich ›not amused‹ deswegen«, sagte Harun und sein tiefes Lachen ertönte an ihrem Ohr.

»Das denke ich auch. Dabei war er so erpicht darauf, mir unter die Nase zu reiben, dass ihr Einkommen höher sei als meines.«

»Hat er dir gesagt, was er beruflich macht?«

»Nein, aber Said war früher bei einer islamischen Bank als Berater tätig. Vielleicht arbeitet er wieder dort.«

»Irgendetwas daran passt nicht«, murmelte Harun. »Wir sehen uns morgen inschallah«, verabschiedete er sich und Mona sah abwesend auf das schwarze Display ihres Handys. Erst als Patrick ihr sanft gegen die Wange pickte, kam Leben in sie. »Nur gut, dass ich dich habe«, murmelte sie liebevoll und der Wellis gurrte.

Der nächste Morgen fing damit an, dass sie fast ihr Gebet verpasst hätte, Omayma ihr im Dunkeln beim Laufen unabsichtlich in die Hacken trat und ihre Ferse selbst Stunden später noch bei jedem Schritt pulsierte. Mit zusammengekniffenen Lippen saß Mona in Elias' Büro und stellte die letzten Folien für die Präsentation fertig. Die Verkaufszahlen hatten sich in den knapp vier Wochen tatsächlich verbessert. Das lag unter anderem an den Filialen, die sie besucht hatten. Obwohl die Mitarbeiter sich sträubten. Wie viel besser das Ergebnis erst wäre, wenn sie komplett dahinter stünden … Mona seufzte. Aber das von Herrn Wamu vorgegebene Ziel hatten sie nicht erreicht. Die Zahlen sprachen für sich. Sie schaute auf die Uhr – noch eine halbe Stunde, dann sollte sie Herrn Wamu die Ergebnisse vorstellen. Und Harun war bisher nicht zurück. Er hatte ihr eine Nachricht vom Flughafen geschickt und sein Flieger war gelandet, aber weder er noch Sam waren erreichbar.

Widerwillig begab sie sich in den Meetingraum, den sie heute Morgen selbst vorbereitet hatte. Sie schloss ihr Laptop an und rief die Präsentation am großen Bildschirm auf. Im Flur hörte sie Stimmen und warf einen letzten Hilfe suchenden Blick auf ihr Handy. Nichts. Entschlossen straffte sie ihre Schultern, kreiste den Kopf und setzte ein Lächeln auf.

»Guten Morgen, Herr Wamu«, begrüßte sie den untersetzten Mann. Seine Knollnase und seine Wangen waren dunkelrot vor Kälte. Er war im Normalzustand schon schwer erträglich, aber heute schien er abgrundtief schlechte Laune zu haben.

»Nichts, aber überhaupt gar nichts ist an diesem Morgen gut!«, blaffte er sie an und schmiss sich in einen Stuhl. Für einen Moment bangte sie, dass dieser unter seiner Vehemenz zusammenbrach, doch der Stuhl hielt ächzend stand. »Ich kann nur für Sie hoffen, dass Sie gute Nachrichten haben. Wo ist Tazi?«

»Guten Morgen, Herr Schott«, wandte Mona sich äußerlich unbeeindruckt an Herrn Wamus Assistenten. Der lächelte sie freundlich an und setzte sich neben seinen Chef.

»Möchten Sie eine Tasse Tee?«, erkundigte sie sich höflich bei Herrn Wamu und ignorierte seine Frage nach Harun.

»Earl Grey!«, polterte er und putzte sich geräuschvoll die Nase. »Ich hasse dieses Wetter!«, teilte er niemand Bestimmtem mit.

Mona schenkte ihm Tee ein und sah Herrn Schott fragend an. Der erhob sich und kam zu ihr.

»Für mich bitte mit Milch«, sagte er leise und nahm ihr die Tasse für Herrn Wamu ab.

»Können wir jetzt endlich anfangen? Ich habe nicht den ganzen Tag Zeit und Ihr Stundenhonorar ist horrend!«

Von Harun war immer noch nichts zu sehen. Wie es aussah, war sie auf sich allein gestellt, denn sie hatten abgemacht, dass nur sie und Harun das Meeting bestritten.

»In den letzten knapp vier Wochen haben wir die Märkte aufgesucht, die signifikant abweichende Verkaufszahlen aufwiesen. Unsere Vermutung, dass dies mit der Art, wie das neue Kassensystem eingeführt worden war zusammenhängt, hat sich bestätigt.« Mona zählte die Gründe auf sowie Vorschläge, die die Verkaufszahlen verbessern könnten. Herr Wamu blieb ungewöhnlich still und unterbrach sie kein einziges Mal. Es lief besser als erwartet. Sie kam zur vorletzten Folie. »Die Maßnahmen, die ergriffen wurden, zeigen erste vielversprechende Ergebnisse.«

Herr Wamu lächelte boshaft und sämtliche Härchen auf ihrem Arm stellten sich auf. »Sind Sie fertig?«, blaffte er sie an.

Mona nickte.

»Gibt es hier eine versteckte Kamera?«, fragte Herr Wamu lauernd, wartete aber Monas Antwort gar nicht ab. »Sie wollen mir weismachen, dass Sie knapp einen Monat auf meine Kosten durch halb Schottland gereist sind und das alles ist, was dabei herausgekommen ist?« Mit zusammengekniffenen Augen musterte er sie. Sein ganzer Körper war angespannt. Bereit, sie in der Luft zu zerreißen.

Sollte sie ihm die letzte Folie zeigen? Wenn sie das tat, gab es kein Zurück mehr. Herr Schott betrachtete sie aufmerksam. Ihr Blick huschte zurück zur Präsentation.

»Kindchen«, ätzte da Herr Wamu. »Wo. Ist. Tazi?«, verlangte er zu wissen und betonte jedes Wort. »Wenn er nicht sofort hier erscheint und mir erklärt, was«, er wedelte abfällig mit der Hand zu ihr, »das hier soll, ist unser Deal geplatzt und ich werde Ihre Firma auf Schadensersatz verklagen.«

Mona traf eine Entscheidung und klickte auf die letzte Seite. Entweder sie rettete damit das Projekt oder beerdigte es. Sie wartete, bis er sich zum Bildschirm drehte und auf die Folie schaute. Wartete, bis ein unkontrolliertes Zucken seines Auges zeigte, dass er es verstanden hatte.

»Der Projektauftrag beinhaltete die Wirksamkeitsanalyse des neuen Systems«, begann sie. »Die Folien eins bis zehn mit einer Zusammenfassung der Ergebnisse habe ich Ihnen gerade erklärt. Eine detaillierte Ausführung finden Sie in einem separaten einhundertseitigen Bericht. Herr Zitouni ist für seinen brillanten Geist und Einfallsreichtum bekannt. Aus diesem Grund ging die Analyse tiefer und wir boten – kostenfrei – an, Maßnahmen nicht nur zu benennen, sondern sie auch durchzuführen.« Sie blätterte in der Mappe, die vor ihr lag. »Dabei haben wir festgestellt, dass das System schlampig, um nicht zu sagen fahrlässig, eingeführt wurde.«

»Was erlauben Sie sich!«, rief Herr Wamu aufgebracht und sprang auf.

»In allen besuchten Filialen herrscht der gleiche Grundton: Die Mitarbeiter vertrauen Ihnen nicht. Das liegt daran, dass Sie, die Geschäftsleitung, Ihr Personal nicht ausbilden, nicht einbinden und sie bei Personalfragen kaum bis gar nicht unterstützen. Das alles führt dazu, dass solche Projekte als Belastung und nicht als Erleichterung angesehen werden.«

Herr Wamus Gesicht hatte eine ungesund rote Farbe angenommen. »Wo ist Tazi?«, polterte er wie eine kaputte Schallplatte und Speichel flog.

»Herr Tazi hat die Präsentation freigegeben«, erwiderte sie gelassen. Dass ihr Herz ihr bis zum Hals klopfte, ließ sie sich nicht anmerken.

»Für diese … Analyse bekommen Sie von uns keinen Penny!«, giftete Herr Wamu und griff nach seiner Jacke.

»Herr Wamu«, fuhr sie unbeeindruckt fort, »kommen wir zum Thema Finanzen. Ich habe unsere Finanzabteilung gebeten, mir die Rechnungen der letzten sechs Monate herauszusuchen. Wie sich herausgestellt hat, wurde bisher nicht eine einzige davon bezahlt.« Das hatte sie nach dem Gespräch mit ihrem Ex-Mann heute Morgen noch prüfen lassen. Eine Ader auf Herrn Wamus Stirn pochte. »Unserer Firma ist daran gelegen, für alles eine Lösung zu finden. Doch dazu benötigen wir Ihre Mitarbeit.« Sie sah ihn an und deutete mit der Hand auf seinen Platz.

Herr Schott hatte die ganze Zeit zwischen Mona und Herrn Wamu hin und her gesehen. Er schien weder überrascht über den cholerischen Ausbruch seines Chefs zu sein noch über die Ergebnisse ihrer Analyse. »Frau Hilal«, richtete er das Wort an sie, »vielen Dank für Ihre aufrichtigen Worte. Und wir entschuldigen uns für den drastischen Auftritt.«

Herr Wamu schenkte sich ein Glas Wasser ein und setzte sich zufrieden. Dabei zwinkerte er ihr zu. Von einem Moment auf den anderen sah er aus, als könne er kein Wässerchen trüben.

»Wir waren nicht ganz ehrlich zu Ihnen und ich würde gerne erklären, wieso. Wenn Sie uns denn noch zuhören wollen«, setzte Herr Schott hinzu und sah sie fragend an.

In dem Moment spazierte Harun ins Zimmer. »Habe ich etwas verpasst?«, erkundigte er sich bei Mona, die ihn mit hochgezogener Augenbraue musterte, und schlenderte zu dem Platz neben ihr.

»Nein, ich denke, du kommst genau richtig«, sagte Mona und lächelte ihn an. »Herr Schott wollte uns gerade erzählen, weswegen er uns verschwiegen hat, dass er der eigentliche Eigentümer der Supermarktkette ist.« Das hatte Omayma zusätzlich herausgefunden, nachdem sie wegen der fehlenden Zahlungen ein wenig recherchiert hatte. Mona war stolz auf ihre Kollegin, denn es gab keine öffentlichen Bilder von Herrn Wamu und nur eine kurze Mitteilung, dass der Gründer vor etwa einem Jahr zurückgetreten sei. Omayma hatte tief graben müssen, um dahinterzukommen, wie Herr Wamu wirklich aussah.

Herr Schott beziehungsweise Herr Wamu nickte ihr anerkennend zu.

»Ich habe die Läden von meinem Vater übernommen. Früher war es mal ein florierendes Familiengeschäft gewesen, aber ich hatte kein Interesse daran und studierte im Ausland. Mein Vater hat daraufhin einen Geschäftsführer engagiert, und die ersten Unregelmäßigkeiten tauchten auf. Langjährige Angestellte kündigten und die Zahlen waren auf einmal nicht mehr rosig.« Er strich sich über sein Gesicht und schaute blicklos aus dem Fenster, bevor er fortfuhr. »Mein Vater erlitt einen Herzinfarkt und ich kam zurück, versprach, mich zu kümmern. Ich engagierte eine Beratungsfirma nach der anderen, aber es wurde immer nur für eine kurze Zeit besser, um dann noch schlechter zu werden als vorher.«

Mona und Harun tauschten einen Blick. Mona erinnerte sich an Haruns Kommentar über angebliche Kosteneinsparungen.

»Niemand bemühte sich um eine ehrliche Analyse, deswegen entschied ich mich für ein wenig Schauspielerei. Ich hoffe, Sie verzeihen mir«, sagte er und sah wahrhaftig zerknirscht aus. »Sie sind die Erste, die sich nicht nur die Zahlen angesehen, sondern wirklich nach der Ursache gesucht hat. Auch wenn es den Verlust des Auftrags bedeutet hätte. Die offenen Rechnungen werden wir natürlich sofort begleichen«, versicherte er.

Mona wechselte einen Blick mit Harun, dessen Gesicht unleserlich war, und überließ es ihm, zu antworten. Elias und er verloren den Kunden nicht. *Alhamdulillah*, sagte sie immer wieder und biss sich auf die Wangeninnenseite, um nicht breit zu grinsen. Hätte ihr das heute Morgen jemand gesagt, hätte sie ihn schlichtweg ausgelacht. *Und Allah weiß und ihr nicht …*

BESUCH
Elias

Der Donnerstagmorgen war hektisch. Elias hastete von einer Aufgabe zur nächsten. Es hatte damit angefangen, dass er Harun frühmorgens nach Frankfurt zum Flughafen gebracht hatte. Auf der Rückfahrt hatte er im Stau gestanden und musste bei einem Bäcker Brötchen kaufen, weil er keine Zeit mehr hatte, selbst zu backen. Drei Zimmer wurden frei und er schrubbte, saugte, lüftete und richtete alles in Rekordzeit für die nächsten Gäste her.

Rechtzeitig bis zwölf Uhr hatte er alle Aufgaben erledigt. Blieb nur sein Zimmer übrig. Keiner der Gäste hatte abgesagt und so würde er sein Zimmer mit seiner Mutter teilen müssen.

»Elias?«, hielt Fatima ihn zurück.

»Ja?«

»Kommt deine Mutter heute?«, erkundigte sie sich und schaute ihn fragend über den Rand ihrer Lesebrille an.

»Inschallah. Ich hole sie um sechs Uhr am Flughafen ab. Wieso?«

»Gerade hat ein Paar abgesagt. Deine Mutter kann das Zimmer haben.«

»Das wäre prima«, sagte Elias und entspannte sich augenblicklich. »Dann koche ich uns jetzt Mittagessen.«

Fatima nickte und er lief eilig in die Küche. Während er Gemüse putzte und klein schnitt, wanderten seine Gedanken zu dem Gespräch mit Harun zurück. Diese sechs Wochen »Pause« hatten ihm gezeigt, dass sein Leben in den letzten Jahren sehr stark auf das Diesseits bezogen war.

Als Harun und er sich damals selbstständig gemacht und ihre ersten Aufträge an Land gezogen hatten, hatten sie darauf geachtet, zehn Stunden pro Woche in gemeinnützige Vereine oder Aktionen zu investieren. Meistens wurden diese gar nicht bezahlt und sie hatten es fi sabilillah gemacht, also nur darauf bedacht, Allahs Wohlgefallen zu erhalten. Doch ihre Art der Beratung kam gut an, die Aufträge wurden größer, die Zeit für ehrenamtliche Arbeit weniger. Er rieb sich über die Augen.

Wenn Moaz nicht eingeschritten wäre, wäre er schon längst wieder auf der Suche nach dem nächsten Projekt, der nächsten Herausforderung, dem nächsten Land. Kein Erfolg hatte ihm je Ruhe und Zufriedenheit beschert. Es hatte Tage gegeben, an denen er zehn Stunden in Meetings verbracht und sich danach wie ausgehöhlt gefühlt hatte. Jede Waschung, die er in den letzten Wochen durchgeführt hatte, die Planung der Sadaqa Dscharija, selbst das Helfen bei der Theateraufführung hatten ihn mehr erfüllt. *Im Gedenken Allahs finden die Herzen Ruhe*, hörte er Moaz sagen.

Er ging davon aus, dass sie den Auftrag mit Herrn Wamu verloren, und es beunruhigte ihn nicht im Geringsten. Harun hatte zwar nichts gesagt, aber Elias hatte die Berichte gelesen und dies war ein klarer Fall von Führungsproblemen. Das konnten sie nur lösen, wenn

Herr Wamu das einsah und davon ging er nicht aus. Er würde Harun vorschlagen, die zehn Stunden für Gemeinnützigkeit wieder einzuführen.

»Wo ist Ruqaya?«, erkundigte sich Fatima und setzte sich ächzend an den Küchentisch.

»Ich habe sie noch nicht gesehen«, sagte Elias und warf einen Blick auf seine Uhr. Viertel vor zwei. Normalerweise konnte man nach Ruqaya seine Uhr stellen. Er lief zur Haustür und schaute den Weg entlang. Niemand war zu sehen. Nur der Wind blies leise die Blätter hoch. Fröstelnd zog er die Tür wieder zu, doch eine innere Kälte, die nichts mit den Temperaturen zu tun hatte, machte sich in ihm breit. Er zog sein Handy aus seiner Hosentasche. Kein Anruf oder irgendeine Mitteilung von ihr, dass sie sich verspätete. Schnell schickte er ihr eine Nachricht und kehrte zu Fatima zurück.

»Ruqayas Opa kommt heute«, erinnerte Fatima ihn. »Er hat das Zimmer neben deiner Mutter.«

»Okay«, antwortete er und versuchte, sich auf das Gespräch zu konzentrieren.

»Das kannst du deiner Mutter mitteilen.«

»Ich denke nicht, dass sich die beiden kennen. Zumindest sind sie sich meines Wissens nie über den Weg gelaufen, als Mona und ich zusammen zur Schule gegangen sind.«

»Er war immer auf Reisen«, sagte Fatima. »Das war wohl auch der Grund, warum sich seine Frau von ihm hat scheiden lassen.«

Elias nickte. Das war der Grund, warum er noch nicht verheiratet war. Und Harun auch nicht. Wobei sein Freund angedeutet hatte, nicht für immer von einem

Ort zum nächsten ziehen zu wollen. Vielleicht war jetzt der Zeitpunkt da, sesshaft zu werden. Er sah hoch und in Fatimas wissende Augen. Sie schien seine Gedanken erraten zu haben. Sein Handy vibrierte und er zog es eilig hervor.

»Eine Nachricht von Ruqaya«, sagte er langsam und runzelte die Stirn. »Sie schreibt, sie sei bei einer Freundin und kommt später.« Sofort huschten seine Finger über das Display. »Kennst du eine Merve?«, fragte er Fatima.

»Sie ist mit Ruqaya in der Theatergruppe«, antwortete Fatima prompt.

»Darf sich Ruqaya einfach ohne Absprache mit einer Freundin treffen?«, erkundigte er sich und seiner Stimme war anzuhören, wie wenig ihm das gefiel.

Fatima lachte. »Sie ist noch jung und manchmal ein wenig spontan.«

»Aber sie hat nichts davon erwähnt – oder wusstest du davon?«

Fatima schüttelte den Kopf und aß unbedarft weiter. »Komm, setz dich und iss. Musst du nicht nachher deine Mutter abholen? Bis dahin solltest du dich gestärkt haben.«

Fatima hatte recht. Heute traf alles aufeinander. Er stellte die Gemüse-Tajine und Brot auf den Tisch und setzte sich zu ihr. Doch während er mit dem Brot die Kartoffeln zerdrückte, wurde er immer besorgter. Zügig beendete er das Mittagessen und räumte die Küche auf.

»Hast du die Nummer von dieser Merve?«, fragte er Fatima und strich sich fahrig durch die Haare.

Die alte Frau zog die Augenbraue nach oben und er rechnete mit einer spöttischen Bemerkung. »Mona hat so ein altmodisches Telefonbüchlein mit allen Nummern, weil sie mal ein Handy verloren hatte. Liegt in der oberen Schublade an der Rezeption. Schau mal, ob Merves Nummer dabei ist.«

Mit weit ausholenden Schritten war Elias bei der Rezeption, blätterte hektisch in dem schwarzen Ringbuch und tippte die Nummer in sein Handy.

»Hallo, hier spricht Elias Zitouni. Ich bin Ruqayas —«, begann er. »Ja, genau der. Mhm ... könnte ich sie bitte kurz sprechen? Sie scheint keinen Empfang zu haben. Wie, sie ist gar nicht bei Ihnen? Sind Sie sicher?« Seine Stimme war ungewollt lauter geworden. Er verabschiedete sich und legte tief beunruhigt auf.

Fatima stand ihm bleich gegenüber und war ungewohnt schweigsam. Er zückte sein Handy und rief Ruqaya an, aber sie nahm nicht ab. Er schrieb ihr mehrere Nachrichten. Per SMS, WhatsApp, selbst über Instagram.

»Wo könnte sie sonst sein?«, fragte er mühsam beherrscht. Fatima ratterte alle Namen von Ruqayas Freunden herunter und sie teilten sich auf, um diese anzurufen. Jede Absage fühlte sich wie ein Schlag in die Magengrube an. Nach zehn Minuten war klar, dass etwas überhaupt nicht stimmte.

»Ich schaue in ihrem Zimmer nach. Vielleicht ist da irgendein Hinweis, wo sie ist«, sagte Fatima resolut und eilte schon den Flur entlang.

Elias lief nach draußen und rannte zum Bestattungsinstitut, doch da war alles abgeschlossen. Sicherheitshalber rief er Faris an, aber der hatte Ruqaya auch nicht gesehen. Langsam trottete er zurück und spielte gedanklich seine nächsten Schritte durch. Da fiel sein Blick auf ein weißes Steinchen, das am Rand der Einfahrt lag. Er bückte sich und hob es auf. Das war einer der Steine, die Ruqaya bei ihrem ersten Lauf mit ihm aufgesammelt hatte. Er glaubte nicht an Zufälle und sah sich daher suchend um. Erst fand er nichts, doch dann entdeckte er einen weiteren Stein auf dem Bürgersteig. Er hob ihn auf und verfolgte mit gebeugtem Kopf der Spur, die Ruqaya ihm hinterlassen hatte, bis er ein ganzes Stück die Straße rauf den sechsten und letzten Stein fand.

Er lief weiter, hoffte, irgendetwas zu finden, aber da war nichts. Sein Puls hämmerte überlaut in seinen Ohren und weil er nicht wusste, was er sonst tun konnte, stellte er sich an die Stelle, wo er den letzten Stein aufgehoben hatte. Rechts und links waren Häuser, und er stiefelte erst zum linken, dann zum rechten und klingelte. Erfolglos. Frustriert ballte er die Hände zu Fäusten. Er holte sein Handy erneut aus der Tasche. Kein Lebenszeichen von Ruqaya.

»Die Nachbarn sind nicht da, junger Mann«, hörte er eine Stimme und sah sich um. Doch da war niemand auf der Straße.

»Hier oben«, sagte die Stimme und Elias sah hoch. Im ersten Stock des Nachbarhauses winkte ihm eine ältere Dame zu. Das schien ihr Lieblingsplatz zu sein, denn sie hatte ein Kissen auf den Fensterrahmen gelegt, um ihre Arme bequem ablegen zu können.

»Sagen Sie, haben Sie zufällig heute hier ein elfjähriges Mädchen gesehen? Braune Locken, etwa so groß?« Er hielt die Hand auf Brusthöhe.

»Vielleicht, vielleicht aber auch nicht«, antwortete die Frau kryptisch. »Wieso wollen Sie das wissen?«

»Ihr Name ist Ruqaya und sie hätte vor über einer Stunde zu Hause sein sollen«, sagte er drängend. »Wenn Sie irgendetwas gesehen haben …«

»Woher kennen Sie Ruqaya?«, fragte sie reserviert.

»Ich bin mit ihrer Mutter, Mona, befreundet. Oder besser gesagt, wir sind ehemalige Schulfreunde. Auf jeden Fall passe ich momentan auf Ruqaya auf, bis Mona von einer Reise zurück ist.«

»Das wird Monas Mann nicht gefallen«, sagte die alte Frau lauernd.

»Mona ist nicht verheiratet und Moaz ist vor ein paar Wochen gestorben.« Vor fünf Wochen und drei Tagen, um genau zu sein, aber das behielt er für sich.

»Das stimmt – möge Gott ihm gnädig sein. Ich mag die Kleine. Sie winkt mir immer und manchmal bringt sie mir leckere Zimtschnecken«, erzählte die Frau und Elias vermied ein Augenrollen. Er hatte keine Zeit für Small Talk.

»Ja, das ist Ruqaya. Haben Sie sie gesehen? War sie hier? Mit wem?«, fragte er ungeduldig und sein Herzschlag beschleunigte sich unwillkürlich.

»Sie ist zu einem gut aussehenden Mann ins Auto gestiegen. Das war ein bisschen komisch, weil sie überhaupt nicht zu mir hochgesehen hat«, rückte sie endlich mit den Informationen heraus, die Elias gleichzeitig beruhigten und in Panik versetzten. Said hatte Ruqaya. Das hatte er befürchtet.

Wohin hatte er sie gebracht? Wie sollte er sie nur finden? Er tigerte auf und ab und spielte seine Möglichkeiten im Kopf durch.

»Ist der Mann böse?«, riss die alte Frau ihn aus seinen Gedanken und klang bedrückt.

»Nein … nein, das ist er nicht«, beschwichtigte er sie und hoffte inständig, damit richtigzuliegen. »Aber ich muss Ruqaya so schnell wie möglich finden. Auch wenn ich keine Ahnung habe, wie ich das machen soll«, sagte er und schnaubte verzweifelt.

»Mein Freund, der Herbert von da drüben«, sie zeigte auf das Haus gegenüber, »der war mal Detektiv.«

Elias starrte sie an. Wie sollte das helfen?

»Hier, nehmen Sie das und geben Sie es ihm. Nun machen Sie schon«, rief sie aufgeregt und wedelte mit einem Stück Papier. »Ich wusste nicht, ob ich mich einmischen sollte, aber na ja, das Kennzeichen, dachte ich mir, schadet nicht. Also, nur für den Fall«, erklärte sie.

Elias stellte sich unter ihr Fenster und streckte die Hand nach oben, doch ihr Kopf verschwand und für einen Moment dachte er, sie hätte ihn vergessen. Dann tauchten ihre grauen Haare wieder auf und sie schmiss etwas aus dem Fenster. Das Geschoss war unerwartet schnell und nur weil er in letzter Sekunde seine Hand hochriss, um es aus der Luft zu fischen, verhinderte er, dass es ihn am Auge traf. Sie hatte den Zettel an einen Stein gebunden. Wieso hatte sie einen Stein im Zimmer? Er rollte das Papier vom Stein und starrte auf die fein säuberliche Schrift, mit der sie Saids Kennzeichen aufgeschrieben hatte.

»Danke!«, stieß er hervor und raste über die Straße. Stürmisch klingelte er bei dem ehemaligen Detektiv, der hinter der Tür gestanden haben musste, so schnell wie er öffnete. *Dorfbewohner*, dachte Elias nur kopfschüttelnd. »Guten Tag, mein Name ist –«, begann er, aber der ältere Herr mit der Glatze, Hornbrille und einem beachtlich dichten Schnauzbart unterbrach ihn.

»Kommen Sie rein«, brummte er. »Kam mir von Anfang an komisch vor. Den nehme ich«, sagte er und griff nach dem Zettel.

Elias folgte ihm in das Haus, das nicht nur urgemütlich wirkte, sondern auch pingelig aufgeräumt war. Herbert, zumindest nahm Elias an, dass er es war, bedeutete ihm, sich in einen Ohrensessel vor den prasselnden Kamin zu setzen. Erst jetzt fiel ihm auf, wie kalt ihm war. Elias sah dem Mann zu, wie er ihm eine Kanne Tee zuschob, die auf einem silbernen Tablett auf dem runden Tisch neben seinem Sessel stand, und ihm eine Tasse brachte. Herbert nahm sich im Vorbeigehen ein Schokoröllchen, steckte es sich genüsslich in den Mund und sagte undeutlich: »Ich bin gleich wieder da. Rufe einen Kollegen an.« Elias sah ihm schweigend nach.

Erst jetzt bemerkte er eine orangefarbene Langhaarkatze, die ihn unverwandt anstarrte. Und als ob die letzte Viertelstunde nicht skurril genug gewesen wäre, stand sie langsam von dem Kissen auf der Couch auf, machte einen riesigen Katzenbuckel und dehnte sich ausgiebig. Lässig schlenderte sie auf ihn zu und hüpfte ihm auf den Schoß. Sie rollte sich ein und begann zu schnurren. Das Geräusch beruhigte ihn ungemein und er fing an, sie am Ohr zu kraulen, während er auf Herberts Rückkehr wartete.

Der ließ nicht allzu lange auf sich warten. Umständlich setzte sich der ältere Mann in einen Sessel, der direkt am Fenster stand. Seine Augen, die durch die Brille vergrößert wirkten, fixierten Elias. »Bevor ich Ihnen helfe, brauche ich einen Grund, wieso ich Ihnen die Adresse geben sollte«, sagte Herbert streng.

»Herr Hilal hat in seinem Testament festgelegt, dass seine Enkelin und ich einen gewissen Betrag erben, wenn wir die Rolle des jeweils anderen übernehmen. Nur für kurze Zeit, natürlich«, setzte er hinzu, als der Mann die Stirn verwirrt runzelte. »Frau Hilals Ex-Mann versucht, an das Geld zu kommen.«

»Wie heißt er?«, fragte Herbert sofort.

»Said«, sagte Elias und seufzte. »Den Nachnamen kenne ich nicht einmal. Ich kann aber gern Frau El Mokhtar anrufen.«

»Nicht nötig, ich glaube Ihnen auch so«, bremste ihn Herbert. »Weiter!«, forderte er ihn.

»Said benutzt Ruqaya als Druckmittel. Er hat damit gedroht, das alleinige Sorgerecht zu beantragen.« Er rutschte ein wenig tiefer in seinen Sessel. »Mein bester Freund ist Anwalt und ich bat ihn, einen Antrag für das alleinige Sorgerecht für Frau Hilal einzureichen.« Er fuhr sich durch seine abstehenden Haare.

»Verstehe«, brummte Herbert und die Enden seines Bartes zitterten erbost, als er von Ruqaya als Druckmittel gesprochen hatte. »Hier!« Er beugte sich vor und hielt Elias den Zettel von der Nachbarin hin, auf den er eine Adresse gekritzelt hatte. »Denken Sie daran, sich abzusichern.«

»Das werde ich«, beteuerte Elias, steckte das Stück Papier ein und stürmte die Straße hinunter, zurück zur Pension, das Handy ans Ohr gepresst. Er informierte Harun und umriss, was er vorhatte. Sein Freund ermahnte ihn, nichts Unüberlegtes zu tun, und versprach, so schnell wie möglich mit Mona herzufliegen. Elias beneidete ihn nicht darum, ihr beibringen zu müssen, was vorgefallen war.

Schlitternd kam er auf dem Parkplatz neben Monas Auto zum Stehen und zerrte den Schlüssel heraus.

»Wir sind noch nicht vollzählig«, erklang Fatimas Stimme und er sah sich hektisch um. Sie war nirgends zu sehen. »Aber ich wäre dir verbunden, wenn du das Auto aufschließt, damit ich diese schwere Tasche abstellen kann.« Die Ungeduld war mehr als deutlich in ihrer Stimme hörbar. Er drückte auf die Türentriegelung und eilte um das Auto herum. Gebückt über ihrem Gehstock stand sie da mit einer riesigen Reisetasche. Ähm.

»Chaltu«, sagte er perplex und nahm ihr die Tasche ab. Für einen Moment war er vom Gewicht derselben abgelenkt und blinzelte. »Was ist denn da drin?« Er zeigte auf die Tasche und verstaute sie im Kofferraum.

»Nur ein paar Sachen, die wir eventuell gebrauchen können«, sagte sie kurz angebunden.

Er kratzte sich am Nacken. »Hat Herbert dich angerufen?«

»Natürlich hat er das!« Sie rollte mit den Augen. »Wir sind seit dreißig Jahren Nachbarn und er mag Ruqaya sehr.«

Er war froh zu hören, dass die Nachbarn auf Ruqaya achtgaben. Das war heutzutage nicht selbstverständlich. »Und wir warten auf …?«

»Faris. Nachdem du ihn angerufen hast, hat er sich Sorgen und direkt auf den Weg gemacht. Außerdem war er mal so etwas wie ein Leibwächter. Das könnte nützlich sein.« Sie ließ sich auf den Rücksitz gleiten und verstaute den Stock hinter dem Sitz von Elias. Sie starrte auf die Kopfstütze und begann, Dhikr zu sprechen.

In dem Moment parkte Faris sein Auto neben Elias und stieg aus. Er brummte eine Begrüßung und setzte sich auf den Beifahrersitz. »Wie ist der Plan?«, erkundigte er sich, sobald Elias losgefahren war.

»Wir wissen nicht, ob Ruqaya überhaupt bei der von Herbert aufgeschriebenen Adresse ist«, gab Elias zu. »Deswegen müssen wir das zuerst rausbekommen.«

»Der Einzige, den er nicht kennt, bin ich. Also übernehme ich das«, sagte Faris und sah Elias herausfordernd an.

»Einverstanden«, stimmte dieser zu und überholte einen Traktor. Er hoffte, Said überschätzte sich und hatte den Ort nicht gewechselt. Alle drei schauten sie aus dem Fenster und der Rest der Fahrt verlief in grimmigem Schweigen, nur unterbrochen von gemurmeltem Dhikr.

Erst nach der dritten Runde um das Gebäude fand er eine Lücke und Elias parkte in einer der namenlosen Straßen in Frankfurt. Faris stieg aus, ohne darauf zu warten, dass Elias den Motor abstellte. Er kreiste den Kopf, streckte die Schultern und marschierte auf das sechsstöckige Mehrfamilienhaus zu. Ein junger Mann in Kapuzenpullover lief heraus und Faris hinderte die Tür daran, ins Schloss zu fallen. Flink huschte er ins Gebäude. Wie nur wollte er Ruqaya finden? Sie wussten nicht, in welcher Wohnung Said sich mit ihr aufhielt. Wenn er überhaupt noch da war. Nach ein paar Minuten kam Faris wieder zurück ins Auto.

»Und? Weißt du, wo Ruqaya ist?«, überfiel ihn Fatima.

»Nein«, knurrte dieser unwirsch und schnaufte frustriert. »Ich habe an zwei Wohnungstüren geklopft, von denen ich dachte, dort könne sie sein – aber da war sie nicht. Und ich wollte nicht auffallen, deswegen bin ich zurück. Irgendwelche Ideen?«

»Können wir ihr Handy orten?«, fragte Fatima und Elias warf ihr einen verwunderten Blick zu. »Mona hat ihr so eine App aufs Handy installiert«, fügte sie indigniert hinzu.

»Selbst wenn, wüssten wir immer noch nicht, in welchem Stockwerk sie ist«, sagte er bedächtig. »Wieso hast du an den zwei Wohnungen geklopft? War da irgendetwas anders als bei den anderen?«, fragte Elias gespannt.

»Kein Namensschild, keine Geräusche vor der Tür. Vor der einen war der Flur peinlich sauber, vor der anderen total vollgemüllt. Ich dachte mir, dass beide Extreme auffällig sind.« Nachdenklich drehte er etwas in den Händen.

»Was hast du da?«

»Ach, nur so einen weißen Stein. Der lag direkt auf der Fußmatte vor der sauberen Wohnungstür im zweiten Stock hinten rechts und ich weiß nicht, wieso, aber ich fand das merkwürdig und deswegen habe ich den Stein eingepackt.«

Elias grinste breit und griff in seine Hosentasche. »Der letzte Stein«, sagte er und erklärte den anderen beiden kurz, was es damit auf sich hatte. »Wir wissen jetzt, wo er sie festhält«, fasste Elias zusammen.

»Diesmal gehe ich«, sagte Fatima resolut und öffnete bereits die Tür.

»Warte!«, rief Elias halblaut. »Faris, schaust du nach einem Hinterausgang? Nur für den Fall? Ich gehe mit Fatima.«

Faris nickte grimmig und stieg ebenfalls aus.

Mit langen Schritten hastete Elias hinter Fatima her. Auf keinen Fall würde er sie allein lassen.

Auf dem richtigen Stockwerk angekommen, presste Elias sich zwei Meter von Fatima entfernt mit dem Rücken an die Wand. Man würde ihn erst sehen, wenn man den Kopf herausstreckte. Und bis dahin wollte er denjenigen überwältigt haben. So zumindest der Plan. Er hörte seinen Herzschlag in seinen Ohren und seine Hände waren schweißnass.

Fatima klopfte an die Tür und in dem kahlen Flur hallte das Geräusch überlaut zurück. Doch nichts rührte sich. Sie schaute zu ihm herüber. Ihr Kiefer mahlte. Erneut klopfte sie an die Tür, dreimal zackig nacheinander.

»Ich weiß, dass du da drin bist, Said«, sprach sie laut mit der Tür. »Noch bin ich nur allein, doch wenn Mona hier auftaucht – und glaub mir, das wird sie –, wünschst du dir, du hättest mich hereingelassen.« Stille. »Hast du mal gesehen, was Muttertiere mit ihren Feinden machen? Ich habe vor kurzem eine Reportage über eine Falkenmutter gesehen, die in ihrem Nest eine zerbrochene Eischale fand. Sie hat daraufhin auf den Dieb, einen Raben, gewartet und kurzen Prozess mit ihm gemacht. Seinen toten Körper hat sie seelenruhig neben die anderen Eier gelegt.« Sie kicherte und Elias lief ein Schauer über den Rücken.

Die gegenüberliegende Tür öffnete sich und ein kleiner dünner Mann schaute mit aufgerissenen Augen zu ihnen. Er schnappte sich seine Jacke und eilte den Flur hinunter. Dabei drehte er sich immer wieder um, bis er um die Ecke gebogen war.

»Fatima, Fatima«, sagte Said tadelnd, nachdem er die Tür ruckartig aufgerissen hatte. Elias presste sich enger an die Wand, um nicht von Monas Ex-Mann entdeckt zu werden. »Was verschafft mir die Ehre?«

»Tritt zur Seite«, herrschte sie ihn an und hob ihren Stock, um ihn wegzuschieben. Gleichzeitig stürmte Elias nach vorn und schubste Said an den Schultern über

Fatimas Kopf hinweg nach hinten. Der griff nach Fatimas in der Luft schwebenden Stock, um sich festzuhalten, und riss die alte Frau mit sich. Geistesgegenwärtig ließ sie den Stock los, fing sich erstaunlich behände mit den Händen ab und schnappte sich in einer fließenden Bewegung den auf dem Boden liegenden Stock und drückte ihn auf Saids Brust.

Elias zögerte nicht, sondern drängelte sich an Fatima vorbei, um Said auf den Bauch zu drehen und dessen Hände auf dem Rücken zu verschränken. Fatima reichte ihm ein Seil und er sah sie mit hochgezogenen Augenbrauen an. Sie lächelte nur grimmig, ihren Stock weiterhin auf Said gerichtet. Er war froh, sie auf seiner Seite zu haben. Kopfschüttelnd band er Saids Hände zusammen, zerrte Said auf die Beine und schubste ihn vor sich ins Wohnzimmer. Fatima schaute in alle Zimmer, aber außer ihnen war niemand da.

»Wo ist Ruqaya?«, fragte Elias gefährlich leise.

»Das wollte ich Fatima ja erklären, bevor ihr mich tätlich angegriffen habt. Das werde ich anzeigen. In einer solchen Umgebung kann Ruqaya auf keinen Fall aufwachsen.« Said grinste.

»Wo. Ist. Ruqaya?«, wiederholte Elias und seine Nase berührte nun fast die von Said. Nur ein kurzes Flackern in dessen Augen verriet seine Furcht, aber er fing sich augenblicklich.

»Woher soll ich das wissen? Ich habe sie seit dem Sonntag vor vier Wochen nicht mehr gesehen.« Er zuckte mit den Achseln.

Fatima stand auf und inspizierte das Wohnzimmer. Said ließ sie dabei nicht aus den Augen. An einem Schrank blieb sie stehen und lehnte sich mit der Schulter an.

»Sagt nicht, Ruqaya ist weggelaufen?«, stichelte Said und riss gespielt entsetzt die Augen auf. »Mein Rechtsanwalt wird sich freuen, von dieser neuen Entwicklung zu hören.« Sein Blick huschte immer wieder von Elias zu Fatima.

Elias zückte sein Handy und tippte eine Nachricht ein. »Das hier wird ein Nachspiel haben«, sagte er leise. Er beugte sich so schnell vor, dass Said erschreckt den Kopf zurückriss. Zufrieden klopfte er sich ein nicht vorhandenes Staubkorn von seinem Hoodie, nickte Fatima zu und lief zur Wohnungstür. Schweigend nahmen sie die Treppe und erst auf der Straße drehte sie sich zu ihm.

»Hast du den Riemen von Ruqayas Rucksack gesehen?«, fragte Fatima.

»Ja, nachdem du ihn so nervös gemacht hast, habe ich mir den Schrank genauer angesehen. Und der Riemen ist ziemlich gut zu sehen auf den Bildern, die ich gemacht habe, als ich so getan habe, als würde ich eine Nachricht schreiben«, sagte Elias und zog die alte Frau mit sich in den nächsten Hauseingang. »Von hier haben wir den besten Blick auf das Haus. Ich gehe davon aus, dass er nicht allzu lange warten wird.« Er prüfte die Nachrichten auf seinem Handy, ließ dabei aber die Straße nicht aus den Augen.

Sie sahen wenige Minuten später einen Mann zügig mit einem Mädchen in ihre Richtung laufen. In dem Moment, in dem die beiden an Elias und Fatima vorbeikamen, hatte Fatima ihren Stock zwischen die Beine des Mannes gestoßen, noch bevor Elias reagieren konnte. Der Mann stolperte daraufhin und landete unsanft auf seinen Knien. Sofort war Fatima bei Ruqaya und schob sie hinter sich. Der Mann bewegte sich.

»Das würde ich an Ihrer Stelle sein lassen«, wandte sich Elias an ihn und hielt sich das Telefon ans Ohr. Faris joggte bereits um die Ecke und baute sich vor dem Mann auf. »Richte Said aus, dass wir genug Beweise gegen ihn haben. Sollte er sich noch mal in die Nähe von Ruqaya und Mona wagen oder irgendeine Forderung stellen, wird dies nicht nur juristische Konsequenzen haben.« Seine Stimme war eisig, und er lächelte finster, während sich ein Teil von ihm wünschte, er würde Said noch mal über den Weg laufen. Seine Drohung schien angekommen zu sein, denn nicht nur der Mann war ein wenig blass um die Nase geworden, selbst Faris war unmerklich zusammengezuckt.

Saids Handlanger hastete überstürzt davon, froh, von ihm wegzukommen. Elias kniete sich vor Ruqaya, die sich ihm in die Arme warf. »Ist bei dir alles in Ordnung?«, flüsterte er in ihr Haar und drückte sie fest. Wenn ihr etwas passiert wäre, hätte er sich das nie verziehen.

Sie nickte tapfer. »Papa … er hat noch meinen Rucksack«, sagte sie mit dünner Stimme.

Faris drehte sich wortlos um und schoss die Straße entlang. Langsam liefen sie zum Auto. Ruqaya in der Mitte. Sie hielt sowohl Fatimas als auch Elias' Hand.

»Was dein Papa da gemacht hat, wird sich inschallah nicht wiederholen«, sagte Elias ernst und musterte die Kleine von der Seite. »Ich habe deine Steine gefunden.« Er griff in seine Hosentasche und präsentierte ihr die sieben Stück.

Sie grinste schief. »Ich hatte gehofft, dass du sie finden würdest«, sagte sie, doch ihre Stimme wackelte bedenklich. Er drückte ihr aufmunternd die Hand und sie verstärkte ihren Griff.

»Deine Mama ist auf dem Weg hierher«, sagte er beruhigend und nahm sie noch mal in den Arm. Er brauchte die Umarmung genauso sehr wie sie auch.

»Du bekommst eine heiße Schokolade und so viel Kuchen, wie du essen kannst«, versprach Fatima ungewohnt sanft und blinzelte. Ruqaya legte den Kopf auf Fatimas Schulter.

Faris holte sie am Auto ein und gab Ruqaya ihren Rucksack. Fatima tauchte kopfüber in den Kofferraum und beförderte nicht nur eine Thermoskanne und Tassen hervor, sondern auch eine Decke und ein Kissen. Mit offenem Mund verfolgte Elias, wie sie die Sachen verteilte. »Was ist noch in der Tasche?«, fragte er neugierig und trat hinter sie, um einen Blick hinein zu erhaschen.

Doch Fatima schloss ihre Tasche resolut, bevor er ihren Inhalt sehen konnte. »Kleinigkeiten«, winkte sie ab und verschwand auf die Rückbank.

Auf der Rückfahrt erzählte Ruqaya, wie Said sie nach der Schule an der Einfahrt abgepasst hatte. »Er war komisch«, sagte sie und knetete ihre Finger, bis Fatima ihre Hand darüber legte. »Ich durfte euch nicht Bescheid geben, stattdessen hat er mein Handy verlangt und mich gefragt, wer meine Freundin sei.« Ihre Lippen zitterten leicht. »Er hatte es so eilig, zu seinem Auto zu gehen, und da kam mir die Idee mit den Steinen«, fuhr sie fort.

»Das war super«, versicherte Elias und hielt ihren Blick über den Rückspiegel.

Ruqaya schwieg und schaute aus dem Fenster. »Warum hat er das gemacht?«, fragte sie leise.

Elias dachte einen Moment nach, bevor er antwortete. »Manchmal sind Menschen bereit, für Geld, Reichtum oder Macht alles zu tun. Dabei vergessen sie, dass ihr Rizq längst geschrieben ist. Wir bekommen nur das, was uns zusteht.«

»Das hat Babu auch immer gesagt.« Sie schloss die Augen.

»Wie wäre es, wenn wir für deine Mama etwas backen? Sie ist vermutlich hungrig, wenn sie zu uns kommt«, lenkte er das Gespräch in andere Bahnen und Mona hatte bestimmt durch die ganze Aufregung nichts essen können.

Ruqaya schlug Zimtschnecken vor. Fatima wollte lieber Crêpes, Elias stimmte für Brownies und Faris wünschte sich Cookies. Erleichtert stellte er fest, dass wieder ein wenig Farbe in Ruqayas bleiches Gesicht zurückgekehrt war. Er parkte vor der Pension und lärmend schwärmten sie in die Küche. Jeder bereitete vor, was er gerne essen würde, als ein Klopfen an der Küchentür sie innehalten ließ. Neugierig musterten sie den Ankömmling. Wie sich herausstellte, war es Ruqayas Opa.

RÜCKFLUG
Mona

Mona saß mit Omayma und Harun im Meeting-raum. Herr Schott und Herr Wamu waren vor einer halben Stunde gegangen.

»Eine unerwartete Wendung«, sagte Harun und musterte die beiden Frauen. »Es muss mir entfallen sein, dass Herr Schott der Eigentümer ist. Aber ich bin ja auch erst heute zurückgekommen. Und niemand käme auf die Idee, solch eine eklatant wichtige Information vor dem Chef zurückzuhalten. Nicht wahr?«, fuhr er im Plauderton fort.

Omayma zuckte ertappt zusammen. Monas Gesicht war völlig ausdruckslos.

»Schwer beeindruckt bin ich allerdings von der Analyse.« Er drehte sein Glas Wasser, das er vor sich hingestellt hatte. »Eine unverblümte und schonungslose Darstellung und Zusammenfassung. Von der man fast den Eindruck bekommen könnte, dass es zum Abbruch der Beziehungen führen *sollte*.« Er fixierte Mona und lehnte sich entspannt zurück.

»Wie lange hast du an der Tür gestanden?«, fragte sie. »Du wolltest nicht eingreifen, oder?« Sie legte den Kopf nachdenklich zur Seite. »Fast scheint es, als hättest du *begrüßt*, den Auftrag zu verlieren«, ahmte sie ihn nach und erwiderte seinen Blick.

Omayma gab einen erstickten Laut von sich und betrachtete intensiv die Maserung des Tisches. Mona hatte ihr Grinsen dennoch gesehen.

Harun verzog den Mund zu einem trägen Lächeln und setzte zu einer Antwort an, als sein Handy klingelte. Er hob den Finger und nahm den Anruf an. Innerhalb eines Wimpernschlags wurde sein Gesicht kreidebleich, er presste seine Lippen zusammen und seine Kiefermuskeln waren deutlich sichtbar. Abrupt wandte er sich ab, antwortete dem Anrufer in knappen Wörtern, aus denen nicht ersichtlich war, worum es ging, und legte auf.

»Omayma?«, sprach er die junge Frau gehetzt an. »Könntest du Mona und mich kurz allein lassen?«

Omayma nickte und stand auf, sah Mona aber mit geweiteten Augen an, bevor sie die Tür hinter sich zuzog.

Harun hatte in der Zwischenzeit ein weiteres geflüstertes Telefonat geführt und tippte rasend schnell auf sein Display. »Wir müssen sofort zu Elias fliegen«, sagte er knapp und bedeutete ihr mit dem Kopf, ihm zu folgen.

Hastig stieß sie ihren Stuhl zurück, der quietschend über den Boden schabte und um ein Haar umgefallen wäre. Ihr Herz klopfte ihr bis zum Hals. »Worum geht es?«, fragte sie Harun, der an der Tür auf sie wartete.

Er starrte sie so intensiv an, dass sie schauderte. »Ruqaya ist verschwunden. Aber Elias hat eine Spur und ist auf dem Weg dorthin«, presste er heraus und eilte in sein Büro.

In ihrem Kopf purzelten derart viele Gedanken gegeneinander, dass nicht ein Wort über ihre Lippen kam.

Wieso sollte Ruqaya verschwinden? Das passte überhaupt nicht zu ihrer Tochter. Die Erkenntnis, dass Ruqaya nicht freiwillig weg war, sondern ihr Ex-Mann dahinterstecken musste, sickerte ganz langsam in ihr Bewusstsein und sie keuchte entsetzt. Sie sah hoch und Haruns mitfühlender Blick bestätigte ihren Verdacht. »Seit wann ist sie weg?«

»Sie kam von der Schule nicht nach Hause.« Er steckte sein Laptop, Ladegerät und einen Notizblock in eine Tasche und lief dann mit ihr zu ihrem Büro. »Sam hat uns einen Flug nach Frankfurt gebucht und wartet unten auf uns.«

Mona hastete an den Schreibtisch, packte ihre Handtasche ein und eilte zum Fahrstuhl. Sie hatte die Zähne so stark zusammengepresst, dass es knirschte.

»Das mag jetzt der falsche Zeitpunkt sein«, sagte Harun und wartete steif neben ihr auf den Fahrstuhl. »Aber mit dieser Aktion hat er dir einen Freifahrtschein gegeben für das alleinige Sorgerecht.«

Mona nickte grimmig. Es war gut, das Ende im Hinterkopf zu behalten. Sam wartete mit dem Auto direkt am Ausgang und fuhr sofort los. Auf der Fahrt zum Flughafen zwang sie sich, nicht panisch zu werden. Sie atmete tief durch und machte Dhikr. Es war wichtig, dass sie einen kühlen Kopf bewahrte. Sie nahm ihr Handy heraus und schrieb erst Omayma, was passiert war, und danach Elias, dass sie unterwegs waren. Am Flughafen übernahm Harun die Führung und sie folgte ihm ohne Widerworte. Ihr Flieger würde in dreißig Minuten abfliegen und sie rannten gehetzt zum Boarding. Dabei verlor sie ihn in der Menge einer Reisegruppe, doch er griff um ein älteres Ehepaar herum ihre Hand und zog sie hinter sich her. Sie waren die Letzten, die ihren Boardingpass vorzeigten, und heftig atmend ließen sie sich in ihre Sitze fallen. Vor dem Abflug blieb keine Zeit mehr, ihre Nachrichten zu prüfen. Die Flugbegleiterin hatte sie direkt gebeten, ihre Handys in den Flugmodus zu schalten. Sie würde also warten müssen, bis sie gelandet waren, und hoffen, dass es dann schon Neuigkeiten gab.

Erst jetzt fiel Mona auf, dass sie in der Businessclass saßen.

»Das waren die letzten verfügbaren Plätze«, erklärte Harun, der ihren Blick gesehen hatte.

»Djazak Allahu chairan«, bedankte sie sich bei ihm. »Auch, dass du mitkommst.« Es beruhigte sie ungemein, ihn an ihrer Seite zu wissen.

»Wa iaki. Das ist doch wohl selbstverständlich«, antwortete er und zog seinen Sitzgurt fest.

Nein, das war es nicht. Aber das behielt sie für sich. »Hat Elias gesagt, wo wir uns treffen?«

»Ja, er hat mir die Adresse geschickt.« Er zog sein Handy heraus und hielt es ihr hin. Sie kannte die Anschrift nicht. »Ich vermute allerdings, dass sie wieder zu Hause sein werden, wenn wir landen.«

Mona starrte immer noch auf den Straßennamen.

»Den Blick kenne ich«, bemerkte Harun und streckte seine langen Beine aus.

Sie hob eine Augenbraue.

»Du heckst etwas aus.« Keine Frage, sondern eine Feststellung. Mittlerweile kannte er sie besser, als ihr lieb war.

»Ich weiß nicht, was du meinst«, sagte sie glatt.

»Wenn du nachdenkst, runzelst du ganz leicht die Stirn«, führte er aus. »Und sobald du einen Entschluss fasst, vermutlich nur solche, die anderen nicht gefallen werden, bildet sich eine kleine steile Falte genau hier.« Er zeigte auf die Stelle zwischen ihren Augenbrauen.

Automatisch strich sie mit der Hand darüber und grübelte, ob das stimmte. Sie bemühte sich um ein völlig ausdrucksloses Gesicht.

Er lachte leise. »Ich denke, dass Elias deinem Ex-Mann klargemacht hat, was passiert, wenn er sich dir oder Ruqaya jemals wieder ohne Erlaubnis nähert. Aber ich respektiere deinen Wunsch, für dich selbst einzutreten.«

Sie starrte ihn unverhohlen an. Konnte er Gedanken lesen oder hatte sie womöglich laut gesprochen?

Harun rutschte ein wenig im Sitz nach unten und schloss die Augen. »Weck mich, bevor wir landen, ja?«

Ihr fiel ein, dass er heute Morgen erst von Frankfurt nach London geflogen war. Ihretwegen. Er hatte sich nicht mit einer Silbe darüber beschwert. Sein Brustkorb hob und senkte sich bereits in regelmäßigen Atemzügen. Nachdenklich schaute sie aus dem Fenster in den leichten Nieselregen.

Sie waren die Ersten, die ausstiegen und direkt zum Ausgang eilten. Elias hatte geschrieben, dass Ruqaya bei ihm sei und sie auf dem Rückweg in die Pension waren. Vor Erleichterung schossen ihr Tränen in die Augen und ihre Sicht verschwamm, sodass sie stolperte und beinahe in Harun gefallen wäre, wenn er sie nicht vorher mit einem festen Griff stabilisiert hätte.

»Wie lautet der Plan?«, fragte er und eilte zielstrebig auf die Taxis zu. Er öffnete für Mona die Tür des ersten Taxis.

»Mhm?«, brachte Mona hervor. »Hingehen, Meinung sagen und …« Sie verstummte. In Gedanken war ein klein wenig physischer Einsatz dabei, doch das sprach sie nicht laut aus.

»Verstehe«, sagte Harun und grinste schief. Er teilte dem Taxifahrer die Adresse mit und drehte sich zu ihr um. »Dürfte ich vorschlagen, ihm die Lage aus rechtlicher Sicht darzulegen?«

Unbeabsichtigt zuckten ihre Mundwinkel. »Ja, das wäre wohl am besten«, stimmte sie zu und seufzte. Dann würde sie ihm eben in ihrer Fantasie die schlimmstmöglichen Schmerzen zufügen und vielleicht ergab sich ja die Möglichkeit, ihm aus Versehen auf den Fuß zu treten. Ihre Augen wurden schmal bei dem Gedanken daran. Harun räusperte sich und ihr Kopf ruckte hoch. Er grinste sie wissend an und erst jetzt bemerkte sie, dass das Taxi angehalten hatte.

»Dann wollen wir mal«, sagte er und jeglicher Schalk war aus seiner Miene gewichen. »Zweiter Stock, letzte Wohnung auf der rechten Seite hat mir Elias geschrieben.«

»Harun«, hielt sie ihn zurück. »Lass mich bitte vorgehen.« Es war wichtig, dass sie Said als Erste gegenüberstand.

Er nickte, wenn sie auch sah, dass es ihm schwerfiel. Mona klingelte im obersten Stock und nuschelte etwas von Post. Leise huschten sie in den muffigen Flur und eilten die Treppe hoch in die zweite Etage. Vor der Tür rollte sie die Schultern, reckte das Kinn nach vorn und klopfte an. Nur Augenblicke später wurde die Tür aufgerissen und eine wütende Stimme begrüßte sie mit: »Was?«

Mona hatte sich nicht von der Stelle bewegt und zuckte mit keiner Wimper. »Hallo, Said«, sagte sie kalt. »Wir müssen reden.« Damit schob sie ihn zur Seite und spazierte ins Wohnzimmer. Ihr Ex-Mann sah neben Harun wie ein Schuljunge aus. Argwöhnisch betrachtete Said ihren Begleiter und runzelte die Stirn.

»Wie ich sehe, kommst du viel rum«, sagte er verächtlich und stöhnte im gleichen Moment auf. Harun hatte ihm blitzschnell die Hand auf den Rücken gedreht.

»Ich habe mich noch gar nicht vorgestellt. Ich bin Monas Anwalt. Wir können das Gespräch auf zivilisierte oder auf meine Art führen«, teilte er Said in gelangweiltem Ton mit. »Wofür entscheiden Sie sich?« Dabei drückte er Saids Arm ein wenig nach oben.

»Ist ja schon gut«, winselte dieser. »Man wird ja wohl noch einen Scherz machen dürfen.«

»Nein, dürfen Sie nicht«, stellte Harun nüchtern fest und schubste Said nach vorn.

Mona schloss ihren vor Überraschung geöffneten Mund und steckte ihre Hände in ihre Manteltaschen. Sie räusperte sich. »Ich werde das alleinige Sorgerecht beantragen. Und nur wenn Ruqaya dich sehen will, darfst du unter Aufsicht mit ihr reden«, stellte sie ihre erste Forderung. »Dann sind da die offenen Unterhaltszahlungen«, fuhr sie fort. Said wurde stocksteif. »Ich gehe nicht davon aus, dass auch nur ein Cent halal wäre. Deshalb werde ich es nicht einfordern.«

Said grinste herablassend.

»Allerdings möchte ich, dass du gemeinnützige Arbeit leistest.« Sie wandte sich an Harun. »Was, meinst du, entspräche dem Gegenwert?«

»Für elf Jahre?« Er fasste sich nachdenklich ans Kinn. »Fünfzig bis sechzig Stunden.«

»Kein Problem«, sagte Said selbstsicher und zuckte mit den Achseln.

»Pro Woche«, präzisierte Mona.

»Wie bitte?«

»Und das für mindestens ein Jahr«, ergänzte Harun.

»Das … das geht nicht«, stotterte Said und wurde blass. »Dazu könnt ihr mich nicht zwingen!«

»Stimmt – können wir nicht.« Harun lehnte sich lässig an die Tür. »Wir appellieren an Ihr … Gewissen und Ihre Mitarbeit, Ihre Schulden abzuarbeiten, die wir ansonsten natürlich einklagen werden.«

Said sah aus, als würde er sich gleich übergeben. Keine Spur mehr von Überlegenheit, kein süffisantes Grinsen. Und das nur, weil sie ihm die Konsequenzen der fehlenden Unterhaltszahlungen aufgeführt hatten. Dass Mona seit mehr als zehn Jahren die von ihm verursachten Schulden tilgte, schien er vergessen zu haben.

Doch Said war noch nicht geschlagen. »Wenn ich mich darauf einlasse, dann will ich meinen Anteil am Erbe«, forderte er frech und zurück war sein selbstgefälliges Grinsen.

»Welches Erbe?«, fragte Harun in neutralem Ton, doch Mona sah, wie er sich unmerklich aufgerichtet hatte.

»Ist nicht der Hellste, oder?«, sagte Said zu Mona und deutete mit seinem Kopf zu Harun. »Natürlich die Millionen von Moaz. Da steht mir mindestens die Hälfte zu.«

»Sind Sie verwandt mit besagtem Herrn?«, erkundigte sich Harun.

»Ja, klar. Das ist mein Schwiegervater.«

»Sie meinen, das war Ihr Schwiegervater. Immerhin sind Sie geschieden. Kennen Sie sich ein wenig mit

Erbrecht aus? Beispielsweise damit, dass nur Blutsverwandte gesetzliche Erben sind?«

Said rollte mit den Augen. »Das ist doch völlig egal. Moaz hat mir einen Anteil am Erbe zugesagt!«

»Haben Sie dafür einen Beweis?«, hakte Harun nach.

»Der liegt bei meinem Anwalt!«, behauptete Said großspurig.

»Wie kommen Sie überhaupt darauf, dass Herr Hilal so viel Geld vererbt? Er war der Inhaber eines Bestattungsinstituts.«

»Das weiß doch jeder!«, wiegelte Said ab.

»Nein«, widersprach Mona. »Ich wusste nicht, dass Babu so viel Geld hat. Deswegen frage ich mich schon, woher du das wissen solltest. Hat er mit dir darüber gesprochen?«

»Als ob der Alte mit mir darüber reden würde«, echauffierte sich Said und Mona zuckte bei seiner unverblümten Abscheu zusammen. Offenbar kamen sie dem Grund näher, wenn Said sich so gehen ließ.

»Woher dann?«, drängte sie ihn. Ein Gedanke durchzuckte sie und ihr wurde heiß. »Die Bank«, sagte sie und Harun betrachtete sie aufmerksam. »Babu hatte mal erwähnt, dass er sich nach einer neuen Bank umsehen müsse, aber nicht wieso. Du warst der Grund, richtig?«

Said schnaubte. »Geld ist dazu da, angelegt zu werden«, sagte er verächtlich. »Aber das hat Moaz nie kapiert. Dachte, er wäre was Besseres. Hättest mal sehen sollen, wie er geglotzt hat, als er herausfand, dass ich damals sein Sachbearbeiter gewesen war. Aber ich hätte wissen müssen, dass er selbst seinen Angehörigen gegenüber misstrauisch ist und ihnen verschweigt, wie viel Kohle er hat.«

»Das heißt, du hast mich nur geheiratet, um an das Geld von Moaz zu kommen?«, fragte Mona mit dünner Stimme und schämte sich sofort dafür.

»Ja, was glaubst du denn!«, höhnte Said und genoss es sichtlich, sie erneut herabzusetzen. Wie früher.

Für einen Moment schloss sie die Augen und sammelte sich.

»Fassen wir zusammen«, erklang Haruns eisige Stimme. »Sie sind kein Blutsverwandter, haben sich die Ehe erschlichen, eine Firma absichtlich in den Sand gesetzt und die Schulden auf Ihre Ex-Frau abgewälzt. Vermutlich nur, um Moaz eins auszuwischen – und jetzt haben Sie auch noch Ihr eigenes Kind entführt, um Geld zu erpressen. Habe ich etwas vergessen?«

Said zuckte unbekümmert mit den Achseln. »Nichts davon könnt ihr beweisen – also bis auf die nicht vorhandene Blutsverwandtschaft. Deshalb bin ich mit einer halben Million einverstanden.«

Mona zitterte aufgebracht. Alles ergab nun einen Sinn. Wieso Said damals plötzlich an ihr Interesse gehabt hatte und wieso er sich danach um das Scheitern ihrer Ehe bemüht hatte. Sie schämte sich, auf Saids Schmeicheleien und sein Äußeres hereingefallen zu sein. Doch dann dachte sie an ihre wundervolle Tochter, die sie ohne ihn nicht hätte. Und was ihr Ex nicht wusste, war, dass Babu ihr sehr wohl indirekt geholfen hatte. Manchmal hatte er Ratenzahlungen übernommen mit Erklärungen wie »Eid-Geschenk« oder »Ruqayas Einschulung«. Er hatte immer dann ausgeholfen, wenn sie es brauchte, ohne dass sie das Gefühl hatte, es nicht allein schaffen zu können. Ob es bei der Reparatur ihres Autos, einer neuen

Waschmaschine oder ein Tablet für Ruqaya war. Sie hätte das Geld für den Schuldenberg nie angenommen. Und deshalb hatte er sie erst gar nicht in die Lage gebracht. Entschlossen straffte sie die Schultern. Sie war nicht mehr das naive Mädchen von damals.

»Du wirst die Schulden zurückzahlen, und zwar bis auf den letzten Cent. Außerdem wirst du zehn Stunden pro Woche in der Moschee helfen«, sagte sie mit fester Stimme.

Said beachtete sie gar nicht, sondern betrachtete erst seine Fingernägel und wandte sich dann an Harun. »Mein Preis steht.«

Seelenruhig tippte Mona auf ihr Handy und Saids aufgenommene Stimme erklang. Sein Augenlid flatterte und zum ersten Mal sah sie, wie sich echte Angst in seine Seele fraß. Er sprang auf, doch Harun bewegte sich so schnell, dass Mona nur eine Bewegung aus dem Augenwinkel wahrnahm. Er hatte sich vor sie gestellt und Said an der Brust zurückgeschubst. Sie trat hinter Harun hervor, stellte sich neben ihn und betrachtete Said, der die Hände zu Fäusten geballt hatte und mit verkniffenem Mund zwischen ihr und Harun hin und her schaute.

»Ich erwarte die erste Rate am Mittwoch und einen wöchentlichen beglaubigten Bericht von einer Moschee deiner Wahl. Mein Anwalt wird dir ein paar Unterlagen zuschicken, die die Details genau auflisten. Sollte ich diese bis Dienstag nicht unterschrieben zurückbekommen haben, erstatte ich Anzeige bei der Polizei. Wir finden allein raus.« Sie wartete seine Antwort nicht ab, sondern drehte sich um und lief zur Tür.

GÄSTE

Elias

Die Stimmung in der Küche veränderte sich spürbar. Faris murmelte etwas von »arbeiten«, nickte Monas Vater zu und verschwand. Fatima drehte sich um, trocknete sich die Hände an einem Handtuch ab und betrachtete den Mann schweigend. Elias nahm Ruqaya die Teigrolle aus der Hand, damit sie ihren Großvater begrüßen konnte. Doch die Kleine schien unsicher zu sein, wie sie reagieren sollte.

»Du bist hier«, stellte Fatima fest und ihre Stimme hatte einen feindseligen Unterton, der Elias aufhorchen ließ.

»Lange her, Fatima«, erwiderte der Mann mit einer tiefen Stimme, die derart der Stimme von Moaz ähnelte, dass es Elias schmerzte. Er war hochgewachsen, nicht viel kleiner als er selbst, schlank, elegant gekleidet. Nur einzelne graue Haare durchzogen seine immer noch dichten schwarzen Haare. Monas Vater war gut aussehend und strahlte etwas von Moaz' Ruhe aus, das ihn sofort sympathisch wirken ließ. »As salamu alaikum wa rahmatuh Allahi wa barakatuhu, Ruqaya«, wandte er sich an Monas Tochter. »Es ist lange, zu lange her, dass wir uns gesehen haben. Wie ich gehört habe, hattest du eine erfolgreiche Theateraufführung.«

Ruqaya errötete. »Inschallah führen wir das Stück noch mal auf«, sagte sie schüchtern und knetete ihre Hände.

»Ich würde mich sehr freuen, es zu sehen«, erwiderte er. Fatima schnaubte. »Was backt ihr?«, erkundigte er sich unbeeindruckt und stellte sich neben Ruqaya.

»Mamas Zimtschnecken«, erwiderte Ruqaya unsicher.

»Ja, das sind die besten. Wie kann ich helfen?«, fragte er, zog seinen Mantel aus und hängte ihn über einen Stuhl. Dabei fiel sein Blick auf Elias. »Wir kennen uns noch nicht«, sagte er und streckte seine Hand aus. »Hicham. Ich bin Ruqayas Großvater.«

»Elias«, erwiderte er und schüttelte Hichams Hand. »Freut mich, Sie kennenzulernen. Ich bin ein alter Schulfreund von Mona.«

Hicham musterte ihn und runzelte leicht die Stirn. »Sie kommen mir bekannt vor. Haben wir uns schon mal getroffen?«

»Nein«, erwiderte Elias und wurde von der Rezeptionsglocke unterbrochen. »Entschuldigen Sie, da muss ich hin. Wenn Sie hier fertig sind, checke ich Sie ein und gebe Ihnen Ihren Zimmerschlüssel.« Er nahm die Schürze ab und eilte in den Flur.

»Sohn«, rief ihm seine Mutter entgegen. »Geht es dir gut? Ich habe mir solche Sorgen gemacht, als du mir geschrieben hast, dir sei etwas Wichtiges dazwischengekommen.« Sie warf sich ihm in die Arme, drückte ihn von sich und musterte ihn intensiv. »Wem muss ich die Leviten lesen?«

Er lachte und gab ihr einen Kuss auf die Stirn. »Ich freue mich auch, dich zu sehen, Mama.«

»Wieso hast du mich nicht abgeholt?«, ließ sie nicht locker.

»Das ist eine lange Geschichte, die ich dir inschallah später erzähle«, versprach er und lenkte sie an den Tresen. »Hier ist dein Schlüssel, aber bevor du nach oben gehst, würde ich dir gern die Besitzerin der Pension und Ruqaya vorstellen.« Er stellte ihren Koffer an die Rezeption und schlenderte neben ihr zur Küche.

»Fatima, Ruqaya – darf ich euch mit meiner Mutter bekannt machen? Hiba Zitouni«, sagte er und trat zur Seite. Hicham stand mit dem Rücken zu ihnen und gab einen erstickten Laut von sich, der in Husten überging.

Fatima ging zu Hiba und begrüßte sie herzlich. Ruqaya beäugte seine Mutter neugierig und gab ihr ohne Scheu die Hand.

»Möchten Sie etwas trinken? Tee oder Kaffee?«, erkundigte sich Fatima und winkte seine Mutter an den Tisch. »Bei uns war es heute ein wenig hektisch, aber es gibt inschallah gleich frische Crêpes und Zimtschnecken.«

»Kaffee mit Milch, wenn Sie das haben?«, fragte Hiba und legte ihren Mantel über den von Hicham.

»Was ist mit dir?«, wandte sich Fatima zögerlich an Hicham. »Möchtest du auch einen Milchkaffee?«

Er räusperte sich. »Ja, sehr gerne.«

Seine Mutter wurde kreidebleich und beäugte zum ersten Mal Hicham, der sich umgedreht hatte und nun an dem Tresen lehnte. »Hallo, Hiba. Schön, dich zu sehen.«

Aus dem Flur ertönten Geräusche und hastige Schritte. »Ruqaya?«, rief Mona und ihre Stimme überschlug sich. Ruqaya quiekte vor Freude und rannte ihrer Mutter entgegen. In der Tür fielen sie sich in die Arme und Mona drückte ihre Tochter immer wieder fest an sich. »Geht es dir gut?«, wollte sie wissen und ihre Augen huschten über Ruqayas Körper.

»Alhamdulillah«, sagte Ruqaya, aber ihre Stimme wackelte bedenklich.

Mona nahm Ruqayas Kopf zwischen ihre Hände und schaute sie ernst an. »Er wird das nie wieder tun. Hörst du mich? Dafür habe ich … haben wir gesorgt.« Sie drückte Ruqaya erneut und für einen Moment standen sie einfach nur eng umschlungen da.

Elias schluckte und seine Schultern entkrampften sich. Er hatte gar nicht gemerkt, wie angespannt er gewesen war. Doch jetzt, wo die beiden vereint waren, atmete auch er wieder frei. Nur der Gedanke daran, dass die sechs Wochen vorbei waren und er sie womöglich nicht mehr sehen würde, ließen sein Herz schwer werden. Hinter Mona entdeckte er Harun, der sich dezent im Hintergrund hielt und ihm zunickte. Er war gespannt darauf, zu hören, wie das »Gespräch« mit Said gelaufen war. Er unterdrückte ein Schmunzeln. Es hätte ihn wirklich gewundert, wenn Mona sich nicht zur Wehr gesetzt hätte.

Mona sah hoch und suchte seinen Blick. Tiefe Dankbarkeit spiegelte sich in ihren Augen. Sie hatten schon früher wortlos kommunizieren können und das hatte sich nicht geändert. Er würde sie und ihre Tochter jederzeit beschützen. Sie sah zu seiner Mutter und begrüßte diese. Monas Gesichtsausdruck war sorgfältig neutral, weswegen er wusste, dass sie sich fragte, wer die Frau war. Er würde seine Mutter inschallah gleich vorstellen.

Fatima war längst auf Mona zugelaufen und nahm sie und Ruqaya in den Arm. Zusammen setzten sie sich an den Tisch, wobei Ruqaya sich eng an Mona kuschelte. Erst jetzt entdeckte diese ihren Vater, der die ganze Zeit wie festgefroren am Tresen gestanden hatte.

»Vater!«, rief sie überrascht aus. »As salamu alaikum wa rahmatuh Allahi wa barakatuhu, seit wann bist du hier?«

»Wa alaikum assalam wa rahmatuh Allahi wa barakatuhu, Mona. Wie geht es dir?«, antwortete er und wich geschickt Monas Frage aus. Elias legte den Kopf leicht schräg und zog die Stirn in Falten.

»Alhamdulillah«, antwortete Mona zurückhaltend und bedeutete ihm, sich zu ihnen zu setzen. Harun schlenderte zu Elias.

»Lass uns aus dem Frühstückszimmer noch ein paar Stühle holen«, wandte Elias sich an seinen Freund und drehte sich um. Harun folgte ihm auf den Fuß. »Die Kurzfassung«, raunte er Harun zu, sobald sie außer Hörweite waren.

»Das soll Mona dir selbst erzählen«, wich Harun ungewohnt schweigsam aus.

Elias öffnete den Mund, aber da ertönte erneut die Rezeptionsglocke. Was war denn heute nur los? Elias eilte an die Rezeption, während sich Harun zwei Stühle schnappte.

»Was macht ihr denn hier?«, fragte Elias überrascht und blieb am Tresen stehen. Vor ihm standen Omayma, Kayden und Sam.

»Omayma hat mich angerufen und meinte, dass etwas Schlimmes passiert sein musste«, erklärte Kayden »und Sam hatte sowieso schon den nächsten Flug für sich gebucht.«

»Ist alles in Ordnung?«, fragte Omayma besorgt. »Wo ist Mona? Geht es ihr gut?«

»Alhamdulillah, uns geht es gut«, sagte Mona, die in der Tür zur Küche stand und mit einem Lächeln die Neuankömmlinge betrachtete. »Ihr glaubt gar nicht, wie sehr ich mich freue, euch zu sehen. Kommt rein, ihr seid genau zur rechten Zeit da. Dann muss ich die Geschichte nur einmal erzählen.« Sie winkte ihnen zu, ihr zu folgen, und Elias lief zurück in den Frühstücksraum, um drei weitere Stühle zu stapeln und mitzunehmen.

In der Küche war ein kleiner Tumult entstanden. Kayden klopfte Harun auf die Schulter. Omayma umarmte erst Mona, dann Fatima und Ruqaya, die diese wiederum ihrem Großvater vorstellte. Nach einigem Hin und Her hatte jeder einen Platz gefunden und eine erwartungsvolle Pause trat ein.

Mona sah zu Elias und er nickte unmerklich. »Wie ihr alle wisst, war einer von Moaz' letzten Wünschen, dass Mona und ich die Plätze tauschen.« Er sah einen nach dem anderen an. »Ich bin sicher, Moaz wollte sicherstellen, dass Monas Geheimrezept für die Zimtschnecken nicht verloren geht«, sagte er mit einem schiefen Grinsen und alle lachten. »Heute Mittag kam Ruqaya nicht wie gewöhnlich nach der Schule nach Hause.« Schlagartig wurde seine Kehle eng und er machte eine Pause. Er erzählte, wie sie Monas Tochter überall gesucht hatten und er schließlich Ruqayas cleverer Spur gefolgt war, die ihn zu der Nachbarin geführt hatte.

»Ich wusste, dass Frau Schmidt Papas Kennzeichen notiert hat!«, rief Ruqaya aufgeregt dazwischen. »Ich hoffe nur, sie nimmt mir nicht übel, dass ich sie nicht begrüßt habe.«

Mona schüttelte beruhigend den Kopf.

»Papa?«, fragte Hicham und ruckte mit dem Kopf zu Mona.

»Ja, ich werde mich bei Frau Schmidt und Herbert nachher noch bedanken«, griff Elias den Faden wieder auf. »Herbert war mal Detektiv und hat mir dabei geholfen, das Auto zu orten. In der Zwischenzeit hatte Fatima Faris informiert und zu dritt sind wir zu der Adresse gefahren. Wir haben Ruqaya auf der Straße abgepasst und sie wieder nach Hause gebracht«, kürzte er die Begebenheit ab. Vor Ruqaya würde er keine Details über ihren Vater erwähnen.

Kayden und Harun hatten die Arme vor der Brust verschränkt. Ihnen war nicht entgangen, dass er den wesentlichen Teil ausgelassen hatte. Er konnte an ihren Mienen erkennen, wie sie es sich dennoch zusammenreimten. Mona hatte die Lippen zusammengepresst.

»Als Elias Harun darüber informiert hatte, was vorgefallen war, sind wir direkt zum Flughafen gefahren und danach«, führte Mona die Erzählung fort, »sind wir zu der Adresse gefahren, die du Harun gegeben hattest. Und bevor du etwas sagst – ja, wir haben Said zur Rede gestellt und ein paar Dinge klargestellt.« Sie drehte sich zu Ruqaya und sagte mit Nachdruck: »Was Papa gemacht hat, ist nicht in Ordnung. Das hat er eingesehen und es wird nicht noch mal vorkommen, inschallah. Okay?«

»Ah«, murmelte Fatima. »Falkenmutter. Hat er nicht kommen sehen, was?« Die alte Frau gluckste. Aber außer Elias hatte sie niemand gehört.

Ruqaya nickte tapfer und umarmte ihre Mutter. Elias hatte seinen Freund während Monas Erzählung nicht aus den Augen gelassen. Sein Gesicht zeigte keinerlei Regung und damit verriet er sich. Was auch immer Mona mit Said »diskutiert« hatte, Harun war schwer beeindruckt. Elias würde ihn später darüber ausquetschen, was wirklich vorgefallen war. In dem Moment schaute Harun zu ihm, als hätte er seine Gedanken gehört, und zog eine Augenbraue hoch. Eine klare Ablehnung. Elias schmunzelte. Er hatte Geduld. Früher oder später würde er es herausfinden.

»Und wir haben uns gedacht, dass ihr uns brauchen könntet«, ergänzte Omayma. »Wie ich gehört habe, gibt es am Samstag ein Herbstfest?«

»Ja«, sagte Ruqaya und strahlte. »Und ich habe einen eigenen Stand, um die Armbänder zu verkaufen für Babus Brunnen. Faris hilft mir.« Elias ließ seinen Blick über die Gruppe schweifen. Alle würden ihr helfen, so viel stand fest.

»Und woher kennt ihr euch?«, sprach Fatima Monas Vater an und zeigte zwischen ihm und Hiba hin und her. Ihm fiel ein, dass Hicham seine Mutter vorhin in der Tat mit Namen begrüßt hatte. Er runzelte die Stirn.

»Das ist eine längere Geschichte«, sagte seine Mutter zu seiner Überraschung und räusperte sich. Mona schaute ihn mit zusammengezogenen Augenbrauen an, doch er zuckte nur mit den Achseln.

»Alhamdulillah, dass ich mich entschloss, spontan vorbeizuschauen. Da komme ich ja genau richtig zur

Familienvereinigung«, ertönte die Stimme von Herrn Aziz und der Notar spazierte in die Küche. »Es freut mich zu sehen, dass der Tausch zu dem Ergebnis geführt hat, das mein alter Freund sich so sehnlich gewünscht hat.« Elias war nicht der Einzige, der ihn mit offenem Mund anstarrte.

BRIEF
Elias

Herr Aziz sah sich suchend um und Harun huschte aus dem Zimmer, um kurz darauf mit einem weiteren Stuhl für ihn zurückzukommen.

»Was meinen Sie mit ›Familienvereinigung‹?«, fragte Fatima verständnislos und legte den Kopf zur Seite.

Seine Mutter räusperte sich. »Das ist dann wohl mein beziehungsweise unser Stichwort«, sagte sie und ihr Blick flackerte kurz zu Monas Vater.

»Mama?«, fragte Elias und Mona gleichzeitig: »Vater?«

»Wir ... also sie ... ihr ... ich meine«, stotterte Monas Vater und seufzte hilflos.

»Wir waren verheiratet«, übernahm seine Mutter entschlossen. Neun Augenpaare starrten sie an. »Miteinander«, fügte sie hinzu und wedelte mit dem Finger zwischen sich und Monas Vater hin und her.

»Wann?«, fragte Elias entgeistert. Wieso hatte sie ihm nichts gesagt? War das auf einer ihrer Reisen passiert?

»Vor zweiunddreißig Jahren.« Niemand rührte sich. Die Erkenntnis sickerte ganz langsam durch und er starrte seine Mutter an.

»Ihr wollt uns also sagen, dass ihr zwei unsere Eltern seid und Elias und ich Geschwister sind?«, presste Mona hervor und eines ihrer Augenlider zuckte.

»Genauer gesagt, zweieiige Zwillinge«, sprang Monas Vater ein.

»Wie?«, war alles, was Elias herausbrachte.

»Hiba wurde schwanger und wir freuten uns unbändig auf euch.« Hicham fuhr sich durch seine sorgfältig frisierten Haare. »Doch dann habe ich ein einmaliges Jobangebot erhalten. Zumindest dachte ich das. Ich war nur noch selten zu Hause, und ziemlich schnell litt unsere Ehe darunter«, sagte er und sah Mona bedauernd an.

»Aber … mein Nachname«, warf Elias ein und fühlte sich verraten, verletzt und ausgesetzt. Ein Blick auf Mona verriet ihm, dass es ihr genauso ging.

»Aufgrund des anderen Nachnamens konnte ich mit dir nicht verreisen, daher habe ich dir meinen Namen gegeben«, erklärte seine Mutter.

»Aber wir haben hier gewohnt und ihr habt nicht einmal etwas gesagt«, versuchte es Elias erneut und schüttelte den Kopf, um diese Neuigkeit zu verarbeiten.

»Weil wir gar nicht wussten, dass es uns in das gleiche kleine Dorf verschlagen hat. Das wissen wir auch erst seit zehn Minuten«, sagte seine Mutter und schien genauso erschüttert zu sein wie er. »Wir hatten damals beschlossen, keinen Kontakt mehr zu haben, um es nicht noch schwerer zu machen …« Sie verstummte.

Mona hatte die ganze Zeit über schweigsam zugehört. »Wieso hat Babu nichts gesagt?«

Sie fixierte Herrn Aziz, doch es war Hicham, der antwortete: »Mein Vater war damals außer sich, als er von unserer

Einigung erfuhr. Tagelang redete er auf mich ein, euch nicht zu trennen. Aber ich war jung und der Meinung, es sei für alle Beteiligten die beste Lösung. Ich liebte euch über alles und dachte, mit nur einem Kind würde ich es schaffen. Nachdem ich Hiba verloren hatte, wollte ich euch nicht auch noch verlieren und so einigten wir uns darauf, dass jeder ein Kind zu sich nahm.« Er schluckte. »Ich hatte wirklich vor, mein Leben zu ändern, und am Anfang lief es auch ganz gut. Ich nahm dich überallhin mit. Mein Vater hatte sein Import-Export-Geschäft verkauft und begleitete uns auf den Reisen, um nach dir zu sehen, wenn ich arbeitete. Ich wusste, er verfolgte, wo Hiba war und wie es Elias ging. Deshalb rang ich ihm das Versprechen ab, sich zu seinen Lebzeiten nicht einzumischen. Als du fünf Jahre alt warst, bekamst du Keuchhusten. Mitten im Umzug nach Südafrika. Also schlug mein Vater vor, die Reiserei vorerst auszusetzen und hier in Deutschland zu bleiben. Schweren Herzens stimmte ich zu. Dann wurdest du eingeschult und die Übergangslösung wurde zu einer dauerhaften. Du und Moaz wart so vertraut, dass ich mich mehr und mehr zurückzog …« Sein Blick war in weite Ferne gerückt und er strich sich über das Gesicht.

Mona hatte während seiner Erzählung ihre Tochter fest an sich gedrückt.

»Wieso sind wir ausgerechnet hierher?«, fragte Elias seine Mutter, um Mona Zeit zu geben, das Gehörte zu verarbeiten. Er war als Kind auch mehrmals umgezogen, bis er als Zehnjähriger hierherkam.

»Ich habe ein sehr gutes Jobangebot bekommen und wollte mit dir sowieso nicht mehr in der Stadt wohnen.« Sie wirkte nachdenklich.

»War es Moaz? Hat er uns zu sich geholt?« Elias musterte Herrn Aziz intensiv, der mit hinter dem Rücken verschränkten Händen noch immer mitten im Raum stand.

»Da bin ich überfragt«, bedauerte Herr Aziz und setzte sich. »Aber ich würde es nicht ausschließen.«

Elias betrachtete Hicham. Als Jugendlicher hatte er sich so sehr gewünscht, seinen Vater kennenzulernen. Hatte sich gefragt, ob er womöglich der Grund dafür war, dass seine Eltern nicht mehr zusammen waren. Und jetzt führte er ein ähnliches Leben wie sein Vater.

»Das heißt, du bist jetzt wirklich mein Onkel?«, riss Ruqaya ihn aus seinen Gedanken und einen Moment später warf sie sich jubelnd in seine Arme. Über ihren Kopf sah er Mona an.

»Bruder, ja?« Ihre Mundwinkel zuckten verdächtig. »Wer ist älter?«, fragte sie Hiba, ohne ihn aus den Augen zu lassen.

»Du«, antwortete diese sofort und grinste wissend.

»Ha!«, rief Mona da auch schon. »*Kleiner* Bruder«, sagte sie gedehnt und ließ sich die Wörter auf der Zunge zergehen. Er rollte mit den Augen und zählte langsam bis drei. »Das hört sich gut an«, überraschte ihn seine Schwester jedoch und etwas in seinem Herz fiel endlich an die richtige Stelle.

Am nächsten Morgen stand er wie gewohnt um halb fünf auf und zusammen mit Harun und Kayden betete er Tahajjud. Wortlos zogen sie sich nach dem Gebet ihre Laufkleidung an und huschten die Treppe hinunter.

Vor der Rezeption warteten Mona, Omayma und Ruqaya bereits und begrüßten sie leise. Ohne Absprache teilten sie sich in Zweiergruppen auf. Harun und Kayden liefen vorneweg, Mona und Elias folgten ihnen und Omayma bildete mit Ruqaya das Schlusslicht.

»Wie geht es dir?«, fragte er Mona, nachdem sie hinter der Pension den Weg um den See eingeschlagen hatten.

»Alhamdulillah«, antwortete sie bedächtig. »Ich bin verwirrt und dankbar, aber auch traurig und wütend. Ergibt das irgendeinen Sinn?«

»Das tut es«, erwiderte er, denn er fühlte sich genauso. »Allerdings bin ich hauptsächlich dankbar, dass ich am Sonntag nicht für immer aus deinem und Ruqayas Leben verschwinde. Das war meine größte Sorge.«

»Meine auch«, gab Mona zu.

»Und ich denke, dass es einen Grund hatte, weswegen Moaz immer wieder die Sure Yusuf rezitierte. Damit wir wie der Prophet Yusuf mit unserem Schicksal nicht hadern und unseren Eltern vergeben«, fuhr er fort und schaute zu Kayden und Harun, die sich angeregt unterhielten.

»Babus Lieblingssure«, sagte Mona nachdenklich und nickte. »Warum hast du dem Tausch zugestimmt?«

»Weil er in seinen Brief nur einen Satz geschrieben hat: ›Mona braucht das Geld‹.« Er grinste schief.

Sie schnaubte. »Er wusste schon immer, wie er uns überzeugen konnte.«

»Was stand in deinem Brief?«, erkundigte er sich und wartete gespannt.

»Na was wohl? ›Elias braucht das Geld‹.« Und dann konnten sie gar nicht mehr aufhören zu lachen.

READING
Ein paar Wochen später

Elias

rish – für ihn war der Wellis weiterhin Trish – hüpfte aufgeregt auf dem Ast auf und ab. Sam war in der Voliere und füllte ihr Futter auf. Er, Mona und Ruqaya hatten sich hinter einem Strauch im Garten verborgen, um aus nächster Nähe zu beobachten, warum der Wellis immer mit einem Kamikazeflug auf den Chauffeur reagierte. Ruqaya hatte sich lautlos zwischen ihn und Mona gequetscht und gab keinen Mucks von sich.

Während sie Sam beobachteten, schweiften seine Gedanken unwillkürlich ab. Harun hatte sich darum gekümmert, dass Said die Schulden beglich, und Monas Antrag auf das alleinige Sorgerecht hatte gute Chancen, genehmigt zu werden, zumal Monas Ex-Mann seinen Antrag zurückgezogen hatte. Das würde er seinem besten Freund nie vergessen.

Mona arbeitete momentan fleißig an ihrer Abschlussarbeit und würde nach ihrem Abschluss als selbstständige Beraterin bei ihnen einsteigen. In der Pension hatte sie zwei

Teilzeitkräfte eingestellt: eine für die Reinigung der Zimmer und eine andere für das Frühstück. So konnte seine Schwester einmal im Monat nach Reading reisen, um das Projekt mit Herrn Wamu abzuschließen. Dabei übernachtete sie bei ihm und diese eine Woche war für ihn das Highlight des Monats. Wann immer möglich, nahm sie Ruqaya mit. So viel Leben hatte er noch nie in dem Haus gehabt, zumal seine Freunde und Omayma die Abende dann auch bei ihm verbrachten.

Im Sommer planten sie, das erste Mal als Familie zu verreisen, zusammen mit seinen Eltern, Harun, Kayden und Omayma. Seine Nichte hatte mit ihren Armbändern und ein paar Sonderspenden den Betrag für den Brunnen zusammenbekommen. Sie würden alle inschallah bei der Fertigstellung in einem Dorf in Marokko dabei sein. Er war so stolz auf Ruqaya und liebte sie wie eine Tochter. Ihr Vater hatte sich natürlich nicht mehr bei der Kleinen gemeldet. Aber dafür hatte sie nun ihn, Kayden und Harun, die sich jedes Mal überschlugen, mit ihr etwas zu unternehmen, wenn sie bei ihm war.

Auch ihre Eltern waren nun fester Bestandteil in ihrem Leben. Sie hatten sich in Monas Nähe jeweils eine Wohnung gesucht und trafen sich häufig in der Pension. Vielleicht war ihre Geschichte ja doch noch nicht zu Ende. Er würde es ihnen wünschen.

Als sich Sam einem abgelegenen Teil des Käfigs näherte, konzentrierte er sich wieder auf ihre eigentliche Mission. Trish flog hoch und ließ sich auf ihn stürzen. Erst im letzten Moment drehte der Wellis ab.

»Was versteckst du dahinten?«, murmelte Elias und pirschte sich näher ran. Sofort flatterte der Wellensittich auf und hängte sich an die Gitterstäbe. Ertappt liefen sie auf den Käfig zu, aber Trish kam ihm nicht wie sonst entgegen. Merkwürdig zurückhaltend fixierte sie die drei und ließ sie nicht aus den Augen.

»Es ist, wie Sie gesagt haben. Sobald ich mich dem hinteren Teil nähere, hält sie mich davon ab«, sagte Sam und füllte seelenruhig Wasser auf.

»Ist das jetzt Trish oder Patrick?«, fragte Ruqaya flüsternd und steckte ihre Hand in seine.

»Trish«, antwortete er und Mona »Patrick«.

»Die Wachshaut ist braun«, stellte Ruqaya fest. »Also ist es ein Weibchen.«

Mona runzelte die Stirn. »Du hast recht. Warte.« Sie zog ihr Handy aus der Manteltasche und scrollte durch ihre Fotos. »Hier!« Das Foto zeigte eindeutig seinen Wellis, aber die Haut über dem Schnabel war – blau.

Der Wellis flog zu Elias und landete auf seiner Schulter. Sie tschilpte leise und rieb ihren Schnabel an seiner Wange. »Ich wusste die ganze Zeit, dass du ein Mädchen bist«, sagte er einschmeichelnd und streichelte ihre Brust. Dann drehte sie sich zu Ruqaya und musterte sie.

Mona fixierte Trish und wurde auf einmal ganz still. »Jetzt weiß ich, warum mich die ganze Zeit gestört hatte, dass Patrick von der Tür der Voliere erfasst wurde und ich trotzdem vorher ein Klopfen an der Scheibe gehört hatte.«

»Wovon redest du?«, fragte Elias und sah seine Schwester mit hochgezogenen Augenbrauen an.

»Davon, dass sie uns an der Nase herumgeführt haben«, sagte sie und grinste.

»Wer sind ›sie‹?«

»Trish und Patrick«, erklärte Mona, als wäre das ganz offensichtlich.

»Dir ist schon klar, dass hier nur ein Wellensittich ist?« Elias wunderte sich, wovon seine Schwester sprach.

Ruqaya gluckste und Elias sah genauer hin. An Monas Kopftuch hing ein weiterer Vogel, der genauso aussah wie Trish – nur die Wachshaut zeigte ein strahlendes Blau.

»Darf ich vorstellen? Patrick – Elias, Elias – Patrick«, sagte Mona und streichelte den Bauch des Wellis. »Sie haben sich die ganze Zeit gegenseitig gedeckt, damit niemand ihr Geheimnis aufdeckt, dass sie zu zweit sind. Ein bisschen wie bei uns – unzertrennliche ›Zwillinge‹.«

Elias lachte und legte einen Arm um Mona. Ja, das waren sie.

EPILOG

Elias fuhr sich mit einer Hand über sein Gesicht und lehnte sich in seinem Schreibtischstuhl zurück. Tief in Gedanken versunken, sah er aus dem Fenster. Es hatte in der Nacht geschneit und die weiße Decke hatte die Welt für einen kurzen Moment in einen friedlicheren Ort verwandelt.

Mit einem Seufzen wandte er sich wieder dem Schreiben zu, das er und Mona vor ein paar Tagen erhalten hatten. Er las es ein letztes Mal durch und stand auf.

In der Moschee warteten sie bereits auf ihn. Er zog sich an und dabei sprach er unablässig Dhikr für Moaz, den er schmerzlich vermisste und der im Barzakh inschallah auf ihn wartete. Die Tür fiel hinter ihm ins Schloss und leise, wie eine Feder im Wind, segelte der Brief von seinem Schreibtisch auf den Teppich.

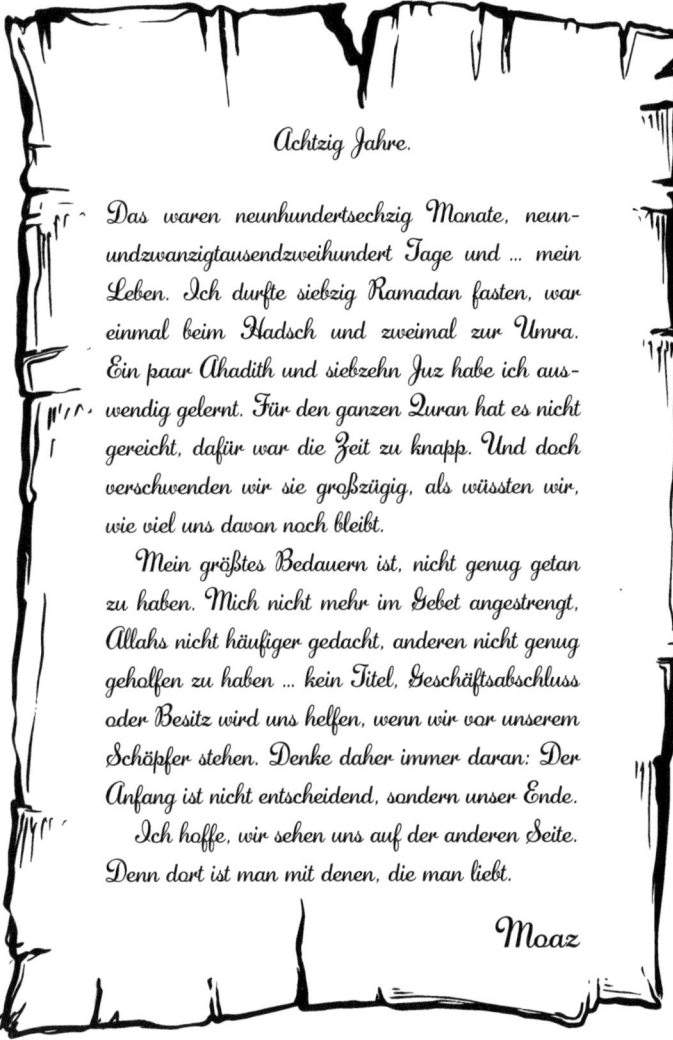

Achtzig Jahre.

Das waren neunhundertsechzig Monate, neun-undzwanzigtausendzweihundert Tage und ... mein Leben. Ich durfte siebzig Ramadan fasten, war einmal beim Hadsch und zweimal zur Umra. Ein paar Ahadith und siebzehn Juz habe ich aus-wendig gelernt. Für den ganzen Quran hat es nicht gereicht, dafür war die Zeit zu knapp. Und doch verschwenden wir sie großzügig, als wüssten wir, wie viel uns davon noch bleibt.

Mein größtes Bedauern ist, nicht genug getan zu haben. Mich nicht mehr im Gebet angestrengt, Allahs nicht häufiger gedacht, anderen nicht genug geholfen zu haben ... kein Titel, Geschäftsabschluss oder Besitz wird uns helfen, wenn wir vor unserem Schöpfer stehen. Denke daher immer daran: Der Anfang ist nicht entscheidend, sondern unser Ende.

Ich hoffe, wir sehen uns auf der anderen Seite. Denn dort ist man mit denen, die man liebt.

Moaz

Ende

❧

DANKE SCHÖN
Bismillah–ir–Rah–man–ir–Rahim

Ich danke Allah (swt), dass ich dieses Buch schreiben durfte und hoffe, dass in der Geschichte viel Barakah liegt. Das Thema Tod ist im Islam kein Tabuthema. Im Gegenteil – man soll sich oft daran erinnern, dass dieses Leben endlich ist. Doch wir Menschen sind vergesslich und verlieren uns schnell in alltäglichen Dingen. Dann kam der Oktober 2023 und zeigt uns seitdem jeden Tag sehr deutlich, worauf bereits Ibn Umar hinwies: »Wenn der Abend kommt, erwarte nicht den Morgen, und wenn der Morgen kommt, erwarte nicht den Abend. Nimm von deiner Gesundheit für deine Krankheit und von deinem Leben für deinen Tod.«

Falls ihr auf der Suche nach einer Sadaqa Dscharija seid, erkundigt euch in eurer Moschee oder bei Hilfsorganisationen, denen ihr vertraut. Es gibt viele Projekte für Waisen, im Bildungsbereich etc. oder lernt und lehrt den Quran – es gibt viele Möglichkeiten.

Faousia Naserre danke ich sehr dafür, dass sie mir nicht nur geholfen hat, das Thema Waschung richtig zu schreiben. Sondern sie hat sich unglaublich viel Zeit genommen und alle meine Fragen geduldig beantwortet. Djazaki Allahu chairan.

Meine Lektorin, Anna Dörscheln, hat mich mehr als einmal mit ihrem Spürsinn angeregt, weiter zu denken und mit ihren Kommentaren zum Schmunzeln gebracht. Danke dafür, dass die Geschichte dadurch so viel besser geworden ist.

Sybille Weingrill danke ich für den letzten Feinschliff.

Enrico Frehse hat das perfekte Cover für diese Geschichte entworfen und dafür gesorgt, dass sie auch innen erstrahlt.

Ohne meine beiden wäre keines der Bücher möglich. Wenn ich in jeder freien Minute schreibe und alles andere liegenbleibt, sorgen sie dafür, dass es trotzdem weitergeht. Euch auf meiner Seite zu haben, ist ein großes Geschenk.

Meinen Eltern danke ich für ihre Pep-Talks und einfach dafür, dass es sie gibt.

Und wie immer danke ich euch Lesern. Dafür, dass ihr mitfiebert und meinen Geschichten einen Platz in eurem Herzen einräumt. Ohne euch gäbe es keine Geschichten.

Als Selfpublisherin habe ich keinen Verlag, der Werbung für mich macht. Deswegen möchte ich euch um einen kleinen Gefallen bitten: Bewertet dieses Buch auf einer Plattform. Ein Satz reicht schon. Empfehlt oder verschenkt das Buch an Freunde, Bekannte, Nachbarn. Damit ich auch langfristig Bücher für euch schreiben kann.

Eure Maria

ZIMTSCHNECKEN

Zutaten

Für den Teig:
270 g Mehl
40 g Zucker
1 Päckchen Vanillezucker
125 ml lauwarmes Wasser
3 EL Sonnenblumenöl
1 Ei
1 Prise Salz
1/4 Würfel Hefe

Für die Füllung:
2 EL Sonnenblumenöl
65 g Zucker
1 EL Zimt
30 g gemahlene Mandeln (wir benutzen die blanchierten)
1 geriebener Apfel

Zubereitung

Mehl, Zucker, Vanillezucker und Salz vermischen. Hefe im Wasser auflösen. In die Mehlmischung eine Mulde drücken und das Hefewasser hinzugeben. Mit dem Öl und Ei zu einem Teig kneten. Den Teig abgedeckt ca. 30 Minuten ruhen lassen.

Teig anschließend ausrollen. Zutaten für die Füllung vermischen und auf dem Teig verteilen. Dann den Teig zu einer Rolle zusammenrollen und in ca. 12 Stücke schneiden und weitere 30 Minuten gehen lassen (wir schneiden die Stücke nur etwa 2cm breit, daher kommen so 12 – 15 Stücke heraus).

Zimtschnecken in einer gefetteten Auflaufform bei 180 Grad Ober-/Unterhitze für etwa 30 Minuten backen, bis sie hellbraun sind.

Schmecken superlecker, wenn sie noch warm sind.

TOTENWASCHUNG

Voraussetzungen

Ein verstorbener Muslim darf nur von einem Muslim gewaschen werden (Männer waschen Männer, Frauen waschen Frauen; nur bei Ehepartnern darf der Mann die Frau und andersherum waschen).

Die Totenwaschung ist ein Gottesdienst (Ibada). Deshalb muss vorher entsprechend die Absicht (Niya) dazu gefasst werden.

Ablauf

Der Verstorbene/ die Verstorbene wird auf den Waschtisch gelegt.

Die Aura wird mit einem Tuch (Sutra) bedeckt.

Der Körper wird von Unreinheiten gereinigt (dabei wird der Oberkörper des/der Verstorbenen aufgesetzt und leicht auf den Bauch gedrückt, um eventuelle Sekrete zu entfernen).

Es folgt die Gebetswaschung (Wudu). Hierzu wäscht man zunächst die Hände, dann den Mund, die Nase und das Gesicht (für Mund und Nase genügt das Wischen mit feuchter Baumwolle; der Bart wird gewaschen).

Dann wäscht man dreimal der Reihe nach den rechten und linken Unterarm bis zum Ellenbogen, die Haare und zum Schluss den rechten und linken Fuß.

Dann folgt die Ganzkörperwaschung (Ghusl). Hierzu wäscht man der Reihe nach Kopf und Hals, rechte Körperhälfte, linke Körperhälfte.

Es wird empfohlen, den gesamten Körper dreimal zu waschen. Die erste Waschung mit klarem Wasser, die zweite mit Wasser und Sidr, die dritte mit Wasser und Kafur (Kampferpulver) oder Seife.

Die sieben Stellen, welche während der Niederwerfung im Gebet den Boden berühren (Stirn, Nase, Hände, Knie und Zehenspitzen) mit Parfüm einreiben (Misk).

Danach wird der Verstorbene in Leichentücher eingewickelt (3 Tücher für den Mann und 5 Tücher für die Frau).

Das Tuch wird von rechts über die Mitte gelegt und dann von links und an den Enden gedreht.

GLOSSAR

Anbei findet ihr eine Übersicht über die im Roman benutzten islamischen Begriffe.

Adhan – islamischer Gebetsruf, der zu den fünf Pflichtgebeten in arabischer Sprache erfolgt.

Ahadith – Plural von Hadith

Alhamdulillah – Alles Lob gebührt Allah

Asr – Nachmittagsgebet

Aura – Spezifische Körperteile, die bedeckt werden müssen

Aya – kleinster Teil innerhalb einer Sure aus dem Quran

Barakah – Segen

Barzakh – Welt zwischen dem Diesseits und dem Jenseits

Bismillah-ir-Rahman-ir-Rahim – Mit dem Namen Allahs des Allerbarmers, des Barmherzigen; Anrufungsformel, die vor jeder Sure (außer 9) gesprochen wird, aber auch vor allen Handlungen (bspw. Essen, Lernen etc.):

Chaltu – Tante

Dhikr – Gedenken an Allah

Dhuhr – Mittagsgebet

Djazak(i) Allahu chairan – möge Allah dich mit Gutem belohnen (m)/(w)

Djanna – Paradies

Djumua-Gebet – Freitagsgebet

Eid ul fitr / Eid ul adha – Fest des Fastenbrechens / Opferfest

Fajr – Morgengebet

Fi sabilillah – für das Wohlgefallen Allahs

Ghusl – Ganzkörperwaschung

Hadsch – Pilgerfahrt nach Mekka

Habibti / Habibi – Kosename »Schatz« (w) / (m)

Hadith – Eine Überlieferung darüber, was der Prophet Muhammad (s) gesagt, getan oder stillschweigend geduldet hat

Imam – Vorbeter beim islamischen Pflichtgebet

Inna lillahi wa inna ilahi radjiun – von Allah kommen wir und zu Ihm kehren wir zurück

Ischaa – Nachtgebet

Juz – Kapitel des Qurans

Kafur – Kampfer

Maschallah – Redewendung / Ausruf der Bewunderung

Mushaf – das Buch, in dem Allahs Worte – der Quran – festgehalten sind

Qibla – Gebetsrichtung nach Mekka

Quran – Allahs Worte

Rakat – Abschnitt im islamischen Gebet

Rizq – Versorgung, Lebensunterhalt

Sadaqa Dscharija – fortdauernde Spende über den Tod hinaus

Schaitan – Teufel

Sidr – natürliches Reinigungsmittel / Seife

Sudjud – Niederwerfung im rituellen Gebet

Sure – Abschnitt/Kapitel im Quran

Sutra – undurchsichtiges Tuch zum Bedecken der Aura

Tahajjud – freiwilliges Gebet im letzten Drittel der Nacht

Umra – kleine Pilgerfahrt

Wa iak(i) – (m/w) Und dich auch – Antwort auf Djazak(i) Allahu chairan

Wudu – rituelle Gebetsreinigung

ÜBER DIE AUTORIN

Maria Nouria hat International Business Administration studiert und implementiert seit mehr als zwanzig Jahren Projekte und Prozesse im IT-Bereich. Als leidenschaftliche Leserin zog sie schon immer eine spannende Geschichte trockenen Lehrbüchern vor. 2001 konvertierte sie zum Islam und verschlang alles an Büchern, was sie finden konnte.

Im November 2022 veröffentlichte sie ihren ersten islamischen Roman.

Sie lebt mit ihrem Mann und ihrer Tochter in Hessen.

DIE BLAUE SCHATULLE

ISBN: 978-3756841219 | 336 Seiten

»Herr Ibrahim hat gesagt, dass Wissen der Schlüssel zu allem sei.«

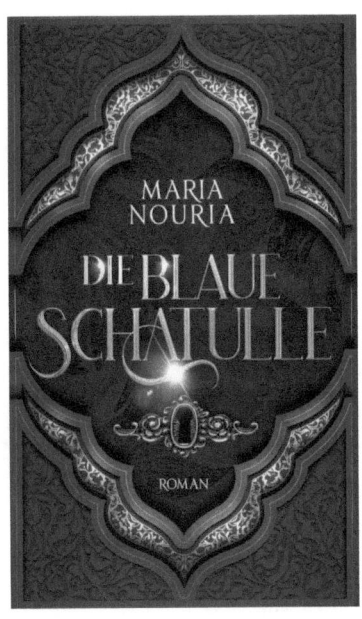

Als Nadias Nachbar Herr Ibrahim plötzlich erkrankt, bittet er ausgerechnet die siebzehnjährige Muslima, eine Schatulle aufzubewahren. Schnell stellt sie fest, dass sie nicht die Einzige ist, die das Rätsel um deren Inhalt lösen will. Die Suche nach Antworten führt sie nach Fés, und während sie in den engen Gassen Marokkos den Hinweisen nachgeht, sind ihr die Verfolger bereits dicht auf den Fersen. Was ist so wertvoll, dass sie zur Gejagten wird, und wem kann sie noch vertrauen? Unverhofft auf sich allein gestellt, muss sie beweisen, dass Herrn Ibrahims Vertrauen in sie nicht ein Fehler war.

DER VERSCHOLLENE RING

ISBN: 978-3741277191 | 348 Seiten

»Niemand kann euch sagen, was das Beste ist. Wir planen und stellen später fest, dass Allah einen besseren Plan für uns hatte.«

Nach zwei Jahren harter Arbeit ist Nadia am Ziel – sie hat ihr Abitur in der Tasche und kann das studieren, was ihr am meisten Spaß macht. Doch Herrn Ibrahims Sohn hat ein lange verschollenes Artefakt gefunden, das nicht nur ihn, sondern alle, die versuchen ihm zu helfen, in Gefahr bringt. Während Nadia in Mekka den Hadsch

vollzieht, trifft sie auf einen alten Widersacher, der sie mehr als einmal zwingt, Entscheidungen zu fällen, die nicht nur sie betreffen.

30 TAGE CARSHARING

ISBN: 978-3758318573 | 376 Seiten

30 Tage, ein Auto, ein Deal

Hannah Blum weiß genau, was sie nach dem Abitur machen will. Als Vollwaise, die bei ihrer unnahbaren Tante aufgewachsen ist, muss sie das auch. Doch Hannahs Auto streikt, und wenn sie nicht rechtzeitig zu ihrem Bewerbungsgespräch nach Hamburg kommt, kann sie ihre Zukunft vergessen.

Amal Aziz verknackst sich ausgerechnet zwei Tage vor Ramadan ihren Fuß. Sechs Wochen lang darf sie kein Auto fahren – und das, wo sie nicht nur jeden Abend in die Moschee gehen will, um zu beten, sondern auch viele Familien auf sie zählen.

Die beiden schließen einen Deal für 30 Tage und schon bald entwickelt sich eine tiefe Freundschaft zwischen ihnen, aber ihr Schicksal ist längst in einer Weise miteinander verbunden, die sie nicht haben kommen sehen.

WER VON UNS

ISBN: 978-3758381829| 372 Seiten

Vier Projektmanager. Vier Projekte. Ein Saboteur.

Nawal arbeitet seit zwei Jahren als Junior-Projektmanagerin. Unerwartet bietet sich ihr die Gelegenheit, das nächste Prestigeprojekt ihrer Firma zu leiten, wenn sie als Erste vier ihrer Projekte bis Ende des Monats abschließt. Doch jemand sabotiert die Projekte und Nawal weiß nicht mehr, wem sie noch trauen kann.

Die anderen drei Junior-Projektmanager, und damit nun ihre Konkurrenten, sind Piet, der Charmeur, Jakob, der Technik-Nerd und Amber, die gutaussehende Essensfanatikerin. Sie alle haben ihre Gründe, siegreich aus der Challenge hervorzugehen. Aber würde einer deswegen zu allen Mitteln greifen?

Als Nawal nach Granada fliegt, um ihrem Großvater bei einem Quranwettbewerb zu helfen, droht ihr das letzte Projekt – und damit der Sieg – zu entgleiten.

Auf einmal muss sie sich fragen, wie weit sie bereit ist zu gehen, um zu gewinnen.